SETE
DIAS
JUNTOS

FRANCESCA HORNAK

SETE DIAS JUNTOS

2ª edição

Tradução
ANA CAROLINA MESQUITA

BERTRAND BRASIL
2021

EDITORA-EXECUTIVA	COPIDESQUE
Renata Pettengill	João Pedro Dutra Maciel
SUBGERENTE EDITORIAL	**REVISÃO GRAMATICAL**
Marcelo Vieira	Ana Clara Werneck
ASSISTENTE EDITORIAL	Fátima Fadel
Samuel Lima	**DIAGRAMAÇÃO**
ESTAGIÁRIA	Juliana Brandt
Georgia Kallenbach	Beatriz Carvalho
	IMAGENS DE CAPA
	Shutterstock

CIP-BRASIL. CATALOGAÇÃO NA PUBLICAÇÃO
SINDICATO NACIONAL DOS EDITORES DE LIVROS,RJ

H788s
2ª ed.

Hornak, Francesca
    Sete dias juntos / Francesca Hornak; tradução Ana Carolina Mesquita,
Amabile Zavattini. – 2ª ed. – Rio de Janeiro: Bertrand Brasil, 2021.
    364p.; 23cm.

    Tradução de: Seven days of us
    ISBN 978-85-286-2330-7

    1. Ficção inglesa. I. Mesquita, Ana Carolina. II. Zavattini, Amabile. III. Título.

18-52000

CDD: 823
CDU: 82-3(410.1)

Meri Gleice Rodrigues de Souza – Bibliotecária – CRB-7/6439

Título original: *Seven days of us*

Texto revisado segundo o novo Acordo Ortográfico da Língua Portuguesa

2021
Impresso no Brasil
Printed in Brazil

Direitos exclusivos de publicação em língua
portuguesa somente para o Brasil adquiridos pela:
EDITORA BERTRAND BRASIL LTDA.
Rua Argentina, 171 — 3º andar — São Cristóvão
20921-380 — Rio de Janeiro — RJ
Tel.: (21) 2585-2000

Atendimento e venda direta ao leitor:
sac@record.com.br

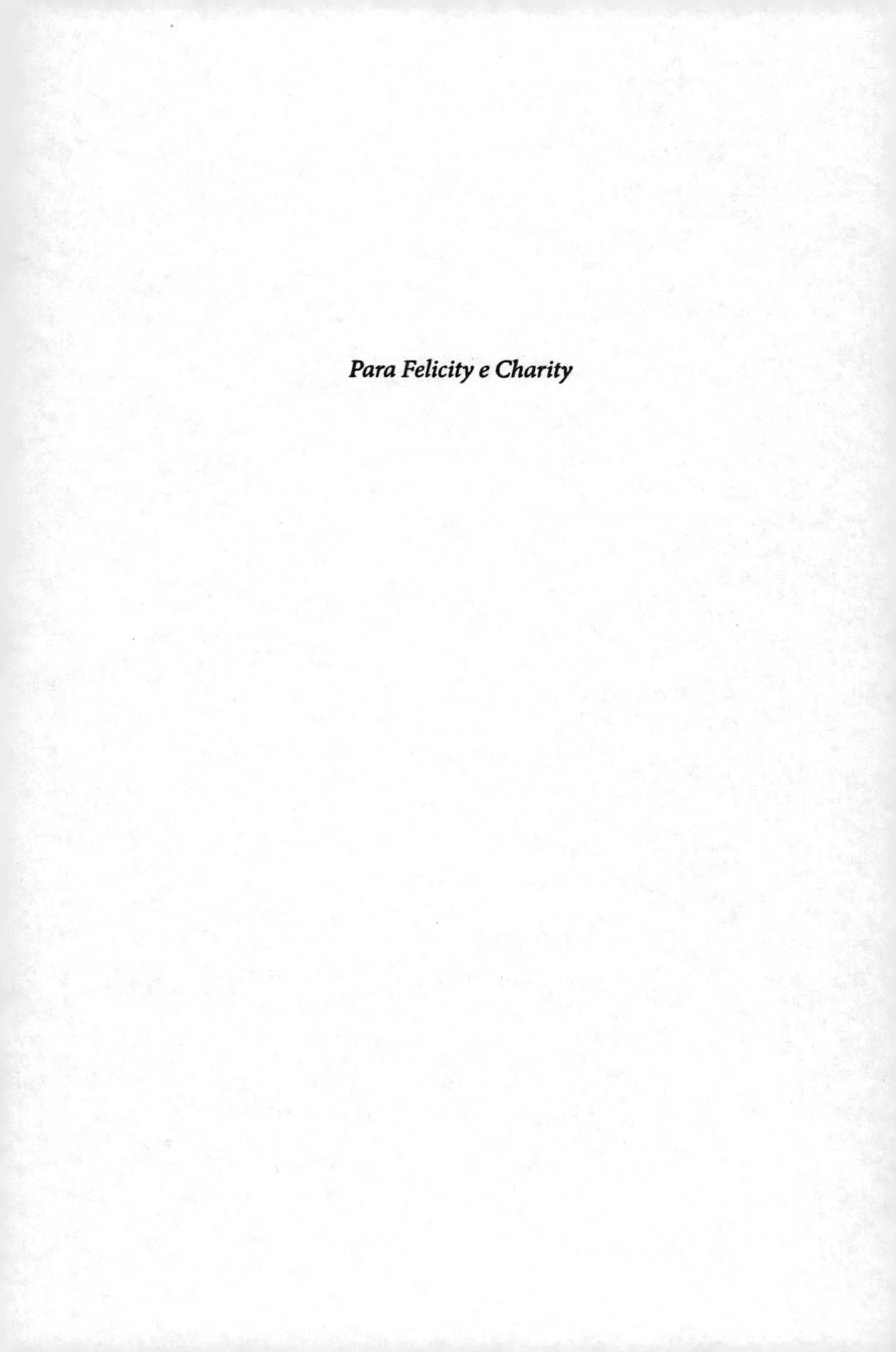

Para Felicity e Charity

Prólogo

17 de novembro de 2016

Olivia

• • •

Olivia sabe que o que estão fazendo é uma estupidez. Se forem vistos, serão mandados de volta para casa — possivelmente para o tribunal. Isso para não dizer que tocá-lo pode trazer risco de morte. Mas quem os veria? A praia está deserta e tão escura que ela só consegue enxergar alguns poucos metros mar de piche adentro. O único som é o marulhar das ondas. Ela está muito consciente do pequeno espaço entre seus cotovelos ao descerem até a água. E quer dizer "não devíamos fazer isso", mas eles não fizeram nada. Ainda não quebraram a regra do Não Toque.

Aquela noite havia começado no bar da praia, com cervejas *long neck* e depois cubas-libres. Os dois passaram horas debaixo daquele teto de chapa de ferro, com um candeeiro tremeluzente entre eles e o céu ardendo em tons de bronze. Comentaram sobre a volta para casa no Natal, em cinco semanas, e de como queriam retornar à Libéria depois. Ela falou de Abu, o menino de quem tratou e por quem chorou naquela mesma praia no dia em que ele morreu. Depois falaram de onde cresceram, onde estudaram medicina, de suas famílias. A vida dele na Irlanda parecia muito diferente da sua. Ele foi o primeiro a frequentar uma universidade e a viajar na família. Ela tentou explicar como a medicina representava um tipo de rebelião sob o ponto de vista de seus pais, e os olhos dele se arregalaram — da mesma forma como quando confessou ter feito trabalho voluntário durante o Natal para evitar a família. Notou os olhos dele quando se cruzaram pela primeira vez no centro de tratamento — era tudo o que podia ver, afinal de contas, por trás da máscara. Eram cinza-esverdeados, como o mar de Norfolk, e os cílios eram tão escuros que ele parecia estar usando maquiagem. Ela não tirava os olhos das mãos dele, inquietas no rótulo da cerveja. Eram tão ásperas quanto as suas, de tanto serem mergulhadas em cloro. Ela queria segurar uma delas e virá-la sobre a palma da sua mão.

Quando o bar fechou, as estrelas já haviam saído, como açúcar polvilhado no céu. O ar noturno estava leve em seus braços descobertos.

— Vamos dar uma volta? — perguntou Sean, levantando-se.

Ela estava acostumada a fitar os homens de frente, mas ele era um palmo mais alto. E então houve um instante, iluminado pelo candeeiro, quando olharam um nos olhos do outro, e ela sentiu borboletas no estômago.

Agora, com os pés imersos na água do mar, os dois quase se tocam. A espuma brilha fosforescente. Ela perde o equilíbrio quando uma onda quebra em suas pernas, e ele se vira para ampará-la. Suas mãos a seguram com firmeza, e então buscam sua cintura. Ela se vira em seus braços para fitá-lo, sentindo as mãos dele em suas costas. Os poucos centímetros entre as bocas clamam por ser transpostos. E quando ele abaixa a cabeça e ela sente suas bocas se tocarem, sabe que aquela é a coisa mais idiota que já fez na vida.

Buffalo Hotel, Monróvia, Libéria, 14h50

Bebericando água mineral para acalmar o estômago (por que tinha que beber aquela última cuba-libre?), Olivia aguarda para falar com a família pelo Skype. É estranho estar no saguão de um hotel, este pequeno bastião de água encanada e wi-fi — embora não haja ar-condicionado, apenas um ventilador para aplacar o calor sufocante. E mesmo ali há uma aura de perigo e cautela. Nos banheiros há cartazes com os dizeres SINAIS E SINTOMAS DO VÍRUS HAAG, com pequenos desenhos de pessoas vomitando. O barman colocou o troco na mão dela sem tocá-la — concluindo, com razão, que a maioria dos rostos brancos na Monróvia estava ali por causa da epidemia, para ajudar com "Dis Haag Bisniss". Outro trabalhador humanitário percorre o saguão, falando alto em um iPhone sobre "a crise" e "suprimentos", antes de fechar seu MacBook Air com estardalhaço. Usa uma camiseta de Combate ao Haag e óculos escuros caros, além de estar bem bronzeado. Provavelmente trabalha para uma das ONGs, pensa Olivia. Não parece ter encarado o Centro de Tratamento ou um traje de proteção

— não como Sean. A noite anterior insiste em voltar à sua mente. Ela não vê a hora de encontrá-lo no plantão mais tarde, de saborear a tensão do Não Toque, de seu segredo nascente. A expectativa sufoca a voz que a diz para parar imediatamente antes que aquilo vá longe demais. De qualquer forma, é tarde para voltar atrás.

Olivia percebe que está divagando — já são três e cinco da tarde e sua família está esperando. Ela faz a ligação e, como num passe de mágica, eles estão espremidos na tela. Vê que estão na cozinha da casa em Gloucester Terrace, e que o laptop está sobre a bancada. Talvez seja a ressaca, mas aquela pequena janela para Camden é quase engraçada de tão improvável. Ela olha além dos rostos, para os armários azul-claros e a cafeteira reluzente. Tudo parece absurdamente limpo e aconchegante.

Sua mãe, Emma, aproxima o rosto da tela como uma fã maravilhada, tocando o vidro como se Olivia estivesse do outro lado. Talvez ela também não consiga assimilar como um pequeno retângulo da África apareceu em sua cozinha. Seu pai, Andrew, a cumprimenta com um aceno desajeitado, substituindo o breve sorriso por olhos semicerrados ao ouvir sem soltar uma palavra. Ele insiste em tirar os cabelos brancos do rosto (uma versão masculina do rosto de Olivia), franzindo a testa e fazendo que sim — mas olha para além dela, para o Buffalo Hotel. Os grandes olhos amendoados da mãe estão um pouco agitados enquanto ela dispara perguntas bem-humoradas. Quer saber sobre a comida, o clima, os banheiros, qualquer coisa, ao que parece, para evitar ouvir sobre o Haag. Há um intervalo entre a voz e os lábios dela, de modo que as respostas de Olivia acabam sempre atropelando a pergunta seguinte de Emma.

Sua irmã Phoebe se mantém atrás dos pais, segurando como um escudo o gato Cacau. Ela está vestindo o que Olivia suspeita ser sua roupa de academia, e exibe bíceps delicados porém definidos. Em um momento, olha para o relógio. Olivia tenta contar sobre o frango que entrou na ala mais contagiosa e precisou ser morto a pedradas, mas antes que consiga sua mãe tagarela:

— Fale com a Phoebs! — E empurra a filha para o centro da tela.

— Oi — diz Phoebe com doçura, dando aquele seu sorriso largo e fotogênico e acenando com a pata de Cacau.

Olivia não consegue pensar no que dizer — consciente demais de que ela e a irmã pouco se falam ao telefone. Então lembra que Phoebe acaba de fazer aniversário (de 28 ou 29 anos? Deve ser 29, porque Olivia tem 32), mas antes que consiga se desculpar por não ter entrado em contato, o rosto de Phoebe se contorce numa espiral grotesca, como *O grito* de Munch.

— Olivia? Wivvy? Wiv? — Ela escuta a mãe dizer, antes que a chamada seja cortada de vez. Tenta ligar novamente, mas a conexão está perdida.

• 1 •

17 de dezembro de 2016

Andrew

Escritório, Gloucester Terrace, 34, Camden, 16h05

• • •

Assunto: coluna 27 dez
De: Andrew Birch <andrew.birch@the-worldmag.co.uk>
Data: 17/12/2016 16:05
Para: Croft, Ian <ian.croft@the-worldmag.co.uk>

Ian,

Segue a coluna. Se isso sair sem que eu leia uma prova, arranco o seu fígado.
   Abraço,

Andrew

P.S.: NÃO mude o meu "como" para "assim como". É irritante.
P.P.S.: É *houmous*, e não homus.

The Perch, Wingham, Berkshire
Comida 3/5
Ambiente 1/5

Quando vocês lerem isso, minha família e eu estaremos em prisão domiciliar. Ou, mais precisamente, em prisão Haag. No dia 23, minha filha Olivia, médica viciada em assistência humanitária, voltará de

15

uma temporada combatendo a epidemia do vírus Haag na Libéria — arrastando a nós, sua família, para uma quarentena de sete dias. Durante exatamente uma semana deveremos evitar qualquer contato com o mundo exterior, com permissão para sair de casa apenas em situações de emergência. Caso algum desavisado cometa a tolice de tentar nos roubar, ele ou ela será obrigado a ficar conosco até o fim da quarentena. Já estão em andamento os preparativos para o que ficou conhecido, na casa dos Birch, como Semana da Haagonia. A Waitrose e a Amazon entregarão o que talvez sejam as compras de Natal mais completas da Grã-Bretanha. Quantos rolos de papel higiênico uma família de quatro pessoas gasta em uma semana? Será que 2 quilos de aveia em flocos serão suficientes? Será que finalmente assistimos a Spiral ou damos uma chance a The Missing? Antes do cerrar das portas, a Matriarca está compilando listas de livros, de músicas, de atividades, listas de desejos. Como não somos um clã que faz as coisas pela metade, nos transferimos de Camden para a nossa casa na profunda e escura Norfolk, para melhor apreciarmos nosso confinamento quase solitário. Imaginem só como será toda essa experiência para a milennial Phoebe, que agora se defronta com uma semana de wi-fi de eficiência duvidosa.

Claro, todo Natal é de certa forma uma quarentena. O recesso do escritório é estabelecido, as repartições ficam às moscas e os amigos migram para as pobres cidades de onde vieram. Cônjuges entediados sentem calafrios a cada tosse um do outro (janeiro é o mês mais movimentado para os advogados de divórcio — vai entender). Nesse período, que é o mais maravilhoso do ano, a comida é a salvação. É a comida que azeita as engrenagens entre a tia surda e a adolescente muda. É a comida que preenche com canela as rachaduras entre irmãos nostálgicos. E é a comida que dá propósito à mãe cheia de culpa, revivendo Natais passados com a santíssima trindade formada por peru, molho e cranberry. E é justamente por isso que os restaurantes não deveriam se aventurar com comida natalina. Nessa época do ano, saímos de casa para fugir dos vapores sufocantes de carne assando e do falatório maternal. Abominações como molho de pão não têm lugar nos cardápios.

O Perch, em Wingham, não entende isso. Portanto, escolheu promover sua inauguração com um "cardápio de Festas alternativo".

(De novo: quem quer comida de Natal alternativa?) Como todo bar gourmet provinciano, a decoração recorre excessivamente aos tons pastel do catálogo da Farrow & Ball. O serviço foi simpaticamente confuso. O pão com "manteiga picante de Natal" estava bom e quente, mas podíamos passar sem a manteiga, servida numa sinistra placa de Petri e com uma cor marrom preocupante. Começamos por um prato de salmão aceitável, honestamente defumado, cujo elemento alternativo era um solitário ramo de alecrim. A Matriarca cometeu o erro de pedir linguado — uma borda de salmoura irrelevante. O curry do meu peru era uma curiosa poça de gororoba amarela carregada de cominho, cujo propósito parecia ser fazer aqueles quatro nuggets secos passarem despercebidos pelo cliente. Terminamos com uma tábua de queijos sem nada de mais e um crème brûlée com frutas cristalizadas que a Matriarca sentenciou como doce de doer, mas devorou de qualquer forma.

Não desanimem, habitantes de Wingham. O meu palpite é que vocês e seus vizinhos de colete terão a chance de variar o cardápio festivo. Nós, da família Birch, precisaremos encarar uma semana inteira de sanduíches de peru. Desejem-nos sorte.

Andrew se recostou na cadeira e fez uma pausa antes de enviar a coluna para Ian Croft — o editor-assistente de quem menos gostava na revista *The World*. O Perch não era dos piores, considerando a localização. E, pensando bem, até que era aconchegante. Poderia até ter passado a noite no quarto cafona do segundo andar, com ferro de passar e chaleira elétrica, se ele e Emma ainda aproveitassem quartos de hotel. Ele se lembrou dos donos, um casal ansioso e suarento que veio cumprimentá-lo e falar de "sazonalidade" e do "ethos" do lugar, e pensou em mudar o comentário sobre o linguado. Mas desistiu. O povo de Berkshire não lia a *The World*. E, de qualquer forma, era tudo propaganda mesmo.

O mais importante era a parte sobre sua própria vida. Sentia que fizera sua família soar perfeitamente feliz. A verdade era que não estava exatamente ansioso por passar uma semana em Weyfield, a fria casa de fazenda em Norfolk herdada por Emma. Nunca sabia ao certo o que dizer à filha mais velha, Olivia. Ela tinha um jeito desconcertante de fitá-lo, mortalmente sério e levemente revoltado, como se enxergasse dentro de sua alma e reprovasse o que via. E Emma passaria a semana num redemoinho de pânico exultante por ter Olivia em casa, para variar. Pelo menos Phoebe estaria lá, um contraponto frívolo às outras duas.

Às vezes Andrew sentia que tinha mais em comum com a filha caçula do que com Emma — principalmente agora que Phoebe trabalhava na mídia. Ouvir sobre a irremediável produtora de TV onde atuava como freelancer, na qual todos os homens eram apaixonados por ela, sempre o fazia rir. Estava prestes a gritar para Phoebe no segundo andar e perguntar se queria ajudá-lo a escrever a resenha sobre um novo sushi bar, quando um e-mail não lido chamou sua atenção. Era de um remetente que não reconheceu, o que sugeria algum tipo de spam. Mas o assunto, "Oi", o fez mudar de ideia. Estava escrito:

Assunto: Oi
De: Jesse Robinson
<jesse.iskandar.robinson@gmail.com>
Data: 17/12/2016 16:08
Para: Andrew Birch <andrew.birch@the-worldmag.co.uk>

Caro Andrew,

Imagino que essa mensagem será recebida com choque, mas quis contatá-lo pois acredito que você é meu pai biológico. Minha falecida mãe biológica era uma libanesa chamada Leila Deeba, a quem imagino que você conheceu quando trabalhou como repórter em Beirute, em 1980. Ela me entregou para adoção pouco depois que nasci, e fui criado por pais adotivos em Iowa. Hoje vivo em Los Angeles, onde produzo documentários, principalmente sobre saúde e bem-estar. Estarei na Grã-Bretanha nas festas de fim de ano, pesquisando um projeto, e gostaria muito de conhecê-lo, se você estiver à vontade com isso.

Um abraço,

Jesse

P.S.: Sempre leio suas colunas!

— Tudo bem? — perguntou Emma, entrando no escritório. — Até parece que viu um fantasma.

— Jura? — disse Andrew. — Estou bem. Muito bem. — A tela do laptop não estava à vista, mas ele a fechou de qualquer forma. — Acabo de enviar a coluna. E você, como está? — Andrew sempre se surpreendeu com a própria capacidade de soar calmo, até mesmo bem-humorado, quando sua mente estava em parafuso.

— Estou ótima! — respondeu Emma. — Mal posso esperar para lê-la. Vou dar um pulo na John Lewis. Ainda falta comprar as últimas coisas. Bem, não as últimas, mas mais algumas coisas para... hum... o estoque de Olivia. — E preciso de mais papel de presente — completou ela, olhando para o relógio acima da cabeça dele. Andrew notou que a esposa falava rápido demais. Mas a surpresa ainda pulsava em seu corpo. Emma comentou qualquer coisa sobre quando devia estar de volta, e se foi.

Andrew continuou sentado, lendo e relendo o e-mail. Lá estava, a voz que temia e esperava ouvir na mesma medida. Ele pensou naquela noite tórrida em Beirute, em 1980, uma noite que tentou convencer a si mesmo que jamais acontecera. Depois, pensou na breve e estranha carta que recebeu de Leila Deeba, um ano e meio atrás, que chegara no escritório da *The World*. Ainda a guardava, escondida de Emma. "Minha falecida mãe biológica era...". Então a gloriosa mulher de corpo rijo com quem trepou numa cama de hotel estava morta. Ele se levantou e olhou pela janela salpicada de pingos de chuva. A música "Frosty the Snowman" veio da cozinha, no piso de baixo. Como havia chegado àquela idade, em que uma mulher com quem dormiu podia estar morta — e isso não era extraordinário? Era um pensamento soturno, e ele se forçou a voltar ao presente. O que devia — se é que devia — responder ao rapaz? E, o mais importante, o que diabos contaria a Emma?

Emma

• • •

A sala de espera do Dr. Singer, na parte alta da Harley Street, parecia ter sido feita para amortecer o golpe de más notícias. Era tudo suave, atapetado, bege. Sempre havia um prato com biscoitos intocados perto do chá e do café, e reconfortantes pilhas de revistas aleatórias. Olhando para as fotografias do casamento de um astro de novelas, Emma se perguntava se a *OK!* era mantida por médicos particulares e seus diagnósticos desoladores. Não tenha esperança, Emma, ela insistia em dizer a si mesma. Fazia o mesmo trato com o Destino desde a infância. Se quisesse que uma coisa acontecesse, ela se convencia a esperar pelo contrário — a esperar de verdade, com afinco, pelo contrário. E então acontecia o outro desfecho (aquele que ela desejava desde o princípio). Era como contratar um seguro — prepare-se para o pior e seja o que Deus quiser. Mas é claro que, quando as filhas tinham medo, ela dizia "vamos torcer pelo melhor" e "vamos passar por isso juntas". Era o que as mães deviam dizer. Ainda que, ultimamente, apenas Phoebe se abrisse com ela. Se tinha suas preocupações, Olivia não as dividia com a mãe há anos. Talvez, pensava Emma, conseguisse se aproximar da filha mais velha durante a quarentena.

— Sra. Birch? — disse a recepcionista de lábios caricatos. (Será que ela dava um pulo no dermatologista do térreo no intervalo do almoço?) — O Dr. Singer a está aguardando.

Emma entrou no consultório. Era uma combinação austera de pesados móveis de mogno e equipamentos médicos. Atrás da cortina ela sabia haver uma maca estreita forrada de papel azul, onde se deitou quando mostrou ao Dr. Singer o caroço do tamanho de uma avelã na axila direita.

— Temo que não sejam boas notícias — disse o médico, antes que ela terminasse de se sentar. — A biópsia mostrou que o nodo linfático que nos preocupa é um linfoma não Hodgkin.

Emma se perguntou se ele concluíra que aquela era a melhor forma de dizer às pessoas que elas estavam morrendo. Sem conversa fiada, indo direto ao ponto antes que sequer tirassem o casaco. Ele continuou a falar, explicando que mais exames seriam necessários para determinar se o tumor era "indolente" ou "agressivo". Engraçado definir tumores como adolescentes, pensou ela, quando ele já emendava com "opções de tratamento", encarando-a com seus olhos miúdos. Emma não disse nada enquanto o médico falava, sentindo-se desligada do corpo. Por que não tentou não ter esperança com mais vontade? Devia ter acreditado, lá no fundo, que tudo ficaria bem, e agora não estava nada bem.

— Como eu disse, precisaremos fazer mais alguns exames e aguardar os resultados antes de tomar decisões, o que provavelmente deve acontecer depois do Natal — disse o Dr. Singer. — Mas, de qualquer forma, a senhora precisará iniciar o tratamento em janeiro. Certo?

— Então o câncer espera pelo Natal? — disse Emma. O comentário deveria ter sido espirituoso, mas acabou soando um tanto histérico.

O Dr. Singer (sem dúvida acostumado a ouvir coisas estranhas dos pacientes) apenas sorriu.

— A senhora quer perguntar alguma coisa?

Emma hesitou.

— Só uma coisa. Minha filha está tratando pessoas com o vírus Haag na Libéria, e ficará em quarentena conosco durante o Natal. Isso seria um risco, quero dizer, na minha situação?

— Haag? — disse o dr. Singer. Pela primeira vez, ele pareceu ficar confuso. — Bom, o meu conselho seria que, em vista da biópsia, a senhora deveria evitar qualquer risco à sua imunidade. — Singer fechou a pasta dela, sinalizando que a consulta estava encerrada. — Tenha um bom Natal. Tente não se preocupar.

Emma abriu a porta do número 68 da Harley Street com sua infinidade de campainhas de consultórios médicos. Foi um alívio deixar o silêncio quente e caro da recepção e estar de volta ao ar de dezembro. Do outro lado da

Cavendish Square ela via o reconfortante verde-escuro da John Lewis. Combinara de se encontrar ali com sua velha amiga Nicola depois da consulta, porque, como dizia Nicola: "Tudo está sempre bem na John Lewis." Emma secretamente pensava que a La Fromagerie em Marylebone seria melhor, mas, agora que viera a má notícia, a boa e velha John Lewis estava ótima.

Nicola era a única pessoa que sabia sobre o Dr. Singer e o caroço — o caroço que acabava de se tornar um câncer. Emma não contara a Andrew ou às meninas, porque não havia nada de concreto a contar ou com que se preocuparem. Ela costumava amar lojas de departamento no Natal. Mas, naquele dia, as luzes, as vitrines e as pessoas que cruzavam seu caminho a incomodavam. Queria apenas estar sentada. Já mandara uma mensagem para Nicola — *Más notícias* —, porque não suportaria ver o rosto da amiga aguardando, dividido entre a euforia e a piedade. Demorou uma eternidade para chegar ao café no quinto andar — sempre que chegava ao alto de uma escada rolante, precisava caminhar quilômetros até a próxima. Depois, não conseguiram se falar propriamente por horas, porque tiveram que empurrar suas bandejas por um balcão de metal, como num refeitório de escola, pedindo Earl Grey e bolo inglês a rapazes simpáticos. Nicola manteve uma das mãos no braço de Emma o tempo todo, como se ela fosse muito velha, sempre lhe dirigindo sorrisinhos tristes. Nicola ama uma crise, pensou Emma, e então se sentiu culpada.

Por fim estavam sentadas.

— Certo — disse Nicola —, conte tudo.

E enquanto Emma explicava que precisaria fazer mais exames no dia seguinte, que os resultados chegariam depois do Natal e que provavelmente passaria o ano-novo fazendo quimioterapia, ela ouvia o diagnóstico tomar forma como a história do seu sexagésimo aniversário. (Meu Deus, como podia estar tão velha?) Depois de virar e revirar aquilo, sua mente parou de girar e ela se sentiu mais apta a encarar tudo. Nicola não cansava de falar em luta, prometendo a Emma, enquanto segurava sua mão, que ela seria capaz de "derrotar essa coisa" com a ajuda dos amigos e da família.

Emma comeu uma última garfada de bolo e forçou um sorriso.

— Só vou contar a Andrew e às meninas depois da quarentena.

— O quê? Por quê? Mas você precisa contar! Você não pode carregar isso sozinha! — A voz de Nicola ficou exaltada.

— Não posso. Olivia não vai vir se eu contar. Eu sei. Ele disse que será um risco passar o Natal com ela. Mas eu preciso, Nic, ela não tem para onde ir.

— Emma! Isso é loucura. Ela vai entender; ela é médica, pelo amor de Deus. A última coisa que vai querer é colocar a mãe em risco.

— Veja bem... você sabe como é com Olivia. Esse é o primeiro Natal que ela vai passar conosco em anos, a primeira vez que vai ficar mais de algumas poucas horas em casa. No ano passado foi o acampamento de Calais, no ano retrasado o Sudão e, antes disso, as Filipinas. Quero que ela esteja aqui. Não me importa o que Singer pensa. É apenas um risco, e um risco pequeno. Se ela tiver contraído a doença de Haag, o meu sistema imunológico caquético será a menor das nossas preocupações.

— Mas e Andrew? Ele precisa saber.

Emma sabia que Nicola tinha razão. Mas não estava disposta a entrar no quão pouco ela e Andrew compartilhavam ultimamente, ou em como ela acabou se tornando autossuficiente. Desde o curso de psicoterapia que fez depois do divórcio, Nicola estava apta a prestar aconselhamento em qualquer situação. E não é que ela e Andrew estivessem com problemas. Que casamento tem intimidade depois de trinta anos? Era mais fácil apontar o dedo para o vírus Haag.

— Ele dirá o mesmo: que Olivia não poderá fazer a quarentena em casa. E se esse for o *meu* último Natal? Eu não me perdoaria se a afastasse, se perdesse a chance de ter outro Natal apenas para nós quatro. Estou esperando ansiosamente por isso. As meninas em Weyfield outra vez, como quando eram pequenas.

Os olhos de Nicola ficaram marejados de lágrimas.

— Está bem, querida — disse. — Você é quem sabe.

Phoebe

• • •

Lá estava: quarto 131, uma suíte executiva. Phoebe bateu à porta, o som abafado pela madeira maciça e o carpete. Ficou se perguntando se George estaria espiando pelo olho mágico.

Ele abriu a porta. Vestia um roupão de banho branco e sorria com os lábios cerrados e as sobrancelhas arqueadas, como fazia quando Phoebe se mostrava docemente incompetente. Atrás dele, bruxuleavam dezenas de pequenas velas. George pegou sua mão e a conduziu à suíte à meia-luz. Pétalas vermelhas estavam espalhadas sobre a cama pesada como uma fortaleza. Decidiu editar esse detalhe quando descrevesse a cena, como já sabia que faria. Concentre-se, Phoebe, pensou ela. Isso está mesmo acontecendo. A coisa pela qual você tem aguardado. Lá estava George, com um joelho no chão. De um bolso do roupão ele tirou uma pequena caixa de veludo azul. Abriu-a com um floreio que ela suspeitava ter sido ensaiado. O anel tinha uma safira enorme rodeada de diamantes, como o de Kate Middleton. Não era nada parecido com nenhuma de suas joias. Ela afastou a decepção e a vergonha que a acompanhavam por ser tão terrível.

— Phoebe — disse ele, com a cabeça à altura de sua virilha. — Você quer... quer ser minha esposa?

— Sim! — Ela deu um grito agudo, abraçando a cabeça dele num gesto desajeitado quando George já tentava se levantar. O joelho dele estalou e os dois se beijaram. — Estou tão feliz — disse ela, a boca colada na dele. — Eu te amo.

— Eu também — respondeu ele, pegando o anel, colocando-o no dedo dela e beijando sua mão. Ele passou a manobrá-la na direção da cama.

— George — interrompeu ela. — Desculpe... é que eu estava precisando fazer xixi quando cheguei. Ele revirou os olhos afetuosamente e ela foi até o banheiro. O lugar era um palácio. Ela se perguntava quanto aquela suíte teria custado.

Sentada no vaso, começou a estudar o anel. Provavelmente também custara uma fortuna. Ela girou os dedos sob a luz, pensando em como sua mão parecia adulta. Uma rolha estourou no quarto. Ela ficou parada em frente ao espelho de três faces, com a emoção crescendo em seu estômago, torcendo para que de alguma forma parecesse diferente.

— Você está noiva! — disse baixinho para o reflexo, enquanto se perguntava a quem contaria primeiro, e se diria que foi uma surpresa ou admitiria que já suspeitava que aquilo aconteceria quando recebeu a mensagem de George chamando-a para um hotel. Visões de uma festa de noivado, da caça ao vestido de noiva e de um fim de semana de despedida de solteira em Paris, ou talvez Ibiza, brotavam em sua mente. Ela ficou apenas de calcinha e vestiu o segundo roupão branco. As dobras brancas felpudas a deixaram com uma aparência agradavelmente delicada. Depois de examinar os vidrinhos sobre a pia de mármore, ela agitou os cabelos e saiu do banheiro. George estava sentado num belo sofá com estampa de brocado, fotografando duas taças de champanhe com o celular.

— Estava no gelo — disse. — É um Moët Rosé. Escolhi especialmente para hoje. Para a minha bela futura esposa — acrescentou, estendendo uma das taças. Ele deu um gole e soltou o chiado que sempre fazia quando bebia vinhos especiais. — Uau. Delicioso.

Phoebe sorriu.

— Você sabe que eu não sei a diferença entre isso e um Prosecco — comentou ela, apesar de saber, depois de seis anos com George e de ir a tantos lugares bons com o pai.

— Podemos cuidar disso, Baixinha. — Ele chegou mais perto e passou a mão na cabeça dela.

— É lindo, por sinal. — Ela agitou a mão para que o anel reluzisse.

— Sabia que você ia gostar — disse ele. — É a sua cara.

* * *

Mais tarde, deitada com a cabeça no ombro de George, ela sentiu que começava a acreditar que estava noiva. O jantar no restaurante do hotel com estrelas Michelin e o champanhe de cortesia recebido no quarto ajudaram. Antes, deve ter sido a surpresa que fez tudo parecer um pouco irreal. A surpresa entorpece as reações, ela tinha certeza de que lera isso em algum lugar. E agora que enxurradas de curtidas e "Parabéns!!!!!" apareciam no Instagram e no Facebook, ela começava a ter simpatia pelo anel. Talvez fosse hora de evoluir para "joias de esposa" (como sua amiga Saskia classificava joias delicadas e cheias de diamantes). Ela conferiu o telefone — a selfie que postara com a legenda *Noivos! E modelando de roupão #RevivendoBlindDate* já recebera 224 curtidas, um recorde pessoal. Ela mostrou a George a pequena imagem dos dois brindando com taças de champanhe que iluminavam a suíte escura.

— Demais! Mas não entendi... *Blind Date?*

— Duh! Por causa dos casais de *Blind Date* que sempre usavam roupão de banho branco e, tipo, bebiam champanhe e eram bem cafonas. Lembra?

— Ah, tá. É verdade! — Mas Phoebe não tinha certeza se ele entendera. Às vezes referências como aquela passavam batidos para George. A legenda dele para a mesma foto foi #Moët #&CIA #objetivosdevida. Várias pessoas comentaram que eles formavam um belo casal.

— Aquele filé estava sensacional — disse George para a penumbra. — Academia amanhã!

Ela não respondeu. Pensava no toque de seda dos lençóis em suas pernas, no quanto amava hotéis e em como o resto de sua vida com George seria uma sucessão de lugares como aquele.

— Eu queria que alguém viesse e arrumasse a minha cama toda noite.

— Tenho certeza de que isso pode ser providenciado, Princesa — disse ele, apoiando o corpo em um cotovelo e sorrindo para ela.

— Você sabe que mamãe vai ser um completo pesadelo no casamento — disse ela. Emma ficara muito emocionada ao telefone mais cedo. Chegou mesmo a chorar de felicidade. Um pouco exagerado, mas fofo. — Ela provavelmente está louca por netos — prosseguiu Phoebe. Geralmente o assunto bebês era uma zona proibida com George, mas aquela noite a encheu de coragem. Ela estava chegando lá.

— Também, com a sua irmã, não é de surpreender — disse George.

— Ei! Olivia está salvando o mundo. Ela não pode fazer nada se está ocupada demais para pensar em homens — retrucou Phoebe, dando um tapa no peito dele. Engraçado, pensou ela, queixava-se de Olivia o tempo todo, mas não gostava de ouvi-la ser criticada por mais ninguém. George não entenderia, sendo o terceiro de quatro irmãos cujo principal objetivo parecia ser insultar uns aos outros. A irmã caçula, Mouse (o nome verdadeiro era Claire), era praticamente ignorada.

— Quando ela chega, afinal? — perguntou ele. — E quando começa o toque de recolher?

— No dia 23. Será bom tê-la aqui para o Natal, para variar.

George soltou seu riso fungado.

— O que foi?

— Nada. Ela já te respondeu?

— Ela vai responder. Acho que não tem sinal por lá.

Os dois ficaram deitados em silêncio por algum tempo.

Um fiapo das luzes de Natal de Knightsbridge, vindo da rua lá embaixo, brilhava acima das cortinas de veludo. Depois de algum tempo, a respiração de George ficou mais lenta, e o braço que envolvia seu ombro relaxou.

Ela olhou para ele. Pensou que tudo aquilo que sentia era alívio. Chega de espera. Chega de torcer, sempre que admiravam o pôr do sol, que *aquele* fosse o momento. Chega de lutar com lágrimas mesquinhas a cada noivado alardeado no Facebook. Finalmente aconteceu. Ela ficou deitada, remexendo na joia em sua mão, tentando absorver a ideia de estar "casada". O edredom macio como uma nuvem subitamente ficou quente demais, e ela se levantou para beber água. Um envelope aberto em cima do frigobar chamou sua atenção. Ela suspeitou que fosse a conta e, com todo cuidado, tirou a folha de papel ali dentro para ver quanto George gastara. Foi fofo da parte dele ter feito tudo aquilo. A ideia de imaginá-lo acendendo todas aquelas velas e espalhando as pétalas de rosa cafonas era tocante, ele realmente não era disso. Estava escrito no papel:

Pacote de Noivado:

Orientação para escolha e entrega de anel de noivado.................£500
Preparação do quarto, incluindo velas, pétalas de rosa,
champanhe Moët & Chandon Rosé, cesto de frutas,
câmera descartável e chocolates personalizados...........................£350
Suíte executiva com café da manhã...£1.000

Ela se virou, na dúvida se fazia piada com aquilo ou não. Mas George estava roncando.

Jesse

GREEN ROOM BAR, LOS ANGELES, 20H

• • •

Jesse voltou a conferir a caixa de entrada enquanto esperava por Dana, sua irmã caçula. Ela sugeriu que se encontrassem para beber quando ele ligou mais cedo — perturbado, porém empolgado — para dizer que mandara o e-mail para Andrew Birch. Isso foi há doze horas, e nada de resposta. Será que ele não havia lido? Seu pai biológico não parecia ser do tipo que deixa mensagens passarem despercebidas. E Jesse sabia que ele esteve on-line, porque às seis da tarde na Inglaterra @ABirchReviews havia tuitado: *Por que as pessoas que escrevem sobre saúde precisam invariavelmente descrever as castanhas como "usinas de força nutricional"? Preguiçoso e sem sentido.* Às sete ele voltou ao Twitter para dizer: *Por favor, que o Natal de 2016 passe rápido.*

Uau. Às vezes o cara era tão negativo. Viver de escrever resenhas sobre restaurantes não podia ser tão ruim assim.

Quando pesquisou "Andrew Birch" no Google, exatamente um ano atrás, Jesse encontrou centenas de seus artigos on-line, muitos com um e-mail abaixo do nome. Ele quase surtou. Ali estava uma forma de conhecer seu pai biológico, secretamente e em segurança, antes de fazer contato. Pesquisar sobre Andrew tornou-se seu hobby da madrugada. Sua mente agora continha uma pasta carregada de curiosidades sobre Birch, cada novo fato instigava em Jesse uma euforia investigativa. Sua terapeuta, Calgary, alertou que, embora essa pesquisa fosse um "espaço seguro", ele não devia confundir saber *sobre* seu pai com realmente conhecê-lo. Jesse sabia que ela tinha razão. Mas a voz nas resenhas de restaurantes quinzenais de Andrew para a revista *The World* soava tão crítica — tão diferente de seu pai adotivo, Mitch — que a possibilidade de conhecer o pai biológico em carne e osso tornou-se intimidante. E a coluna era uma mina de ouro de informações, já que Andrew jamais dedicava mais de um parágrafo à comida, preenchendo o resto com lampejos de sua vida pessoal e seu passado.

Jesse sabia, por exemplo, que Andrew era filho único, que nasceu em 1950 e que foi criado por uma mãe solo. O nome dela era Margaret, e ela trabalhava como professora de inglês para sustentar os dois. Quando ela morreu, Andrew escreveu um tributo comovente como preâmbulo de sua resenha sobre um novo restaurante indiano em Willesden Green, cidade natal de Margaret. Nela, revelou que o pai os abandonara quando ele nasceu. O texto levou Jesse às lágrimas, e deu-lhe a esperança de que o pai ausente tornasse Andrew mais receptivo a um filho seu. Várias vezes Andrew mencionou que recebera uma bolsa de estudos em uma escola particular e estudou história na Universidade de Oxford. Ele foi um dos correspondentes do *The Times* no Oriente Médio, de 1977 a 1987, baseado principalmente no Líbano, no auge da guerra civil. Jesse suspeitava de que seus pais biológicos haviam se conhecido assim. Aquela fase da carreira parecia ter grande importância para Andrew. Sempre que escrevia sobre cozinha do Oriente Médio, mais recentemente ao resenhar um *food truck* especializado em falafel no "hipster Dalston", ele se referia a esse período.

Nem tudo que Jesse sabia vinha da coluna de Andrew. O curioso site britânico ThePeerage.com revelou que o Sr. Andrew Birch casou-se com a honorável Emma Hartley em 1983. Que tiveram duas filhas (meias-irmãs de Jesse!), Olivia Frances Birch, nascida em 1984, e Phoebe Gwendoline Birch, nascida em 1987. Em suas resenhas, Andrew se referia a Emma como A Matriarca. O que era legal, pensava Jesse. Ele gostava da ideia de uma madrasta aristocrata.

Melhor ainda foi o clipping que encontrou on-line, de uma obscura coluna de fofocas dos anos 1980 chamada "Sloane's Snooper". Ela contava que Emma e Andrew se conheceram no Casamento Real, em julho de 1981, onde Emma era convidada e Andrew, repórter. Esse fato, além de pura comédia romântica inglesa, era um trunfo. Uma vez que o nascimento de Jesse em 1980 era confortavelmente anterior ao encontro de Andrew e Emma, ele tinha expectativa de que não criaria tensão ao fazer contato. Com sorte, Emma seria tranquila em relação ao passado do marido. Ainda assim, não podia ficar cheio de si. Para começar, não fazia ideia se Andrew ao menos desconfiava de sua existência. Havia uma chance de sua mãe biológica não ter contado a ele que havia engravidado. Tudo que seus pais adotivos sabiam dizer era que, quando ele tinha duas semanas de vida, os dois o tiraram de um orfanato libanês. Calgary não cansava de lembrá-lo de refrear suas esperanças. Ela dizia que a família Birch provavelmente ficaria chocada ao descobrir que Andrew tinha outro filho — ainda que isso tenha acontecido bem antes que conhecesse Emma. Eles precisariam de tempo e espaço para processar as emoções.

Também havia fotos a estudar, principalmente de Andrew em uma infinidade de eventos da mídia — geralmente de braços dados com Phoebe. Mas exceto pela altura, Jesse simplesmente não conseguia enxergar a si mesmo no pai biológico. Havia uma sugestão dos seus cabelos na fotografia de Andrew na coluna, mas os genes libaneses da mãe biológica eram a força dominante em seu DNA. O pai tinha pele clara e sardenta e olhos miúdos, enquanto o apelido de Jesse no ensino médio era Aladim, em referência ao filme da Disney. Os cabelos de Andrew eram penteados para trás numa única pluma grisalha, enquanto os cachos de Jesse precisavam ser diariamente domados. Nem mesmo o nariz de gavião do pai biológico — perfeito para condenar um Merlot inferior — ele herdara. O rosto afilado e de traços romanos de Jesse vinha da mãe biológica, assim como o restante de suas características físicas.

Ele também garimpou fotos das meias-irmãs para procurar por semelhanças, mas elas eram ainda menos evidentes. O Instagram e o Twitter de Phoebe eram aflitivamente privados, mas, pelas fotos com Andrew, Jesse podia ver que ela era uma graça. Tinha um rosto altivo, como uma Rosa Inglesa, com sisudos lábios das pinturas pré-rafaelitas, olhos verdes incomuns e um delicado nariz aquilino. Nada parecida com Jesse. A única foto que encontrou de Olivia era a do perfil do Facebook, que mostrava uma versão feminina de Andrew. Tinham o mesmo rosto comprido, olhos fundos e pele clara — o que numa mulher, e sem o olhar cético de Andrew, criava um efeito agradável. Simpática, diria sua mãe. Fora isso, Olivia parecia existir num vácuo de mídias sociais. Jesse nem sequer sabia qual era a sua profissão.

Emma devia ser muito velha para gostar de dar as caras on-line — ao contrário do marido, pessoa pública. A única foto dela que encontrou foi a da "Sloane's Snooper", de 1981. Mostrava uma morena bonita e sorridente com cabelos volumosos e ombreiras — muito parecida com uma Rachel

Weisz jovem. Jesse via a semelhança entre ela e Phoebe, apesar de Emma aparentar ser curvilínea, enquanto Phoebe tinha uma magreza de atriz. Mas a foto era tão antiga que ele não tinha ideia da aparência atual de Emma.

Mais curiosidades: Phoebe trabalhava na TV (Jesse se agarrava a esse fato como uma quase afinidade) e sempre pedia peixe quando acompanhava o pai nas resenhas. Ela soava divertida e espirituosa, à moda inglesa. Emma adorava sobremesas, Elvis e queria um cachorro, mas precisou se contentar com um gato porque Andrew não gostava de cachorros. Esse fato incomodava Jesse. Quem não gosta de cachorro?

Os Birch atualmente viviam em Camden (o bairro de Amy Winehouse!), mas passavam as férias num lugar de nome gloriosamente britânico, Weyfield Hall. E foi Weyfield o estopim do plano de viajar para Norfolk em dezembro — especificamente uma sessão de fotos da casa no Natal que encontrou no site Countryliving.co.uk. Quando viu as lareiras crepitantes, os retratos de família e as paredes com forro de madeira, Jesse percebeu o quanto ansiava por fazer parte daquilo. Passou a sentir-se muito romântico com o fato de suas raízes serem parte *As mil e uma noites* e parte *Downton Abbey* (apesar de Weyfield vir do lado da família de Emma). Estava convencido de que foi seu raro sangue misturado, e não apenas o fato de ser gay, que fez de seu ensino médio um tormento. E então disse a todos que no Natal viajaria para Norfolk, Inglaterra, para pesquisar um "projeto confidencial". Apenas Dana sabia a história toda. Ainda assim, tecnicamente não era uma mentira. A jornada para conhecer o pai biológico inglês, numa casa de campo aristocrática, poderia render um documentário incrível. Seria o primeiro filme só seu, mas ele tinha bons pressentimentos. Já fizera algumas imagens preliminares suas no apartamento, falando da vida em L.A., da infância em Iowa e da expectativa de conhecer Andrew em Norfolk, Inglaterra.

— Eu estava aqui pensando, você não acha estranho Andrew ser crítico de gastronomia e ainda assim ser magérrimo? — disse Dana, quando o garçom servia as bebidas. — É como se, na verdade, ele não gostasse de comida. Ele nunca diz literalmente "hum, estava delicioso". É sempre, tipo — ela adota um sotaque britânico esnobe —, "o molho estava *bem trabalhado*". Ele descreveu um *sorbet* como *sagaz* na semana passada. O que isso quer dizer?

Jesse bebericou o seu bloody mary. Não tinha o hábito de beber, mas apertar a tecla enviar no e-mail deixou seus nervos em frangalhos.

— Eu gosto da prosa dele — respondeu. Era louco o quanto já se sentia defensivo em relação a Andrew, pensou. Mas Dana tinha razão. Seus amigos, com os telefones pairando sobre qualquer suco verde que fosse, gostavam mais de comida que Andrew.

— Desculpe, eu não quis ofender — disse Dana. — Só estou passada que ele ainda não tenha respondido. Enfim, agora nós sabemos de onde vem o seu metabolismo.

— Acho que sim — disse Jesse.

— Ele parece ser ainda mais magro que você.

— Ahá. Nós somos idênticos: 1,93 metro e 77 quilos.

— *Stalker.*

— Ei! Isso é tudo que temos em comum. Fisicamente.

— Você diz isso como se fosse uma coisa ruim. Devia agradecer por ser a cara de sua mãe biológica modelo. — Dana sempre provocava Jesse pelo seu rosto absolutamente lindo.

— Phoebe também não se parece nada comigo — comentou Jesse.

— Eu percebi que ele fala muito mais dela do que da Olivia — disse Dana depois de uma pausa. — Você acha que ela é a favorita?

— Eu acho que ela tem mais, tipo, o perfil de pessoa sobre quem você pode escrever — opinou. — Ela sempre diz coisas engraçadas sobre a comida que os dois pedem.

— Pois é.

Dana terminou sua bebida e evitou o olhar dele. Jesse queria não ter a sensação de que a irmã estava cautelosa quanto a seu pai biológico e a família dele. Calgary sugerira que, como Dana não era adotada, ela pudesse estar relutando em dividir o irmão mais velho. Fazia sentido; Dana e ele eram tão próximos que a irmã o seguiu até L.A. depois da faculdade. Mas a atitude dela ainda o incomodava. Principalmente porque pensavam a mesmíssima coisa a respeito de Phoebe e Olivia. Apenas Phoebe parecia acompanhar Andrew em suas resenhas e estrelar suas piadas.

— Não acredito que você não vai passar o Natal em casa — continuou Dana. Ela sempre ficava sentimental com vermute.

— Mas acabamos de passar o Dia de Ação de Graças juntos.

— Quando você vai contar para mamãe e papai que esse seu "projeto confidencial" é uma grande mentira?

— Depois que tiver notícias dele. Ele provavelmente ainda está pensando no que dizer. Não vai responder de imediato.

— Claro — disse Dana. — Mas precisa fazer isso logo. Senão vai precisar se entender comigo.

Jesse sabia que Dana mantinha seu segredo por lealdade, que preferia que tudo estivesse às claras. Mas ele sentia que era mais seguro assim, para o caso de a busca terminar mal, como da última vez. Jesse não imaginava que sua mãe adotiva ficaria tão angustiada quando ele tentou contatar a mãe biológica — depois de anos remoendo aquilo —, e descobriu que ela havia morrido pouco tempo antes. Ele próprio não esperava ficar tão angustiado. Daquela vez, primeiro se encontraria com Andrew e depois contaria aos pais. Era melhor assim, antes de envolver a todos sem saber o resultado. Pelo menos seu pai biológico com certeza estava vivo.

Por volta da meia-noite no horário da Costa Oeste, ainda não havia notícia de Andrew. Ele com certeza responderá amanhã, pensou Jesse, sentado à bancada da cozinha, de cueca e com o ar-condicionado no máximo. Ele se alternava entre o e-mail e o site da companhia aérea. Sabia que devia esperar. Comprar a passagem agora, antes de ter uma resposta, seria precipitado. Mas os voos para as festas de fim de ano estavam ficando cada vez mais caros. Ele manteve o cursor sobre a aba Comprar por um segundo, e então clicou.

• 2 •

23 de dezembro de 2016

Quarentena: Dia 1

Emma

• • •

Emma chegara ao Heathrow absurdamente cedo, depois de deixar Norfolk antes do amanhecer. Todas as vezes em que foi ao banheiro (e foram muitas, graças a um enorme e cremoso cappuccino da Costa), sentiu-se terrivelmente aflita de que Olivia saísse e não encontrasse ninguém para recebê-la. Costumava sentir o mesmo pavor de se atrasar quando pegava as meninas na escola. E também era muito estranho lidar com o cartaz que fizera ao entrar e sair dos reservados minúsculos no banheiro do aeroporto. Havia usado uma folha de cartolina verde do tamanho de um capacho que comprara na papelaria da Holloway Road. Estava escrito: *Seja bem-vinda, querida Wiv, nossa heroína.* Segurando-o agora, ela temia que parecesse ridículo. Olivia não gostava de chamar atenção. E será que tinha problema chamá-la de Wiv, seu apelido de infância cunhado por Phoebe quando bebê? Mas, de alguma forma, Emma precisava registrar a volta em segurança de Olivia. E ao ocupar-se com o cartaz ela tirou o caroço dos pensamentos por uma hora.

Um rapaz alto de boné se sentou perto de Emma, e ela colocou o cartaz no chão, para que o papel da cartolina não tocasse sua coxa. O desconhecido olhou para o cartaz e então para ela.

— Belo cartaz — disse, com sotaque americano.

Se não tivesse aberto a boca, ela diria que era do Mediterrâneo, a julgar pela pele acobreada e os olhos escuros. E, pelas feições bem afiladas e simétricas, poderia muito bem ser um ator ou modelo. "Boa-pinta", diria ela quando jovem.

— A senhora é a mãe dessa Wiv? — perguntou ele.

— Sim, ela estava na Libéria, ajudando a combater a epidemia do Haag. Ela é médica.

— Uau. Que incrível. A senhora deve estar muito orgulhosa.

— Mas é claro que estou! É maravilhoso o que estão fazendo por lá. — Emma gostava do jeito entusiasmado dos americanos. Sempre sentiu que teria se adaptado bem nos Estados Unidos.

— Por quanto tempo?

— Apenas desde outubro. Mas pareceram séculos! — Ela riu, e o rosto do rapaz se abriu num sorriso de astro de cinema.

— Incrível — repetiu ele. — Eu tenho, tipo, *admiração* por esses caras. O que eles fazem é tão legal. Ela vai ficar bem? — emendou, depois de uma pausa. — Oferecem a eles, tipo, terapia?

— Meu Deus, acredito que não. Não, acho que eles simplesmente seguem em frente — disse Emma, subitamente se perguntando se deveria ter providenciado algum tipo de terapia para Olivia. Ela pareceu estar bem depois das últimas viagens como voluntária, ou não? Mas nunca esteve num lugar que parecesse tão assustador como a Libéria.

— E quanto a você? — perguntou Emma, olhando para a bolsa de viagem aos pés do rapaz. — Você tem parentes ingleses?

— Algo do tipo. — Ele fez uma breve pausa, e ela torceu para que não tivesse se intrometido demais. Talvez estivesse fugindo de um pesadelo de Natal em família nos Estados Unidos.

— Vou visitar alguns amigos em Londres hoje, mas na verdade estou tentando conhecer o meu pai biológico. Ele é britânico, mas eu sou adotado, então... Minha mãe biológica me entregou para adoção. Ela e meu pai biológico não estavam oficialmente juntos nem nada.

— Minha nossa, que corajoso — disse Emma, tentando não deixar transparecer o quanto ficara surpreendida. — Imagino que seu pai saiba que você está aqui. Seu pai biológico — corrigiu-se.

— Bem, eu mandei um e-mail, mas ele não respondeu, e eu já tinha comprado a passagem. Não tenho certeza nem mesmo se ele sabe que eu existo. Então estou meio que num dilema.

— Meu Deus. Sim, eu entendo. É complicado. — Ela não conseguiu evitar pensar que foi um pouco precipitado viajar até lá, no Natal, antes de receber uma resposta. — Você tem certeza de que o e-mail estava certo? — Emma nutria uma desconfiança profunda pela tecnologia. Mas como alguém poderia rejeitar um rapaz tão simpático? Os olhos dele eram simplesmente lindos, cor de melaço, e rodeados por cílios longos. Andrew também tinha cílios lindos quando jovem. Mas os do marido eram loiros, pensou ela, enquanto o americano falava, então era preciso estar bem perto para notar.

Os dois acabaram conversando por um bom tempo, porque o aparentemente incorrigível amigo que o pegaria estava atrasado. Emma não pressionou com a coisa do pai biológico, já que a história toda soava um pouco estranha, e ele obviamente se decidira a conhecer o sujeito e estava muito nervoso. Então, em vez disso, falaram de Los Angeles, onde ele morava, e de seu trabalho, que tinha alguma coisa a ver com fazer documentários com temas de saúde, o que acabou levando a conversa para a saúde de modo geral, e aquele rapaz tinha opiniões bem interessantes. Na verdade, era fácil conversar com ele. Fez todo tipo de pergunta a seu respeito — não das filhas ou de Andrew, como a maioria das pessoas —, e ela acabou falando do diagnóstico. Era engraçada a forma como as pessoas se abrem com estranhos. Talvez tenha se permitido confiar porque ele lhe contou sobre o seu próprio dilema, pensou Emma, enquanto o rapaz falava de um documentário sobre câncer que ajudou a produzir. Ou talvez fosse a segurança de saber que jamais voltaria a vê-lo. Apenas quando o amigo chegou e ele lhe deu um rápido e apertado abraço de despedida (os americanos são loucos, mas tão simpáticos), foi que ela se deu conta de que não haviam se apresentado.

— Boa sorte! — gritou, quando ele já se afastava.

O rapaz se virou e sorriu, e Emma quis ir até lá e dizer que, se a coisa do pai biológico não desse certo, ele podia passar o Natal com a família dela. Mas então lembrou que estariam em quarentena.

Olivia

• • •

Olivia torcia para que sua mochila não aparecesse tão cedo na esteira de bagagem, mas foi o segundo volume que surgiu. Sean estendeu a mão para pegá-la, e ela quis dizer que não precisava, para prolongar seus últimos momentos juntos. A área de desembarque era ofuscante. Tudo parecia tão novo e eficiente. A World Duty Free cintilava com Toblerones enormes, pirâmides de perfume e torres de garrafas cor de âmbar.

— Quem *compra* essas coisas? — perguntou ela a Sean. E como tudo aquilo pode voltar a ser normal?, perguntava a si mesma.

O aeroporto, depois do caos das ruas de Monróvia, soava estranhamente abafado. E os pés dela, calejados e calçando sandálias, estavam completamente fora de lugar. Quase pior que o ataque de consumismo era a sala escura para onde todos os trabalhadores humanitários foram conduzidos para terem a temperatura checada. Ali devia ser o local onde as mulas de traficantes sem sorte são interrogadas, pensou ela, registrando o contraste entre as paredes manchadas e o glitter do lado de fora. Era como vivenciar os bastidores. Sean olhou para ela e sorriu. Não poder tocá-lo durante o voo foi como não aplacar uma coceira. Na noite anterior, sabendo que no dia seguinte não poderiam nem mesmo trocar um aperto de mão, os dois deitaram juntos na cama baixa do apartamento dela, entrelaçados um ao outro até que ela esquecesse onde terminava sua pele e começava a dele. Olivia apertou a testa contra o peito de Sean e disse:

— Nós vamos, tipo, continuar juntos quando voltarmos para casa, não vamos? — Era mais fácil perguntar isso para o mamilo do que para o rosto dele.

— É claro, sua boba! — respondeu ele, antes de descansar os lábios na cabeça dela. Ali deitados, com o ventilador zumbindo até que o gerador parasse, ela sentia que estavam numa bolha, isolados do resto do mundo. Mas, ao olhar para Sean agora, ela temia que a bolha pudesse ter sido uma ilusão. Fazia apenas cinco semanas desde que se beijaram pela primeira vez. E apesar de tudo que presenciaram juntos eles ainda não haviam compartilhado a vida real — tampouco dito a ninguém que eram um casal.

Era a vez dela. O segurança ergueu o termômetro que media a temperatura a distância, com cara de poucos amigos. Aquilo, Olivia supunha, era o que aguardava por ela: olhares desconfiados e gente discretamente desinfetando as mãos depois de se aproximar. O termômetro apitou e o sujeito sinalizou para que ela seguisse em frente. Sean foi liberado em seguida. Eles pararam do lado de fora da sala, olhando um para o outro e respeitando os dois passos regulamentares.

— Tchau por enquanto, então — disse ele.

A garganta de Olivia parecia estar se fechando. Ela geralmente não era assim. Sean estendeu a mão para tocar-lhe o braço, e ela recuou instintivamente — um reflexo em público, depois de semanas de regra do Não Toque.

— Está tudo bem, não tem ninguém olhando. — Ele abriu um sorriso. — Vou sentir muito a sua falta, Olivia. — Ela gostava como seu nome soava na boca dele.

— Também vou sentir sua falta — disse. Já fazia bastante tempo desde que deixara alguém chegar tão perto. Na verdade, ela não tinha certeza se um dia dissera a Ben, seu apático namorado na University College de Londres, que sentiria falta dele.

Ela ouviu um grito agudo familiar.

— Wiv! Wiv! Olivia! — Era sua mãe. Ela chegou impetuosamente, carregando um enorme cartaz de boas-vindas, e a abraçou e beijou sem hesitar. — Ah, querida — disse no seu ombro. — Você está tão magra!

— Oi, mãe. — Ela tentou soar feliz. — Você não devia me beijar — acrescentou, afastando-se.

— Ora, vamos, querida, não comece.

Ela lembrou do mortificante hábito da mãe de abraçá-la em frente ao portão da escola, mesmo quando Olivia já era mais alta que ela.

Emma ficou ali fitando-a como se ela fosse uma aparição, sem notar a presença de Sean.

— Este é Sean. Nós trabalhamos juntos no centro — disse Olivia.

— Que adorável! — disse Emma, como se Olivia houvesse dito que se conheceram jogando croqué.

— É um prazer conhecer a senhora — disse Sean. — Aposto que está feliz por tê-la de volta.

— Ah, sim, imensamente! — exclamou Emma, sua voz trinando acima dos sons do saguão. A claustrofobia de casa já começava a se instalar. Ninguém disse nada por um segundo.

— Bem — disse Sean, pegando sua mochila. — Acho que preciso ir andando. Tenho uma conexão.

— Tchau, então — disse Olivia. A despedida deles não deveria ter sido assim. Por que sua mãe escolheu justo aquele momento para aparecer?

— A gente se vê, O-livia. Tenham um feliz Natal — desejou às duas.

— Você também, Shane — disse a mãe dela.

Olivia o viu se afastar, com a cabeça embalada acima da multidão pelo seu apaixonante caminhar gingado.

— Ah, ele pareceu ser muito simpático — comentou sua mãe. — Posso carregar alguma coisa? — Por um segundo ela desconfiou que a mãe tivesse percebido, mas Emma estreitava os olhos para ler as placas de saída. — Agora você precisa ir para casa rápido como um raio, não é? Tenho alguns petiscos no carro. E banheiro, você precisa ir ao banheiro?

— Não, mãe. — Aquele falatório era tão inconveniente quanto comovente.

— Você não precisa de sapatos de verdade? Lá fora está um gelo.

— Nós só vamos andar até o carro, certo?

— Graças a Deus! — Ela sempre dizia "Graças a Deus" quando estava no limite.

O Volkswagen Golf de sua mãe cheirava a maçã e Chanel Nº 5, um aflitivo eco de enjoos da infância. O asfixiante calor artificial logo embaçou as janelas até que tudo que conseguisse ver era que o mundo do lado de fora era cinzento e molhado. O banco do passageiro estava ajustado para Phoebe (que ainda não sabia dirigir), de modo que não havia espaço para as pernas. Olivia se sentou, tentando equilibrar a garrafa térmica de chá e o pote de plástico cheio de barrinhas de aveia que a mãe comprara para ela.

— Eu *sabia* que você sentiria falta de chá de verdade — disse Emma triunfante quando pararam em um sinal vermelho. Olivia não teve coragem de dizer que comprava chá PG Tips numa lojinha em Monróvia chamada The Hole In The Wall, que vendia produtos britânicos como extrato de levedura Marmite, molho HP e chocolates KitKat que derretiam sob o sol africano. Ou que, depois de semanas de ensopados e refrigerantes, estava doida era por salada e água de torneira.

Olivia olhou de lado para a mãe, que matraqueava sobre como pretendia reler Nancy Mitford enquanto estivessem em quarentena. Ela parecia estar incrivelmente empolgada com a coisa toda. Quando pegaram a rodovia, seus comentários diminuíram, Olivia encostou a cabeça no vidro frio e fechou os olhos para que Emma parasse de falar. Sabia que jamais seria capaz de colocar em palavras o que vira nas últimas semanas. Sua mãe pareceu entender a deixa, e as duas seguiram o resto do caminho em silêncio.

Quando as estradas foram ficando mais irregulares e sinuosas, um instinto qualquer disse que estavam quase em Weyfield, e ela semicerrou os olhos para ver os teixos e o muro de pedra que rodeavam a casa. O carro passou pelo portão e subiu a pista de acesso, o som de pneus sobre o cascalho a alertava de que estava mesmo de volta. Uma das bandas do portão estava arriada, caída de lado — e o mato começava a tomar conta da entrada.

— Precisamos consertar esse portão — disse sua mãe. — Isso aqui está parecendo a casa de *A Bela Adormecida*! Tirou uma sonequinha, querida? Você deve estar morta de cansaço. Agora me deixe chamar seu pai para pegar essas bagagens, vá entrando.

Olivia abriu a porta da casa, com sua aldrava de leão sorridente. Estava entreaberta, como de costume, porque a fechadura estava sempre emperrada. Ainda assim, o descuido com a propriedade saltava aos olhos. Ela fechou bem a porta às suas costas e entrou na sala, onde havia velhas capas de chuva penduradas numa parede e um exército de botas de borracha perfilado junto ao rodapé. Finalmente sentia o cheiro de Weyfield — fumaça de lenha, tapetes empoeirados e chá Lapsang Souchong. Olivia ficou parada ali por um segundo, olhando para as fotos em sépia da enchente de 1953, penduradas abaixo da cornija. Eram as únicas fotografias de que gostava naquela casa; todas as outras eram retratos presunçosos de Hartley.

Um momento depois, Phoebe entrou como um raio.

— Você voltou! Eba! — disse. A irmã a envolveu num abraço cuidadoso, triangular, mantendo os pés e o corpo o mais distantes possível de Olivia. Se foi por medo de contágio ou pelo constrangimento que as afastava desde a adolescência, ela não tinha certeza. — Você está tão magra! — emendou Phoebe admirada, mas seus olhos estavam assustados; a irmã mais velha supostamente era Olivia.

— EPI debaixo de um calor de trinta graus faz isso com você — disse.

— EPI?

— Equipamento de Proteção Individual. Aqueles macacões especiais.

— Ah, tá! Como Bikram?

— Bikram? — disse Andrew, aparecendo atrás de Phoebe.

— *Hot yoga*, papai — disse Phoebe. — A sala é aquecida, então você sua em bicas e perde um monte de peso. Por isso Olivia está tão magra.

— Deve ser medonho — comentou ele, indo em direção à filha, segurando seus ombros e jogando beijinhos para o ar, a centímetros de seu rosto.

— Provavelmente não tão medonho quanto um centro de tratamento de Haag — observou Olivia.

— Certamente — disse Andrew. — Agora, onde está a sua bagagem? — Ele olhou para as pernas da filha e, por um instante, ela esperou que fizesse um comentário ácido sobre suas calças. Ela as comprara com Sean para a Africana Friday, um ritual semanal liberiano quando as pessoas vestem roupas vibrantes com estampas coloridas, mesmo no auge da crise de Haag. Mas ele apenas tirou um casaco do cabideiro, praguejando ao lutar com a porta para sair.

Era desconcertante estar de volta a uma cozinha grande e abarrotada, com a cristaleira transbordando porcelanas com estampas rosadas e louças Emma Bridgewater dos anos 1980, ao lado de acréscimos mais recentes como a torradeira Dualit (uma pequena vitória para o pai, depois de longos debates sobre os méritos de uma torrada feita no fogão Aga versus uma feita na torradeira). Cacau dormia debaixo da mesa. Olivia tinha a estranha sensação de que apenas ele era capaz de entender as semanas que passara na Libéria.

— Cacau! — chamou ela, agachando-se para acariciar o queixo do gato e ouvir seu ronronar de Darth Vader.

— Cuidado! — disse Phoebe.

— Tudo bem. O Haag não é transmitido pelo toque.

— Mas ele tem 20 anos. É tipo um felino da terceira idade. Deve ter um sistema imunológico fraquinho.

Olivia engoliu o comentário que lhe subia pela garganta: "Quem aqui tem mestrado em doenças infecciosas?", e forçou a si mesma a dizer:

— Ele é forte, não é, Cacau? — Por que era mais fácil falar com um gato do que com a própria irmã?

— Agora, uma xícara de chá? — sugeriu sua mãe, entrando na cozinha.

— Estou bem, obrigada. Bebi uma no carro.

— Café? Será que ajuda com o *jet lag*? Eu sempre acho mais fácil simplesmente ficar acordada e tentar se reajustar ao horário.

— Ora, mas se a Libéria fica quase no mesmo meridiano que a Grã-Bretanha! — disse Andrew.

— Ah, sim, besteira minha — disse a mãe. — Vou preparar rosbife para o almoço, tudo bem? Por volta das duas e meia?

— Ótimo! — disse Olivia. — Vou tomar um banho.

— Está bem, querida, você está no Banheiro das Conchas. Coloquei xampu, toalhas e tudo mais. — Ela disse "Banheiro das Conchas" com a mesma voz alta e pausada que usava com estrangeiros.

Olivia já estava à porta, então continuou andando para evitar dizer: "É seguro dividir um banheiro comigo." Depois de supervisionar um centro de tratamento de Haag, como ficar em Weyfield podia fazê-la voltar a se sentir uma adolescente de 14 anos? Por que não conseguia ser com a família a adulta que era no trabalho?

As pernas pareciam de chumbo quando subiu as escadas de carvalho e seguiu pelo surrado carpete verde-oliva do corredor — provavelmente o mesmo desde aquelas fotos da enchente. Ela entrou à esquerda no seu quarto, que a mãe chamava de "Quarto do Salgueiro", como se estivessem num drama de época. Do outro lado do patamar, ela via o quarto de Phoebe, bem maior, que as duas costumavam dividir. Fora redecorado alguns anos antes por insistência da irmã, e agora atendia pelo nome de "Quarto Cinza". A enorme cama estava forrada com pilhas de mantas cor de ardósia e emoldurada por pisca-piscas, as tábuas do piso pintadas de branco. Olivia percebeu que não dissera nada sobre o noivado da irmã.

Seu quarto, na verdade, parecia ter sido preparado para uma hóspede. Um cálice de xerez com heléboros repousava sobre a penteadeira, e ao lado da cama havia um jarro com água e uma pilha de livros de bolso. O de cima se chamava *Love Nina*. Phoebe e Emma ficaram obcecadas por ele alguns anos atrás, e Olivia as desapontara por não lê-lo. Não cansavam de dizer que era ambientado em Camden nos anos 1980, como se isso fosse um ponto a seu favor. Por que iria querer revisitar a caretice da própria infância? Olivia gostava de livros de fantasia e policiais para os quais pudesse fugir. Ela olhou para o próprio reflexo — como sempre nada fácil em Weyfield, onde todos os espelhos eram manchados pela idade, como bananas passadas. Phoebe tinha razão, estava magra. Esquelética, na verdade. Ao vê-la se despir na noite passada, Sean disse que ela estava sumindo. A médica nela sabia que Sean tinha razão — parara de menstruar no mês anterior, exatamente como quando perdeu seis quilos durante as provas do fim de semestre. Mas secretamente desfrutava da novidade de se sentir frágil. O que era uma estupidez, ela sabia. Por que sucumbira a um ideal de frugalidade — à moda da irmã mais nova —, quando há muito já se contentara em ser forte e alta? Enfim, estaria de volta ao normal em algumas semanas, se Emma continuasse a alimentá-la como um ganso para *foie gras*.

Andrew

• • •

Os três ficaram próximos ao fogão Aga por um instante depois que Olivia subiu. Emma parecia estar um pouco abatida.

— Muito cansada — disse consigo mesma.

Phoebe acomodou-se no banco da longa mesa de fazenda. Iluminado pela tela do laptop, seu rosto delicado ganhava contornos lúgubres.

— George está pensando no Audettes para a festa de noivado.

— Ah, sim, que maravilha! — disse Emma. — Vou ver se ela quer uma bolsa de água quente — acrescentou, indo em direção à porta.

— Ela está bem, Emma — disse Andrew, um pouco mais azedo do que pretendia. A esposa também costumava ficar ansiosa quando ele voltava do Líbano, bombardeando-o com petiscos e bebidas quentes, e perguntas sutis depois da digestão. Era o jeito dela de lidar com tudo, ele sabia. Uma das únicas coisas boas de ter deixado o trabalho de correspondente internacional foi que isso deu fim aos cuidados sufocantes de Emma. Ainda assim, ao carregar a mochila de Olivia para casa, ele sentiu uma pontada de nostalgia, e algo parecido com inveja.

— Quem é o relações-públicas de lá? — perguntou Phoebe.

Ele sabia que aquela era a forma dela de sugerir que o pai conseguisse o Audettes, um pretensioso restaurante da moda em Mayfair, de graça.

— Do Audettes? Acho que é uma tal de Natasha Beard. Que nome infeliz. Mas dei a eles duas estrelas, então não imagino que ficarão empolgados em receber sua festa.

— Aaaaahh. — Phoebe desmoronou para a frente, descansando o belo queixinho na mesa, e olhou para ele. Seus olhos eram como flores.

— Vou ver o que posso fazer — disse ele, atravessando a escura passagem que levava à sala de fumo, seu escritório informal.

Maldito George. Ainda o incomodava que houvesse pedido Phoebe em casamento sem a sua permissão. Emma fez graça, dizendo que ele não costumava ser tão afeito a formalidades (o que era verdade, suspeitava ele), mas aquilo demonstrava uma completa falta de respeito. Ainda assim, Phoebe não devia saber de suas desconfianças, porque isso poderia afastá-la. Como bem sabia Andrew, os pais de Emma nunca o aprovaram, e sua hostilidade apenas trouxe frisson à coisa toda. Mas aquilo foi bem diferente. Sir Robert e Lady Hartley se opunham não exatamente a Andrew — apesar de preferirem que Emma se casasse com um almofadinha qualquer. Seu furo de reportagem sobre Bunty Hartley, em 1978, é que foi o problema. Bunty, tio de Emma, era um parlamentar conservador que caiu em desgraça depois que Andrew expôs sua ligação com uma venda de armas suspeita no Iraque. A matéria foi publicada muito antes de os dois se conhecerem — não havia nada que pudesse fazer para voltar atrás, e os Hartley jamais esqueceriam o nome "daquele patife" que humilhou Bunty. Em Weyfield, ele sempre sentia a frieza deles. Sobretudo porque os ancestrais de Emma pareciam encará-lo das molduras douradas em todos os cantos da casa. Ainda bem que os pais de Emma morreram antes que ele se tornasse crítico de gastronomia. Teria sido o fim da picada aos olhos deles.

Andrew estava à escrivaninha da sala de fumo, seu interior abarrotado de cartões-postais amarelados, fotos amassadas e inexplicáveis recortes de revistas. O jardim do lado de fora tinha uma aparência fria e úmida, com o muro pontuado por pereiras nuas. Ele escreveu um e-mail para Natasha Beard, e imediatamente recebeu a resposta automática de férias. Isso bastaria para satisfazer Phoebe. Ele tentou resolver as palavras cruzadas do jornal. Mas a voz da esposa, que vinha da cozinha, embalada por um CD de canções natalinas — mais apropriadas a um velório — não dava trégua, de modo que era impossível pensar. Ele colocou o tapa-fresta no pé da porta para abafar o barulho. O objeto parecia ter dois séculos de idade. Por que Emma guardava aquelas coisas? Ele leu a *The Economist*, e acabou ficando profundamente irritado com a crítica apaixonada do livro de um sujeito sobre o ano dele na Magdalen. Por fim, tirou um envelope da carteira — a carta que recebera um ano e meio atrás — e a releu, apesar de sabê-la de cor.

Andrew Birch
The World Magazine
Bedford Sq
Londres
WCrB 3HG

Caixa postal 07-2416
Riad El Solh
Beirute
1107 2002

20 de junho de 2015

Caro Andrew,

Muitos anos se passaram, mas espero que se lembre de ter me conhecido, Leila Deeba, em Beirute. Escrevo para dizer que, depois que nos encontramos, descobri que estava grávida de um filho seu. Ele nasceu em 26 de dezembro de 1980. Escolhi entregá-lo para adoção porque me sentia incapaz de criar um filho sozinha. Gostaria de pedir desculpas sinceras por não ter lhe informado. Eu era jovem, estava assustada e, naquela época, vivia obcecada em seguir meus objetivos profissionais. Beirute era um lugar perigoso para uma criança. Achei que seria mais fácil para você se não soubesse.

Mas escrevo agora, Andrew, porque estou doente. Tenho uma doença terminal. Aceitei que provavelmente morrerei sem conhecer meu filho. Por muitos anos tive esperanças de que ele tentasse me encontrar, mas isso não aconteceu. Acabei não tendo outros filhos.

Se ele algum dia vier a procurá-lo, por favor, diga que nem um único dia se passou sem que eu pensasse nele. Meu último desejo é que ele seja feliz. Por favor, acredite nesta carta, pelo bem dele. Você o reconhecerá se o vir. Ele era lindo. Dei-lhe o nome de Iskandar.

Sinceramente,

Leila

Desejo o seu bem e torço para que a vida tenha sido boa com você.

Andrew lembrou-se de quando recebeu a carta, em junho do ano anterior. Ela o espreitava de um envelope acolchoado dos correios, encaminhada para a Gloucester Terrace por um estagiário da The World. A princípio, Andrew duvidou que fosse autêntica. Seu lado cético se perguntava se era uma brincadeira de mau gosto, ou o início de uma chantagem deplorável. Mesmo que fosse a Leila Deeba de quem se lembrava, a deslumbrante apresentadora da Télé Liban com quem havia passado uma única noite, como ela poderia ter certeza de que o filho era dele? A voz soava claramente melodramática, talvez instável. E estava escrita em garranchos quase ilegíveis. A mulher podia estar delirando.

Então, depois de muito pouca deliberação, decidiu não falar da carta com Emma. Isso só traria dor de cabeça. Acontece que ele e Emma já estavam juntos quando Andrew transou com Leila. É bem verdade que havia apenas três meses que estavam saindo. E, na época, o romance dos dois era segredo, por causa da história com o tio Bunty. No entanto, foi errado se envolver com Leila Deeba. Então, quando a carta duvidosa da jornalista libanesa chegou, anos depois, pareceu sem sentido mostrá-la à esposa. Isso apenas a faria sofrer. Ela se perguntaria o que mais o marido teria aprontado, se não conseguia manter as mãos longe de outras mulheres. E a verdade era que não aprontara nada. Ter sido recepcionado por Emma no aeroporto depois da noite com Leila foi uma tortura. Ela segurava um cartaz onde escrevera *O retorno do herói*. As semanas seguintes, quando Emma cuidou de sua perna ferida, foram ainda piores (ele sempre pensou no ferimento por estilhaços como um castigo de Alá). Depois daquilo, Andrew soube que jamais queria se sentir tão desprezível. Menos de um ano depois, pediu-a em casamento.

Mas agora, com o e-mail do tal Jesse provando que a carta de Leila era verdadeira, Andrew desejava tê-la mostrado a Emma assim que a recebeu. Ao não dizer nada em dezoito meses, enterrara a si mesmo em areia movediça. Ele abriu o rascunho da resposta para Jesse. Já fazia uma semana que recebera a mensagem. Precisava dizer alguma coisa. Até o momento, o que tinha era o seguinte:

Caro Jesse,

Agradeço pelo seu e-mail. Seria um prazer conhecê-lo, mas temo que dezembro não seja uma boa ocasião, uma vez que minha família e eu estamos em quarentena no momento. Minha filha Olivia estava tratando vítimas de Haag na Libéria e fomos instruídos a evitar qualquer contato, exceto com a família mais próxima.

Andrew suspirou. Não podia dizer "família mais próxima" a Jesse. Seria uma grosseria. Além do mais, o rascunho sugeria que, em circunstâncias normais, Jesse seria recebido de braços abertos. Ele se levantou e encarou um dos cocker spaniels de porcelana sobre o consolo da lareira, e seu próprio reflexo no espelho. Subitamente, parecia ter 80 anos. Então, para clarear a cabeça, jogou uma longa partida de Palavras Cruzadas on-line.

— Al-mo-ço! — trinou Emma. Tentaria mais tarde depois de uma bebida, decidiu.

Emma

• • •

Emma estava determinada: a primeira refeição de Olivia em casa precisava ser perfeita. Escolher um corte de carne especial, assar o *crumble* (o preferido de Olivia quando criança) e cuidar que tudo estivesse na mesa noventa minutos após a chegada da filha foi uma boa distração do caroço. O assustador é que agora não era apenas "o caroço". Depois daquela refeição, precisaria começar a planejar a ceia da véspera e o jantar de Natal. Então, nos dias entre o Natal e o Ano-Novo, Emma decidira que todos arrumariam o sótão. Aí a quarentena chegaria ao fim e poderia fazer o anúncio. Ao pressionar o braço esquerdo contra o corpo, ela conseguia sentir o pequeno nódulo, escondido, secreto. Nicola a fez prometer que ligaria caso se sentisse deprimida, o que era gentil de sua parte. Mas ter as duas filhas em casa deu ânimo a Emma. Além do mais ela sabia que, se parasse para pensar, o pânico a alcançaria e lhe puxaria o tapete.

Comeriam na raramente usada sala de jantar. O tempo estava tão ruim que Emma acendeu todas as luzes, e de alguma forma aquilo fez a sala parecer ainda mais escura. Depois pediu a Andrew que acendesse a lareira, mas algum pobre pássaro deve ter feito um ninho na chaminé, porque uma névoa lacrimejante pairava sobre a mesa. Ao olhar para os guardanapos de linho e as taças de vinho especiais (nas quais passou uma água após confirmar a ausência de moscas mortas), ela se perguntou se não seria melhor comerem na cozinha. A sala de jantar deveria ser festiva, mas agora parecia excessivamente formal. Emma dispôs as cadeiras em intervalos regulares ao redor da mesa, mas com os lugares afastados demais uns dos outros e as travessas de carne a metros das cabeceiras. Aquilo a fez pensar em *A Bela e a Fera*. Então trouxe os quatro pratos e cadeiras para uma das pontas, e agora usariam apenas metade do móvel. Ficou melhor. Geralmente recebiam mais gente ali, já que Emma gostava da casa cheia. Visitas em casa fazem todos se comportarem melhor. Sabia que Andrew se ressentia, principalmente quando Nicola dominava o jantar com suas teorias psicoterapêuticas, mas isso diluía o silêncio que costumava se abater quando eram apenas os quatro. Ela tratou de afastar o pensamento e voltou a gritar chamando os outros.

A comida, pelo menos, foi um sucesso. Olivia repetiu o feijão-verde puxado no alho, e as batatas assadas estavam triunfantes (palmas para a boa e velha Delia). Emma ficou preocupada que a carne estivesse um pouco seca. Era um problema usar o fogão Aga para assar, como Andrew não cansava de lembrar. Mas o Aga era tão parte daquela casa quanto o forro de madeira das paredes, as lareiras fumacentas ou a enorme escadaria de carvalho. Não podiam simplesmente arrancá-lo de lá e colocar um reluzente Smeg, como em Camden. Ela espiou Andrew comer uma garfada. Ele franziu de leve o nariz ao engolir, mas não tirou os olhos do prato. Às vezes desejava que ele nunca tivesse conseguido a coluna na *The World* — o que tornara a culinária para ele algo estressante, quando jamais foi assim. Ela costumava adorar todo o processo: cortar, picar, pesar, descer sua fiel panela Le Creuset laranja, mexer ensopados calorosos no fogão. Quando Andrew era mais novo e voltava de zonas de guerra, costumava dizer que sonhava com seu frango à caçadora. Agora, que comia há anos em lugares com estrelas Michelin, era diferente.

Phoebe meticulosamente cortava a gordura da carne antes de colocar um pedaço pequenino na boca. Ela recusou até mesmo um *Yorkshire pudding*, dizendo que o bolinho salgado a fazia pensar em toalhas de rosto. Andrew chegou a fungar de tanto rir do comentário. Ultimamente, boa parte de suas colunas se resumia às tiradas de Phoebe.

Olivia sorriu para Emma e disse:

— Está delicioso, mãe.

Emma percebeu que suava, mas se era de tensão, calor ou alívio por ter Olivia de volta, em segurança, ela não sabia.

Seguiu-se um silêncio que durou um pouco demais.

— Então, Olivia — disse Andrew. — Gostou da viagem?

Olivia olhou para ele, congelando as mãos que cortavam um pedaço de carne.

— Não foi exatamente uma viagem do tipo turística — disse.

O pescoço de Andrew enrubesceu.

— Bom, sempre há pontos positivos, em qualquer viagem — contornou ele, bebericando o vinho. Era um Bordeaux especial, retirado da adega depois de muito debate entre vinho ou champanhe.

— Gostamos muito do seu blog — disse Emma, antes que Olivia tivesse a chance de responder.

— Obrigada. Escrever ajudou muito.

— Não é fácil escrever sobre coisas tão terríveis e ainda assim despertar o interesse das pessoas — continuou Emma. — Mas por que manteve o anonimato? Não seria bom que todos vissem o que você está fazendo?

Olivia estava terrivelmente magra. Ela tinha a compleição ossuda de Andrew, ao contrário de Phoebe, que era pequena como a mãe — e talvez tivesse suas curvas se não fosse tão disciplinada com a comida. Emma nunca conseguiu fazer dieta. Talvez o câncer ajudasse, pensou ela, abatida.

— Blog... — disse Andrew. — Que palavra horrível.

— É o que as pessoas leem hoje em dia — observou Olivia.

— Eu ainda gosto de segurar uma página — rebateu Phoebe.

— Sim — concordou Andrew. — Exatamente, Phoebe. Além do mais, a maioria dos blogs é um lixo. A maioria dessas pessoas não sabe escrever. Não é o seu caso, é claro — acrescentou ele. — Achei o texto sobre o estereótipo do Haag nas áreas rurais especialmente bom. — O post que Emma enfiou debaixo do nariz dele no dia anterior, depois que Andrew se fechara na sala de fumo. Ele disse que não queria saber o que Olivia estava fazendo, porque era "infernal demais para conceber". Ela entendia, é claro, mas considerando seus anos como correspondente internacional, esperava que demonstrasse mais interesse. Torcia, inclusive, para que os dois pudessem se aproximar com a ajuda da aventura africana de Olivia, já que era a primeira vez que a filha ia para casa imediatamente após uma viagem. Agora, ela não sentia que fosse acontecer.

— Gostei do texto sobre os locais chamando seu amigo de "Dr. Pekin" — disse Phoebe. Emma notou que estava nervosa.

— Obrigada — disse Olivia, se servindo de mais molho.

— Chamavam George de "Mzungu" quando ele estava no Quênia — comentou Phoebe.

— E o que George estava fazendo lá? — perguntou Andrew. — Defendendo o Império? — Ele ainda falava o nome de George como se fosse a primeira vez.

— Construindo uma escola primária ou coisa parecida, eu acho. Um clichê qualquer de ano sabático.

— Ora, mas isso é maravilhoso — tentou Emma.

— É o que todo mundo faz — disse Phoebe. — Quando não se sabe o que fazer antes de ir para a faculdade.

— O Quênia é bem diferente da Libéria — ressaltou Olivia.

— Eu sei, só quis dizer que também fica na África — disse Phoebe.

— É um continente bem grande... — continuou Olivia.

Emma desejou que as duas ainda fossem jovens o bastante para dizer, "Olivia, não seja arrogante", mas como poderia, agora que eram adultas?

— Afinal, desde quando deixaram de pronunciar Quí-nia? — Por algum motivo, Olivia visivelmente trincou os dentes. Emma torceu para que não tivesse deixado passar nenhum pedaço grande de gordura.

O *crumble* salvou o almoço — a fruta quente e condimentada pareceu quebrar o gelo de Olivia e animar Phoebe a arriscar algumas calorias. Até mesmo Andrew, que por princípio não gostava de doces, elogiou o anis-estrelado no creme. Emma pensou que pudessem caminhar pela propriedade antes que escurecesse, como costumava fazer com os pais, mas depois que tirou os pratos cada um foi cuidar da própria vida. Phoebe se refestelou no sofá da sala de estar, "cheia demais para se mexer". Olivia sumiu, iPad em mãos, dizendo que precisava ler as notícias.

— Por que você não dá um tempo disso tudo? — perguntara Emma, mas Olivia a encarou como se tivesse dito: "Esqueça esses moribundos. Você está aqui agora, com a gente." O que, de certa forma, foi o que quis dizer. Era como quando Andrew voltava do Líbano e ficava grudado na TV. Pelo menos naquele tempo tinham uma trégua das notícias.

Andrew estava determinado a desenraizar a árvore de Natal enquanto ainda havia luz. Usavam a mesma árvore todos os anos, que era escavada no dia 23 e replantada no Dia de Reis, como os pais de Emma sempre fizeram. Aquilo era meigo, a seriedade com que encarava aquele trabalho masculino. Além do mais, era a única tradição dos Hartley que ele parecia abraçar, então Emma o deixou em paz.

Olivia

• • •

Ao levar a mão ao telefone para falar com Sean, Olivia lembrou que não havia sinal em Weyfield. De certa forma, Norfolk podia ser mais atrasado que a Libéria. A sensação era de que estavam separados há tanto tempo que havia centenas de coisas para contar. Ela se acostumou a tê-lo por perto, ou a uma mensagem de WhatsApp de distância. Nas últimas duas semanas, Sean passou todas as noites em seu quarto, os dois dormindo nus debaixo de seu leve sarongue. Ela sabia que a cama estaria fria e grande demais naquela noite. Então começou a escrever um e-mail.

ASSUNTO: Lar doce lar...
DE: Olivia Birch <olivia.birch1984@gmail.com>
DATA: 23/12/2016 16:30
PARA: Sean Coughlan <SeanKCoughlan@gmail.com>

Oi, Pekin,

Já estou com saudades! Como foi o resto da viagem? Espero que tenha chegado bem e que esteja tudo OK em casa. Não planejava que você conhecesse minha mãe daquela forma... Tenho quase certeza de que ela não percebeu nada, ainda bem. É muito estranho estar aqui (apesar de ter tomado o melhor banho da minha vida — com água quente E fria! Que ainda por cima é potável!). Acho que estou atravessando algum tipo de choque cultural às avessas. Pelo jeito,

acabei me acostumando ao caos, e agora Norfolk parece quieto demais. Bem, além disso, a casa está bem caótica, mas de uma forma muito britânica. Uma coisa meio Sra. Havisham... Minha mãe não consegue mudar nada, já que foi aqui que ela cresceu. E, a propósito, nem adianta mandar mensagens de texto ou ligar, porque estamos sem sinal. Então, por ora, apenas e-mails. Normal para Norfolk...

Nada a reportar por enquanto, cheguei em casa direto para o almoço de família. Os seus pais entendem? Os meus, não... Ou pelo menos ainda não. Minha mãe não sai do meu pé, mas não consegue realmente ouvir nada de verdade. E minha irmã está completamente embrulhada em seu pequeno universo particular. Ela não faz por mal, mas sinto vontade de sacudi-la. Meu pai e eu não nos entendemos, como você já sabe. Para ele, um novo sushi bar é notícia de primeira página.

Enfim. Parece errado estar tão longe de você. Não vou contar a ninguém sobre nós, por sinal — você promete esperar até o fim da semana? Escreva logo; tenho a sensação de que esses serão sete dias muito, muito longos...

Beijos e mais,

O x

Andrew

• • •

O almoço foi interminável, pensava Andrew já de volta à escrivaninha da sala de fumo. Teve de fingir que ia pegar a árvore para tirar Emma do seu pé. Faria isso mais tarde. Sentia uma pontada de culpa pela forma como desdenhou dos blogueiros. Especialmente sabendo que o blog de Olivia era, de fato, muito bem escrito. O que o impediu de dizer isso, sem meias palavras, como fazia Emma? E por que ler aquilo o perturbou tanto? Não era o sangue nem as entranhas. Vira coisas terríveis em Beirute por anos.

Ele abriu o rascunho para o e-mail de Jesse, e sua mente entrou no ciclo habitual. Estava curioso para conhecer o filho, é claro. E se o afastasse, sem dúvida perderia essa chance. Além do mais, era a coisa decente a se fazer. Escrever deve ter exigido muita coragem da parte dele. Além do mais, a patética carta de Leila, com o seu "último desejo", martelava em sua consciência. Mas como Emma reagiria a Jesse? Não podia esperar que a data de nascimento do rapaz permanecesse em segredo. Emma faria as contas e saberia, instantaneamente, que ele a traíra. E o problema era que ela tinha pouquíssima tolerância à omissão de informações — mentiras, como ela via. E como suas filhas veriam seu filho bastardo, tecnicamente gerado quando já estava com a mãe delas? Olivia já parecia procurar desculpas para evitá--lo. E Phoebe, que o idolatrava, ficaria tão decepcionada que provavelmente também se afastaria. Ele não suportaria isso. É o tipo de coisa que se ouve por aí. Homens na casa dos 60 vivendo sozinhos depois de alguma escorregada idiota. Resolveu ser firme e absolutamente transparente. O vinho do almoço lhe deu convicção. Ele abriu uma nova mensagem e digitou:

Caro Jesse,

Obrigado por me escrever. Seria um prazer conhecê-lo, mas peço que entenda que infelizmente isso será impossível para mim. Não foi uma decisão fácil...

A porta abriu às costas dele. Andrew enfiou a carta de Leila debaixo de uma pilha de livros e minimizou o e-mail. Mas a foto que olhava continuou aberta na tela. Era um rapaz com cachos escuros, de terno e gravata, com o título *Jesse Robinson, evento beneficente em prol da Síria*. Algo dizia a Andrew que aquele, dos muitos Jesse Robinsons oferecidos pelo Google Imagens, era o seu filho. Ele a fechou apressado.

— Quem era aquele? — perguntou Phoebe, entrando. — Que gato.

O estômago de Andrew deu uma volta.

— É... um ator que preciso entrevistar.

— Quem? Vamos ver?

— Alto lá, você é uma mulher casada. Ou quase isso — disse Andrew.

Ela olhou para ele e riu.

— Papai!

— A propósito, mandei um e-mail sobre a sua festa para La Beard, mas duvido que tenhamos uma resposta antes do Ano-Novo.

Phoebe se sentou no braço da cadeira. Andrew teria preferido que não o fizesse — era um caro trono ergonômico comprado na Wigmore Street, em desacordo com a escrivaninha e o sofá velho dos Hartley. Emma sempre olhava para ela com cara de dor, apesar de raramente entrar na sala de fumo. Ainda assim, ela tinha a palavra final quando o assunto era qualquer novo objeto nos domínios de sua infância.

— Ok. — suspirou Phoebe. — Vai ser no ano que vem, de qualquer forma. Quando todo mundo estará seguindo o Janeiro Sóbrio. — Ela se sentou, cutucando um furo na meia-calça, a pedra em seu dedo anelar em flagrante contraste com as unhas azul-turquesa descascadas. — Poderia ser hoje à noite, se não estivéssemos presos aqui — acrescentou.

Seu tom era ligeiramente acusador, mas Andrew não conseguia imaginar o que ela poderia querer que ele fizesse a respeito da quarentena. Com Phoebe as coisas sempre foram assim. Ele sempre parecia ceder aos seus caprichos ou prometer atender seus pedidos estapafúrdios. Desde pequena, sempre se desdobrava para vê-la feliz — da mesma forma como ela o fazia feliz. A filha caçula provocava esse efeito em todos — exceto em Olivia, talvez.

— Que chateação essa quarentena, hein? — disse, esfregando as costas estreitas da filha num gesto mecânico. — O que acha do Claridge's? Tenho bons contatos no Maybourne Group.

— Talvez... Eu estava pensando em um lugar mais moderno... Você pode tentar o Sexy Fish? O Claridge's é meio terceira idade. — Ela sugou as bochechas e fez um bico exagerado, imitando uma mulher surpresa com lábios de Botox.

— Você é impagável, Phoebe. Talvez eu pegue essa frase emprestada.

— Fique à vontade, papai — disse ela, deslizando para fora do braço da poltrona e seguindo para a porta. — Ou talvez o Dean Street Townhouse? — gritou da passagem. — Eles têm um salão privativo.

Andrew relaxou o corpo todo. Aquela foi por pouco. Precisava ser mais cuidadoso. Ele fechou a janela e limpou o histórico do navegador. Mandaria a resposta mais tarde. Phoebe interrompera sua concentração — agora não confiava em si para dizer a coisa certa a Jesse. E o mais urgente era livrar-se da carta de Leila. Era loucura mantê-la por ali. Mas jogá-la no lixo era arriscado — o caminhão de coleta parecia passar apenas uma vez por ano no interior —, e o fogo na lareira da sala de jantar havia morrido mais rápido do que a conversa. A chaminé devia estar imunda — ela sempre estava em Weyfield.

Depois de refletir por um instante, Andrew subiu as escadas do sótão. Estava congelando lá em cima, e a lâmpada nua no centro do cômodo principal o fez pensar numa sala de interrogatório como as que via na TV. Ele logo achou uma pasta dos anos 1980 numa pilha de velharias suas (colete à prova de balas, câmera 35 milímetros, capacete, cadernetas) que Emma aposentara em Weyfield. Girou o cadeado de números, o ano em que nasceu e também a senha do alarme de casa em Camden. Um, Nove, Cinco, Zero. Então enfiou a carta de Leila no bolso secreto do forro e voltou a trancar a pasta. Era seguro por ora. Sabia que Emma exigiria uma fogueira pós--Natal — uma tradição Hartley —, e poderia queimar a carta. Oculta em meio a papéis inócuos atirados na pira, ela se consumiria em cinzas secretas. Ninguém jamais precisaria saber de sua existência. Havia naquele ato uma sugestiva finalidade à moda antiga.

O som de passos subindo as escadas o fizeram congelar. Droga. Ele entrou em um dos depósitos do sótão e prendeu a respiração.

Emma

SÓTÃO, WEYFIELD HALL, 17H30

• • •

Ajoelhada na área central do sótão, Emma segurava a caixa de enfeites de Natal. Que veio com um conjunto de casa de biscoitos de natal em forma de bonecos, comprado quando as meninas eram pequenas. Na tampa havia a fotografia de duas crianças vestindo maravilhosos macacões retrô, admirando sua perfeita casa de biscoitos de gengibre. Ela lembrava de tentar copiar a cena com as filhas, e de a tentativa não acabar nada parecida com a caixa. O telhado insistia em escorrer lentamente, fazendo as meninas gritarem num misto de contentamento e consternação, até que Andrew habilmente resolveu o problema com espetos de bambu.

Naquele tempo, as meninas eram fascinadas pelo Natal. Phoebe continuava a gostar (ela era receptiva a qualquer pretexto para fazer compras), mas em algum momento o encanto se perdeu para Olivia. Emma sentia falta de vê-las se divertindo juntas. Não parecia fazer tanto tempo desde que contavam as portinhas do calendário natalino com a cabeça colada uma à da outra — a de Olivia loira, a de Phoebe castanho-escura. Lembrava de acreditar que as duas seriam o tipo de irmãs que continuariam próximas quando adultas. Um barulho no pequeno depósito ao lado a tirou de seus devaneios. Esperava que não fossem ratos de novo. Ou que padre Buxton, que supostamente assombrava a casa, não estivesse de volta. Um pouco assustada, ela desceu ruidosamente as escadas, prometendo que fariam uma faxina de primavera no sótão depois do Natal.

Mesmo assim, era reconfortante estar de volta a Weyfield. Ao entrar na sala de estar, ela cumprimentou o retrato da mãe, como sempre fazia. A fotografia mostrava Alice Hartley como uma jovem mãe, um pouco mais velha do que Olivia, e, apesar de a imagem não ser das melhores, sempre fazia Emma sentir que Mama ainda estava ali. Dois dias atrás ela passou horas olhando para aquele retrato, silenciosamente falando com a mãe sobre o caroço. Ontem, depois de ver tudo que precisava de reparo na casa, ela flagrou a si mesma se desculpando. E à noite viu uma goteira nefasta na passagem dos empregados — atualmente a área de serviço — quando tentava secar um jogo extra de lençóis para a cama de Olivia.

Sabia que a mãe desculparia sua falta de recursos para redecorar a casa. Mas temia que Mama ficasse triste por nenhuma das netas parecer ter afeto pelo lugar. Phoebe gostava de exibir Weyfield Hall para os amigos, mas era diferente. Ela não escondia que preferia que a casa fosse reformada para ganhar suítes e um sistema de aquecimento confiável. Emma suspeitava que o esplendor esfarrapado do local deixasse Olivia desconfortável, e também a Andrew. Ele nunca o disse, mas ficava evidente na forma como se enfurnava na sala de fumo. Quando eram jovens, torcia para que um dia o marido deixasse de se sentir deslocado em Weyfield. Mas isso nunca aconteceu, nem mesmo depois da morte de seus pais, então ela se acostumou a ignorar o fato. Assim podia se permitir uma nostalgia particular quando estava lá. Talvez por isso não quisesse reformar a casa, pensava ela, olhando com carinho para o sofá desbotado e para as almofadas puídas. Gostava das coisas como estavam. Apenas queria que os outros também gostassem.

Sentada no banco do piano, Emma abriu a caixa de enfeites. Havia algo de delicioso nos bolos de papel de seda, amaciados por anos de mãos que desembrulhavam e reembrulhavam. Conhecia as relíquias dos Hartley pelo tato — bolas de Natal muito lisas e uniformes, estrelas pontudas e anjos de tecido com pequenas contas bordadas. E havia os enfeites Birch, mais novos, como o cintilante táxi de Nova York, os robôs do Museu de Ciências e os rebuscados sinos comprados por Andrew no Líbano. Seus favoritos eram as bolas de vidro dos anos 1990, da Conran Shop, que lembravam grandes bolhas de sabão. Eram duas dúzias originalmente, e houve um tempo em que pelo menos uma bola se quebrava por ano, mas as coisas estavam mais calmas agora. Ela lembrava que as meninas tinham uma ordem especial para pendurar os enfeites — Phoebe os passava para Olivia, que deixou de precisar de uma escada aos 12 anos. Elas exigiam que uma certa música de Mariah Carey fosse tocada repetidas vezes. Emma secretamente gostava da canção; ela sempre tirava Andrew da sala. Aquilo a fez se lembrar que ele saíra há horas. Já estava escuro lá fora. Quanto tempo podia demorar para desenterrar uma árvore?

Andrew

• • •

Depois que Andrew ouviu Emma descer as escadas — ele sabia que era ela, pela respiração ofegante —, permaneceu escondido por mais algum tempo. Seria uma chateação encontrá-la em um dos patamares e ter de inventar uma história para explicar por que ele não estava lá fora pegando uma árvore. Enquanto esperava, folheou distraidamente uma espécie de portfólio caído no chão. Estava cheio de antigos desenhos e colagens de Phoebe. Ela tinha sido promissora quando criança, mas faltou-lhe o foco para frequentar uma escola de artes. Agora seu olhar para a estética só se mostrava evidente em seu extenso guarda-roupa e no modo como ela lhe dizia qual camisa vestir. Andrew reconheceu o cartão de Dia dos Pais que o encantara na época. O título era *Meu pai, o herói* e nas bordas a Phoebe de 7 anos desenhara pratos diversos — espaguete, salada e filé com fritas, como um manuscrito iluminado. O texto era o seguinte:

> Meu pai é um herói porque testa restaurantis e diz pras pessoas se eles são bons ou ruins. Ele também faz as pessoas rirem um monte porque escreve coisas muito engraçadas. Muitas vezes eu vou com ele pros restaurantis, e ele anota as coisas que eu falo das comidas que a gente pede. Da última vez eu pedi um hambúrguer que tava nojento, e eu disse que tinha gosto de sapato com ketchup, aí ele escreveu isso na revista. A gente também ri bastante dos outros nos restaurantis, e às vezes fala num código secreto que Mami e minha irmã não entendem. Eu amo meu pai porque ele é muito engraçado.

Foi divertido saber que eles compartilhavam piadas particulares mesmo naquela época. Phoebe podia se parecer com Emma, mas com certeza herdara o humor dele — e seu dom com as palavras. Ele se lembrou de como ficou emocionado por ela enxergar heroísmo em uma coluna de gastronomia, enquanto ele ainda se sentia um vendido por ter abandonado o cargo de correspondente estrangeiro. Ela sabia como fazer alguém se sentir especial — ou, pelo menos, fazia Andrew sentir-se heroico. Falando nisso, era hora de ir desenterrar a maldita árvore, antes que Emma mandasse uma equipe de resgate atrás dele.

Phoebe

• • •

Phoebe estava deitada no sofá, olhando as modelos afetadas na *Condé Nast Brides* e na *Wedding*. Sua mãe as havia comprado como leitura de quarentena, o que era fofo, mas Phoebe sabia que não ia gostar de nada que estivesse nas revistas de noivas. Seu plano era dali a um ano usar um vestido de inverno — ou de cintura ajustada, estilo escandinavo e confortável, ou todo cintilante e *kitsch*. Seja como for, passaria longe do estilo merengue.

Sua mãe estava determinada a conseguir uma data no verão e dizia sem parar: "Mas você não vai querer esperar um século!", o que era absolutamente irrealista. Seis meses não eram nem de longe o suficiente para organizar tudo. Além do mais, Phoebe adorava a época perto do Natal, e, como todos haviam concordado, isso faria com que o casamento fosse "a cara dela". As duas revistas traziam uma lista imensa de "Preparativos pré-nupciais" nas últimas páginas, ligeiramente diferentes uma da outra. Planejar um casamento parecia um emprego em tempo integral — mas tudo bem, porque o contrato dela no *Dolemates* terminaria em breve. Phoebe vinha trabalhando como pesquisadora informal na Bright, uma "produtora de televisão exclusiva", por um ano. Primeiro, trabalhara em uma série sobre dieta e exercícios na Idade Média, o que foi hilário para seus pais. Agora estava envolvida em *Dolemates*, um programa de namoro na TV para desempregados. Era uma mistura desastrosa de *Jeremy Kyle* e *First Dates*, e seus colegas achavam hilário que Phoebe, a "glamorosa", estivesse envolvida naquilo. Sua mãe sempre fazia um esforço corajoso para parecer entusiasmada, mas em geral errava o nome do programa. Seu pai adorava chamar a série de *Trapaças com Benefícios*, piada da própria Phoebe, que ela adotava para manter as aparências. Ela duvidava que Olivia sequer soubesse da existência de *Dolemates*. Não sabia se isso era irritante ou um alívio. Olivia provavelmente ainda achava que ela trabalhava "no mundo da moda", por causa daquele estágio na editoria de beleza da *Vogue* anos atrás.

Emma surgiu à porta, parecendo ansiosa.

— Você viu o seu pai? — perguntou. — Ele sumiu. A árvore continua no jardim. Não o encontro em lugar nenhum.

— Talvez ele tenha fugido. Ele estava na sala de fumo depois do almoço.

— Phoebe, eu estou falando sério, ele não está lá, nem no jardim, nem em lugar nenhum desta casa. — A voz dela estava adquirindo o mesmo tom de pânico que assumia nas estações de trem.

O som de alguém abrindo a porta da entrada e o arranhar dos galhos contra a parede serviram de resposta.

— Andrew, graças a Deus, onde você estava? — quis saber ela assim que ele entrou, com o nariz vermelho de frio.

— Apanhando a árvore.

— Mas quando eu saí agora há pouco você não estava em parte alguma!

— Tive de mandar um SMS. O maldito Vodafone só funciona quase na trilha de carros. Certo, vocês duas vão me ajudar ou não?

Por algum motivo, Phoebe imediatamente imaginou se seu pai não estaria tendo um caso — e ao mesmo tempo sentiu-se enojada. Ele jamais faria uma coisa dessas. Apesar de ter parecido um pouco esquisito na sala de fumo, mais cedo. Por que você precisa ficar pensando essas coisas bizarras? O que há de errado com você? Ela ficou se fazendo essas perguntas. Pensamentos intrometidos, era assim que Nicola os chamava. Tomara que ela não se tornasse tão estressada quanto a mãe.

Depois que os três colocaram a árvore num balde para carvão, ligeiramente inclinada, ela se sentiu melhor. A sala de estar estava congelante, como sempre, mas Phoebe nunca deixara de amar suas paredes de terracota, as cornijas rococó e os candelabros de cinema. Olivia e ela costumavam patinar de meias no piso encerado e montar uma casinha na enorme lareira. Uma pena que seus pais deixaram a decoração de Weyfield se desgastar, a casa poderia ficar incrível se eles investissem nisso. Ela ficou ao lado da árvore e respirou profundamente, o cheiro de resina de pinheiro a transportou até seus 7 anos de idade — com ela e Olivia sacudindo os presentes e rezando para terem ganhado um moinho da família Sylvanian.

— Wiv! Estamos montando a decoração! — gritou sua mãe. O antigo microsystem emitiu os acordes de abertura de "Once in Royal David's City", quando Emma pôs para tocar *Carols From King's*.

Olivia entrou, segurando seu iPad. Não parou de olhar o aparelho até se sentar.

— Setenta novos casos diagnosticados hoje — disse ela.

— Ai, que horror — comentou a mãe. — Essa pobre gente. Preciso fazer doações.

Phoebe sentiu vontade de dizer: "Não dá para parar de falar em Haag por um segundo?", mas sabia que não podia fazer isso. Olivia tinha acabado de voltar. Estava usando o moletom com capuz de sua faculdade em Cambridge, aquele que Phoebe achava inexplicavelmente irritante. Era como se ela ainda tivesse de esfregar na cara de todo mundo sua superioridade acadêmica. Pelo menos havia tirado as calças largas de mochileira.

— Não é tão simples assim. A corrupção é tão enraizada lá que as ONGs ficam de mãos atadas.

— Bom, isso é terrivelmente triste — disse sua mãe, com a voz fraca.

Phoebe sabia que era melhor não emitir opinião. Não que ela de fato tivesse uma. Era terrível, claro, quando você lia as notícias ou parava para pensar em como as pessoas viviam. Mas o que se podia fazer, a menos que, como Olivia, você estivesse preparado para abrir mão da própria vida e ir ajudá-las? E o próprio George não tinha dito que a única maneira de genuinamente ajudar a África era parando de enviar dinheiro, para que os países fossem obrigados a resolver seus próprios problemas? Tudo aquilo fazia a cabeça dela rodar.

— Atenção — disse sua mãe, depois de uma pausa —, os enfeites maiores ficam embaixo e os delicados, em cima.

Phoebe começou a dispor as bugigangas familiares sobre o tapete.

— Aaah, *este* aqui! — Ela deu um gritinho ao encontrar o Elvis Papai Noel que comprara numa viagem de carro de Las Vegas a São Francisco. Sério: Decoração de Árvores de Natal era um dos itens de seus *likes* na lista no Instagram. Ela adorava a desculpa para o excesso de brilho, o fato de que a árvore era sempre igual, mas diferente, ano após ano. — A família de George monta uma árvore com enfeites de uma cor só todo Natal —

comentou ela, para ninguém em particular. Sempre se sentia ligeiramente deprimida com aquilo quando ia visitá-los no dia 26. Os pais dele também tinham uma segunda casa em Norfolk, um celeiro convertido nos arredores de Blakenham. Na verdade foi aquele ponto em comum, descoberto num constrangedor clube de estudantes, que os levara ao primeiro beijo. Mas apesar da proximidade, a casa dos Marsham-Smith não podia ser menos parecida com Weyfield. Era nova em folha, com paredes de vidro como telas de cinema e sofás do tamanho de barcos a remo.

— Uau, que chique — reagiu Emma, com seu tom de voz educado. — Mas me agrada a nossa mistureba. — Phoebe sabia que, como ela, a mãe provavelmente acharia uma árvore monocromática meio cafona. Não sabia por que tinha mencionado aquilo.

— Adoro nossa mistureba — disse Phoebe. — É a única coisa em que os hotéis pisam na bola. Árvores de Natal artificiais e enfeites cintilantes.

Olivia olhou para ela e levantou as sobrancelhas por fazer.

Phoebe sabia o que ela estava pensando. Teve vontade de vociferar, "Era *brincadeira*. E você, ou vai embora ou ajuda", mas virou-se novamente para a árvore.

Olivia apanhou uma das bolas grandes de vidro e a pendurou perto do topo.

Phoebe automaticamente a moveu para um galho inferior.

— As grandes ficam embaixo.

— Ah, é.

— É que sempre colocamos as pequenas no topo.

— Sempre...

Phoebe não sabia se ela estava brincando ou puxando briga. Mordeu a língua para não dizer: "Você saberia, se não estivesse sempre trabalhando no Natal." Mas que sentido tinha? Olivia era especialista em assumir a posição de superioridade moral numa conversa. Ela simplesmente comentaria qualquer coisa sobre os turnos médicos do penúltimo ano, ou como Phoebe ficaria satisfeita de encontrar uma emergência aberta se quebrasse o braço naquela noite.

— Agora, quem colocamos no topo: o anjo ou Elvis? — perguntou Emma.

— Preciso checar meus e-mails — disse Olivia, saindo da sala.

* * *

Uma hora depois, Phoebe estava na banheira do Banheiro Verde (assim chamado por causa do linóleo verde-menta). Ligara o aquecedor no máximo, mas abrira a janelinha para o ambiente não ficar sufocante. Havia algo de delicioso nas correntes de ar com neve misturando-se ao vapor perfumado, como uma espécie de spa pós-esqui. Mas ela não conseguia relaxar. Ter a presença de Olivia em casa sempre a deixava inquieta. E aquele ano, com a mãe alçando a irmã à categoria de santa (o que ela era, *claro*), provavelmente seria pior ainda. Por que Olivia tinha de arruinar qualquer diversão com suas caretas de desagrado? Só porque ela era tão politicamente consciente, tão obcecada com a África. A tensão formou um nó em sua garganta — buscando, tarde demais, um comentário cortante o suficiente. Apenas para Olivia refletir no quanto às vezes sua atitude era pretensiosa — e como ela, Phoebe, era a beldade que estava de casamento marcado, tinha o emprego mais chique, uma vida social intensa e toneladas de seguidores no Instagram. Embora Olivia provavelmente não desse a mínima para nada disso.

Ela se levantou, sentindo o sangue correr para a cabeça com o calor, e apanhou o telefone fixo que levara para o banheiro. Voltando a se recostar, tirou os pés vermelhos como lagostas da água e tentou esfriá-los nas torneiras velhas e curvas. Era impossível fazer com que a temperatura ficasse ideal em Weyfield: ou a água vinha escaldante ou quase fria. Ela tinha feito uma campanha de longa data para que reformassem todos os banheiros, ou pelo menos aquele que ela usava, mas sua mãe parecia ter um apego bizarro ao encanamento terrível daquela casa — que era alvo de uma brincadeira de Phoebe com o pai: a insistência de Emma em deixar que Weyfield permanecesse o mais desconfortável possível. O quarto de Phoebe era tão gelado que ela tinha dormido de suéter na noite passada.

— E aí? — disse George, justamente quando ela estava pensando que ele não iria atender e que talvez ela não tivesse nada para falar.

— Oi.

— Como anda a quarentena?

— Um saco. Já. Estávamos decorando a árvore e...

— Espera só um segundo, Baixinha.

Phoebe esperou enquanto George dizia "Valeu, cara, até a próxima" no tom que ele usava para motoristas de táxi e atendentes de loja. Devia estar pagando alguma coisa. Ela esperava que fossem os brincos da Dinny Hall que ela contara à irmã dele que queria ganhar — mas depois se lembrou que ele já havia lhe dado um embrulho para abrir no dia de Natal. Era pequeno e quadrado, mas ela tinha o palpite de que não eram as argolas. Mouse tinha de atrapalhar tudo. Ela não ganhava esse tipo de coisa.

— Então a quarentena está um pesadelo, você ia dizendo — retomou ele.

Ela não sentia mais aquela urgência anterior de reclamar de Olivia agora. Seria difícil de explicar, de todo jeito.

— Pois é, você sabe como é. Coisas de família. Quando você virá para cá?

— Amanhã de manhã. Volto no Ano-Novo. Será curto, mas bom.

— Legal. — Ela não conseguia pensar em nada mais para dizer ou perguntar a ele, portanto disse: — Certo, hã, a gente se fala depois.

— Até mais, Baixinha. Cabeça erguida.

— Eu te amo.

— Também.

Ela desligou e afastou o pensamento de que, em seis anos, George nunca lhe dissera com todas as letras "eu te amo". Ele a pedira em casamento, pelo amor de Deus. A questão do "eu te amo" estava se transformando em outro pensamento intrometido. Ela pegou uma toalha — era áspera e cheirava a roupa mofada, como todas as toalhas em Weyfield. Lembrou a si mesma de que deveria deixá-la em seu quarto, caso Olivia usasse aquele banheiro. Por mais que sua irmã dissesse que não havia risco, ela ainda sentia um pouco de medo de pegar Haag. Bem, caso isso acontecesse, pelo menos ela emagreceria horrores para o casamento.

Jesse

ESTAÇÃO SHERINGHAM, NORFOLK, 20H12

• • •

Sheringham (o "h" era pronunciado ou não? Jesse não fazia ideia) era o fim da linha. Jesse viera num trem ridiculamente pequeno que se arrastara de Norwich até ali, praticamente um trenzinho de brinquedo. Não havia sequer uma estação propriamente dita, apenas uma plataforma sem iluminação com um portão caindo aos pedaços que a separava da calçada. Ele inspirou o ar frio e salgado, pensando em como era difícil de acreditar que tivesse iniciado aquele dia perto do Pacífico e agora estava à beira de outro oceano, em Norfolk, Inglaterra. Não, espere, na Inglaterra não havia oceano. Apenas "litoral", pronunciado de um jeito esquisito.

Sheringham High Street tinha as luzes de Natal mais alucinantes do mundo — camarões vermelhos e caranguejos amarelos piscavam, revelando uma sequência de lojas paradas no tempo mais abaixo. Ele tirou umas duas fotos com o celular para mandar por WhatsApp para Dana, antes de perceber que estava sem sinal. Havia um minúsculo ponto de táxi, chamado "Cliffords Taxi's", perto da plataforma, e sem demora ele estava no banco de trás de um Ford detonado em direção ao Harbour Hotel, em Blakenham.

— Você veio dos Estados Uni*iii*dos? — perguntou o taxista, enquanto o carro seguia o contorno da estrada litorânea. Seu sotaque não se parecia com nada que Jesse já tivesse ouvido na vida. Tinha um cantado insano, que elevava o final de todas as frases. Não no estilo Kardashian, só um tanto melancólico mesmo. Ele teria de entrevistar algumas pessoas locais para seu filme.

— É, mas eu tenho sangue inglês. Vim visitar familiares — respondeu ele. Estava prestes a explicar que viera procurar seu pai biológico, mas o homem simplesmente soltou um grunhido e ligou o rádio. Ótimo. Ele precisava aprender a se resguardar um pouco mais, de todo modo. Contara a história inteira para a mulher do aeroporto, num estupor. Calgary e ele estavam constantemente trabalhando sua necessidade de desembuchar as coisas — ou, nas palavras de Dana, seu "Transtorno de Compartilhamento Obsessivo-Compulsivo". Mas, de alguma maneira, aquilo continuava acontecendo. Ele via alguma coisa como uma placa bonitinha e ouvia sua voz comentando a respeito antes mesmo de perceber que estava pensando em voz alta. Era parecido com os rompantes emocionais que se esforçara tanto para controlar, mas que, de vez em quando, ainda aconteciam. Seus pais adotivos, ambos tão contidos, brincavam que aquele traço era culpa da descendência libanesa de "sangue quente" de Jesse. Agora ele se perguntava se não o teria herdado de Andrew. Seu pai biológico não via problemas em compartilhar coisas da vida pessoal, e ele definitivamente tinha alguns problemas para controlar a raiva.

O carro diminuiu a velocidade quando eles entraram na "cidade" de Blakenham, que no fim das contas consistia em duas minúsculas ruas sinuosas de chão de pedra que levavam ao cais e ao hotel dele. Ao sair, ele viu uma fachada ornamentada como um cartão-postal vitoriano litorâneo, de frente para um cais iluminado pelo luar. Dentro, o saguão cheirava a água sanitária e cerveja choca, e o piso era coberto por um carpete de espirais marrons. Ao fundo, ouvia-se a música de Natal do Band Aid de 1984. Uma garota com um caso de acne que parecia doloroso, de gorro de Papai Noel, entregou-lhe sua chave.

— Qual o telefone do serviço de quarto? — perguntou ele. Estava morto de fome, pois dispensara todo o lixo que encontrara na estação de Norwich. Ela pareceu não entender, e ele precisou repetir a pergunta três vezes, primeiro pedindo pelo "concierge", depois pelo "menu" e, por fim, pelo "jantar".

— Aaaaah — disse ela. — A cozinha está fechada, desculpe. Fecha às oito.

— Eu poderia comer, sei lá, umas batatas chips? — pediu ele, sentindo-se ligeiramente desesperado. Obviamente seus padrões teriam de descer.

— Chips? Não, a cozinha está fechada. — Ela estava começando a olhá-lo como se ele fosse muito burro.

— Quero dizer, crisps. Batatas crisps — disse ele, lembrando que na Grã-Bretanha "chips" queria dizer "fritas".

— Aaaaaah, crisps. Sim, tem Pringles no frigobar, se quiser. Ou será que a gente poderia lhe arranjar uma sooooopa? — perguntou, parecendo sentir pena dele.

— Sopa seria perfeito! Obrigado, você é um amor! — disse ele, colocando uma nota de dinheiro sobre o balcão. Ela pareceu não entender nada.

— Vamos incluir na sua conta — disse ela.

— Não, isso é para você. Eu agradeço a sua atenção.

— Aaaah. Certo, obrigada!

Jesse seguiu andando quilômetros por um corredor mofado, torcendo para que conseguisse se comunicar sem tanto atravanco com seu pai.

O quarto estava decorado no mesmo tom marrom do andar de baixo, a cama coberta por uma colcha acetinada e as cortinas presas como num teatro de marionetes. Havia plaquinhas em toda parte. "Favor não jogar nada além de papel higiênico na privada." "Favor reutilizar as toalhas sempre que possível." "Por gentileza, lembre-se de que atrasar o check-out acarreta em acréscimo de cobrança."

Ele considerou documentar sua chegada com a câmera, mas naquele momento tomar banho era prioridade. O chuveiro ficava sobre a banheira, e a pressão da água era uma lástima. Ouviu uma batida na porta e saiu depressa, apanhando uma toalha. A garota do saguão estava ali, com uma bandeja. Corou e por um segundo deu a impressão de que iria derrubar a comida no chão, antes de entregá-la para ele e sair apressada. Evidentemente o que diziam sobre os britânicos serem reprimidos era verdade, mas talvez fosse um pouquinho cruel recepcionar uma adolescente recém-saído do chuveiro, pensou ele, olhando o próprio torso no espelho. Dana e a mãe estavam sempre lembrando que o fato de ele ser gay não o impedia de arrasar o coração de algumas garotas. De pernas cruzadas na cama, ele partiu o pãozinho esponjoso e tomou um gole cauteloso da sopa cor de tangerina. Era tépida, com textura cremosa e tão doce que podia ser uma sobremesa. Paciência. Ele não podia esperar encontrar nenhuma Whole Foods ali. Sacou seu iPad e mandou um e-mail para Dana.

Oi,

Estou no meu quarto no Harbour Hotel, em Blakenham, diante de um lindo cais. Passei um dia incrível com David Rubin, que se mudou para Londres em junho. Saímos para um brunch perto do apartamento dele em Shoreditch, um bairro superlegal.

Ainda nenhuma resposta do pai biológico... O que eu faço?? Não sei quantos dias de passeio turístico a cidade de Blakenham pode oferecer!

Me deseje sorte com o *jet lag*.

Bjs, J

A verdade é que aquilo não era nem de longe o que Jesse tinha imaginado para o seu primeiro dia no Reino Unido. Apertar o botão de enviar desencadeou uma onda intensa de perguntas como *Que merda é essa?*. O que ele estava fazendo num hotel provinciano, tomando uma sopa horrorosa, quando devia estar rodando em La Descarga ou passeando com o cachorro de Dana, Flynn, no píer de Santa Monica, ou talvez já estar de volta em sua casa em Iowa, ajudando a mãe na cozinha? Não, nada disso, naquele momento ele devia estar sendo recebido de braços abertos em Weyfield Hall. Ou, na pior das hipóteses, sendo dispensado com um e-mail. Mas ele não iria dizer nada disso para Dana, que se irritara quando ele comprou a passagem aérea antes de receber um retorno de Andrew. Ele pensou em reenviar o e-mail original, mas será que não pareceria desesperado? Tinha certeza de que seu pai biológico recebera sua mensagem. Antes de partir de L.A., Jesse mandara um e-mail para Andrew de uma conta falsa de Gmail, fingindo ser um relações-públicas gastronômico do Brooklyn, para ver se ele respondia. A resposta curta de Andrew fora quase instantânea: "Não cubro Nova York, coisa que você saberia caso se desse ao trabalho de ler minha coluna." Ver um e-mail de Andrew, mas não endereçado a ele, foi inesperadamente doloroso.

Talvez agora não fosse o melhor momento, disse ele a si mesmo — outra vez. Afinal de contas, era Natal. Talvez Andrew tivesse respondido, mas por alguma razão a resposta não tivesse chegado. Talvez ele estivesse tão assoberbado que nem soubesse o que dizer. Aquela coisa toda parecia o sofrimento de um namoro, só que multiplicado. Jesse havia se preparado para uma resposta defensiva. Calgary o ajudara a aceitar que ele e Andrew poderiam ter energias completamente diferentes, apesar do elo genético. Mas ele nunca esperara uma ausência de resposta. Estava começando a se perguntar se não teria feito mais sentido marcar um encontro em Londres. Ele não tinha a menor ideia do que faria em Blakenham por uma semana, se aquele silêncio continuasse. Deitou-se sobre o cobertor cheio de estática, tentando não imaginar quantas cabeças sebentas tinham se deitado ali, e procurou o podcast "Meditação da Positividade" em seu iTunes.

• 3 •

Véspera de Natal, 2016

Quarentena: Dia 2

Olivia

Cozinha, Weyfield Hall, 7h50

. . .

Um sonho vívido com Abu, o garotinho que morrera aos cuidados dela, fez com que fosse impossível dormir. Olivia desceu e encontrou todos já na cozinha, conversando acima do ruído brando da Radio Four, da torradeira e da cafeteira. Sua mãe se levantou de um pulo, perguntando como ela tinha passado a noite e se gostaria de comer ovos, se preferia café ou chá, e que tal um croissant?

Olivia nunca gostou de bater papo de manhã. Ainda se sentia meio tonta de sono e abalada pelas cenas que relembrara. Sean não respondera ao seu e-mail. Isso a estava incomodando mais do que pensaria ser possível. Não se apegue demais, disse para si mesma. As coisas podem ser diferentes quando estivermos de volta.

— Sua temperatura, você lembrou de medir? — perguntou Emma.

— Claro, mãe, estava normal. Estou ótima — disse ela, passando por cima de uma fila de sacolas repletas de uma quantidade obscena de comida. Por um segundo ela teve medo de que Emma tivesse quebrado a quarentena para fazer compras, antes de perceber que as sacolas eram da loja virtual da Waitrose. Seus olhos deviam ter se ajustado a uma alternativa, à realidade da Libéria, porque todos os dias as coisas que aconteciam lhe pareciam quase futurísticas. Ela ficou olhando para um pacote de espinafre sobre a bancada da cozinha, as folhinhas todas limpas e aparadas como se nunca tivessem visto terra, até perceber o olhar perplexo de Phoebe. Tudo parecia tão seguro, tão higiênico. Ela se serviu de uma tigela de musli e tentou lembrar onde eles guardavam as tigelas e colheres. A primeira gaveta que abriu estava inexplicavelmente cheia de pinhas e fitas douradas. Tentou um dos armários, e um kit de piquenique de melamina quase caiu em sua cara. Aquela casa era ridícula. Por que havia tanta coisa por toda parte, pilhas e mais pilhas de coisas? Ela se arrependeu de não ter passado a quarentena em seu apartamento minúsculo, cujas caixas de mudança ela nunca tinha aberto completamente e preferia assim.

— Que chá você quer? — perguntou sua mãe.

— O normal, por favor — respondeu ela, querendo que a mãe a deixasse preparar seu chá sozinha, poupando-a das perguntas inevitáveis sobre quanto tempo ela queria que deixasse o saquinho repousando na xícara e quanto leite colocar.

— English Breakfast? Ou Earl Grey? — quis saber Emma. — Ou Lapsang?

— Lapsang tem cheiro de linguiça — comentou Phoebe, sem tirar os olhos de uma revista.

— Meu Deus, é isso mesmo! — disse Andrew. — E eu sem saber por que nunca gostei desse chá.

— A *piorrr* chá *nesta munda* — disse Phoebe com sotaque alemão. — Pronto, aí está o seu título.

— Ha! — exclamou Andrew. — Quem sabe não proponho uma matéria para o Primeiro de Abril sobre um novo chá feito de linguiça.

Quando Olivia se sentou, o pai se levantou, dizendo:

— Bem, vou deixar as garotas a sós. — E saiu da cozinha com as palavras cruzadas do *The Times*. Olivia puxou o jornal para si, de modo que não tivesse de conversar com ninguém. Phoebe estava olhando para ela mais uma vez, com a cabeça de boneca inclinada.

— Que foi? — perguntou Olivia.

— Nada. É que essa tigela aí é para macarrão.

— E que diferença faz?

— Nenhuma. Só é meio estranho.

Olivia voltou ao seu jornal. Ser "estranha" sempre tinha sido o maior medo de Phoebe. Até mesmo quebrar as convenções das tigelas era motivo para preocupação. Olivia virou a página e ficou petrificada. Por um instante, achou que pudesse estar doente. Havia uma foto de Sean no canto inferior esquerdo sob o seguinte título: "Médico irlandês diagnosticado com o vírus Haag". Passou os olhos pelo texto, com o coração a mil. Depois leu de novo, devagar, como se soubesse de tudo que poderia reverter aquilo.

MÉDICO IRLANDÊS DIAGNOSTICADO COM O VÍRUS HAAG

Um médico irlandês, identificado como Sean Coughlan, foi a primeira pessoa a ser diagnosticada com o vírus Haag em solo britânico. O Sr. Coughlan, pediatra, era um dos membros da equipe de cinquenta médicos voluntários alistados com a associação de caridade HELP para tratar vítimas de Haag, na Libéria, um dos maiores focos da epidemia atualmente.

O médico reportou sintomas e pouco depois perdeu os sentidos, enquanto aguardava por um voo de Heathrow a Dublin, ontem. O Sr. Coughlan aterrissou em Heathrow às nove da manhã, mas teve de enfrentar uma espera de dez horas por conta da neblina. Após desmaiar, foi transferido para uma unidade de isolamento intensivo no Royal Free Hospital, em Londres, acompanhado por uma equipe médica com trajes de proteção. Após a realização de testes ontem à noite, o diagnóstico foi confirmado.

O Sr. Coughlan, 33 anos, será mantido numa ala de isolamento intensivo no hospital durante o seu tratamento com o Dr. Paul Sturgeon, um dos maiores especialistas no assunto. Seu estado de saúde é crítico.

O número total de casos de Haag no mundo ultrapassa 15.420, e 9.120 mortes foram reportadas em quatro países — Libéria, Guiné, Nigéria e Estados Unidos.

Não existe vacina contra o Haag, e os profissionais da área de saúde encontram-se particularmente em risco ao entrarem em contato direto com os pacientes. A Saúde Pública da Inglaterra confirmou que fará contato com indivíduos que possam ter se relacionado com o médico enquanto ele estava infectado com o vírus, embora os especialistas afirmem que o risco de contágio é baixo.

O secretário de Saúde convocou uma reunião do comitê de contingências Whitehall Cobra e disse que haverá uma revisão dos procedimentos adotados por trabalhadores voluntários e funcionários que atuam na Libéria. O primeiro-ministro, que presidirá outra reunião do Cobra sobre a situação hoje, declarou que todo o apoio será dado ao paciente em questão e aos funcionários da saúde pública, acrescentando: "Nossos pensamentos e orações se solidarizam com a família deste jovem rapaz corajoso."

— Não pode ser! — disse Olivia em voz alta. Tanto a mãe quanto a irmã levantaram os olhos do *How To Spend It* para olhar para ela.

— O quê? — perguntou Phoebe.

— Sean. Sean pegou. Pegou Haag. Não. Não, não pode ser! Merda! — disse ela. Sua cabeça antecipava as catástrofes: Sean morrendo, o funeral, ela também infectada pelo Haag, os dois sendo linchados pelo *Daily Mail* como o "Casal Haag" irresponsável.

— Haag? — disse sua mãe, levantando-se.

Olivia empurrou o jornal na direção das duas e apanhou seu iPad. Precisava de mais fatos.

— Ele estava trabalhando comigo no centro. Você o conheceu ontem, lembra?

— Ah, minha querida, que horror.

— Mas como? — Phoebe estava alarmada. — Vocês não usavam trajes especiais de proteção?

— Não existe cem por cento de segurança — replicou Olivia, torcendo para que o wi-fi de Weyfield ficasse mais rápido.

Sua busca trouxe centenas de resultados, mas era sempre a mesma reportagem, com outros dados e frases, a mesma foto de Sean fazendo sinal de positivo sobre arbustos cor de terracota. Atrás dele ela pôde identificar o piso de concreto, o teto de lona encerada e a porta para a Zona Vermelha coberta de placas de área infecciosa, todos tão familiares. Ela sabia que os sintomas iniciais de Haag se manifestavam gradualmente, às vezes ao longo de vários dias, antes de piorarem abruptamente em questão de horas. Era uma das crueldades daquela doença, que muitas vezes resultava em diagnósticos tardios. Mas, apesar disso, Sean parecera normal quando eles se despediram. Ou não? Ela se lembrou dele recusando a refeição das três da manhã no avião, e o peito dela se apertou. A ideia de que ele poderia estar protegendo-a, fazendo-se de forte, era insuportável. Ela precisava de detalhes, mas a única coisa que tinha era o e-mail de Sean e seu número de celular — o que não adiantava de nada se ele estava em isolamento. Ela não tinha o contato de sua família, e além disso eles tinham jurado não contar seu segredo a ninguém até o final da quarentena. Ela sentiu vontade de gritar; sabia que eles tinham sido idiotas. Será que deveria dizer alguma coisa — alertar sua família ou a Saúde Pública da Inglaterra? Quase instantaneamente decidiu que não. Ainda não. Ela só seria mais vigilante ainda.

Afinal, eles mal tinham se tocado desde aquela última manhã no quarto dela. Haag só era altamente contagioso depois que os sintomas tardios se manifestavam. Ficaria tudo bem. Sean não apresentava sintomas quando eles partiram, até onde ela sabia.

— Ah, coitados dos pais dele — lamentou Emma.

— Você o conhecia bem? — perguntou Phoebe.

— Razoavelmente. Não muito.

Ela pareceu aliviada.

— Tenho certeza de que ele vai ficar bem. Parece que está em boas mãos.

— É — disse Olivia, levando a tigela para a pia e saindo depressa da cozinha, antes que os soluços a sufocassem.

Jesse

• • •

Depois de uma sessão insatisfatória de ioga, espremido entre a cama e o frigobar, e de tomar o café da manhã lá embaixo ("suco natural" significava algo diferente ali), Jesse saiu para uma caminhada. Estava um dia maravilhoso, o céu uma tigela azul emborcada, o chão coberto de neve como açúcar. Ele inspirou algumas vezes, consciente do momento, notando como o ar de ozônio salgado era diferente do da praia da cidade onde ele morava. A ausência completa de morros em Norfolk era assustadora. O lugar parecia uma piscina infinita. Diante dele havia uma trilha elevada que seguia por entre os alagadiços, como uma espinha dorsal, atravessando a planície até o mar. À sua esquerda, um oceano de bambus cobertos de uma penugem de folhas inclinava-se e sussurrava ao vento. Todo aquele panorama daria uma excelente cena de abertura para seu filme.

Um casal de meia-idade passou por ele, os dois vestidos com jaquetas corta-vento de Gore-Tex e cutucando o chão com bastões nórdicos de caminhada completamente desnecessários. Seu "Olá!" em resposta ao "Dia" da mulher soou meio atrevido naquela quietude. Fazia tempo que ele não se sentia tão deslocado. Se não conseguisse encontrar seu pai biológico — e essa possibilidade parecia mais real a cada instante —, precisaria se recompor. O som rítmico de passos se aproximando fez Jesse se virar. Um cara mais ou menos da sua idade, talvez uns dois anos mais novo, vinha correndo em sua direção. Até que ele era gato. Quando se aproximou, Jesse avaliou seus olhos de gato siamês e o tipo de cabelo e pele dourados que Dana gastava centenas de dólares para ter. Os braços e o peito eram fortes, mas suas faces coradas lhe davam um ar de menino. Jesse achou que ele se parecia com um jogador de futebol americano da sua faculdade chamado Brad Ackland, ou um Leo DiCaprio britânico. Jesse não arriscou outro "Olá", apenas sorriu e fez um gesto grandioso, abrindo passagem. "E aí, parceiro", disse o cara, sem fôlego. Seu cheiro quente de sabonete pairou no ar gelado, enquanto Jesse observava suas costas seguirem pela trilha. Pelo visto nem todos os caras interessantes estavam em Shoreditch, então.

Olivia

• • •

ASSUNTO: Sem assunto
DE: Olivia Birch <olivia.birch1984@gmail.com>
DATA: 24/12/2016 10:00
PARA: Sean Coughlan <SeanKCoughlan@gmail.com>

Amor,

Eu sei que você não vai receber isto, ou pelo menos não hoje, mas preciso escrever.

Ela não conseguia pensar no que dizer em seguida. Não era justo atirar seu próprio terror sobre Sean, por mais que ela desejasse fazer isso. Se era para escrever, tinha de soar animadora, feliz. Mas qual era o sentido de qualquer uma dessas coisas, sendo que não havia a menor chance de Sean ler seus e-mails naquele momento? Mesmo que seu estado ficasse estável, não permitiriam que ele usasse equipamentos eletrônicos até sair da ala de isolamento. O que poderia levar dias. Porque ele iria melhorar, certo? Ele estava no Royal Free, não na Monróvia, lembrou. Teria assistência 24 horas, dos mesmos consultores gordos como gatos que deveriam ter ido ajudar lá na Libéria. Imediatamente, qualquer consolo que ela sentira se transformou em vergonha. Ela pensou em todos os pacientes que admitira no centro de tratamento, onde não havia monitores eletrônicos, novos medicamentos nem ventiladores. Não havia nenhuma mão divina para transportá-los de helicóptero para algum lugar seguro nem ninguém para relatar seus casos específicos nos jornais.

No que estivera pensando? Como poderia ter perdido o controle assim? Ela tinha visto outros voluntários fazerem o mesmo — aproveitarem o momento, como se estivessem numa zona de guerra. E os havia julgado. Lembrava-se inclusive de ter discutido esse assunto com um colega no acampamento de Calais, no ano anterior. Eles concordaram que a única maneira de enfrentar o desafio emocional era focar no trabalho, nos cuidados práticos, nos conhecimentos aplicados. Que babaca pomposo. Agora ela tinha feito exatamente o que desaprovava. Colocara todo mundo em risco. Todos e tudo. Sua carreira, a de Sean, a reputação da HELP na Libéria. Por que eles não tinham se resguardado, seguido o protocolo, em vez de se comportarem como adolescentes? Ela cobriu os olhos com as palmas das mãos.

Ouviu uma batida na porta.

— Estou preparando as meias de Natal do papai e da mamãe — avisou Phoebe.

Olivia parou. Queria dizer para Phoebe fazer aquilo sem ela, mas precisava agir com normalidade. Se a família suspeitasse de seu segredo, as coisas só piorariam.

— Desço num instante — respondeu, enxugando as lágrimas dos olhos, apesar de Phoebe não poder vê-las.

— Certo, estarei no Quarto do Alpendre — disse Phoebe, cujos passos se afastaram pelo corredor.

O Quarto do Alpendre ficava imediatamente acima da porta da entrada, um quarto de criança estreito. Ela não tinha certeza de quem fora. Phoebe devia saber. Nas lembranças de Olivia, aquele sempre tinha sido o quarto de embrulhar presentes. A cômoda ao lado da pequena cama de ferro estava entulhada de papel natalino reciclado de outros embrulhos, caixas de presente cuidadosamente guardadas e canetas especiais que não funcionavam ou que subitamente golfavam bolhas douradas. Quando crianças, ela e Phoebe costumavam pairar diante da porta daquele quarto na véspera de Natal, pedindo para entrar e se deliciando com a ordem rígida de "Vão embora imediatamente". Que injusto, pensou ela, andando pelo corredor, que algumas crianças nasçam com tantos privilégios enquanto outras nascem em favelas. Weyfield era um planeta completamente diferente da Libéria. Pelo menos em Camden havia um quê de realidade, quando você conversava com os vendedores de jornal de rua.

Ela encontrou Phoebe sentada no chão do Quarto do Alpendre, rodeada de sacolas, chocolates, brochuras e sabonetes enrolados em fitas.

— Certo, o que tenho é o seguinte — disse ela. — Esta é a pilha de mamãe. — Apontou para a pilha mais cor-de-rosa e cheia de babados das duas. — E aquela, a do papai. Não temos muitos itens não comestíveis para ele. É tudo, sei lá, praticamente tempero. Ele é uma pessoa tão difícil de presentear. — Ela suspirou dramaticamente. — É irritante não podermos simplesmente ir ao Holt e comprar mais coisas.

Teria Olivia escutado um tom de reprovação? Sentou-se ao lado de Phoebe, calculando mentalmente que cada pilha devia ter custado mais de cem libras.

— Uau! Mandou bem, Phoebs — disse ela. Era ultrajante sentir-se feliz com uma meia de Natal de adulto quando, 48 horas antes, estivera consolando uma criancinha órfã. Pensou em Sean e sentiu como se alguém estivesse lentamente espremendo suas entranhas.

Phoebe olhou para ela, desconfiada.

— O que você trouxe?

— Só isto — respondeu Olivia, desembrulhando duas tampas para garrafa, uma entalhada no formato de girafa e a outra no de zebra, que tinha comprado num raro fim de semana de folga com Sean em Fish Town. Os dois pareciam incongruentes no meio de todo aquele luxo que atulhava o chão. Seu saquinho de papel cheirava aos temperos que pairaram no ar daquele domingo.

— Só isso?

— É.

— Certo. Para que servem? Garrafas de vinho?

— É para garrafas, acho. Qualquer uma. — Ela não tinha pensado muito na serventia delas. Sean as comprara para seus pais, por isso ela o imitou. Como era possível que agora ele estivesse internado numa tenda de isolamento?

— Eles são, tipo, seguros?

— Ahn? Sim! Para oferecerem qualquer risco, precisariam ter estado na cama de um paciente com Haag.

— Certo. — Phoebe os apanhou com uma pinça, acrescentou um a cada pilha, depois os trocou, e depois os trocou de novo.

— Acho que agora sim. Zebra para mamãe — disse a si mesma, franzindo o cenho.

— Desculpe, não tive a oportunidade de ir às compras — disse Olivia. — Estava muito atarefada lá. — Precisava que Phoebe registrasse que ela não tinha viajado de férias. — Mas você é ótima nisso! Saiu-se muito bem — acrescentou, com o tom de voz que aperfeiçoara como estagiária na Great Ormond Street.

Phoebe não fez nenhum comentário e continuou cuidando das pilhas.

— Trouxe isso também — acrescentou Olivia depois de um longo silêncio, mostrando os seis DVDs que comprara, quase ao acaso, na semana anterior. Foi ideia de Sean. Ele insistiu para que ela usasse a conta dele do Amazon Prime e pedisse entregas em Weyfield, quando ela confessou que não tinha comprado presentes de Natal. — Ia colocá-los embaixo da árvore — disse —, mas pode pôr nas meias se preferir.

— Não podemos colocar mais de um DVD por meia.

— Por que não?

— Porque não. Não é equilibrado, é coisa demais. E hoje em dia os dois assistem filmes na Netflix. Enfim, o que você vai dar a eles de presente principal?

— Tenho certeza de que eles não vão se importar de não ganhar nada de mim. E de qualquer forma vão ganhá-los, só não estarão embaixo da árvore. — Aquela conversa precisava terminar logo, pensou. Subitamente sentiu-se muito cansada.

Phoebe examinou cada caixa de DVD, apanhou dois e começou a enfiá-los silenciosamente dentro das meias de lã compridas sem olhar para a irmã. No início, Olivia tentou ir lhe entregando os presentes, mas a cada oferta Phoebe dizia algo do tipo: "Não, acabei de colocar um sabonete. Precisamos de algo comestível", então ela acabou desistindo e ficou apenas olhando, até as meias estarem inchadas como pítons recém-alimentadas. Era por isso, pensou Olivia, que ela evitava passar o Natal em Weyfield.

Andrew

• • •

Emma evidentemente estava mais ansiosa por causa do Haag do que Andrew se dera conta. Tinha entrado como um furacão na sala de fumo naquele dia, mais cedo, tagarelando sobre o pobre médico irlandês que pegara o vírus. Tentar explicar que isso não significava que Olivia seria a próxima era causa perdida. Emma não parava de repetir:

— Andrew, ela *conhecia* esse rapaz! *Eu* fui apresentada a ele no aeroporto, quando fui buscá-la.

— Mas ela o conhecia no sentido bíblico? Você lambeu os olhos dele? Olivia se despediu dele com um beijo de língua apaixonado?

— Não banque o engraçadinho. Isso é sério!

— Estou falando seríssimo. O Haag não é um patógeno que se pega no ar. É preciso haver troca de fluidos corporais para contraí-lo. E a outra pessoa precisa estar em estado sintomático. Presumo que ele não estivesse espumando pela boca, certo? Eles não foram examinados ao chegar?

— Bem, foram, mas o pessoal do aeroporto parece terrivelmente desorganizado. Não sei por que ele estaria ali esperando por um voo. Ele devia ter embarcado num avião direto para a Irlanda, não?

— Bom, duvido que ele tenha tido escolha. Não imagino que a Aer Lingus tenha voos diários para a Libéria.

Ela não pareceu ficar convencida. Andrew ainda se impressionava como ele — um jornalista racional — tinha se casado com uma mulher que se assustava com qualquer notícia aterrorizante imaginada pelos tabloides. Além do mais, ele tinha suas próprias crises para resolver. Jesse Robinson tinha mandado outro e-mail de manhã. Pior, ele estava ali, em Norfolk. Em sua segunda mensagem, Jesse educadamente levantou a possibilidade de que o primeiro e-mail não tivesse chegado, reapresentou-se e depois explicou por que estava hospedado em Blakenham. De início Andrew lera aquilo como alguma espécie de coincidência amedrontadora e shakespeariana, mas a frase seguinte revelou que Jesse sabia que Andrew "passava as férias" perto de Blakenham e tomara a liberdade de "fazer reservas" ali, acrescentando a desculpa implausível de estar fazendo pesquisa para um documentário na região. Por que todos os rapazes são obcecados por documentários?, perguntou-se Andrew.

Jesse inclusive foi além e sugeriu um encontro em Weyfield ou "um passeio na praia". O que tinha dado naquele homem para viajar até ali sem ter recebido nenhuma resposta? Como Jesse sabia sobre Weyfield? Quão mais ele saberia? Maldita internet. Alguma outra coisa já havia arruinado famílias, relacionamentos e a normalidade infernal das coisas com mais eficiência do que a merda da internet? Andrew achava que não. Fez uma nota mental para escrever uma coluna sobre isso algum dia. Depois lembrou que, ao longo dos anos, provavelmente ele mesmo tinha divulgado toda informação que qualquer filho desgarrado pudesse esperar encontrar na *The World* — disponível gratuitamente on-line. Teria ele mencionado Weyfield pelo nome? O Google revelou que sim, tinha, em diversas e presunçosas ocasiões. Aquele ensaio terrível para a *Country Living* também estava disponível on-line, fornecendo a exata localização da casa.

Ele ficou arrasado. Deveria dar uma resposta. O problema é que a desculpa do Haag parecia terrivelmente falsa. Além disso, e se Jesse decidisse se arriscar a pegar o vírus e ficar com eles de quarentena? Era uma possibilidade real. Ele parecia praticamente disposto a isso. Se Andrew quisesse proteger Emma e as meninas daquela história, a única opção razoável era não responder nada. Ele deletou os dois e-mails de Jesse com um movimento rápido e se levantou. Precisava sair, escapar daquela casa que causara toda aquela confusão — de jeito nenhum iria andar de um lado para outro como um prisioneiro! Com certeza seria seguro dar um passeio pela estrada litorânea. Eles estavam a quilômetros de distância de qualquer lugar. Caminhou rapidamente até o saguão, apanhou um casaco e saiu, fechando a porta de leve para que ninguém ouvisse. Depois voltou a entrar e colocou uma máscara de esqui laranja que Emma tinha tricotado nos anos 1980.

Piscou para se olhar melhor no espelho ao lado da porta — parecia louco, mas irreconhecível. Se tivesse o azar de topar com Jesse Robinson (ele não descartava o Destino, ultimamente), pelo menos o rapaz não o identificaria.

Andrew caminhou pela estrada até chegar à praia. Sempre achara a paisagem de Norfolk opressora. O horizonte ininterrupto e o céu em domo eram capazes de aprisionar uma pessoa em uma redoma de vidro de quietude rural — salvo o ocasional arrulho de algum pombo. Deus do céu, até os pombos pareciam deprimidos ali. Andrew nunca fora e jamais seria um homem da roça. Mas Emma ainda estava encantada com Norfolk. Queria que as garotas tivessem o mesmo tipo de verão e de Natal que ela tivera. Por algum tempo, ele fez campanha para que as filhas saíssem para ver mais do mundo. Sua esposa interpretara aquilo, não de todo equivocadamente, como a vontade do próprio Andrew de viajar depois de sair do *The Times*. Quando o pai dela morreu, deixando-a órfã e sem irmãos, Emma só se apegou ainda mais a Weyfield. Vender a casa estava fora de questão. À medida que os anos passavam, o lugar foi se transformando cada vez mais em uma espécie de santuário. Hoje havia a sensação assustadora de que o tempo havia congelado, graças aos relógios de mesa parados e aos pássaros empalhados. Até mesmo o ar tinha o gosto de décadas atrás. Andrew parara de sugerir melhorias há tempos — era mais fácil hibernar na sala de fumo. Emma provavelmente imaginava que ele ainda se sentia intimidado com a casa, como no início, mas ele não se sentia mais. A verdade é que agora aquele lugar estava embaraçosamente dilapidado — não que eles pudessem bancar uma reforma.

Um touro cor de ferrugem no campo à sua direita lhe lançou um olhar arregalado e fixo, depois aproximou-se com um mugido acusador. "Vá se ferrar", pensou Andrew, notando o pênis do animal. "Tenho certeza de que seus bezerros não te mandam e-mails do nada. Você está livre para pastar em outros pastos impunemente." Sacou o celular para anotar aquela frase e, quando olhou de novo, arrependeu-se de ter feito isso. George estava correndo pela trilha elevada que seguia paralela à estrada e o reconhecera, apesar de sua máscara de esqui. Maldito cara de 1,93 metro de altura. O rapaz provavelmente contaria a Phoebe que tinha visto Andrew caminhando por ali, o que desencadearia uma série de desdobramentos estranhos. George saltou da trilha para a estrada e parou, com as mãos em suas coxas poderosas, ofegando e olhando para Andrew. Usava um traje de lycra que não deixava nada para a imaginação.

— George! — exclamou Andrew, retirando a máscara suada. — Não se aproxime! — acrescentou, com um gesto de dedos cruzados para indicar perigo. Pena que ele não pudesse fazer o mesmo toda vez que George oferecia seu aperto de mão agressivo de macho. — Você está bem? — perguntou Andrew, depois de uma pausa, uma vez que George continuava ofegando naquela estranha posição agachada.

— Ahã, maravilha, valeu — disse George, finalmente. — Ótimo disfarce! Você se afastou do posto? Pensei que Phoebs tivesse dito que vocês não podiam sair da casa.

Andrew odiava a substituição que os jovens faziam de "ótimo" por "maravilha".

— Tecnicamente, sim. Mas, hum, de vez em quando a gente precisa escapar de todo aquele estrogênio. Seria bom se você não comentasse nada, rapaz. — O que era aquele tom de velho que ele tinha adotado agora?

— Beleza. A quarentena está sendo difícil? — perguntou George, endireitando o corpo. Andrew sentia-se agradecido por ainda ser mais alto do que George, apesar de não poder competir com seu físico de jogador de rúgbi.

— Bem, não muito diferente dos outros Natais aqui — respondeu ele. — E você? Preparando-se para os excessos das festas? — Ele apontou para os tênis de George, perguntando-se por quanto tempo ainda teriam de ficar jogando conversa fora.

— Humm, é, não, treinando para Paris. A maratona. — Andrew tinha se esquecido das tediosas maratonas de George. Fazia questão de ignorar os e-mails do rapaz pedindo dinheiro, detalhando o último "desafio" que iria enfrentar, embora soubesse que Emma doava generosamente. A ideia de que seus netos seriam em parte Marsham-Smith passou pela cabeça de Andrew, como acontecia com frequência desde o noivado de Phoebe. O que não era nada agradável.

Por um momento, os dois ficaram parados olhando para o mar. Uma cascata de sinos de igreja cortou o silêncio. Havia igrejas em cada maldito canto daquele país.

— Bem, melhor eu ir nessa, mamãe está preparando um assado — disse George, saltitando como um boxeador que se prepara para acertar um soco.

— Mande minhas lembranças aos Marsham-Smith — respondeu Andrew, dando passagem para ele. Ele não conseguia dizer "minha mãe", em vez de "mamãe"?

— Pode deixar, até mais — disse George, afastando-se correndo.

Andrew ficou parado, fingindo admirar a paisagem, até que George estivesse a uma distância segura. O ar ali, perto da praia, era ácido — como os peixes deviam senti-lo, comentou a parte do seu cérebro que estava sempre escrevendo a coluna. Ele sabia que George nunca lia suas resenhas, e que aquilo — com razão — irritava Phoebe. Jesse provavelmente devia lê-las religiosamente, pensou Andrew. E se, ao deletar aqueles e-mails, ele tivesse jogado fora sua única chance de ter um relacionamento pai-filho — do tipo que não tivera com seu próprio pai nem com o de Emma, e que jamais teria com George?

Lembrou-se de seu desapontamento secreto com o nascimento de Olivia, ao saber que era uma menina. Andrew desejava um menino. Um filho poderia aliviar a marca deixada nele por seu pai ausente. Pelo menos era o que acreditava. Mas Olivia não era menino, nem Phoebe, embora com ela isso não tivesse importado. Pensando em Phoebe, no cartão de Dia dos Pais no sótão, seus pensamentos rodopiaram. Deletar aqueles e-mails tinha sido, sim, a melhor decisão. Imaginar que ele e Jesse pudessem estabelecer uma ligação paternal era pura fantasia. E se Andrew não respondesse nada, não fizesse nada, Jesse teria de voltar para os Estados Unidos — e o assunto estaria encerrado. A alternativa era confusa demais.

Ao se aproximar dos portões, Andrew ouviu a voz de Emma, que parecia ligeiramente histérica. Parou e a ouviu dizer: "Mas isso arruinaria o Natal!", e em seguida: "Eu não *devo* isso a eles. Seja como for, vou fazer isso logo." Percebeu com surpresa que ela devia estar falando ao celular — ele pensava que ela só o usava em momentos de crise. O que arruinaria o Natal? Provavelmente algum presente que não seria entregue, e que a estava fazendo agonizar.

Escondeu-se atrás do portão, sem saber o que fazer, quando um caminhão da empresa de correio expresso parou ao pé da trilha de canos. O barulho assustou Emma. Ela saiu correndo em direção ao motorista, fazendo gestos enlouquecidos de "não" e apontando para o recado que colocara ali, onde se lia: *Por favor, deixe todas as entregas aqui, pois não podemos assinar. Obrigada.* Andrew observou o motorista olhar para ela, confuso.

— Não podemos assinar, pode ser que estejamos com Haag! — berrou Emma.

O homem pareceu aterrorizado, deixou cair um pacote na trilha de carros e entrou novamente, num pulo, em seu caminhão.

Emma

Cozinha, Weyfield Hall, 15h18

• • •

Sintomas de Haag, digitou Emma. Até mesmo a palavra parecia alguém morrendo, pensou. Ela conhecia os sintomas, vagamente, mas agora que o colega de Olivia estava doente, ela precisava de mais detalhes. O Google retornou milhares de resultados. No topo estava uma fileira de imagens apavorantes de pessoas, ou talvez cadáveres, sobre macas. Ela clicou rapidamente no site do Serviço Nacional de Saúde da Inglaterra, uma referência em segurança de primeiro mundo, para fugir daquelas imagens. Lá se lia:

Sintomas do vírus Haag

Uma pessoa contaminada com o vírus Haag tipicamente apresentará náusea, vômitos, fadiga, respiração ofegante, salivação excessiva, dor de cabeça e, às vezes, mas nem sempre, temperatura elevada.

Esses sintomas iniciais surgem gradualmente, ao longo de dois a sete dias depois da contaminação, e podem variar de leves a severos.

Em seguida vêm tontura ou desmaios, suor abundante, manchas azuladas e inchadas e mau funcionamento dos órgãos internos. Estes últimos sintomas desenvolvem-se com rapidez, frequentemente em questão de horas.

O Haag é fatal em 70% a 80% dos casos. Quanto antes a pessoa for diagnosticada e receber assistência, maiores as chances de sobrevivência.

O Haag é infeccioso e transmitido por contato com fluidos corporais. O paciente oferece maior risco de contágio após apresentar os últimos sintomas, portanto cuidados especiais devem ser tomados para isolar os indivíduos que possam ter o vírus, a fim de evitar o risco de infecção.

O texto continuava declarando a importância de ligar para o serviço de Emergência caso a pessoa houvesse estado na África Ocidental e acreditasse apresentar os sintomas. Emma fechou a aba, com a ansiedade batendo asas em seu peito como um pássaro. Depois, mesmo sabendo que seria desagradável, mas sem conseguir se conter, voltou à busca original e clicou em uma das imagens. Era uma criança — a cabeça gigantesca em comparação ao corpo, os membros minúsculos cobertos de bolhas azuladas. Seu olhar de rendição era comovente. Ela sentiu nova admiração por Olivia, por haver enfrentado aquele tipo de coisa ao vivo. Ficaria atenta à filha, em busca dos primeiros sintomas de Haag, decidiu, escrevendo no Google "doar para o surto de Haag". Sentiu-se estranha e atirou o pão de frutas cristalizadas que estivera mordiscando no lixo.

O problema é que era impossível escapar da notícia sobre o coitado do colega de Olivia. A Radio Four parecia determinada a transmiti-la por toda parte, e os jornais sobre a mesa pululavam de matérias sobre o Haag. Nem P. G. Woodehouse ajudava. Ela tinha tentado se distrair colocando ramos de hera e azevinho sobre todos os quadros — arriscando uma dancinha ao som de "Step Into Christmas" de Elton John enquanto executava a tarefa. Mas Olivia entrara, parecendo pálida, e Emma teve medo de que dançar daquele jeito fosse falta de consideração. Finalmente, ligara para Nicola, o que resultara numa chamada de celular trêmula no pé da trilha de carros para evitar que a ouvissem na extensão do telefone fixo. Aquilo tampouco ajudou. Nicola ficou bastante alarmada ao saber que Olivia conhecia o médico com Haag e implorou que ela contasse tudo para Andrew, diante do "risco aumentado". Emma garantira a Nicola que Olivia ficaria bem, que não era motivo para pânico.

Depois de doar 50 libras, e então, sentindo que era pouco, doar mais 200 libras, para a campanha do Salve as Crianças com Haag, Emma começou a preparar o *borscht* que sempre fazia no Natal. Enquanto picava as beterrabas, os dedos ficando cor de fúcsia, pensou no americano com quem tinha conversado em Heathrow. Lembrou-se de Nicola lhe dizendo que isso se chamava "projeção". Pelo visto fixar-se em uma história tangencial, em momentos de extrema ansiedade, era uma forma de o cérebro se proteger. Aquilo não diminuiu a preocupação de Emma com o homem gentil. E se o pai biológico não respondesse ou não quisesse encontrá-lo? E se tivesse uma nova família que o tratasse mal? Toda aquela empreitada parecia arriscada demais. Que coisa terrível, procurar o pai e ser rejeitado — ainda mais no Natal.

Phoebe entrou na cozinha, franzindo a testa.

— Deus do céu, como Olivia é rabugenta — reclamou ela.

— Meu amor, ela passou por momentos extremamente difíceis — disse Emma, jogando cascas roxas na compostagem. — E agora esse coitado do amigo dela foi parar no hospital... precisamos ser compreensivos.

— Eu sou compreensiva. Mas por que ela tem de ser tão deprimente?

— Vamos, Phoebs, isso não é justo. Ela só precisa de uma semana relaxando tranquila depois de tudo isso.

— Foi ela que escolheu ir para lá — lembrou Phoebe.

Emma não conseguiu pensar numa resposta. O problema é que fazia tanto tempo que Olivia não lhes fazia uma visita mais prolongada que Phoebe — que ainda morava com os pais — tinha se acostumado com a atenção irrestrita. Em essência, ela fora filha única por uma década. Emma olhou para a caçula, brincando com a safira em sua mão esquerda. Parecia assustadoramente cara. Se George tivesse pedido a mão de Phoebe a Andrew primeiro, ela teria lhe oferecido o anel de sua bisavó, que era lindo. Mas provavelmente não devia ser do gosto de Andrew. Ela tinha a impressão de que ele achava antiguidades horrendas e sem classe.

— Mais alguma ideia para o casamento? — perguntou.

— Na verdade, não. Vou ligar para o George pelo Skype daqui a pouco.

— Tive uma conversa tão boa com um rapaz no aeroporto ontem — disse Emma, esperando distrair a filha antes que o mau humor plantasse raízes. Phoebe tinha herdado a capacidade formidável de Andrew de ficar amuada. — Nós dois estávamos esperando alguém. Ele era de Los Angeles. Extremamente bonito.

Phoebe olhou para ela.

— Papa-anjo — disse.

— Ele era gay, meu amor, tenho certeza.

Emma se lembrou dos olhos ansiosos do homem. Ele devia estar na faixa dos 30 anos, mas seu ar de garoto a fez sentir-se definitivamente maternal. Talvez fosse o desejo latente de ter um filho. Braços grandes e esguios para abraçá-la do alto. Que loucura. Ela tivera a oportunidade anos atrás.

Phoebe

• • •

Phoebe tinha combinado de ligar para George às quatro horas. Ainda não havia lhe contado, oficialmente, que queria que o casamento fosse realizado em Weyfield. Equilibrou seu laptop sobre uma pilha de livros, de modo que a câmera não mostrasse seu queixo duplo, e ajeitou o cabelo.

— Oi, Baixinha — disse George, aparecendo na tela. Por que, perguntou-se ela, às vezes tinha a sensação de que aquela era a primeira vez que o via, quando estava tão acostumada com ele? Talvez fosse apenas o estranhamento de falar por meio de câmeras. Ele estava usando um suéter natalino, abraçado a Boris, o novo labrador dos Marsham-Smith. Com seu bronzeado de esquiador e olhos azuis profundos, ele a lembrava do "Sr. Dezembro" dos seus velhos calendários de adolescente.

— Você está bonita — disse ele. — Essa cor combina com você.

— É seu — disse ela, usando um ar elegante e dando ligeiramente de ombros, de modo que o suéter que estava usando deslizasse sobre um de seus ombros.

— O quê? — Ele se inclinou para perto da tela. Não era um ângulo lisonjeiro para suas narinas. — Ei, é meu Lyle & Scott! Eu estava procurando por ele. Não vá deixar marcas de peitos, tá?

— Bem que eu queria. — Também queria que ele não falasse "peitos", mas não disse nada.

— Pequenos, mas com formato perfeito. Como tudo em você. — Ele sorriu.

— Vou aceitar o elogio. Certo: preparativos — disse ela. — Meu pai vai tentar conseguir a Sexy Fish para os drinques do noivado, mas provavelmente é melhor a gente mandar logo os cartões de "save the date" para as pessoas poderem fazer reservas nos hotéis.

— Claro.

— Outra coisa, eu estava pensando... Tudo bem se a gente fizer o casamento aqui?

— O quê, em Norfolk? Achei que a gente tivesse concordado com isso.

— Não, eu quero dizer aqui, em Weyfield.

— Na sua casa? Mas se vamos casar em dezembro, não teria de ser um casamento em ambiente fechado?

— Sim. Mas a sala de estar é gigantesca, se abrirmos as portas duplas que dão para a sala de jantar. Fizemos a minha festa de 18 anos aqui e os 50 anos da mamãe. E meus pais se casaram aqui, obviamente. Além disso, as pessoas poderiam dormir aqui.

— Quantas? — Mesmo pela tela, ela percebeu o pânico nos olhos dele.

— Cento e cinquenta, fácil.

— Sentadas? E dançando?

— Fizemos uma pista de dança na minha festa de 18 anos. E mamãe fez um jantar formal. Só precisaríamos tirar o piano e todos os móveis.

— Certo. — Ele franziu o rosto. — É que... eu estava pensando no Gunston Hall. A comida, dizem, é fantástica. Mamãe sugeriu também o Delling Abbey. Will e Poppy se casaram ali.

— Delling? Mas é igual aqui, com a única diferença de que não temos nenhuma relação com o lugar. É meio aleatório. — Will e Poppy eram um casal de amigos profundamente básicos de George, se é que era possível ser básico e chamativo ao mesmo tempo.

— Você está sendo um pouco dura.

— Não quero ter um casamento igual ao que outra pessoa poderia ter — insistiu ela. — Sempre imaginei que me casaria aqui. Desde pequena. — Ela não esperava que George tivesse planos também. Ele sempre pareceu tão impressionado com Weyfield. Era ele que em geral a chamava, de brincadeira, de "mansão do campo" da Phoebe.

— Não seria uma tremenda dor de cabeça para seus pais?

— De jeito nenhum, eles iriam adorar. Principalmente a mamãe. Ela está esperando mesmo que seja aqui.

— É? Mas a gente nem tinha conversado sobre esse assunto.

— Eu sei, mas é algo implícito. Os casamentos dos Birch são sempre aqui. Ou melhor, dos Harley. Não acredito que você está criando caso com isso. — Ela sabia que estava parecendo uma criança mimada.

— Não estou, Baixinha. É um lugar lindo, sabe, ao ar livre. Só não tenho certeza se seria o lugar ideal para um casamento em ambiente fechado. Parece mais um lar, entende?

— Mas é por isso que eu quero que seja aqui. Seria íntimo. E depois que colocarmos as flores e tudo o mais, ficaria com cara de festa de casamento. Enfim, não quero que o meu casamento... quero dizer, o nosso... tenha cara de "mais um casamento", nem que seja em um hotel onde outro casal vai se casar no sábado seguinte. — Ela parou, percebendo que estava quase insultando o mundo de George.

— Achei que você gostasse de hotéis.

— Gosto, mas é diferente. É o nosso casamento.

— Por que é diferente? Além do mais, em termos de logística: o bar, os banheiros etc. Como daria certo?

— Logística? Isso não é uma conferência de trabalho. E, seja como for, podemos dar um jeito em tudo isso. — Ela sabia que esse não era o problema de verdade. Ele achava o interior da casa estranho. De fato, a decoração precisava de uma repaginada, mas nas fotos o local passava por hippie--chique. Pelo menos o lugar tinha personalidade, ao contrário do celeiro convertido dele.

Ele esfregou as mãos no rosto e deslizou-as até o cabelo.

— Você pelo menos olharia o Gunston e o Delling antes de riscá-los da lista? — perguntou ele.

— Eu não os risquei. Mudando de assunto, o que você comprou para Tom e Matt? — perguntou ela, numa espécie de oferta de paz. Sabia que no final iria conseguir o que queria. Discutir não iria ajudar em nada. George logo estava contando sobre uma vitória recente dele e dos irmãos, a "Equipe Marsham-S" numa competição de pub, e ela sentiu que a tensão fora deixada de lado.

— Enfim, Baixinha, preciso ir — disse ele depois de terminar a história. — Vamos para o The Woolmaker's. — Passar a véspera de Natal tomando drinques com os irmãos era sagrado para George. Phoebe em geral também ia, e metade dela se ressentiu com Olivia por tornar isso impossível. A outra metade se sentiu aliviada de não passar a noite com a irmã dele, Mouse, e a esposa de Tom, Camilla. Alguma coisa no fato de as garotas usarem camisas de rúgbi e brincos de pérola fazia com que Phoebe se sentisse ao mesmo tempo superior e deslocada.

Depois da ligação, ela desceu as escadas para resmungar com a mãe. Emma estava na cozinha ouvindo *The Archers*, numa névoa de beterraba fervente. Todo Natal Emma preparava a mesma refeição, um *borscht* espesso, cor de fúcsia marmorizado, com creme azedo e salpicado de funghi porcini. Phoebe sempre achou aquilo desagradavelmente parecido com comida de bebê. Ela se sentou desanimada em um dos bancos e pousou a cabeça sobre a mesa. Sua mãe a olhou.

— Seu pai me ajudou com o you-player! — disse ela, animada, apontando para seu iPad. — Tão inteligente.

— É *i*-Player — disse Phoebe. — George não quer fazer o casamento aqui.

— Como assim? — disse Emma, virando-se. — Mas não seria perfeito, uma vez que os Marsham-Smythes estão aqui ao lado?

— Smith. Não Smythes — corrigiu ela, pela milionésima vez. Por que, depois de seis anos, sua mãe não conseguia meter na cabeça que o sobrenome de George não era tão chique quanto o dela mesma? — Não sei, ele só não pareceu empolgado com a ideia.

— Onde ele quer que seja?

— No Gunston Hall. Por causa da comida. Ou no Delling. É o que Linda quer.

— Mas... esta é a nossa casa.

— É... Mas ele e a família dele não entendem. São diferentes.

Sua mãe olhou para o fogão Aga. Phoebe percebeu que ela estava lutando com a voz da vovó, dizendo qualquer coisa sobre o dinheiro novo dos Marsham-Smith. Ela sabia que a mãe se orgulhava de não ser tão esnobe quanto a avó, embora ainda o fosse mesmo assim. Principalmente quando estava irritada. Phoebe sentiu-se estranhamente na defensiva por George.

— E se nós fizéssemos aqui e deixássemos a comida a cargo do Gunston? — sugere Emma.

— Não é só a comida. É que os Marsham-Smith gostam de fazer as coisas de um jeito mais, assim, tradicional.

— Tradicional? Não é mais tradicional um casamento adorável em casa do que em um lugar absurdamente caro?

Como ela poderia começar a explicar? Sua mãe não tinha ideia de que os casamentos haviam se transformado numa indústria, que a maioria das pessoas se casava em locais como bufês e hotéis hoje em dia.

Andrew entrou.

— Eu acho que entendo o que Phoebe está querendo dizer — disse ele. — É que os Marsham-Smith preferem desperdiçar dinheiro.

— Ei! Eles não são assim — protestou Phoebe, pensando na mãe de George e suas bolsas da Mulberry, e sabendo que ele tinha razão. Ele sempre tinha razão.

Andrew apanhou uma tangerina sem dizer nada e saiu novamente.

— É uma pena. Temos todo esse espaço. Por que gastar Deus sabe quanto quando se tem algo com todo esse valor sentimental? — disse Emma, agitando a espátula para dar ênfase.

— Tudo bem se dermos uma olhada em Delling? — sondou Phoebe. Não sabia por que ela agora estava do lado de George, quando tinha descido até ali para ganhar apoio e o conseguira.

Elas se sentaram com o iPad de Emma. Olhar coisas na internet com a mãe era sempre exasperante. Em qualquer busca no Google, Emma digitava a frase completa, em geral cometendo diversos erros de digitação, depois se perguntava por que não dava certo. O site do Delling Abbey apareceu, e elas clicaram em *Faça seu Casamento no Delling*. Havia a foto de uma mulher com uma bela maquiagem e o cabelo em cachos, e um homem de fraque brilhante. Os dois sorriam, inclinados sob uma nevasca de confete. A ideia de que ela e George poderiam se tornar aquele casal era surreal. Um banner de propaganda na lateral as levou a outro site, chamado Wedding Bee. Ali, todas as noivas afirmavam o quanto estavam dispostas a tornar seus casamentos únicos, mas todos eles tinham cabine de foto e bigodes presos em pauzinhos. Sua mãe não parava de gargalhar. Phoebe sentiu a pressão aumentar, embora tivesse concordado com Emma que aqueles casamentos eram horríveis. Tinha vontade de dizer: "Se você gastasse um pouquinho mais com este lugar, em vez de deixar tudo caindo aos pedaços, George não estaria assim tão desesperado." Mas ela sabia que aquilo não soaria bem. Teria de convencer sua mãe a no mínimo reformar a sala de jantar e a de estar. Seu pai iria entender.

Deixou o iPad com Emma e voltou ao mural temático que tinha começado a fazer naquela manhã. Usava a faixa de boas-vindas de Olivia, cuja cor verde casava perfeitamente bem com o tema de Natal. A mesa logo estava coberta com fragmentos da revista *Brides*, enquanto ela recortava fotos de arranjos de flores de inverno, capas de pele branca e um ou outro vestido que não era repulsivo.

— Aaah, que ideia maravilhosa — disse sua mãe. — Uma torre de cupcakes, uma espécie de pilha de bolinhos decorados. Imagino que um bolo de casamento tradicional seria meio pesado, não?

— Delícia! — reagiu Phoebe. Sua mãe não devia saber que o mundo tinha entrado na onda dos cupcakes anos atrás. Precisava ser superdoce se quisesse que sua campanha para redecorar Weyfield surtisse efeito.

Olivia entrou, parecendo cansada.

— Dá para chegar esse treco para lá? Não tem onde sentar — disse ela, apontando para o mural. Phoebe o pegou e o encostou na janela. Tinha mesmo passado agora para a playlist do casamento. Estava pensando em "Baby, It's Cold Ouside" ou em "Let It Snow" para a primeira dança, e em sua favorita, "Please Come Home for Christmas", para a última. Ou Mariah. George não faria oposição: o gosto musical dele era bem cafona. Olivia se sentou e enfiou uma torta de carne na boca, como se num transe, e puxou um suplemento de imóveis em sua direção, do jeito como costumava fazer para se esconder atrás do cereal Shreddies no café da manhã.

— Como está o pobrezinho do seu amigo? — perguntou Emma.

— Nenhuma notícia — disse Olivia, quase sem desviar os olhos. — Mas a imprensa caiu com tudo em cima dele, incluindo os colegas de Andrew.

"Ele é nosso *pai*, pensou Phoebe. Por que você tem de chamá-lo pelo nome?" Depois de um instante em que ninguém disse nada, ela reuniu suas listas e subiu. Sabia que devia ter sido estressante na África, mas tudo era muito mais fácil, e mais legal, quando Olivia não estava ali.

Jesse

The Woolmaker's Arms, Blakenham, 21h16

• • •

Foi Dana quem disse a Jesse que ficar no hotel não era uma opção para a véspera de Natal. Ele telefonara num clima nostálgico, querendo apoio, depois de assistir a *A felicidade não se compra* na TV. Eles costumavam assistir àquele filme juntos, comendo o pão de especiarias feito pela mãe, ele lembrou a Dana. Mas ela não embarcou na história. "Jesse, você tomou essa decisão — precisa aguentar as consequências. Vá criar novas lembranças", tinham sido suas exatas palavras. Portanto ele tomou banho, perfumou-se e saiu no frio, para ver como os locais comemorava o Natal.

Agora, bebericando encabulado uma caneca de cerveja, não sabia se The Woolmaker's Arms, em Blakenham, estava de brincadeira. O lugar parecia ser a verdadeira Velha Inglaterra — apertado, carpetado, com janelinhas minúsculas em formato losangular e um teto tão baixo que ele precisava se curvar. Os assentos eram escuros como bancos de igreja, e as cervejas tinham nomes malucos como "Woodfordes" e "Bullards". Em seu país aquilo teria sido uma imitação — tipo o rancho onde ele ficou com seu ex, Cameron, em Montana. Ele não queria ser o turista tolo, enganado por uma fraude, mas algo no The Woolmaker's sugeria que aquilo era real. Ele se arrependeu um pouco de não ter levado sua câmera, mas sentia que já estava chamando atenção o suficiente sem ela.

O bar estava lotado. A véspera de Natal obviamente era uma grande noite de balada em Blakenham. Jesse ficou imaginando se seria o tipo de noite incomum em que lordes e camponeses se misturavam, como em *Titanic*. Um grupo de três rapazes com sotaque "chique" dominava o lugar. Duas loiras, que riam descontroladamente, os acompanhavam. Estavam sentados perto da lareira, urrando de rir com uma piada que Jesse não conseguiu ouvir. Os caras lembravam os rapazes das fraternidades nas universidades, mas os corpos eram diferentes — pescoços vigorosos e coxas grossas. Dois deles usavam camisas listradas, as mangas enroladas mostrando braços musculosos, enquanto o outro vestia uma gola V que modelava seu peito largo. A mesa estava coberta de copos vazios. O rapaz que estava de costas para Jesse se levantou e virou-se, e ele percebeu que era o cara por quem passara correndo de manhã. Seus olhos se encontraram por um instante. Jesse o observou ir até o banheiro e resistiu ao impulso de segui-lo, para ver se ele o reconheceria caso estivessem os dois a sós sob a luz fraca.

Momentos depois ele ressurgiu ao lado de Jesse no balcão do bar, olhando diretamente para a frente. Tinha um narizinho pequeno e arrebitado, e um maxilar delicado, quase feminino — que parecia estranho com suas orelhas de atleta detonadas. A linha do couro cabeludo estava úmida — ele devia ter molhado o cabelo no banheiro. Jesse olhou seu pulso, os pelos loiros contra a pele bronzeada, os músculos se retorcendo enquanto ele remexia duas notas. Um anel de ouro brilhou no dedo mindinho, e ao lado de seu relógio Hublot havia um cordão de contas verde-claras de oração. Engraçado perceber que a influência de L.A. se fazia notar até mesmo ali.

— Mais três Woodfordes e dois gins-tônicas, por favor, chefe — disse ele ao barman. Sua voz era profunda e com a pronúncia enrolada, parecida com a do príncipe Harry (o número 1 da lista de "celebridades com quem eu poderia ir para a cama" que ele tinha criado com Cameron).

— Você estava correndo hoje de manhã, não é? — disse Jesse, sem conseguir se conter.

— Ah, sim. Sem muito sucesso — disse ele.

— Como assim?

O cara pareceu confuso. Suas bochechas coraram levemente.

— Ah, hum, sabe como é. "Terreno subótimo" — disse, e Jesse pôde ouvir as aspas em sua voz, mas não sabia ao que ele estaria aludindo. Devia ser a famosa ironia britânica.

— Claro — disse Jesse.

— Você está de férias? Desculpe, "tirando uns dias"— disse ele imitando um sotaque nova-iorquino anasalado.

— Mais ou menos. Também vim a trabalho.

Sentiu que sua história de adoção estava prestes a saltar da sua boca mais uma vez, como no aeroporto, e parou.

— Fazendo o quê?

— Pesquisa — disse Jesse. — Vou fazer um curta.

— Legal.

Jesse esperou o cara perguntar sobre o quê, ou questionar por que estaria trabalhando no Natal, mas ele não disse nada.

— Você é daqui? — perguntou Jesse, com medo de que a conversa terminasse ali.

— Temos uma casa aqui.

— Legal. Deve ser um lugar maneiro para relaxar.

— É. Tão lindo. Adoro isso aqui, o mar, o ar. Demais.

— É lindo mesmo, não?

O barman colocou os drinques no balcão.

— E uma cerveja para esse cavalheiro aqui — disse o cara, apontando para Jesse.

— Ei, valeu — disse Jesse. Seu "valeu" ainda soava meio estranho.

O cara fez uma reverência de brincadeira, mas não disse nada enquanto pousava as duas notas sobre o balcão e tentava levar todas as bebidas de uma só vez.

— Eu te ajudo — disse Jesse, pegando as gins-tônicas.

— Valeu. George, falando nisso — apresentou-se.

— Jesse.

— Jesse. Prazer, cara.

Ele seguiu George pela multidão, sentindo a animação de ser convidado para sentar na mesa dos populares da escola.

Depois de colocar os gins-tônicas sobre a mesa, não sabia se devia ficar com o grupo ou voltar para o balcão. Todos eles pareciam bêbados demais para notar qualquer uma dessas opções. Um dos caras, que parecia ser o macho alfa, estava no meio de uma história.

— Aí — ofegou ele, a voz aguda de hilaridade contida —, Chingers se sentou e foi logo dizendo: "Mmmm... Toby, por que suas bolas estão na minha boca?" — Como se fosse uma deixa, a mesa inteira explodiu de gargalhada.

— Pessoal, esse é o Jesse — disse George.

— Jessie? Desculpa, seu nome é *Jessica*? — perguntou o Macho Alfa, dissolvendo em mais gargalhadas.

— Pare com isso — disse a garota ao seu lado, batendo em seu braço. — Desculpe, esse aqui não dá para levar a canto nenhum — disse ela, cobrindo a boca dele com a mão. — Oi-e — acrescentou ela, olhando com calma para Jesse. — E você, de onde é?

— Los Angeles. — Jesse tinha aprendido há muito tempo que isso desencadeava melhores reações do que dizer "Iowa".

— Pelo amor de Deus, o que deu em você para vir passar o Natal em Blakenham? — perguntou o Macho Alfa. Ele falava como um homem de 55 anos, embora parecesse ter uns 35 anos.

— Ele trabalha com cinema — disse George. Ele tinha prestado atenção no que Jesse havia dito, afinal.

— Meu Deus — exclamou o Macho Alfa. — O que vieram filmar aqui, um filme de época?

— Hum, na verdade é um documentário.

As garotas estavam olhando para ele, ansiosas. Provavelmente deviam achar que ele era um ator. As mulheres sempre achavam isso.

— Cadê o resto da sua equipe? — perguntou a outra garota, que parecia ser a mais nova. Ela tinha o mesmo perfil dos três caras, portanto ele supôs que fosse irmã deles.

— Eu vim na frente, para ter uma noção de como era o lugar.

— Quer dizer que vai passar o Natal sozinho?

— Tudo bem, em casa só comemorávamos o Dia de Ação de Graças, mesmo. Além disso, pareceu uma boa oportunidade de viajar.

— Você não pode passar o Natal sozinho! Vamos cuidar de você — disse a garota que ele supunha ser a irmã, movendo-se no banco para abrir espaço para Jesse.

E começou a apresentar a mesa. Ela se chamava Mouse, inexplicavelmente, e os três rapazes eram seus irmãos mais velhos, como ele adivinhara. O Macho Alfa, cujo nome verdadeiro era Tom ou "Tommo", era o mais velho. George era o mais novo, e o irmão do meio era Matt. A garota ao lado do Macho Alfa era Camilla, esposa de Tom. Pelo jeito como Mouse estava jogando o cabelo de lado, ele supôs que ela não tivesse um bom gay-dar. Mas nem sempre as pessoas percebiam que Jesse era gay, assim de pronto. Pelos olhares que Matt estava lançando para ele, devia pensar que ele estava dando em cima da sua irmãzinha. Matt não percebeu que Jesse estava interessado em seu irmão. Duas vezes notou com o canto do olho que George estava olhando para ele, mas quando ele ia checar ou George não estava ou ele desviava os olhos. Era de longe o mais bonito dos irmãos. O único com lindos olhos azul-piscina. Será que George tinha percebido que ele era gay?

— Que comecem os jogos! — berrou o Macho Alfa. — "Eu Nunca. Rodada de Natal".

Tudo o que diziam sobre britânicos e bebida era mesmo verdade. Bebidas foram pedidas no bar, e eles jogaram algumas rodadas de "Eu Nunca", quando ficou claro que Matt tinha vomitado nas costas de seu chefe numa festa do escritório e que o Macho Alfa cagara no sapato de alguém no internato. Jesse não entendeu qual o sentido daquilo tudo, uma vez que eles obviamente já conheciam os segredos de todos ali.

— Certo, é a minha vez — disse Camilla. — Eu nunca paguei boquete para o meu instrutor de esqui — disse ela com voz rouca, olhando para Mouse.

Num impulso, Jesse virou um dos shots cor de mel sobre a mesa. Sua garganta ardeu.

Ele piscou ao ver o grupo inteiro olhando para ele, estupefato. Seus olhos se encontraram com os de George por um segundo.

— Que foi? — disse ele. — Não me digam que pensaram que eu fosse hétero.

O Macho Alfa começou a rir e bater na mesa com a mão, a risada aumentando cada vez mais.

— Ah, então é *esse* tipo de filme! — soltou. — Bom, foda-se, drinques de Natal no The Woolmaker's de repente viram pornô gay. Foda-se.

Jesse tentou corrigi-los, mas não adiantava lutar contra a corrente — eles queriam que ele fosse um astro do filme pornô, e portanto ele era, embora não soubesse o que responder às perguntas cada vez mais explícitas de Matt e Tom.

O jogo passou a ser o nome pornô de cada um, mas o clima tinha mudado. Mouse parou de atirar o cabelo. Matt estava obviamente enojado com a revelação de Jesse; várias vezes descrevia alguma coisa como sendo "gay" e parava para pedir desculpas de propósito. O Macho Alfa estava tão bêbado que parecia que não daria a mínima se Jesse tivesse dito que era tarado por esquilos. As garotas, ele adivinhou, estavam dispostas a posar de liberais. Ele já podia vê-las contando aquela história nos anos seguintes: "Lembram quando conversamos com aquele ator pornô gay num pub?"

Era mentira, claro. Ele praticamente nunca esquiara. Mas precisava saber se o que pressentia com relação a George era real ou se era seu cérebro atiçado pelo álcool e por tempo demais solitário. Os caras atléticos com cara de hétero sempre foram o seu ponto fraco.

George estava bebendo para valer. Parecia que estava numa missão. Jesse o vira terminar duas canecas de cerveja, uma taça de vinho e vários shots, e agora ele voltava do bar com mais cervejas — uma para ele, outra para Jesse. Todos os outros recusaram sua oferta de uma saideira. Camilla voltou do banheiro.

— Gente, estou destruída, vamos para casa — disse ela com firmeza, olhando para o marido.

— Eu também — disse Mouse. O Macho Alfa e Matt se levantaram, meio trôpegos.

George continuou sentado.

— Vou terminar esta aqui. Encontro vocês depois — disse ele, com a língua um pouco enrolada.

— Você que sabe — disse o Macho Alfa.

— Faça ele chegar direitinho em casa — disse Camilla para Jesse. Ela já parecia ser a tia do grupo.

— Nada de mão boba — acrescentou o Macho Alfa, e George lhe mostrou o dedo. Matt parecia horrorizado.

Agora eles estavam a sós. George estava recostado em seu assento, as pálpebras caídas.

— Últimos pedidos! — gritou o barman.

— Já vão fechar? — perguntou Jesse.

— Isto aqui é Norfolk, cara. Você não está em Manhattan agora.

— L.A. Sou da Costa Oeste.

— Mesma coisa.

Será que ele estava simplesmente sendo um babaca ou seria aquilo uma tentativa desajeitada de flerte? Um toque de celular quebrou o momento, e George enfiou a mão no bolso. Olhou para o aparelho por um instante, pôs em modo silencioso e deixou que vibrasse em cima da mesa.

— Pode atender — disse Jesse, bebendo a espuma gelada de sua nova cerveja. Ele havia demorado horas para tomar a primeira, que agora estava quente e choca.

— Nah. Deixa para lá.

— Sua namorada? — perguntou Jesse. Já tinha passado tempo suficiente com héteros para ler os sinais.

— Noiva.

— Uau. É sério então.

— Pois é. Não tenho muita certeza de como tudo aconteceu, se quer saber.

— Talvez você tenha colocado um anel no dedo dela?

George grunhiu. Estava olhando para o telefone, parecendo distante.

— Há quanto tempo vocês estão juntos?

— Seis anos. Não me leve a mal, ela é uma garota maravilhosa. Cem por cento. Mas é um compromisso gigantesco, sabe? Ainda tem muita coisa que eu quero fazer antes de sossegar, de partir pra coisa da família com filhos e tal. Acho que você não iria entender.

— Bebam logo, pessoal, estamos fechando! — disse um barman corpulento de meia-idade.

— Onde você está hospedado? — perguntou George, abruptamente.

— No Harbour Hotel.

— O bar de lá está aberto?

— Talvez.

— Que tal uma saideira antes da estrada?

— Sua família não vai ficar preocupada querendo saber para onde você foi?

— Eles sabem que eu sei me cuidar.

— Certo, claro.

E saíram caminhando noite adentro.

• 4 •

Natal, 2016

Quarentena: Dia 3

Olivia

Quarto do Salgueiro, Weyfield Hall, 5h30

• • •

Blog do Haag 10:
O que acontece em EPI fica em EPI

Então aqui estou, de volta ao solo britânico, depois de três meses na Libéria. Para o resto do mundo é Natal, mas para mim e para meus colegas são outras 24 horas de quarentena. Duas vezes ao dia, devemos reportar nossa temperatura para o Serviço de Saúde Pública da Inglaterra. Recebemos "kits de emergência para lidar com o Haag", com água sanitária, luvas de borracha e uma misteriosa e pequenina pá laranja, talvez para alguma espécie de enterro emergencial... Com esses constantes lembretes do vírus, não é fácil se desligar e sentir-se festivo.

Pois acontece que voltar para casa pode ser solitário. Os amigos e a família não querem saber das coisas que você viu nem perguntam nada, com medo de ofender. "Como foi?", dizem. "Ah, sabe, foi revelador", você responde, tentando encontrar alguma verdade palatável. "Claro. Deve ter sido terrível", dizem eles, parecendo pouco à vontade, e de alguma maneira, a essa altura, a conversa sempre muda de rumo. Eles têm boas intenções, mas ao tentar poupar você — e a eles mesmos —, sem querer, só pioram as coisas. Sem válvula de escape, as memórias se infectam como feridas sem tratamento.

Existe ainda outro choque em voltar para casa: as lembranças que chegam sem aviso. Meu colega, que tinha mais experiência em tratar epidemias do que eu, costumava dizer: "O que acontece em EPI fica em EPI." Agora eu entendo o que ele queria dizer. Vou explicar. Só se podia entrar na Zona Vermelha, a ala médica onde os pacientes diagnosticados com Haag eram tratados, com o EPI completo. Para quem não está familiarizado, EPI é a sigla para Equipamento de Proteção Individual: um macacão de proteção contra materiais perigosos, com óculos, galochas, um avental pesado, luvas de borracha duplas. Qualquer coisa que entrava na Zona Vermelha tinha de ser desinfetada com água sanitária, ou incinerada, na saída. Nós nos vestíamos com um companheiro de trabalho, para checarmos — três vezes — o kit um do outro. O procedimento levava no mínimo vinte minutos. Quanto mais envoltos pelo EPI, mais difícil se tornava a comunicação, até que os dois se tornassem uma dupla de monstros disformes executando uma estranha dança de gestos exagerados e sinais de positivo. Quem já fez mergulho tem ideia do que estou falando. E, assim como mergulhar em profundidade, o EPI abafa os sentidos. Em questão de minutos seus óculos estão embaçados e você não consegue sentir nada além do seu próprio cheiro — seu suor, sua respiração. A audição fica nebulosa. A sensação de toque, anestesiada. Certa vez demorei cinco minutos para perceber que uma mulher estava morta. Sem o EPI, eu teria levado cinco segundos.

Então você entra na Zona Vermelha, e faz o que tem de fazer. De dentro da sua bolha você presencia coisas terríveis. Crianças berrando sem parar, chamando pela mãe, mulheres que choram porque não podem tocar seus filhos. Gente implorando para que você não os deixe morrer, mas a única coisa que você pode oferecer são algumas poucas palavras em kreyol mal pronunciadas. Pacientes com hemorragias tão fulminantes que depois de trocar seus lençóis em poucos minutos eles estão novamente encharcados de sangue. Cadáveres largados no mesmo lugar durante horas, porque não há tempo de priorizar os mortos em detrimento dos vivos.

Quando seu turno termina, você está emocionalmente desgastado. Você e seu companheiro de trabalho saem da Zona Vermelha e imediatamente são borrifados com uma solução de cloro antes de dolorosamente retirar os equipamentos. Em seguida vem uma chuveirada de cloro. Depois você precisa lavar as mãos três vezes, lavar a torneira que usou, vestir aventais cirúrgicos manchados de água sanitária e calçar galochas secas. Mas durante esse tempo alguma coisa acontece. Aquela hora ritualística de remover o traje, lavar-se e tornar a se vestir funciona como um amortecedor entre a Zona Vermelha e a realidade. E o mais estranho é que as lembranças de fato ficam naquele mundo subaquático do EPI, exatamente como meu colega prometia.

Com a diferença de que agora, na segurança de casa e com tempo disponível, as piores coisas que eu vi vêm à superfície. Elas assombram meus sonhos e me emboscam nos almoços de família. Na Libéria, eu dormia bem, embalada pelo zumbido do gerador e pela barulheira das ruas de Monróvia: gritaria, cachorros latindo, galos cantando. Mas aqui, na quietude do interior da Inglaterra, a paz é evasiva. Quando fecho os olhos, tudo o que escuto são crianças chorando.

Nunca vou me esquecer de um homem que se recuperou do Haag e perdeu seu filho de 3 anos, Abu, para o vírus logo em seguida. Eu mesma tinha me apegado a Abu — era impossível não se apegar. Até o último dia, lutando por sua vida, ele sorria e oferecia sua mãozinha de estrela-do-mar para um cumprimento quando eu fazia minhas rondas. Lembro-me que, quando Abu morreu, seu pai simplesmente ficou sentado, chorando e balançando o corpo, dizendo que devia ter sido ele, que ele não queria viver mais, que iria se atirar de um penhasco. Eu cobri o corpinho de Abu com um pano branco e fiz uma oração enquanto segurava a mão do pai. A oração era pelo bem daquele homem. Seria difícil acreditar em algum Deus naquela tarde.

Mas são lembranças desesperadoras como essa que me deixam determinada a voltar para a Libéria. Todos os dias em que estou fazendo nada na Inglaterra, tenho consciência das pessoas morrendo, mortes que eu poderia evitar. Para dizer o mínimo, poderia ter aliviado seus últimos momentos. Como voluntários britânicos, só podemos cuidar de casos de Haag por doze semanas. Uma vez que a maioria dos assistentes chegou em outubro, deixamos o centro de tratamento perigosamente desfalcado. O que acontece em EPI fica em EPI — pelo menos no começo —, mas nosso trabalho não está terminado. De modo algum.

Olivia postou o texto no blog e se jogou de volta no travesseiro. Tinha sido catártico escrever aquilo, mas ela desejava ter dado crédito a Sean — dizer que foi ele quem cunhou a expressão sobre o EPI, e ele que tinha sido seu companheiro na Zona Vermelha. Ela se lembrou de como vestir-se e despir-se tinham sido atos carregados de tensão sexual, semanas antes de qualquer coisa acontecer entre eles. Mas não podia se arriscar a mencionar o nome de Sean na internet, agora que ele virara notícia da mídia. O segredo deles rastejava sob a pele dela como um calafrio. Desde o diagnóstico de Sean, checar a própria temperatura adquirira um significado intenso e cheio de adrenalina. Até a leitura normal, que ela fizera às cinco da manhã, fora um pequeno alívio — ela mesma vira muitos pacientes desenvolverem sintomas de Haag sem apresentarem febre. Agora eram apenas seis e meia e ela nunca se sentira menos natalina.

Andrew

• • •

Andrew acordara pouco antes das cinco da manhã, como de costume nos últimos tempos. Ele gostaria de culpar os pássaros, mas lá fora estava quieto, e a luz não penetrava as cortinas verde-lagoa ao redor da cama. Ele nunca havia gostado da cama com dossel em que dormiam em Weyfield — que fora dos pais de Emma —, assim como não gostava do cavernoso quarto principal da residência. Tinha medo de um dia ficar doente, e quando o médico chegasse e visse a excêntrica cama julgasse que ele fosse algum lorde senil e esquálido. Apenas após anos de reclamações sobre suas costas, Emma concordou em trocar o colchão de crina de cavalo — tão macio que clamava por um aparelho de mergulho. De forma alguma ela substituiria a cama.

Ao seu lado, Emma roncava. Anos atrás ele costumava achar aquele som tocante. Quando jovem, ele se sentira honrado em poder ouvir os detalhes internos de Emma Hartley, que parecia uma boneca de porcelana, mas roncava como uma bêbada. Agora, aquilo não passava de um lembrete cruel de que ele próprio não conseguia dormir. Emma, claro, conseguia. A consciência dela permanecia tão virginal como no dia em que eles se conheceram. A esposa nunca mentia, nunca escondia nada. Talvez por isso eles tivessem se distanciado. Ficou deitado observando o dossel da cama, enquanto o inspirar e o expirar de Emma tremiam em seus ouvidos. Tentou visualizar os roncos como objetos tridimensionais, pensando que aquilo poderia ser um bom exercício de escrita. Eles tinham pontas bem definidas — como merengues, ou cocôs de cachorro. De vez em quando um ronco subia com um floreio curvo, como se alguém o estivesse decorando com um saco de confeiteiro. Ele se deixou cair de lado, de costas para ela, e saboreou o canto gelado do travesseiro. A cama estava quente de uma forma opressiva. Talvez ela estivesse sofrendo outro de seus calores, como antigamente, pensou ele, quando os roncos de súbito fizeram uma pausa. Então retomaram, mais altos do que nunca.

Mas não foi o amanhecer, nem a cama, nem mesmo o roncar de Emma que o acordara. Deletar os e-mails de Jesse não havia parecido tão definitivo quanto Andrew esperava. Não mudava o fato de que o rapaz estava ali, a pouco menos de dois quilômetros de distância. E a voz de Jesse, chamando ao passado de Andrew, havia aberto uma caixa de Pandora em sua mente — lembranças de Beirute que estavam até então enterradas. Desde o segundo e-mail do rapaz, seus sonhos ecoavam com o ruído de tiros e canto convocando para as rezas. Ele voltou a ver coisas que não via há anos — fumaça subindo de destroços, blocos de apartamentos cortados transversalmente, pessoas fugindo das chamas, calçadas manchadas de sangue. Ele se pegava assustado com o barulho da fechadura da porta de entrada em Weyfield, que lembrava o som de um rifle, e se via sentado de costas para a parede — como se algum atirador pudesse estar escondido na despensa. Que loucura. Mas Andrew não conseguia evitar, da mesma maneira que não esperava que os outros entendessem. Várias vezes via novamente o corpo destruído da criança que ele presenciara sendo lançado pelos ares em uma explosão. Provavelmente era melhor que Jesse não tivesse crescido no Líbano. Pelo menos ele poderia destruir a carta de Leila em breve. Como previsto, Emma tinha pedido uma fogueira para depois do "Grande Dia da Arrumação". Ele se sentiria melhor quando a carta estivesse longe daquela casa.

Um som agudo ecoou pela escuridão, e ele deu um salto. Ao seu lado, viu Emma tatear pelo relógio e se levantar. Que diabos ela estaria fazendo? Então lembrou: as meias natalinas. Estranhamente, Phoebe e ela nunca desapegaram desse ritual infantil.

— Se importa se eu acender a luz? — perguntou ela, ofuscando-o com o abajur do criado-mudo antes que ele pudesse responder.

Ele a observou se curvar sobre duas abarrotadas meias de lã, vestindo o que costumava usar atualmente para dormir; uma camisola que mais parecia uma tenda. Era uma pena, pois ela conservara o corpo esbelto, ao contrário da maioria das esposas de seus amigos. Mas que importância tinha, já que ele apenas a via desnuda por acaso e eles não transavam havia meses? Ele se lembrou de Natais passados em que eles encaixavam um rápido sexo matinal enquanto as meninas estavam ocupadas com suas meias natalinas. Mas em algum momento, anos atrás, ele se deu conta de que só estavam transando *porque* era uma ocasião especial, como se ela se sentisse obrigada a cumprir uma lista de tarefas que incluía uma perfeita ceia de Natal e decorar a casa com ramos de árvores.

Foi mais ou menos nessa época que Emma entrou na menopausa, e eles passaram a dormir cada qual com o seu edredom acolchoado. Foi uma mudança sutil, mas pareceu simbólica, separando os dois em seus discretos casulos. Ele se lembrou da manhã de Natal do ano anterior, em que ficou deitado na cama, tristemente ciente de que Phoebe ainda demoraria horas para se levantar e que ele e Emma poderiam se dar ao luxo de transar sem pressa — se ela quisesse. Porém, Emma estava no andar de baixo, recheando um peru inteiro para somente três pessoas.

Emma

• • •

Emma sempre gostara de preparar as meias natalinas das filhas. Quando as meninas eram pequenas (bem, até quando adolescentes), ela costumava entrar de fininho no quarto que compartilhavam usando um vestido vermelho especial. Ela lembrava que, ao deixar as meias próximas aos pés delas e debruçar-se para observar o rosto delas em repouso, era tomada por ternura. Agora que estavam crescidas, eles abriam as meias todos juntos, durante o café da manhã. Há anos Phoebe as preparava docemente para Andrew e Emma também, para que todos ganhassem uma meia de Natal. Emma se dedicara ainda mais à meia de Olivia este ano. Colocara várias frascos de um luxuoso creme para as mãos e um par de luvas de couro que comprara numa espécie de surto na loja John Lewis depois de se encontrar com Nicola.

Ao notar as mãos vermelhas e machucadas de Olivia, ela sentira a antiga ternura tomar conta de si — apesar de saber que aquele sentimento não seria bem recebido atualmente. O máximo que ela poderia fazer era mimar a filha e esperar que ela se abrisse. Tinha esperança de que Phoebe não se importasse com o fato de a meia natalina de Olivia ser maior que a dela. Phoebe às vezes tinha esse tipo de bobeira. Com sorte ela levaria em conta que fazia anos que Olivia não vinha passar o Natal em casa.

Emma bocejou. Havia levado uma eternidade para dormir, tentando se acalmar de uma crise de ansiedade às duas da manhã. Durante o dia ela conseguia se esquecer do caroço com sucesso, mas os pensamentos aguardavam, retornando na calmaria da noite. Ela havia dormido poucas horas quando o alarme tocou. Andrew já estava acordado. Ele dormia tão mal atualmente — talvez fosse aquela comida pesada que comia. Por algum tempo ela se sentira obrigada a fazer amor nas manhãs de Natal, mas não mais. No último ano e meio parecia que Andrew desistira até de tentar. Ela não ligava muito; aliás, era até um alívio não ser incomodada. Mas aquilo não era do feitio dele. Curioso que, quanto menos se faz sexo, menos se sente falta. Ela segurou as barulhentas meias articuladas como se fossem bebês, para evitar que se espalhassem por todos os lados. A escada da cozinha cheirava ao *borscht* da noite passada. Ela abriu a porta e soltou um gritinho de susto. Phoebe estava sentada à mesa olhando o iPad de Emma e chorando. O primeiro pensamento de Emma foi que havia discutido com George.

— Phoebs! Qual o problema?

— Você está com câncer! — Phoebe chorava copiosamente agora, os lábios curvados para baixo como a face de um triste palhaço.

Emma se sentou de lado no banco para abraçá-la, e por um tempo elas oscilaram suavemente juntas, a filha chorando no ombro da mãe. Ela cheirava a sono e xampu. Aquela posição estava fazendo doer as laterais do corpo de Emma, mas Phoebe se agarrava a ela pelo pescoço como uma criança.

— Estou bem, querida, estou bem — dizia, sem parar, até Phoebe se recompor.

— Desculpe, eu sei que não deveria ler seus e-mails, mas estava pendurando sua meia de Natal e quis checar algo no link do Delling, então entrei no seu histórico e vi todas as buscas. Tudo sobre o linfoma não Hodgkin. Por que não disse nada, mamãe? Por que não nos contou?

Droga, pensou Emma. Não devia ter deixado seu iPad por aí.

— Eu ia contar. Eu ia. Só estava esperando essa quarentena terminar. Queria que tivéssemos um Natal agradável. Não tem por que destruir o Natal! — disse ela.

— Você não estaria destruindo nada. Não pode manter algo assim em segredo.

— Mas eu me sinto bem, meu amor. Esta é a semana da Olivia.

Phoebe soluçou.

— Mesmo assim! O que você vai fazer?

— Bem, eu... eu tenho um ótimo médico, meu anjo, o melhor especialista. É provável que tenha de fazer quimioterapia, mas ele diz que eu devo me recuperar totalmente. Não é um câncer muito grave. — Ela sabia que não era bem isso o que o Dr. Singer havia dito, mas proteger Phoebe era um reflexo. A filha caçula ainda era muito vulnerável, muito jovem, se comparada com Olivia.

— O seu cabelo vai cair?

— Talvez. Mas é um preço pequeno a pagar. — Ela forçou-se a sorrir. — Vou economizar horrores no cabeleireiro.

Phoebe sorriu com coragem.

— Será que cresce até o casamento?

Ela não havia pensado naquilo. Que imagem — a mãe da noiva, careca como um urubu. Isto é, se estivesse presente.

— Com um pouco de sorte. Ainda bem que usamos chapéus! — disse ela. — Agora vamos, pare com isso, vai ficar tudo bem. Preciso ficar... você vai se casar!

Isso não pareceu encorajar Phoebe como Emma havia esperado. Sua filha olhava fixamente para um bico-de-papagaio no parapeito, fungando.

— O papai sabe, né? — perguntou ela.

— Ainda não — disse Emma, tentando manter o tom de voz jovial.

— O quê? Mas ele não deveria... vocês não deveriam...

— Vou contar ao papai e a Olivia quando a quarentena terminar — respondeu Emma, antes que sua filha pudesse oferecer qualquer tipo de conselho sentimental. — Quero que o Natal seja feliz. Isso vai apenas entristecê-los. Todos nós, sentados aqui, preocupados, presos em casa e sem ter aonde ir. Vou receber o resultado do último exame em alguns dias... será o momento certo de conversarmos.

— Mas...

— Por favor, não conte nada, está bem, Phoebs? Vamos manter isso entre nós por enquanto, sim?

Fazer com que a filha se sentisse especial sempre funcionava para conquistá-la, mesmo quando ela era pequenininha. As linhas na testa dela se suavizaram.

— Tudo bem. Mas você promete contar ao papai logo depois? E a Olivia? Ela é médica, pelo amor de Deus. Provavelmente ela vai se mandar de novo para a África se você não contar.

— Phoebe. Isso não foi legal. E, sim, prometo. Agora volte para a cama. Preciso organizar mais uns detalhes aqui embaixo.

— Você não deveria voltar para a cama também?

— Não sou uma inválida.

— Posso te ajudar? Arrumar a mesa ou algo assim?

— Não, não. Apenas ser você mesma já me alegra.

Emma permaneceu sentada por um tempo depois que Phoebe subiu. O esforço de parecer otimista a deixara exausta. Ela preparou uma xícara de Earl Grey e observou a grama perfeita para croqué pela janela. Pensou em seus próprios pais e nos Natais que passara ali na infância. Naquele momento ela queria mais que tudo conversar com a mãe. Era engraçado como, mesmo depois de ter seus próprios filhos, você não deixasse de precisar da sua mãe. Na realidade, os filhos só faziam você necessitar da sua mãe ainda mais.

Phoebe

• • •

Phoebe sabia que não conseguiria voltar a dormir. Ela preparou um banho com fragrância de rosas e permaneceu olhando um pedaço branco de céu pela janela. As palavras que lera no iPad de sua mãe a faziam se sentir nauseada: tumor, crescimento, biópsia, tomografia computadorizada. Eram termos que pertenciam à vida de outras pessoas. Ela percebeu que uma pequena e horrível parte de si ressentia o fato de o Natal ter sido estragado. E o ano seguinte também. Aquele deveria ser o seu ano, com os preparativos do seu casamento, mas em vez disso tudo estaria deturpado. Ela jamais poderia pedir à mãe para redecorar Weyfield agora, embora soubesse que essa não era uma maneira generosa de pensar.

Pensou em ligar para George, mas ele ainda devia estar dormindo. Ela abafou a voz que surgiu dentro de si: "Você devia poder ligar para o seu futuro marido a qualquer momento, especialmente quando se trata de algo assim." Em vez disso, ela foi correr — colocando no máximo o volume de sua playlist de músicas para a academia. Miley Cyrus soava pequena e fora de lugar no gramado de croqué. Enquanto dava voltas, viu-se imaginando de forma obsessiva se George havia ou não comprado para ela os brincos de argola da Dinny Hall — a última coisa em que ela deveria estar pensando. Mas a ideia de que ele pudesse errar seu presente, do mesmo modo como ele havia se enganado um pouco (certo, bastante) com a aliança, trazia à tona aquele aperto na garganta e a vontade chorar.

Pior de tudo, ela se odiava por ser tão mimada. Será que um dia ela amadureceria? Será que um dia deixaria de se importar com *coisas*, como Olivia?

* * *

A irmã a irritou muito durante o café da manhã. Phoebe teve vontade de chacoalhá-la e dizer: "Este pode ser o último Natal da mamãe! Pelo menos olhe para ela por cinco minutos, em vez de ficar checando as notícias." Ela não disse nada, entretanto, nem mesmo quando Emma perguntou a Olivia três vezes se ela queria panetone.

Depois, subiu para ligar para George. O celular dele caiu na caixa postal, como já havia acontecido por duas vezes ontem à noite. Ela teria que ligar para os Marsham-Smith, o que significava falar com a mãe de George.

— Olá, Dalgrave Barn? — trilou Linda.

— Oi, Linda, é a Phoebe. Feliz Natal.

— Phoebe! A noiva! Feliz Natal! *Como vai?*

Era estranho como sua voz era diferente da fala arrastada de George. Linda sempre falava alto e de forma elegante, com exceção de uma ou outra vogal ressoante.

— Tudo bem! De quarentena, haha, mas vou bem.

— Claro que sim. E sua irmã? Deve ser bem primitivo por lá, não? Tem água encanada, banheiros?

— Ela está bem. Só precisa medir a temperatura o tempo todo.

— É mesmo? Que bom. Ela conhecia o rapaz irlandês?

— Perdão?

— Você sabe. O que pegou a doença.

— Ah, sim, sim; um pouco, eu acho. — Por que Linda sempre tinha que fazer um milhão de perguntas? — Ele realmente devia ter sido mais cuidadoso, não é? Que irresponsabilidade, colocar todos em risco dessa forma. Vou verificar se George já acordou. Todos foram dormir *muito* tarde ontem.

— Ah. — Phoebe falou em um tom de quem sabia de tudo. Ouviu Linda berrar chamando George.

O "E aí, Baixinha" dele ao atender era rouco.

— Oi. Feliz Natal.

— Ah, sim. Feliz Natal, gata.

— Sua mãe disse que a noite de ontem foi animada.

— Disse, é? Não exatamente; fomos ao Woolmaker's mesmo.

— Ah. Na verdade, George, será que você poderia ir a algum lugar privado?

— Já estou.

— Ok, tenho notícias ruins. Acabei de descobrir... — ela pausou, para que ficasse óbvio em sua voz que era uma crise — que a mamãe tem câncer.

— O quê? Sua mãe? Que merda. — Ele parecia abalado.

— Sim. Linfoma de Hodgkin. Não, espere, não Hodgkin.

— Como assim? Ela tem ou não?

— Se *chama* "não Hodgkin", esse é o nome do câncer. — Sentiu as lágrimas surgirem novamente e exagerou seus soluços para ter certeza de que George não pensaria que ela havia apenas se calado. Ela não costumava chorar na frente dele, levando em conta o quão facilmente chorava com sua família.

— Não chore. Ela vai ficar bem — respondeu ele, sem jeito.

— E se não ficar? É um pesadelo! Ela não pode, não pode não ficar bem.

— Não pense dessa forma.

— Acabei de descobrir por acaso. Estava usando o iPad dela e vi as suas buscas, e depois um e-mail de Nicola.

— Nicola?

— A melhor amiga dela. Você a conheceu. Loira, estridente?

— Ah, sim, ela. Olha, Baixinha, eu sinto muito, mas tenho que ir. Vamos tomar champanhe agora no café da manhã. Tenho certeza de que ela ficará bem. Conversamos mais tarde.

E ele desligou.

Jesse

• • •

Jesse acordou ainda completamente vestido sobre os lençóis. Sua cabeça latejava. Ele desejava um suco fresco, mas a única coisa remotamente desintoxicante no minibar era chá de camomila. Ele se levantou, tomando a infusão rala e floral, e observou o pântano. Difícil acreditar que era dia de Natal. O quarto cheirava à colônia de George, amadeirada e jovem — talvez Chanel Egoiste ou Boss. Ele se deitou e encarou uma mancha amarelada no teto, repassando a noite anterior na cabeça.

Eles haviam deixado o bar. Ele se lembrava que George colocara um gorro, mas que estava sem casaco — como seus ombros atléticos pareciam fortes e firmes no frio. A lua estava tão cheia que criava sombras. Um faisão surgiu pela vegetação em um frenesi de guinchos e bater de asas, e os braços dos dois se chocaram quando instintivamente se abaixaram para se proteger. No restante do tempo, o único som era de seus passos na rua coberta de neve.

— Você é próximo a seus irmãos? — perguntou Jesse, por falta do que falar.

— Claro. Eles são meus parceiros. Meus companheiros. Fomos mandados para um internato aos 7 anos, então acabamos nos unindo.

— Sete anos?

— Aham.

— Nossa. Sinto muito.

— Não sinta. Está tudo bem.

Eles caminharam em silêncio, dobrando em uma rua tão repleta de galhos que era mais um túnel do que um caminho. George era quem havia sugerido que eles continuassem bebendo, mas ele não parecia querer conversar. Jesse não conseguia decifrá-lo. Ele era hétero — publicamente —, mas às vezes os que mais pareciam hétero queriam ter experiências. Por que mais teria sugerido que voltassem para o hotel de Jesse? A não ser que estivesse apenas bêbado. Seu rosto permanecia sem expressão. Jesse tentou algo diferente.

— Você acha que é por isso que pediu sua namorada em noivado? Estava procurando segurança? Corrigindo os erros da sua infância e coisas assim. — Por um momento, quando a cabeça de George girou subitamente, ele questionou se havia ido longe demais. Mas o outro só parecia intrigado.

— Que erros?

— Seus pais te mandarem para longe, te abandonarem. Talvez você quisesse, sei lá, consertar isso com um final feliz.

— Ha. Final feliz. — Ele riu baixo, como se Jesse tivesse dito algo indecente. — Precisa ter uma razão para tudo?

— Tudo acontece por um motivo.

— Certo... então você é tipo um cientologista?

— Não. Mas faço filmes, e nós cavamos fundo. A condição humana e tudo o mais.

— Achei que você fazia pornôs.

— De jeito nenhum! Foi o seu irmão que tirou essa conclusão, sem ter motivo nenhum. Eu atuei um pouco quando comecei na carreira, mas prefiro estar por trás das câmeras. Além disso, sou alto demais para ser ator.

— O que você fez então? Algo que eu poderia conhecer? — A pergunta veio com um pequeno sorriso de desdém, como se para diminuir qualquer interesse, fosse pela atuação de Jesse ou pela sua altura.

— A maioria foi de seriados americanos. *Spring Break, Willow Drive.* Eu fiz um cara caminhando em *Curb Your Enthusiasm.*

— Uau! Você conheceu o Larry David? — Seu ânimo o fez parecer mais jovem.

— Claro. Quer dizer, não conversamos muito, mas eu o conheci.

Eles chegaram ao hotel. A luz de segurança revelou um saguão vazio e uma cortina de metal sobre o bar. Jesse percebeu que a oportunidade ia se evaporando e que George estava questionando sua decisão.

— Tenho bebida no meu quarto — disse ele, sem pensar. Devia estar mais bêbado do que imaginara, ou talvez só precisasse de companhia. Fazia dias que não tinha uma conversa de verdade.

George o seguiu pelas escadas. De repente Jesse estava extremamente consciente do corpo do outro homem, o corredor tão estreito que tiveram que seguir em fila indiana. Em seu quarto, eles se sentaram lado a lado na beirada da cama marrom-bordô. Jesse virou duas miniaturas de Jack Daniels em copos.

— Tim-tim! — disse George.

— Feliz Natal — respondeu Jesse.

— Quer dizer então que você vai passar o Natal *aqui*? — perguntou George, deitando apoiado nos cotovelos e observando o quarto.

— Pelo visto, sim — respondeu Jesse, ligando a televisão na MTV, mas abaixando o som.

— Por quê?

— Não era o que eu tinha planejado... Quero dizer, não devia ter sido assim — disse ele.

George pareceu confuso.

— Certo, aqui vai um resumo. Sou adotado, tá? — continuou Jesse. — E estou procurando meu pai biológico. Ele mora por aqui. A ideia era passar o Natal com ele, em sua casa, mas acontece que não fui bem-vindo. — Ele sabia que estava compartilhando demais, mas estava muito bêbado para se importar. Podia ouvir seu terapeuta perguntando, com a voz monótona: "Você acha que 'fala sem pensar', Jesse, porque quer se libertar de algo?" Cale a boca, Calgary!

— Peraí, o quê? Então você está procurando seu pai de verdade, quero dizer, o seu pai biológico, e ele te mandou pastar? — George pareceu ficar mais animado do que em qualquer outro momento naquela noite.

— Não diretamente. Mas eu lhe mandei um monte de e-mails e ele não respondeu.

— Nada?

— Nada, somente silêncio. Sei lá, eu disse que estava trabalhando em Norfolk, que poderíamos nos encontrar em um local neutro. Mas tudo bem. Eu tinha que vir aqui a trabalho mesmo. Sabia que era um risco.

— Cara, isso foi falta de educação! Tenha a decência de responder, pelo amor de Deus!

— Talvez ele não tenha recebido o e-mail.

George não parecia convencido.

— Você sabe onde ele mora? — perguntou.

— Hum, sim. Não é longe. Você acha que eu deveria, tipo, ir até a casa dele?

— Você tem o endereço? Então claro, por que não? Olha. Ou ele recebeu o e-mail e está te ignorando, e nesse caso é um idiota e você deveria dizer isso para ele, ou ele não recebeu e você está perdendo a chance de conhecer o seu pai.

— Pois é. Mas talvez não seja tão simples assim.

— Cara, o que você tem a perder? Eu sempre digo: você se arrepende daquilo que não fez, não do que fez.

— Claro, você é a primeira pessoa *na história* a falar isso.

Jesse sorriu para mostrar que estava brincando. A conversa tinha ficado intensa demais. George sorriu de volta. Seus lábios estavam manchados de vinho. Jesse queria prová-los. Ele se levantou e tirou o suéter, com cuidado para fazer a ação parecer casual. Ao tirar a peça pela cabeça, ele notou George olhando para seus músculos abdominais, onde sua camiseta havia subido um pouco, como sabia que aconteceria. Ele também se reclinou sobre os cotovelos, para que ambos observassem a televisão, onde Beyoncé se contorcia. George se deixou cair ao seu lado sobre a colcha. Suas pernas ainda estavam para fora da cama, os pés no chão.

— Estou completamente chumbado — comentou George, olhando para o nada.

Jesse olhou para baixo em sua direção.

— O quarto está girando? — perguntou.

— O quarto parece uma daquelas xícaras de parque de diversão, cara.

— Você pode dormir aqui, se quiser. — Jesse se reclinou totalmente, como George. A cabeça deles estava a centímetros de distância na cama.

— Talvez eu tenha que fazer isso mesmo.

George fechou os olhos, então Jesse também fechou. Ele quase estava nervoso demais para respirar. Era sua imaginação ou o braço de George estava se aproximando do seu, tanto que ele conseguia sentir os pelos do seu braço se unindo aos dele, e os nós dos dedos de George passando perto da sua mão? Jesse pressionou a mão dele de leve com sua própria mão. Os dois ficaram assim pelo que parecia ser uma eternidade. Jesse esticou o braço para desligar o abajur, para que o quarto ficasse iluminado apenas pelas luzes que piscavam da televisão. Ele podia sentir o uísque na respiração de George. Modulou sua própria respiração para que parecesse que estava caindo no sono. E então sentiu George se virar, seus lábios contra o pescoço dele, na escuridão.

Eles devem ter dormido, porque o barulho da fechadura o acordou. O relógio ao lado da cama marcava 5h08. George estava ao lado da porta, de costas para Jesse. Ele se movia com uma certa postura encurvada que indicava a Jesse que não desejava ser visto. Jesse fechou os olhos novamente e ouviu a porta se abrir e então se fechar com delicadeza. Os passos de George seguiram pelo corredor do lado de fora. Jesse continuou imóvel na pálida luz do amanhecer, sem ter certeza se havia imaginado tudo o que tinha acontecido, até que sua bexiga o forçou a abandonar a necessidade de permanecer na horizontal.

Olivia

• • •

Olivia havia checado as notícias apenas uma hora antes, mas seus dedos já coçavam de vontade de pegar o iPad, como se ele fosse uma conexão com Sean. Não havia novidades sobre a situação dele naquele dia, e as manchetes estavam dominadas pela previsão do tempo do "Natal mais úmido de todos os tempos".

— Não ter notícias é uma boa notícia, com certeza — comentou sua mãe, enquanto abriam suas meias natalinas durante o café da manhã.

— Só significa que ele não piorou nem melhorou. E ele estava em situação crítica ontem, então não é assim tão bom.

— Espero que, ainda assim, você consiga ter um bom Natal.

Olivia se forçou a sorrir e fingir entusiasmo pelas geleias de laranja da Fortnum e o canivete suíço em formato de cartão de crédito que ia retirando da meia vermelha.

Agora os quatro estavam na sala de estar, e seu pai bombeava a lareira com um fole sibilante. Ele parou para contar a história de como acenderam uma fogueira no deserto com uma lente de aumento, durante a Guerra do Afeganistão com a União Soviética. Olivia sabia que ele a contaria antes mesmo de o pai se sentar sobre os calcanhares e dizer: "Sabem, isso me lembra de..." Ele nunca falava sobre o povo afegão ou a política da época — apenas de suas memórias de escoteiro. Mas era assim que as coisas funcionavam naquela casa, cada qual seguindo um roteiro, repassando as mesmas anedotas cansadas. *Carols From King's* estava tocando novamente, e a caixa de som ressoava com "Silent Night". O ar estava denso com fumaça de madeira e uma nauseante mistura de casca de laranja e lustra-móveis. Parecia indecente estarem ali com os aquecedores ligados no máximo e a lareira acesa. A única coisa que a ajudava a não pensar em Sean era planejar seu retorno para a Libéria no ano que vem. Ela se sentia quase maluca com a necessidade de fazer alguma coisa.

Phoebe correu para a árvore, puxou pacotes reluzentes e os foi distribuindo, até que cada um tivesse um pequeno amontoado de presentes a seus pés. Olivia tirou o iPad de debaixo do sofá e deslizou o dedo pela tela, atualizando a busca por Sean Coughlan. Nenhuma novidade.

— Certo, este é para você, da mamãe — disse Phoebe para Andrew, escolhendo um presente para que ele abrisse. — E este é para você, de mim — acrescentou, para Emma. Ela observou a pilha de Olivia. Ao contrário de quando eram crianças, a pilha da irmã era notavelmente maior que a sua, mas Olivia daria tudo para ela, de bom grado. — Este é da Irina — continuou Phoebe, apontando para um embrulho dourado cafona.

— Quem é Irina?

— Irina, a empregada — responderam em uníssono Emma e Phoebe, e caíram em gargalhadas. Olivia não entendia por que aquilo era engraçado. Ficava um pouco chocada com o fato de eles terem uma empregada, já que sua mãe não trabalhava fora, e que a pobre mulher estivesse gastando seu dinheiro em presentes. Irina (ela agora se lembrava vagamente de uma senhora romena correndo para lá e para cá em Gloucester Terrace) tinha dado a Olivia uma caixa de chocolates Lindt e um cartão com glitter desejando a ela um bom retorno da África. Sua mãe provavelmente devia ter falado sem parar no assunto. Pelo menos ela não entoava mais a mesma ladainha, que sempre começava com "Wiv alcançou novos patamares acadêmicos".

Olivia ofereceu chocolate a todos, mas só sua mãe aceitou um. Ela apanhou novamente o iPad, escondendo-o atrás da almofada em seu colo, e fingiu observar os outros abrindo seus presentes. Sua mãe acompanhava cada abertura com sons de alegria ou encanto. Andrew fazia a mesma careta desconcertada de sempre ao receber seus presentes, até que chegou o de Phoebe, e ele pareceu genuinamente contente de ganhar um aerador de vinho.

Phoebe segurava um presente pequeno, embrulhado com esmero.

— Certo, agora o de George — disse ela. Ela revelou uma pequena caixa turquesa. Seus lábios se contraíram, como quando ela estava prestes a chorar na infância.

— Aaaah, Tiffany! Mais brilho! — comentou Emma.

Phoebe o abriu e suspirou.

— Sabia que ele não compraria — disse ela.

— Qual o problema, meu anjo? — perguntou Emma. — Vamos ver.

Phoebe ergueu um par de brincos de pérolas.

— Ah, que meigo! Muito bonito, muito clássico. Eles serão seus para sempre.

— Eu nunca uso pérolas.

— Talvez George queira que você use — comentou seu pai. — Uma bela camisa de rúgbi e pérolas parece bem o estilo dele.

Emma apenas olhou para Andrew.

— É que eu pedi especificamente os brincos de argola da Dinny Hall. Eu mandei o link para Mouse e tudo mais. Sabia que ela seria inútil.

— Ah, tudo bem, estes são lindos também. Ponha-os! Quem sabe as argolas possam esperar — sugeriu Emma.

Phoebe reclinou-se no sofá outra vez, mordendo o lábio inferior.

— Dá para você guardar isso? — vociferou ela subitamente para a irmã. — É Natal!

— Certo, calma. Pronto. — Em gestos teatrais, Olivia colocou o iPad com a tela para baixo e o cobriu com um cobertor.

— Você nunca entende nada, não é? — continuou Phoebe.

— *Eu* não entendo? Não sou eu quem está chorando porque ganhou um par de brincos ridiculamente caros quando milhões de crianças estão passando fome.

— Ai, meu Deus... Você precisa sempre trazer esse assunto?

— Não é apenas na África. Embora, já que tenha falado dela, centenas de pessoas morreram de Haag este mês.

— Meninas, por favor, parem com isso — pediu Emma. — Aqui está o presente do papai. — Ela entregou um pacote floral para Andrew, e ele retribuiu com um estranho tapinha no braço quando ela se abaixou para dar um beijo estalado em sua bochecha.

Andrew demorou uma eternidade para abri-lo, usando um canivete como se estivesse em um curso de sobrevivência. Finalmente, retirou do papel de embrulho um livro de William Morris, esticou o braço ao longe e anunciou:

— *Onde os chefs comem: Um guia para os restaurantes favoritos dos chefs*. Maravilhoso, com certeza adorarei. Obrigado, meu bem — disse ele, passando os olhos pela sinopse.

Olivia se perguntou por que sua mãe comprara um presente sobre o único assunto que ele dominava de cabo a rabo. Mas a questão não era bem essa, ela sabia. Era o hábito vazio de se presentearem cada vez com mais coisas, a cada ano que passava. Sua mãe tinha lhe dado uns vinte frascos de creme para as mãos — todos extremamente perfumados. Phoebe comprara um suéter que parecia com algo que ela mesma usaria, e provavelmente tinha sido produzido em uma fábrica de trabalho escravo em Bangladesh. E seu pai a presenteara com um inútil álbum de fotos — sem dúvida escolhido por Emma. Ele escrevera na etiqueta: *Olivia, Haagy Christmas*. Qual era o problema dele? Será que fazer piada era algo irresistível para os jornalistas? Ela olhou para o chão, repleto de novidades e papéis de presente e fitas, e se deu conta de que aquilo a estava deixando enojada. Ela balbuciou alguma desculpa e subiu para checar as notícias em paz.

Andrew

• • •

O dia estava quase se pondo lá fora, mas eles ainda estavam terminando de almoçar, usando as coroas de papel provenientes de seus *crackers*, os tubinhos com presentes típicos do Natal. Andrew reclamou que aquilo dava a impressão de que eles estavam em um asilo. Mas Emma e Phoebe insistiram, e Olivia apenas parecia estar sofrendo — nada de diferente aí. Haveria algo mais deprimente, pensou Andrew, do que uma família de adultos usando chapéus de papel? Ele se sentia desconfortavelmente estufado. A carcaça do peru fora colocada de lado, mas o pudim com consistência de piche ainda estava na mesa. Eles finalizaram tudo isso com um desnecessário queijo Stilton, e Emma agora circulava trufas Charbonnel et Walker. Por escrever sobre comida e comer fora sempre, Andrew passara a acreditar que menos era mais. Em seus tempos de correspondente internacional, eles geralmente se viravam — com alegria — apenas com biscoitos Ryvita e água quente.

Emma colocou para tocar uma tremida gravação de "White Christmas" na antiga vitrola no canto da sala. Ele se lembrou de ter dançado aquela música com ela logo depois de terem se conhecido, e de como soube ali que eles iriam se casar. Agora aquilo parecia apenas sentimentalismo barato.

Phoebe estava insistindo para que jogassem mímica quando a campainha soou com a pressão contínua de um estranho. Ninguém nunca utilizava a campainha. Um bater na porta pesada se seguiu.

Os quatro se entreolharam.

— Quem será? — perguntou Phoebe.

— Não viram o aviso no portão? — completou Emma.

Andrew se levantou rapidamente. Ele sabia que devia ter respondido ao último e-mail de Jesse, devia tê-lo afastado.

— Eu vou — disse ele. Mas já se ouvia o som de alguém tentando abrir a porta da frente.

— Não deixe ninguém entrar — comentou Olivia, com rispidez.

— Não deixarei — respondeu ele, com o estômago se contorcendo ao correr pela cozinha, o caminho mais rápido até o saguão. Ele deu um salto quando a fechadura se abriu. Aparentemente com um som mais alto do que nunca.

Mas, antes de chegar à entrada, uma voz ecoou um "Feliiiiiiz Natal para todos!", e ele viu George removendo seu colete esportivo.

— Sr. Birch! — disse ele, com um sorriso meio maníaco. — Não consegui ficar longe!

Andrew se perguntou se o rapaz estaria bêbado. A fala dele parecia arrastada, mas talvez fosse apenas aquele seu sotaque irritante.

— George... — Ele não conseguia pensar no que dizer, mas por sorte Phoebe apareceu.

— Baixiiinha! — disse ele.

— Amor! O que você está fazendo aqui? Você não tem permissão! — Ela estava um pouco bêbada, também. Correu para os braços dele, e ele a levantou do chão. — Obrigada pelos brincos — comentou ela. — Adorei! — Ele a beijou, bem na boca, como se fosse comê-la.

Andrew pigarreou.

— Por mais charmosa que seja essa imagem de afeto e festividade, crianças, os Birch estão em quarentena. George, você deveria estar aqui?

O rapaz olhou para ele. Estava com a boca toda manchada do batom de Phoebe, mas a exibia como um troféu. Emma e Olivia se aproximaram.

— Mas que raios...? Ele não deveria estar aqui! — disse Olivia.

— Encantado em te ver também, Liv.

— Não podemos ter contato com ninguém até o dia 30. Você não explicou isso para ele? — perguntou Olivia a Phoebe. Parecia agitada de um jeito incomum.

— Claro que sim! Ele sabe. Mas ele pode ficar até lá, não é?

— Sou parte da família! Quase — completou George, alargando seu sorriso de coringa.

— Bem, agora ele vai ter que ficar mesmo! — disse Olivia. — Eles acabaram de trocar não sei quantas bactérias.

— Ele *tem* que ficar? — perguntou Phoebe, esperançosa.

— Sim! Vai virar uma questão de segurança pública se ele for embora — disse Olivia. — E você não poderá ir a lugar nenhum até sexta, está sabendo, né? Nem mesmo deixar a propriedade. Todos temos que ficar aqui.

Emma parecia ter redescoberto seu papel de anfitriã.

— Claro que deve ficar, George. Não que haja qualquer risco real. Que maravilhoso. Você gostaria de um café? Já almoçou?

Eles caminharam até a sala de jantar, enquanto Phoebe e George cochichavam atrás de Andrew.

— Não acredito que você veio! Você é realmente doido — disse ela, com a mesma voz de menininha que usava para pedir dinheiro ao pai.

— Senti sua falta, Baixinha — respondeu George. — E estava preocupado com você, também. Você está bem agora?

— Hum-hum. Obrigada por ter vindo.

Por um instante, Andrew se perguntou do que George estaria falando, mas, conhecendo Phoebe, não devia ser nada além de uma unha quebrada. Ela sempre criava um melodrama sobre qualquer coisinha. Apesar disso, ficou surpreso por George ter se arriscado a contrair Haag só por causa de uma das crises dela. Andrew não achava que ele fosse um cara desse tipo. Talvez soubesse que estava em maus bocados por causa dos brincos. Ou que fosse apenas um idiota completo. De qualquer forma, agora ele teria que se acostumar com a presença do genro por perto.

Emma

Cozinha, Weyfield Hall, 17h

• • •

Emma estava diante da pia, lavando os pratos especiais. Tudo havia saído como planejado, mas a organização do almoço de Natal a deixara exausta. Mesmo sendo apenas para quatro pessoas, aquilo tinha parecido uma operação militar. Ela sempre ficava com medo de que o peru não assasse direito e que ela acabasse "enfiando-o no micro-ondas", nas palavras de Andrew. Apesar disso, as couves-de-bruxelas de Ottolenghi tinham sido um sucesso, o pudim se inflamara em chamas azuis como mágica, e, o melhor de tudo, ninguém havia brigado. Emma receara que as garotas se bicassem depois da briga ao pé da árvore de Natal. Ela conseguia entender ambos os lados e se sentia dividida. Phoebe podia ser um pouco mimada, mas Olivia não sabia que sua irmã estava fragilizada por conta do que havia visto antes. E o modo como Olivia checava seu iPad, quando eles deveriam estar passando momentos em família, era um tanto mal-educado. Por outro lado, talvez ela estivesse sofrendo algum tipo de estresse pós-traumático, como um soldado retornando da guerra. Emma sabia, por causa da época em que Andrew servira como correspondente, que ela jamais entenderia o que Olivia havia visto. Ainda assim, gostaria de não sentir que a filha julgava a diversão natalina deles como algo grotesco. Emma começou a espalhar desinfetante Dettol no balcão da pia e sentiu a necessidade repentina de limpar a torradeira. Ela não era assim normalmente, pensou, passando um pano furtivo pela alça da geladeira. Esperava que não estivesse desenvolvendo aquela síndrome da qual Phoebe havia comentado — TOC, seria isso?

O telefone tocou — era Nicola.

— Emma, querida, Feliz Natal. *E que tal?* — perguntou ela, praticando suas novas boas maneiras.

— Maravilhosa! Tive um dia tão agradável. O tempo está lindo aqui, também. E me conte sobre você, como estão seus garotos?

Mas Nicola não aceitaria se entreter com a própria vida. Ela continuou trazendo a conversa de volta para Emma e Weyfield.

— Já contou para eles? As meninas e Andrew? — perguntou, em voz sussurrada.

— Bem, ainda não... Lembra que eu disse que não queria estragar o Natal? Mas Phoebe descobriu, infelizmente. Esta manhã. Ela viu nossos e-mails de ontem.

— Ah, coitadinha. Ela ficou muito chateada? — Pelo tom de Nicola parecia que estava esperando que fosse esse o caso.

— Sim, ficou. Mas George apareceu para fazer uma surpresa depois do almoço, e isso parece ter ajudado. Acho que ela deve ter contado a ele. Eu pedi para que não contasse, mas Phoebe nunca foi discreta.

— George? Mas e a quarentena?

— Bem, agora ele vai ter de permanecer aqui, conosco.

— Ah. As loucuras do amor! Muito fofo, arriscando a própria vida.

— Bem, sim, eu acho. Não que haja um grande risco. Ele deve ter percebido isso. Eu fiquei um pouco surpresa, devo confessar. Você sabe que nunca achei que ele fosse desse tipo...

— Do tipo sensível?

— É. Achei que fosse mais... — ela abaixou a voz — durão, tipo militar.

— Achei que ele trabalhasse com finanças.

— Bem, o pai é militar, ou foi, antes de ganhar seus milhões. E o irmão é da Marinha. De qualquer forma, pelo que Phoebe me conta, tinha a impressão de que ninguém na família fosse muito "chegado" a emoções. Embora nem Andrew nem Olivia sejam lá muito emotivos, também. Phoebe e eu compensamos no quesito choradeira.

— E Olivia, como está? — Nicola havia retomado o tom de voz educado. — Eu vi o último post no blog dela hoje. Não costumamos pensar sobre as dificuldades de voltar para casa, não é?

— Blog? Achei que ela tivesse parado com isso.

— O texto era sobre estar de volta à Inglaterra.

— Ah, meu Deus, eu devia ter lido. O que... ela por acaso disse que era horrível estar em casa e que não a entendíamos?

— Não! Claro que não. Ela apenas... sabe, é uma questão de ajuste, eu acho. Não fique pensando bobagem, Em. Não é bom para você.

Emma ficou com a sensação de que Nicola estava recuando. Sabia que devia ler o blog, agora mesmo. Inventou uma desculpa qualquer sobre precisar limpar as coisas do almoço, mas depois se arrependeu, porque Nicola lembrou que ela não devia "se cansar" e devia "ser gentil consigo mesma", o que foi muito irritante. Enquanto aguardava o blog carregar, ela pensou no comentário da amiga sobre as loucuras do amor e o quanto Olivia perecera consternada com a chegada de George. Ela tinha esperança de que em breve a filha mais velha conhecesse alguém e também tivesse seus próprios filhos. Não era esse o significado da vida? Mas Olivia sempre pareceu tão rígida que Emma duvidava que ela pensasse o mesmo.

O conector da internet — ou qualquer que fosse seu nome — parecia ter entrado em greve. Prometeu a si mesma que leria o blog de Olivia mais tarde.

Phoebe

• • •

Phoebe se sentia lerda por causa das bebidas do dia e por ter comido mais do que geralmente se permitia. George e ela estavam no bangalô, que tinha uma saída para a trilha de canos. Sua mãe sempre falava em reformá-lo para transformá-lo em um quarto de visitas, mas nunca levava a ideia adiante. Phoebe raramente ia até lá. Pertencia a outros tempos, de adolescente, quando primeiro servia para receber suas melhores amigas, Saskia e Lara, que vinham dormir com ela, e depois para beijar e fumar baseados. Ainda havia relíquias daquela época — o rosto de Paris Hilton em antigas revistas, uma mesa de pingue-pongue e um odor de tabaco e aromatizador de ambiente Febreze permanente. Olivia não fizera parte do bangalô naqueles tempos, embora Phoebe se lembrasse de uma tentativa da irmã de organizar uma festa ali para os seus amigos médicos chatos. Típico dela fazer as coisas com uma década de atraso. Até entrar em Cambridge ela nem mesmo namorara, enquanto a vida amorosa de Phoebe havia começado na respeitável idade de 14 anos.

Ficava muito mais quente ali do que na congelante casa principal, quando se ligavam os dois aquecedores. Phoebe encostou seu corpo no de George no sofá, onde, anos atrás, ela havia perdido sua virgindade com Seb, um rapaz um ano mais velho, de Westminster. Ela esticou o braço para pegar um chocolate e tentou pensar em algo para dizer ou perguntar a George.

— Me faça parar de comer! — pediu ela, depois de um tempo. — Sério, desse jeito estarei obesa até o dia do casamento. — Ela não estava realmente preocupada: manter-se abaixo dos 50 quilos já virara um hábito. Mas ela se pegava observando as pernas de Olivia, finas como as de uma modelo. Sua irmã continuava magra como na época da escola, quando Phoebe tinha o medo constante de que a irmã fosse descoberta por um olheiro (por sorte ela não era bonita o suficiente).

George moveu os chocolates de lugar e pegou um dos brincos de pérola entre o dedão e o indicador.

— São bonitos. Como você — disse ele, mexendo no lóbulo da orelha dela. Ele estava sendo mais meloso do que o usual. Agora que George estava ali, ela havia deixado as argolas da Dinny Hall para trás. O pior é que ela sabia que Olivia tinha razão; como adulta, era ruim se importar tanto em ganhar o presente certo, ou porque George havia escrito "muito amor" e não "com todo o meu amor" no cartão que veio junto com o presente. Mas ela não conseguia evitar. Então, além da decepção, ainda tinha que se sentir envergonhada de si mesma — como uma avalanche de sentimentos ruins.

— Não acredito que você veio — disse, novamente, apoiando a cabeça no ombro dele. Ela pensara que ele não havia registrado direito as notícias sobre sua mãe. Mas talvez fosse apenas o jeito de George; ele era mais de ações do que de palavras. Colocando de forma simples, parecia algo masculino e atraente. George não respondeu. Estava brincando com um antigo isqueiro, relíquia do ano sabático de Phoebe em Paris.

— Você tem certeza de que seus pais não estão apavorados por você estar aqui? — perguntou ela.

— Eles estão bem. Se pegarmos Haag, pegaremos juntos — respondeu ele, puxando-a para perto.

— Sua mãe pareceu bem ansiosa quando conversei com ela hoje de manhã.

— É? Ela não devia ler o *Mail*. Eu ligo de novo para eles daqui a pouquinho.

— Você sabia que teria de ficar, né?

— Claro! Foi por isso que eu vim. Queria ser prisioneiro junto com você. — Ele beijou o topo da cabeça dela.

Phoebe se inclinou contra ele. Aquele não era o George. Exceto em feriados, ela não tinha certeza de haverem passado mais que duas noites consecutivas juntos — ele sempre precisava ir ao trabalho, à academia ou a algum evento esportivo. Mas ela gostou daquilo. Além do mais, eles teriam que se acostumar a viver juntos quando se casassem. Ainda era um pensamento surreal.

— Estou me sentindo melhor, aliás.

— Como?

— Sobre a mamãe.

— Ah, sim. Nossa, é uma merda.

— Você tem medo que seus pais, sabe, fiquem doentes?

Eles geralmente não tinham conversas como aquela, e ela não queria que acabasse logo.

— Não muito. É um pouco mórbido.

— Acho que sim. É que não sei o que faria se... se... — Só de pensar em falar as palavras "se mamãe morresse", ela já podia sentir as lágrimas presas na garganta, como se alguém estivesse cavando ali com uma colher.

— Ei, pare com isso. Vai ficar tudo bem. Vamos nos casar, lembra?

Ela fungou, como que aspirando tudo para dentro.

— Quem sabe você mude de opinião a respeito de fazer o casamento aqui, depois da quarentena.

— Como uma Síndrome de Estocolmo?

— O que é isso? — Ela sabia o que era, mas fazer-se de burra era instintivo com George. Parecia fazê-lo feliz.

— Deixa para lá. — Ele a beijou lentamente, de forma determinada. Sua barba não estava feita, e ao se distanciar ela notou que ele tinha olheiras.

— Eu te amo, Phoebe Birch.

— Eu também te amo — replicou ela. Ela queria dar pulos de alegria e dar uma volta olímpica ao redor do bangalô. Ele tinha dito "eu te amo". Finalmente.

Jesse

• • •

Depois de uma caminhada molhada e um gosmento "assado vegetariano" no restaurante do Harbour Hotel, Jesse passou a tarde na cama. Assistiu ao discurso da Rainha e três episódios de uma comédia impossível de entender chamada *Only Fools and Horses*. Não era para o Natal ser assim. Ele devia estar em Weyfield Hall com sua nova família — embora agora a ideia parecesse excessivamente inocente. Ligar para seus pais, mentir que estava se divertindo e ouvir todos rindo ao fundo só tornou tudo pior. Especialmente o tom triste na voz do pai, quando disse:

— Bem, se cuide, filho. Não faça nada que eu não faria.

Ainda nenhuma resposta de Andrew. O uísque Glenmorangie que Jesse havia comprado no aeroporto, sabendo que era o favorito de Andrew, permanecia no topo do armário. Toda vez que o via, ele se sentia pequeno. Se não estivesse com tanta ressaca, ele mesmo o teria aberto. Ainda não tinha filmado nada. A ideia de voltar para casa com toneladas de vídeos sobre Norfolk e nenhum do seu pai era deprimente demais.

E lembrou-se de George dizendo: "O que você tem a perder?" Era triste, mas talvez o cara tivesse razão. Talvez, além de uma pequena atração física, o universo tivesse enviado George para Jesse por esse motivo — para incentivá-lo a ver Andrew Birch. Ele voltou os olhos para o seu estúpido presente do Duty Free e sentiu uma nova rebeldia surgir dentro de si. Que diabo, por que não ia logo para Weyfield? Se não para bater à porta, ao menos para ver o lugar, talvez conseguir alguma inspiração para seu filme. Além do mais, ele precisava saber que a casa era real, que tudo aquilo não estava apenas em sua cabeça.

Encontrar Weyfield Hall não foi tão simples como ele havia imaginado. Já que não tinha sinal de celular, ele foi obrigado a usar um minúsculo mapa xerocado do kit de informações turísticas do hotel. A calçada pareceu sumir quando ele saiu de Blakenham, e não havia placas em lugar algum. Ele pediu informações a dois casais com quem cruzou. O primeiro era de franceses que não puderam ajudar. O segundo casal ficava repetindo "continue à esquerda e siga na direção do mar", o que ajudou pouco. Estava escuro, e alguns flocos de neve solitários flutuavam à sua frente. Seus pés estavam rígidos. Uma pena ele não ter herdado a habilidade britânica de não se importar com o frio. Estava prestes a desistir, meio aliviado, quando viu quatro chaminés surgirem de um aglomerado de árvores, do outro lado da estrada. Tinha de ser aquela casa. Pelo mapa, parecia que estava no lugar certo. Seu pulso começou a se acelerar. Que as estradas fossem à merda. Ele passou por baixo da cerca de arame farpado e caminhou reto pela grama congelada.

Depois do campo ele encontrou uma entrada para um caminho de pedregulhos. O portão parecia estar sempre aberto; um dos lados pendia pelas dobradiças e estava coberto de hera. Havia um bilhete enfiado num dos postes do portão que dizia: *Por favor deixe as encomendas aqui, pois não podemos assinar. Obrigado.* Bizarro. Talvez eles não estivessem ali, então. O local todo aparentava estar mais acabado do que ele imaginara. Parecia até mesmo um pouco fantasmagórico na luz do luar, árvores esqueléticas como renda negra destacadas contra o céu. Ou seriam apenas seus nervos? Antes que pudesse desistir, ele começou a caminhar a passos firmes pelos pedregulhos, passando por alguns prédios anexos, lembrando-se de que poderia a qualquer momento dar meia-volta e correr se visse alguém. Ele virou uma esquina e lá estava, a vinte metros, a casa.

Por um momento, ele apenas observou a fachada grande e retangular, em que várias janelas brilhavam com vida. Seu coração estava acelerado como se ele tivesse passado uma hora na academia. Com certeza era Weyfield; ele a reconheceu da foto na revista *Country Living*. O lugar lembrava a casa de bonecas que Dana tivera quando criança, como se fosse possível abrir toda a parede da frente. Ele se aproximou, mais lentamente, tentando evitar que seus pés fizessem muito barulho no silêncio da noite. A casa entrou em foco — tijolos vermelhos, grandes janelas imponentes e um alpendre estreito de pedra, coberto de musgo. Jesse ficou parado diante da porta de entrada por um tempo, segurando a respiração, tentando escutar qualquer barulho lá dentro que fosse mais alto que o pulsar do seu coração. Mas só conseguia ouvir o vento assobiando pelas árvores nuas e o barulho distante de carros.

"Meu pai está nessa casa", disse em pensamento. "Meu pai está do outro lado dessa porta." Ele decidiu não apertar a campainha coberta de musgo e levantou a mão para usar o batedor, apenas para senti-lo, sem saber se teria mesmo a coragem de bater. Tinha o formato de um leão, um broto de visgo entre seus dentes à mostra. Uma luz se acendeu na janela diretamente acima da porta, seguida pelos sons de passos lá dentro. Ele congelou. Eram os passos urgentes de alguém com pressa, bem próximo à porta, como se soubessem que ele estava do lado de fora. Quem estaria se aproximando? Que diabos ele diria? Não tinha criado um roteiro — viera completamente sem ensaio e despreparado.

Ele deu um salto para trás quando da abertura para cartas na porta surgiu um pedaço de papel, e viu de relance uma unha quando a abertura tornou a se fechar. O bilhete aos seus pés estava escrito em tinta dourada: "Oi. Não podemos atender a porta. Chame o número fixo." De repente, Jesse se sentiu assustado. O que havia passado pela sua cabeça para ir até ali, sem preparo? O que era aquele local, onde as pessoas escreviam com tinta dourada e se recusavam a atender a porta ou receber encomendas? Ele se virou e correu pelo caminho de pedregulhos, certo de que estava sendo observado. Encontrou o local onde havia cortado caminho pela cerca de arame e daquela vez saltou sobre ela, mas sem querer roçou a mão sobre uma farpa e soltou um palavrão — tanto de frustração quanto de dor.

Ele já estava se xingando por ser um covarde, por não chamar a pessoa do outro lado da porta. Mas o que mais poderia ter feito? Era um alívio ver as luzes dos carros passando pela estrada litorânea e as casinhas perto do seu hotel, cujas janelas piscavam com a luz dos programas televisivos natalinos. Inclusive, era bom estar de volta em seu desagradável quartinho de hotel, ele pensou, lavando o corte em sua palma debaixo de um filete fraco de água. Os ingleses eram realmente muito excêntricos. Pelo menos ele teria uma história para contar a Dana.

• 5 •

26 de dezembro de 2016

Quarentena: Dia 4

Olivia

• • •

Agora que não havia mais presentes para desembrulhar, o Quarto do Alpendre podia se tornar o santuário de Olivia. Ela costumava ler ali quando criança, para escapar dos mergulhos congelantes e dos demorados passeios de barco exigidos por uma dramática e pequenina Phoebe. Barcos sempre faziam Olivia vomitar — com total e plena consciência de estar sendo a chata que estragava a diversão de todos. Ela se acomodou no banco junto à janela e fechou as cortinas, exatamente como fazia quando tinha 9 anos. Não era confortável — ela podia sentir todos os ossos de sua coluna contra a madeira —, mas era privado.

Observou o jardim desnudo, tão diferente da folhagem tropical da Libéria. Em apenas três meses ela havia se acostumado com sua selvagem e acelerada fertilidade. Lembrou como trepadeiras avançavam de novo para dentro do centro de tratamento depois de terem sido cortadas há apenas alguns dias, de como os insetos pululavam por cima da carniça. No início, parecia perturbador. Agora, a lenta segurança de Norfolk, seus galhos frágeis e a falta de predadores pareciam tão anormais quanto Marte. Ela gostaria de poder falar com Sean a respeito disso. Tinha escrito outro e-mail para ele no dia anterior, tentando parecer otimista, determinada a escrever todos os dias, mesmo que ele só fosse ler suas mensagens quando saísse do isolamento. Mas correspondência de mão única era uma coisa difícil. Ela mandaria um e-mail mais tarde, decidiu, quando tivesse mais coisas para compartilhar. Tentou ler um e-book, mas seus dedos continuavam procurando o nome dele no Google. Uma postura crítica sobre Sean começava a crescer na imprensa. Um colunista o acusara de "descaso traiçoeiro com o Reino Unido". Todos os jornais pareciam ter publicado algum editorial opinativo, questionando por que tinha sido permitido que Sean e os outros trabalhadores voluntários irlandeses aguardassem em Heathrow quando seu voo de conexão foi adiado — como se fosse culpa de Sean. O post de Natal deveria ter sido seu último, mas agora ela se pegou escrevendo outra vez.

Blog do Haag 11:
Por que nossa imprensa adora colocar os outros para baixo?

Não estava planejando postar novamente, mas estou com raiva. O espírito natalino continua (parece interminável), mas o diagnóstico positivo do meu colega Sean Coughlan destruiu qualquer motivo de celebração. O que me irrita, no entanto, é a reação da imprensa britânica ao diagnóstico. Nosso foco deveria estar na coragem e recuperação de Sean. Em vez disso, muitos jornalistas resolveram crucificá-lo — especulando que Sean é o culpado. A crueldade do Haag é que ele é transmitido pela compaixão. As mães pegam porque não conseguem deixar os próprios filhos de lado, vomitando. Enfermeiras são infectadas por pacientes de quem cuidaram bem demais. Ninguém sabe como Sean contraiu Haag, mas posso garantir que todos nós passamos pelos mais rígidos protocolos. Nenhum de nós, nem mesmo Sean, colocaria conscientemente outras pessoas em risco. Para ser sucinta, estávamos tentando conter um vírus mortal com recursos básicos.

Ao contrário dos comentaristas que se dão ao direito de questionar o profissionalismo de Sean, eu trabalhei ao seu lado. Ele era um dos pediatras no centro de tratamento e um dos favoritos entre funcionários e pacientes. Não era apenas o seu conhecimento que nos inspirava. Era a sua humanidade. Eu o vi conversando com mães em luto muito depois do término de seu expediente. Eu o vi fazendo crianças doentes rirem enquanto ele inseria cânulas, todo vestido com aquele monstruoso traje EPI, e convencendo pequenos desnorteados a ingerir seus sais de reidratação oral (algo nada fácil, coisa que qualquer pai ou mãe poderia confirmar). E vi como ele voltava dia após dia para o nosso abrigo, que mais parecia uma fornalha, com um sorriso, enquanto outros já estavam a ponto de ruir. Então eu desafio os jornalistas que o acusam — sem provas — de ser "egoísta" a fazer o trabalho cansativo, perigoso e complicado que Sean fazia.

Jane Falcon, uma colunista da revista *The World*, descreve o nosso trabalho voluntário como sendo o de "ingênuos idealistas, que arriscam a saúde britânica para satisfazer uma fantasia pós-colonial de salvação". Ela segue recomendando que "deixemos a África resolver suas crises políticas, terminando com o ciclo de esmolas". Ambos esses clichês se tornaram desculpas convenientes para o Ocidente não fazer nada. Sim, qualquer ajuda enviada à Libéria terá sempre o resquício de uma ressaca colonialista e, mais importante, um *status quo* profundamente corrupto. Mas isso é razão para virar o rosto? E por que nossa impressa sente prazer em destruir um herói? É tão difícil acreditar que algumas pessoas sejam motivadas pelo desejo genuíno de fazer o bem? Talvez Falcon e outros da sua laia não consigam compreender o altruísmo porque eles são motivados por nada além do som de sua própria voz.

A indiferença mundial pela África há muito me frustra. Desta vez, no entanto, a crise se tornou difícil de ignorar. Espero que, se algum bem puder vir dessa doença cruel, que seja o de fazer o Ocidente acordar para o sofrimento alheio. Ou, pelo menos, que os jornalistas pensem antes de fazer estardalhaço.

Ela pressionou a tecla Enviar. Sabia que deveria deixar passar pelo menos uma hora antes de postar, mas a fúria a tornou impaciente. O simples fato de plantar uma semente de verdade no meio de tanto alarmismo fez com que Olivia se sentisse melhor. Ela gostaria que seu pai lesse. Sentia que ele era cúmplice disso, por trabalhar para a *The World* — mesmo que tivesse escolhido usar seu poder de jornalista para destruir restaurantes. Mas que importância isso tinha, já que ele jamais leria? E, se o fizesse, muito provavelmente responderia com algum argumento sobre liberdade de imprensa.

Apenas mais três dias, disse ela a Cacau, que estava deitado em seu colo. Os olhos sonolentos do gato pareceram entender. E agora George estava ali também. Olivia nunca gostara de George, e tinha a impressão de que o sentimento era mútuo. Era incompreensível o que Phoebe via nele, além da história dos dois. Ele era rico e atraente, se você gostasse do tipo de cara rico mimado (deprimente, mas sua irmã parecia gostar). Só que aquilo era pouco para um candidato a companheiro para o resto da vida. Para ela, George parecia um daqueles jogadores de rúgbi de Cambridge — só que mais idiota. Por que ele fora até lá, como se a quarentena fosse uma bobagem, uma mera formalidade opcional? O fato de que Emma o houvesse recebido bem a irritava também.

Foi por isso que, ao ver um estranho se aproximar da casa ontem à noite, do seu ponto de vista vantajoso acima do alpendre, ela enfiara aquele bilhete pela entrada de correspondências avisando para que não se aproximasse. Podia ser qualquer um (mas quem sairia de casa no dia de Natal?), porém ela tinha medo que fosse um dos parentes de George procurando por ele. O que eles menos precisavam era de um clone do noivo de sua irmã ali pelos próximos três dias.

Phoebe e George tinham sido insuportáveis ontem à noite. A irmã forçara todos a assistirem *Best Ever Christmas Nº 1*, que George ficava chamando de "diversão descompromissada", em vez de *O Senhor dos Anéis*, que Olivia adorava. Depois os dois tinham ido para o bangalô, como adolescentes. Bem, até aí, ela nunca entendera as escolhas de Phoebe. Como sua irmã mais nova se contentava em trabalhar na televisão, com moda ou o que quer que fosse que estivesse fazendo atualmente a deixava perplexa. Não que o dinheiro a motivasse: Phoebe ganhava tão pouco que ainda vivia com os pais — embora não parecesse ter pressa de ir embora. Olivia deixara Gloucester Terrace no último dia em Cambridge. Ela havia escolhido uma disciplina eletiva no interior de Uganda, um lugar sem acesso a wi-fi, depois vivera em dormitórios na University College em Londres, para desânimo de sua mãe. Phoebe nem mesmo dirigia. Julgando pelo terrível "quadro de emoções" na cozinha, seu único objetivo era se casar. O trabalho era algo para preencher o tempo até lá. Olivia observou a chuva cair com força lá fora. Era estranho como uma casa tão grande poderia ser tão claustrofóbica.

— Wiv, você vem? — gritou sua mãe do corredor. Emma havia declarado que hoje seria "dia de limpar o sótão". Olivia se sentia cansada só com a ideia. Aquela parte da casa a fazia estremecer. Era Phoebe quem gostava de brincar lá em cima, experimentando vestidos com cheiro de talco, às vezes surgindo com roupas de época quando seus pais tinham visita, para que todos pudessem fazer graça e tirar fotos dela.

— Um segundo! — gritou de volta. Já tinha ignorado o chamado de sua mãe duas vezes. Teria que subir em breve.

O sótão de Weyfield ocupava todo o espaço superior, mas os quartos eram feios e de teto baixo — nos cantos, até mesmo Phoebe tinha que se curvar. Havia um cômodo principal e três outros, além de vários quartos que pareciam prisões. Emma havia explicado que pertenciam a criadas adolescentes. Mas aquilo só fazia com que Olivia se sentisse suja, como se ela fizesse parte do sistema de castas contra a sua vontade. Ela encontrou Emma e Phoebe no cômodo principal, sentadas no chão cheio de farpas com as pernas cruzadas, ao lado de uma caixa com papéis amarelados.

— Liv! São nossos boletins — disse Phoebe. — Esta sou eu no sétimo ano, química, Dr. Spiro. "Phoebe é uma distração para os outros" — leu em voz alta, com um tom pomposo. — "Ao contrário de sua irmã, ela não tem concentração. Phoebe faria bem em lembrar que a escola não é uma ocasião social, mas uma oportunidade de aprendizado." — Ela copiara a voz do professor com precisão. Sempre tinha sido boa nisso.

Sua mãe estava enxugando lágrimas de riso ao ler:

— Outono de 1991: "A performance de Olivia como um nabo, na produção escolar de *Harvest Hooray*, foi incrível."

— Meu Deus, essa peça! Eu fiz uma fadinha! — gritou Phoebe.

Olivia se lembrava vagamente também, mas não com as recordações incisivas que Phoebe parecia ter de todos os momentos da infância delas.

— Bem, tem uma pilha gigantesca com suas coisas ali no canto, Wiv — disse a mãe. — O que quer fazer com os CDs? E seus certificados de excelência, ainda precisa deles?

Olivia começou a mexer nas caixas. Ali estavam suas anotações de biologia do sexto ano e seus primeiros CDs — Blur, Coldplay e The Verve. Ela se lembrou com amargura de uma briga com Phoebe no banco de trás do carro sobre os méritos musicais de David Bowie versus Britney Spears, quando deviam ter cerca de 15 e 12 anos. Foi naquele momento que começara a perceber o quanto Phoebe era completamente equivocada.

Ela podia escutar sua irmã questionando se deveria se casar ali ou em Gunston Hall, e como ali era mais a "sua cara", mas que talvez em Gunston conseguisse dar conta com mais sucesso do tema "Inverno Fantástico" que desejava. O fato de ela acreditar que merecia todos os privilégios era assustador. Não era só Phoebe — era todo o país. Olivia colocou de lado a caixa em que estava mexendo, e ali, embaixo dela, tinha uma tábua solta no assoalho que reconhecia. As duas costumavam esconder coisas naquele espaço vazio, nos tempos em que ainda brincavam juntas. Puxando a tábua, ela descobriu um ninho de embalagens de Kinder Ovo e uma caixa de sapatos Start Rite, onde estava escrito, na caligrafia infantil de Olivia, CÁPSULA DO TEMPO 1992 NÃO ABRA ATÉ 2092. Sem pensar, ela berrou:

— Phoebe, encontrei nossa cápsula do tempo!

Sua irmã correu até ela, berrando:

— Como assim, eu me lembro como se fosse hoje! Abra!

Olivia puxou a fita adesiva, grudenta depois de tantos anos, e levantou a tampa. Dentro da caixa havia um coelho Sylvanian, um frasco de balas Opal Fruits, uma fotografia do primeiro gato delas, uma borracha fedida, uma pérola de banho, um panfleto sobre a preservação da Amazônia, uma fita cassete em branco e a amada agenda organizadora Filofax de Olivia. Bem no meio tinha um frasco de geleia, com um dedo de água cinza no fundo.

— Quantos anos a gente tinha, 8 e 5? — perguntou Phoebe.

— Acho que sim, se foi em 1992.

— Você copiou a ideia do programa infantil *Blue Peter*. Eu achei tão legal.

— O que é *isso*? — indagou Olivia, alcançando o frasco.

— Nosso perfume, lembra? Rose of the Valley.

Olivia viu a pequena etiqueta escrita *Rose of the Vally*, em sua melhor caligrafia. Elas se entreolharam, e Olivia viu Phoebe como sua pequena discípula novamente, seguindo-a por toda parte.

— Nossa, deve estar com um cheiro horrível — comentou ela.

— Tinha um cheiro horrível na época, não é? Desafio! — disse Phoebe, enfiando o frasco debaixo do nariz de Olivia antes que ela pudesse responder. Sua meio risada, meio grito, ao empurrar o frasco, fez com que sua mãe olhasse para elas com ar de surpresa.

— Ei, aqui está a carta — disse Phoebe, desdobrando um pedaço de folha de caderno da Disney. — "Para a pessoa que abrir esta cápsula do tempo" — começou a ler. — "Somos Olivia e Phoebe Birch, temos 8 e 5 anos. Estudamos na escola St. Edward's. Quando crescer quero ser médica, e Phoebe quer ser uma estrela do pop. Gostamos de brincar de Jogo da Operação, com massinha de modelar Fimo, com os animais Sylvanians e do jogo Pass the Pigs. Mamãe e papai se chamam Emma e Andrew, e temos um gato laranja chamado Sardinhas. Esta fita tem nossas músicas, da nossa banda Sugar 'n' Spice."

— Sugar 'n' Spice! — gritaram em uníssono, ambas agarrando a fita.

— Mamãe, encontramos a fita de quando tínhamos uma banda — disse Phoebe. — Onde está o walkman?

Mas agora que Olivia havia começado a rir, ela não conseguia mais parar. Sentiu vontade de comentar: "Você se lembra de 'Arco-íris do Amor'?" Mas não conseguia falar. Suas bochechas estavam doendo, e lágrimas escorriam de seus olhos com a recordação das duas programando o temporizador da câmera e tentando fazer poses sensuais.

— Você está chorando! — constatou Phoebe, também começando a rir, e depois cantarolando... *Arco-íiiris do amor, você é vermelho como um rubi...* e se levantando para fazer uma coreografia de dança. Ela colocou a fita para tocar num empoeirado walkman da Sony e, milagrosamente, ele começou a funcionar. Um som que parecia um gato berrando começou a soar. Era Olivia, aos 8 anos, cantando: "Terra à vista! Teeeeeeeerra à vistaaaaa!"

— É a canção do barco! — disse Phoebe, mas Olivia estava chacoalhando com risos silenciosos. Por fim se recompôs e deitou no chão, sem ar. Ela se sentiu mais leve, como quando segurava a mão de Sean.

Andrew

SALA DE FUMO, WEYFIELD HALL, 10H

• • •

Andrew se sentou na sala de fumo com uma tigela de mingau, sentindo-se deixado para escanteio. Ele estava comendo na cozinha até George entrar e começar a preparar um café da manhã completo — com direito a ovos fritos. O rapaz então se sentou com uma pilha de torradas (Andrew resistiu à tentação de fazer um comentário sobre racionamento de comida durante uma quarentena), e passou a comer uma por uma, sem falar nada. Andrew nunca conhecera ninguém que mastigasse torradas tão alto. Pareciam fogos de artifício. Quando o barulho se tornou insuportável, ele inventou uma ligação de trabalho e levou seu mingau para a sala de fumo. Pegou a última colherada e fez o que sempre fazia quando estava frustrado, enviou um e-mail para a sua editora sobre a revisão de seus textos.

ASSUNTO: Re: Revisão de 27 dez
DE: Andrew Birch <andrew.birch@the-worldmag.co.uk>
PARA: Gibbs, Sarah <sarah.gibbs@the-worldmag.co.uk>
DATA: 26/12/2016 10:05

Sarah,

Acabei de ler a revisão do dia 27 — tarde demais, devo dizer, para fazer sugestões. Posso saber por que o revisor (imagino que tenha sido Ian Croft) achou relevante remover a palavra "salmoura" da frase "borda de salmoura irrelevante"? Não preciso dizer que, sem o adjetivo, a sentença inteira perde o sentido. É uma afronta ter que explicar que combinei "salmoura" e "borda" justamente porque, juntas, eles passam um certo duplo sentido (relacionada à genitália feminina). "Uma borda irrelevante" não tem sentido — e, portanto, é completamente sem humor.

Na medida do possível, tento arduamente escrever prosa que as pessoas queiram ler, e então reler, e não me agrada que meu texto seja remendado assim. Se você precisa cortar palavras por questão de espaço, então por favor me mande um e-mail e eu farei isso com o maior prazer. O que me deixa irritado, Sarah, é que minhas palavras sejam destruídas por revisores analfabetos. Sem dúvida, nesse caso, alguém decretou que apenas o mar ou conserva para picles podem ser descritos como salmoura — motivo pelo qual o serviço de revisão deveria se limitar à hifenização.

Sei que você vai achar tudo uma graça, mas o que vocês parecem esquecer é que, no final das contas, é a MINHA assinatura que aparece na coluna. A responsabilidade final é minha, como o velho Barak poderia ter dito.

Feliz Natal,

Andrew

P.S.: Também não fiquei encantado com o lide sentimentalista. E a abordagem sobre a quarentena?

Ele pressionou o botão de Enviar e esperou até que se sentisse melhor. Ele estivera irritado a manhã toda, depois de um sonho assustador sobre um reluzente Jesse Robinson descendo pela chaminé, vestido de Papai Noel atirador, e acertando Phoebe. Ridículo, mas o medo que o sonho havia causado tinha sido real demais. Consultando seu calendário de mesa, ele se lembrou de que naquele dia era o aniversário de Jesse, de acordo com a carta de Leila Deeba. A carta — no sótão! Elas estavam lá em cima, mexendo em tudo. Droga.

Andrew correu para o andar de cima. Ele precisava encontrar sua pasta antes de Emma ou das filhas. Pisando no último degrau da estreita escada ele ouviu todas no maior cômodo, e encontrou as filhas tendo uma síncope de tanto rir. A cena era tão fora do comum que ele momentaneamente se distraiu. E então avistou Emma segurando sua pasta e, com agilidade, abrindo as travas.

Emma

SÓTÃO, WEYFIELD HALL, 11H

• • •

Emma gostava demais do dia 26 de dezembro. Os preparativos do Natal eram divertidos, claro, mas era sempre um alívio jogar-se na poltrona no dia 26. E aquele era o dia em que todos podiam fazer suas coisas, ler seus livros e comer o que sobrara da comida. Ela se entristecia em ver que Andrew não parecia nunca abraçar a ideia como ela. No ano em que Phoebe nasceu ele correu para Beirute no dia 26. Eles tiveram uma briga horrorosa logo antes de ele partir para o aeroporto, e ela acalmou Olivia com cereal para que pudesse gritar contra uma almofada sem que ninguém a visse. Ela se lembrava de reclamar com Nicola que tudo recaía sobre ela e que Andrew não se interessou pelos presentes de Olivia, e a amiga dizendo que talvez ela se sentisse "abandonada" (isso foi quando Nicola começara a fazer terapia de casal).

Pensando bem, Emma via que era apenas a incurável inquietação dele — e seu desconforto em Weyfield. Eles não brigavam mais assim. Em algum momento ela aceitou que não venceria e então a gritaria parou, junto com os beijos e a reconciliação, as mãos dadas e as conversas na cama. Eles ainda tinham algumas brincadeiras em comum, sempre instigadas por Andrew, geralmente às custas de alguém. Mas quando ela mencionara isso para Nicola esperando aprovação, a amiga havia dito que humor era mecanismo de defesa — uma forma de manter distância da emoção. Ela estava certa, constatou Emma. A irreverência de Andrew apenas parecia dar ênfase ao abismo entre eles. Até mesmo seu grupo de leitura sabia mais sobre seus problemas cotidianos do que o marido.

Ela acordara se sentindo mais cansada do que o normal. Rezou para que isso não tivesse relação com o caroço, sabendo que muito provavelmente tinha. O Dr. Singer a havia classificado como "assintomática", e ela se apegara a isso como uma boia em águas turbulentas. Ela podia estar com câncer, mas não *sentia* que tinha câncer. Ela nem mesmo *parecia* ter câncer... Embora o que as pessoas associavam a "parecer ter câncer" viesse mais para frente, imaginava ela, com a quimioterapia. Emma ficou deitada por eras, lutando contra a fadiga que parecia ter feito residência atrás de seus joelhos e ombros, antes de obrigar-se a se colocar de pé. Se ela se jogasse em alguma poltrona, provavelmente ficaria ali até o fim dos tempos, então chamou as garotas para arrumar o sótão. Há tempos queria organizar o lugar, já que as duas pareciam usar Weyfield como um depósito não oficial. Ficou feliz de tê-lo feito — embora as duas sempre acabassem se distraindo. Phoebe e Olivia estavam rindo de verdade juntas. Ela percebeu que não as via assim há anos. Observou as filhas se dobrarem de dar risadas por causa de uma caixa de tesouros e sentiu seus olhos marejarem de lágrimas. Quando morresse e as deixasse por conta própria, ela precisaria que fossem uma a família da outra. Gostaria que elas percebessem isso. E se aquele Natal tivesse sido o seu último?

Seus pensamentos foram interrompidos por passos na escada e Andrew entrou correndo no sótão.

— Emma! — berrou ele.

— O quê? O que aconteceu?

— Nada, é que, é que... Você gostaria de tomar um café? Eu ia preparar um pouco de café — disse ele, sem fôlego. — Isso não é meu? — completou, olhando para a antiga pasta nas mãos dela.

— Sim, você não precisa mais dela, precisa?

— Bem... você não pode jogá-la fora! É praticamente um artefato agora. Um item de museu. Deus, e pensar que todos usávamos isso! — disse ele, tomando a pasta para si. — E agora são apenas os terríveis iPads. — Ele se levantou, com a pasta contra o peito.

— Ia ver se tinha algo dentro — disse Emma.

— Não há nada. Lembro de ter esvaziado quando você a guardou aqui. Foi um momento seminal. Esta pasta ia comigo para toda parte.

Então ele ainda não a tinha perdoado, pensou Emma, enquanto Andrew caminhava até um dos quartos do canto com sua preciosa pasta. Ela se abaixou sobre uma caixa de antigos utensílios de cozinha, mas não conseguia se concentrar.

Quando Andrew deixara seu posto em Beirute, em 1997, e se tornara tão irritadiço com ela, Emma colocara a culpa na maternidade. Ele não gostara da mudança de prioridades na vida dela, dissera para si mesma. Mas podia perceber agora que a verdadeira irritação do marido era com a insistência dela para que ele voltasse para casa. Era irritante perceber que ele não aceitara isso, mesmo depois de tantos anos. Ela se ressentia de ter sido colocada na posição de estraga-prazeres — especialmente quando havia sacrificado sua própria carreira depois do nascimento de Olivia. Podia ter sido muito bem-sucedida com um serviço de bufê para festas e eventos. Tivera sonhos de lançar sua própria empresa, Emma's Eats, ou apenas Emma's. O fato de que Andrew nunca se tornara famoso como colunista não era culpa dela.

Andrew

SÓTÃO, WEYFIELD HALL, 11H15

• • •

Segurando a pasta, Andrew sentou-se no antigo baú escolar de Emma, no quartinho do sótão onde ele havia se escondido na sexta. Seus dedos tremiam ao destravar a pasta e colocar a carta de Leila no bolso da sua camisa — prometendo queimá-la na fogueira do dia seguinte. Graças a Deus ele havia chegado a tempo.

Esperando seu pulso voltar ao normal, viu uma pilha de antigos exemplares do *The Times* em uma caixa ao lado do seu pé. O que estava no topo tinha sua assinatura na página principal: uma reportagem de 1985 sobre o Hezbollah e a crise de reféns após a abdução de Alec Collett. Ele a devorou, e as outras embaixo também. Era isso que devia ter continuado a escrever, não essas asneiras sobre cardápios de degustação. Ele sabia tanto naquela época, tinha tanta determinação em ter a verdade publicada, lida, compreendida. O idealismo da juventude, supunha. Terminou de ler o último recorte e escavou mais para baixo. No fundo da caixa havia um amontoado de cartas antigas. Algumas com sua caligrafia, algumas com a de Emma. Ele abriu uma das suas:

4 de abril de 1981

Garota dos olhos castanhos,

Escrevo do acampamento, onde estou escondido já há 48 horas. Nosso hotel horrível de sempre seria um luxo inimaginável em comparação a isso. Estamos nos alimentando de ração faz dois dias, nada além de

*biscoitos de água e sal, água fervida e comida desidratada de astro-
nauta. Eu devia escrever sobre o Mujahideen, mas só consigo pensar
em você. Não há esperança — mesmo quando o editor me cobra minha
matéria, só consigo pensar em quanto quero abraçá-la novamente,
beijar seu pescoço elegante, sentir você ao meu lado. Quero estar sempre
te tocando, sempre. Sinto tanto a sua falta, Emma. E quero te exibir.
Gostaria de nunca ter descoberto nada sobre o Bunty, que nunca tivéssemos entrado nessa doideira secreta. Você estava certa, devíamos ter
contado aos nossos pais logo no início. Agora tornei tudo ainda mais
complicado. O que você acha da minha ideia sobre o Casamento Real?
Poderíamos recomeçar, eles nem precisam saber do ano passado. Você
esperará por mim, não? Tenho pesadelos imaginando você saindo com
algum barãozinho sem queixo que seus pais aprovariam. Você não
faria isso comigo, não é?*

    Oceanos de beijos,

Ax

*P.S.: Sua Majestade A Rosa Inglesa precisaria de muito filtro solar
aqui. É melhor que esteja segura em casa na escura Battersea. Não
vou desistir de levar você para a região norte do rio, falando nisso.
Um dia, você verá a luz.*

Ele se recordava de ter escrito aquilo no acampamento para onde por pouco
tempo o mandaram durante a Guerra do Afeganistão, em vez de em seu
posto costumeiro em Beirute. Ele abriu a próxima carta, de Emma.

10 de abril de 1981

Meu querido Andrew,

*Amo postar as cartas que escrevo para você, parece tão romântico e
antigo. E adoro receber sua correspondência em letras pontiagudas de
volta — acho que seus ts e seus ks se parecem com você, altos e magros.
Serei rápida porque devo ir até a cozinha em breve (Arabella e eu estamos organizando uma luxuosa festa de crianças para amanhã e me
pediram o frango à kiev do Sr. Men), mas tinha que responder sua pobre*

carta — está quente demais aí? Você realmente está sobrevivendo à base de biscoitos Ryvita e Cup-A-Soup? Não consigo nem pensar! Devo mandar algo melhor para você? O que poderia enviar? Não vejo a hora que retorne para casa. Sinto tanto a sua falta, também. Gostaria que estivesse me beijando AGORA. Também não consigo me concentrar no trabalho por causa disso. Quase preparei merengues com sal ontem, e teria sido tudo culpa sua.

    Por favor se cuide, sim?

Todo meu amor X

P.S.: Deixe-me pensar sobre a ideia do casamento. Não seria melhor apenas contar a verdade? Talvez mamãe e papai não se importem com o Bunty.
P.P.S.: Não vou sair com um barãozinho. Odeio barõezinhos, com ou sem queixo.
P.P.S.: Jamais me mudarei para Camden.

Havia várias caixas de cartas, datadas de 1980 a 1984, quando Olivia nasceu, e as correspondências foram substituídas por telefonemas esporádicos e distraídos. Quando terminou de ler todas as cartas, seu pescoço estava dolorido e seu pé formigava. Ele sentia como se estivesse emergindo à superfície após horas debaixo d'água. Emma guardara as cartas, provavelmente — ele não as via desde que as escrevera, embora se lembrasse vividamente de escrevê-las no calor cintilante e da emoção ao abrir um envelope azul de Emma. Então por que sentia que tinha lido a história de um casal de estranhos?

Phoebe

• • •

Tinha sido bom rir com Olivia para variar. Phoebe se lembrava das risadas que dava com a irmã quando eram crianças. Mas as piadas que compartilhavam pararam quando Olivia se tornou alta e esguia. Phoebe não sabia como exatamente aquilo acontecera, embora se lembrasse de que a cada aniversário Olivia se tornava mais séria. Mesmo aos 14 anos ela já estava permanentemente horrorizada com a mudança climática, até que sua risada começou a soar como uma máquina enferrujada, raramente sendo usada — surpreendendo a todos, inclusive a própria Olivia. As lembranças de Phoebe sobre sua adolescência eram um longo paroxismo de histeria suprimida — a maior parte vivida nas carteiras no fundo das salas, encostada em Saskia ou Lara. Ela não ria tanto agora, percebeu. Mas talvez isso fosse apenas parte de ser adulta.

Elas haviam continuado a organização depois do almoço, sem conversar, mas de tempos em tempos mostravam algo engraçado que as fazia rir novamente. Aquilo a fez esquecer do linfoma não Hodgkin também, o que foi um alívio. George tinha razão — não fazia sentido se preocupar quando não havia o que fazer. Ele aparecera no sótão por volta do meio--dia e ficou parado na entrada sem nenhuma expressão no rosto, até que Phoebe garantiu-lhe que sua ajuda não era necessária. Ela não tinha certeza se gostaria que ele escutasse a fita do Sugar 'n' Spice ou que visse suas fotos de escola com cabelo todo embaraçado. Elas não combinavam muito com a imagem que havia criado de sua adolescência, de garota popular e ousada (incompreensivelmente, ainda, um conceito exótico para

George). Quando o céu atrás das janelas nas lucarnas se tornou amarelo, Olivia e ela desceram as escadas, deixando no chão uma satisfatória pilha para a fogueira.

Phoebe esperava que a irmã se sentasse com ela na cozinha, porém, quando voltaram para o andar de cima, Olivia disse que tiraria sua temperatura primeiro. Phoebe preparou um bule de chá de jasmim e retirou três grudentas tâmaras Medjool da caixa ao lado. Ela acrescentou uma tiara de estilo antigo ao mural do casamento. Seria mais fácil fazer no Pinterest, mas ver todas as suas colagens e desenhos no sótão a lembrava do quanto gostara daquela parte artística. Artes era a única disciplina em que se dava bem — ou melhor que Olivia, de qualquer forma.

Sua irmã voltou com a testa franzida. Ela parou ao lado da mesa, virando sem paciência as folhas da *FT Magazine*. O bom humor do sótão parecia ter evaporado.

— Por que assinam isso? — perguntou ela, olhando para Phoebe. — É obsceno.

— Papai precisa para o trabalho. E eu deveria ler também; eu deveria ler todos os jornais. Mas meu cérebro não suporta essas chatices financeiras. Acabei de descobrir que o FTSE 100 se fala como Footsie. — Aquela fala sempre arrancava risadas de seu pai ou de George, mas não pareceu acalmar Olivia, ainda que declaradamente ela odiasse banqueiros.

— O que a *FT* tem a ver com reality shows?

Ela percebeu que Olivia queria brigar, e, o que era mais irritante, ela se deu conta que estava entrando na dela.

— Não é reality, é *dramality*. Nós não aproveitamos imagens de câmeras de segurança, tem um pouco de criatividade por trás de tudo.

Olivia parecia não ter escutado. Ela estava observando o mural.

— Achei que você iria se casar só em dezembro do ano que vem.

— Sim, mas passa rápido. Muitas pessoas levam um ano e meio ou mais.

— Por quê?

— Porque... tem milhões de coisas para organizar. — Com certeza Olivia sabia disso. Ela tinha amigos, ia a casamentos, não? Ou não ia? Phoebe não sabia muito da sua vida para além do trabalho.

— Para uma *festa*? — Olivia disse "festa" como se aquilo a enojasse.

— Sim. Os locais são reservados com meses de antecedência.

— Achei que você queria que a festa fosse aqui.

— Quero, mas... olha, é normal que uma festa de casamento leve um ano de planejamento. Não precisa me fazer sentir como se eu estivesse fazendo algo terrível! — A última palavra soou em uma voz trêmula de bebê. Quando ela ficava irritada, as lágrimas eram o seu ponto fraco.

— Normal? Você acha que *isso* é normal?

— Sim! Se você fosse mais normal, entenderia.

— Sinto muito que eu não seja "normal" o suficiente para você, Phoebe — respondeu Olivia. Ela cortou um pedaço torto de panetone e foi embora, sussurrando: — Para que fique registrado, esta casa *não* é normal.

— Não estava falando da *casa* — gritou Phoebe. — Estava falando de PLANEJAR UM CASAMENTO. — Parecia tão bobo falar alto que ela ficou feliz por Olivia não responder.

— Nossa! Tudo bem? — perguntou George, surgindo da despensa com um prato de queijo Stilton e biscoitos Bath Oliver. Phoebe o encarou, não sabia que ele estava ali.

— Desculpe por isso — disse ela, apoiando o queixo na mesa e olhando para ele. — Ela é tão estranha às vezes.

George se sentou em frente a ela. Com seus cotovelos, ele quase tomou conta de metade da mesa.

— Parecia que vocês estavam se engalfinhando — disse ele, com a boca cheia.

— Estávamos nos divertindo até agora, no sótão. Você tem sorte de ser próximo de Matt e Tommo. Liv e eu somos diferentes demais. É como se nossa infância fosse a única coisa que tivéssemos em comum.

— Febre da Cabana. Vocês estão presas aqui há tempo demais — disse ele, alcançando a mão dela e a beijando, deixando uma pequenina migalha de Stilton no seu dedo. Desde que chegara, no dia anterior, ele estava se comportando com uma afeição fora do comum. Eles haviam feito sexo pela manhã, e à noite na véspera também, o que não era comum. George não queria tanto sexo quanto seus ex-namorados. Mas, como ela havia dito a Saskia na única vez em que discutiram o assunto, o que importava no sexo não era a quantidade, e sim a qualidade.

A amiga havia então perguntado sobre a qualidade. Phoebe dissera que "não tinha do que reclamar". O que não era mentira, mas fazia a realidade soar melhor do que era.

— Você precisa sair mais, Baixinha. Charlie Ingram está dando uma festa hoje à noite — disse George. — Ele está em Glandford. Poderíamos ir a pé.

— Amor! Estamos em quarentena.

— Ah, por favor. Sério mesmo? Você acabou de dizer que isso tudo já passou da conta.

— Eu sei. Mas não podemos sair. Olivia surtaria.

— Por que não podemos? Sério, não entendo como isso funciona — disse George. — Ela passou por um aeroporto gigantesco e depois dirigiu até aqui, não foi?

— Sim, mas foi inevitável. Ela tinha que chegar em casa de alguma forma.

— Mas se fosse um problema genuíno de saúde pública, com certeza eles a teriam colocado em quarentena na Libéria. — George se inclinou, olhando para ela com firmeza e brincando com sua mão esquerda. Seu anel de sinete reluzia no dedo mindinho. Seu pai havia mandado fazê-lo havia dez anos.

— Acho que sim. Mas...

— Mas o quê? É óbvio que sua irmã não tem Haag. Então qual o problema? Por que sofrer uma quarentena quando ninguém está doente?

— Não, tem a questão da... incubação do vírus ou algo assim?

— Que se dane isso. Eu preciso sair daqui. Sua família é intensa demais.

— Vá você, então. — Por que ele tinha o direito de falar sobre sua família se ela nunca criticava os Marsham-Smith? Não na frente dele, pelo menos.

— Não posso ir sem você! Quero que todos vejam a minha noiva maravilhosa. Por favooooor. — Ele arregalou seus olhos claros, parecendo uma foto em negativo.

— Talvez — respondeu ela, mas já estava começando a ceder. Estava com vontade de flertar e ficar bêbada, esquecer do câncer. Andrew sempre dizia que festas eram como o oxigênio dela.

— Vamos lá... Fuja comigo? — perguntou ele.

— Acho que se eu disser que vamos dormir no bangalô eles não descobririam — sugeriu ela.

— Maravilha! Eu aviso o Chingers — disse George, levantando-se.

Ela se deixou levar. A ideia de jogar na cara de Olivia suas regras infligidas era tentadora demais. Era o mínimo que ela merecia por ser tão irritante.

* * *

Phoebe se olhou no espelho do úmido banheiro do bangalô. Ela havia deixado um bilhete na mesa da cozinha: *George e eu vamos jantar no bangalô. Passaremos a noite lá, temos lençóis etc. Bjs, P*

Ela tinha 99% de certeza que aquilo evitaria que viessem incomodá-los, com a sugestão de que seria um "encontro romântico". Ela havia alisado o cabelo (com o inútil secador de Weyfield, o que era melhor do que nada), e em seu vestido ela se sentia como se estivesse surgindo de uma crisálida de roupa de dormir. Só havia encontrado Charlie Ingram, o amigo de George, conhecido como Chingers, algumas vezes, e sempre o achara meio asqueroso, mas ele invariavelmente estava bêbado. Todas as outras mulheres ali seriam como Camilla e Mouse — loiras, de internatos, blá-blá-blá. Ela provavelmente as teria visto antes, e esquecido.

Ela saiu do banheiro e encontrou George fumando um baseado. Ele a olhou de cima a baixo, aprovando.

— Onde conseguiu isso? — perguntou. Ela não o via fumar desde sua fase de insônia, anos atrás.

— Presente do Matt — sibilou ele, segurando a fumaça. Ofereceu o baseado para a noiva.

Ela não queria — maconha sempre a deixava sonolenta. Mas recusar agora acabaria com o clima conspiratório da noite. Phoebe se sentou ao lado dele, sentindo o seu perfume Chanel Egoiste, seu "perfume de quem ia sair de casa", e mastigando chiclete. Suas três baforadas logo subiram à cabeça. Quando finalmente os dois saíram de fininho por um vão na sebe ao lado da estrada (mais seguro do que sair pela entrada principal), riam como adolescentes. Dobrado sobre si próprio, George tropeçou e quase caiu, fazendo com que rissem ainda mais. Endireitando-se na estrada, ele gritou:

— Liberdaaaaaade! Sim!

— Você só ficou aqui 24 horas, seu babaca!

— As 24 horas mais longas da minha vida — disse ele, afastando-se dela e cantando "Freedom" de George Michael.

— Ei, espeeera! Eu estou de salto alto! — Ela cambaleou atrás dele, aproveitando a sensação do ar noturno contra seu rosto e a emoção impetuosa de fazer algo arriscado. Mas, ao se aproximar de George, ela percebeu uma bicicleta correndo atrás deles e parando com um ruído agudo. Olivia saltou do veículo. Parecia tão brava que Phoebe começou a rir novamente.

— Você nos seguiu! Ha, não acredito que realmente nos seguiu.

— Phoebe! O que está fazendo?

— Oooops... — disse Phoebe, tentando parar de sorrir.

— Ah, é engraçado, é? — perguntou sua irmã.

— Ei, relaxa — disse George. — Só estávamos indo caminhar. Não vamos infectar ninguém com nossa virose mortal.

— Certo. De salto alto — retrucou Olivia, olhando para os pés de Phoebe.

— Nós nos arrumamos para o jan... — começou, mas voltou a rir ao imaginar a cena de um jantar em roupas formais no bangalô. A risada começou a tomar conta do corpo dela, fazendo seu peito e costelas doerem, até que não conseguisse mais se lembrar de por que ria e apenas tentava não urinar nas calças.

— Você está bêbada — comentou Olivia, parecendo enojada.

— Não estou. Não estou. Eu... nós — tentou dizer Phoebe, mas achou melhor não revelar que tinham fumado. Ela havia conseguido parar de rir, mas suas pernas ainda estavam fracas.

Olivia parecia furiosa.

— Mas que merda, Phoebe! Quando é que você vai acordar para a vida? Você não pode fugir da quarentena só porque deu vontade. É apenas uma semana, pelo amor de Deus! Você não consegue pensar em ninguém além de você, por *uma semana*?

— Pensar em quem?

— Em todos! Qualquer um que não seja você ou o seu namorado — disse ela, olhando na direção de George pela primeira vez. — É uma questão de saúde pública. Não deveríamos nem estar aqui. Você definitivamente não deveria estar indo aonde pretende ir.

— Então por que o pai de vocês estava fora de casa na véspera de Natal? — soltou George.

— O quê? — perguntaram Phoebe e Olivia, juntas.

— Andrew. Ele estava caminhando pela praia, anteontem. Nós conversamos.

— Papai! Ele saiu em segredo! — disse Phoebe.

— Ai, meu Deus — disse Olivia, colocando a mão na testa dramaticamente. — Essa família toda é tão... tão egoísta. O que há de errado com todos vocês?

— Nós somos os egoístas? — Agora que a graça tinha passado, Phoebe se sentia bastante alerta e com raiva. Quem era Olivia para aparecer assim e se passar por supervisora?

— Sim! O fato de não conseguirem enxergar isso diz tudo. Completamente egoístas, um bando de egoístas obcecados consigo mesmos.

— Nós? Só porque você está sempre fazendo trabalho missionário não significa que você é a Madre Teresa. Você está tão ocupada se importando com o terceiro mundo que nem percebe o que está acontecendo na sua própria família.

— Como assim? O que está acontecendo?

— Mamãe está com câncer! E se você fosse uma boa médica, teria percebido.

Ela sabia que tinha ido longe demais. Mas chocar Olivia e silenciá-la havia sido irresistível.

— O quê? Que tipo de câncer? Há quanto tempo?

— Gente, vou deixar vocês a sós — disse George, virando-se e caminhando pela estrada.

— Espera! Aonde você vai? — perguntou Phoebe.

— Para a sua casa. Weyfield. Não posso "arriscar a saúde pública" — gritou ele, sem nem se virar.

Olivia fez uma careta na direção dele.

— Mamãe está com câncer? — perguntou novamente.

— Sim. O linfonom... linfo... não Hodgkin. — Ela não conseguia se lembrar da pronúncia.

— Linfoma?

— Sim. Ela descobriu logo antes do Natal. Vai ter que começar a quimioterapia depois do Ano-Novo.

— Merda. Em que estágio ela está?

— O quê? Não sei, ela não falou nada sobre isso. Ela só disse que vai fazer mais exames.

— Por que ela não contou nada?

— Ela não queria estragar o Natal. Nem que nos preocupássemos. Ela disse que tem tratamento. — Sua voz havia se tornado trêmula. — Ela tem um ótimo médico particular.

— Está tudo bem — disse Olivia, colocando um braço ao redor dela, e tentando segurar a bicicleta ao mesmo tempo. Parecia estranho, a cabeça dela na altura do pescoço de Olivia. — Esse tipo de linfoma tem uma boa taxa de recuperação. Quem é o médico dela?

— Não sei, não perguntei. — Ela esperava que Olivia não fosse começar a falar mal do sistema particular de saúde.

— Mas o médico não avisou que... Bem, é um risco, para ela, ficar perto de mim esta semana? — Olivia parecia estar com medo. Phoebe percebeu que não via a irmã insegura há anos.

— É? — perguntou Phoebe. — Ela não disse nada. Aposto que ela não falou nada para o médico. Estava tão animada por você vir para casa, por estarmos todos juntos. Você nunca volta para casa no Natal.

Olivia não disse nada. Phoebe torcia para que ela estivesse se sentindo culpada. Ela deveria se sentir culpada. Todos voltavam para casa no Natal. Era a coisa certa a fazer.

Elas iniciaram a caminhada de volta para casa em silêncio. Olivia deixara a luz da lanterna da bicicleta acesa. O rastro que ela criava na estrada fazia as árvores ao redor parecerem ainda mais grossas e escuras.

— Liv?

— Sim?

— Não diga para a mamãe que eu contei, tá? Ela não queria que eu contasse. Ela não falou para o papai ainda.

— Sério? E por que ela te contou?

— Ela só precisava de um ombro amigo, eu acho. Ela só contou para mim e para Nicola.

— Nicola?

— Sua madrinha.

— Ah, sim. Essa Nicola.

— Que outra Nicola seria? — Ela pôde sentir a raiva surgindo novamente. — Como você *não sabe* quem é sua madrinha? Quem são as amigas da mamãe? É como se você tivesse orgulho de ficar alheia a tudo. É uma falta de educação.

— Phoebs, dá um tempo? Não está certo escolher quando você vai seguir ou deixar de seguir a quarentena, mas eu não estou enchendo seu saco por isso, estou?

— Está! É justamente isso o que está fazendo. Você nos seguiu até aqui! Porque não tinha nada melhor para fazer do que ficar espiando George e a mim. — Phoebe se lembrou da festa. Ela não queria mais ir agora. Seus sapatos já a estavam matando. Mas mesmo assim.

— Acredite, eu tenho muito mais o que fazer do que perseguir você e o seu namorado.

— Noivo.

— Meu Deus, desculpe... como pude me esquecer que você vai se casar?

— Só porque você não liga para isso não significa que eu não possa ligar. A maioria das mulheres, das pessoas, querem se casar, sabia? Não é algo, assim, *estranho*.

— Certo. Pelo amor de Deus, me perdoe por sugerir que você seja estranha.

Phoebe não conseguiu pensar numa resposta, então ficou quieta. Era sempre assim que suas brigas de infância terminavam, com Olivia respondendo por último, enquanto Phoebe ficava parada com a boca aberta, imitando um peixe, antes de gritar: "Te odeio!"

Elas caminharam por um tempo sem dizer nada.

— Você sabe quando a mamãe *planeja* nos contar? — perguntou Olivia.

— Depois que a sua quarentena acabar.

— A quarentena não é apenas minha.

Phoebe quase discordou, quando seu salto escorregou de repente no chão congelado e escorregadio. Ela segurou na manga de Olivia para evitar cair, mas seu tornozelo se dobrou. Ela sentiu algo se torcer.

— Ai, ai, ai. Merda. Ai — reclamou ela, apertando o braço de Olivia e erguendo o pé cuidadosamente. Ele latejava, e a dor começou a se espalhar pelo tornozelo como uma onda de calor. Ela se sentiu um pouco tonta, fosse pela dor ou pelos efeitos da maconha, ou ambos, ela não saberia dizer.

— Segure-se aqui — pediu Olivia, virando o guidão da bicicleta na direção de Phoebe e se abaixando para examinar o pé dela com a lanterna.

— Você consegue se apoiar no pé?

Phoebe tocou a estrada com seus dedos e retraiu-se com a dor que subiu por sua perna.

— Ai, não! Está quebrado! Eu quebrei!

— Provavelmente é só uma torção. Elas podem ser bem doloridas. Tire os sapatos — disse Olivia, colocando seus braços ao redor das costas dela, para dar apoio.

— Não posso. Não consigo andar. Dói demais. — Ela se abaixou para tocar o topo do pé, que já estava inchado e dolorido.

— Ok, vamos as duas na bicicleta. Sente na frente.

Elas começaram a se movimentar lentamente na direção da casa; Phoebe com os joelhos dobrados para não tocar nas rodas e Olivia atrás dela, pedalando.

Depois de chegarem ao bangalô e encontrarem alguns cubos de gelo no congelador pré-histórico, parecia errado continuar brigando.

— Desculpe por antes — disse Phoebe.

— Não tem problema — respondeu Olivia, depressa. — Você vai dormir aqui, então? Talvez seja melhor, já que não tem escadas.

— Verdade. A mamãe e o papai sabem que você foi atrás de nós?

— Eu não contei para eles que vocês saíram. Eles não estavam por perto.

— Que bom. Se você encontrar com eles agora, apenas diga que estava comigo e com o George.

Olivia não pareceu gostar da ideia, mas concordou.

— E amanhã vamos dizer que eu escorreguei no jardim, ok?

— Tudo bem. Mantenha seu pé elevado.

Típico de Olivia não se desculpar também, pensou Phoebe. De que adiantava o momento compartilhado no sótão? Ela foi aos pulos até a cama. George já estava deitado de bruços, roncando.

Jesse

• • •

Havia sido um péssimo aniversário. Pior ainda que o dia de Natal. Jesse saíra para uma triste corrida matinal, torcendo para encontrar George. À tarde ele havia pegado um táxi para uma cidade famosa chamada Cromer, na qual passeou por uma hora, verificando seus e-mails toda vez que conseguia sinal. Ainda nada de Andrew. Ele visitara um café vazio no píer e pedira uma xícara de chá preto (o que tem de tão especial em chá com leite por aquelas bandas?) e um biscoito, faminto demais para se preocupar com os carboidratos refinados. Depois, havia parado em uma praia de seixos, observando gaivotas mergulharem como bombas no mar cor de carvão. Então havia assistido a um terrível filme natalino no cinema, em que ele e um homem suspeito vestindo uma parca eram as únicas pessoas da sessão. Assim que chegara a Norfolk, tinha achado o Cinema Regal engraçado, com suas telas pequeninas e comerciais de restaurantes locais de peixe com batata frita. Mas, agora, o jeito como tudo parecia defasado em trinta anos apenas o deixava deprimido. Mal tirara a câmera da mochila. Não parecia ter motivo para isso.

De volta ao Harbour Hotel, ele começou a arrumar as malas. O trem só partiria no meio da manhã do dia seguinte, mas ele precisava fazer algo prático. Durante todo o dia ele havia brincado com a ideia de retornar a Weyfield, mas o que faria se alguém se dispusesse a abrir a porta? "Ah, olá! Sou seu filho bastardo, o americano mal-educado que aparece sem ser convidado!" Mas... se ele não fosse até lá, o que aconteceria? Estaria mesmo disposto a desistir, voltar para casa e fingir que a viagem toda não tinha existido? Ou a usar aquilo como experiência: "A pior viagem de toda a minha vida"? E pensar que ele havia imaginado criar um documentário de sucesso sobre sua jornada. Mal filmara alguma coisa desde que chegara ali, apenas algumas tomadas da praia. Sua câmera havia se tornado um peso morto, que o seguia para todo lado enquanto exatamente nada acontecia. Nada além de George. E isso o fazia sentir certa repulsa de si mesmo, repensando a coisa toda. O cara estava noivo — aquilo era sórdido, não era o estilo de Jesse. Pelo menos não tinham ido além de um beijo.

Ele mandou um e-mail para Dana: "Sem sinal de celular, me ligue no Skype o mais rápido possível." Provavelmente o senso dramático da irmã seria atiçado. Era meia-noite, o que significava que a resenha semanal de Andrew sobre restaurantes estaria on-line. Jesse se jogou na cama, na dúvida se queria lê-la, e clicou no site da *The World*. A chamada para a nova coluna de seu pai biológico estava na página principal.

A melhor época do ano (ho ho ho)

Chefs, podem encher seus perus alternativos. Os parentes vêm em primeiro lugar no Natal, diz Andrew Birch, quase no fim do feriado em família em Norfolk.

Quando Jesse estava prestes a clicar em Leia Mais, o número e a foto do perfil de Dana apareceram no canto da tela. Ele atendeu a chamada e novamente explicou seu dilema.

— E agora eu não tenho ideia do que fazer — concluiu ele. — Não quero simplesmente ir embora sem tentar mais uma vez, depois de tudo. Mas quando fui até a casa dele ontem... Eu não sei, não posso passar por aquilo de novo. Não depois de ter sido ignorado. Preciso de, tipo, alguma certeza. Preciso de um final para essa história.

— Claro. É compreensível — disse Dana. Ele estava agradecido por ela não haver dito "bem que eu avisei", embora ele soubesse que era o que ela estava pensando.

— Não posso mandar outro e-mail. E não consigo encontrar o número de telefone da casa dele em lugar nenhum.

— Que tal uma carta? Você poderia entregar pessoalmente amanhã. Você sabe que tem alguém em casa. Então marque como "privado" e "favor entregar para Andrew Birch" ou algo assim. Assim você saberá que ele recebeu, além do que...

A tela escureceu, e o som ficou desfocado.

— Dana, a conexão está ruim — avisou ele, mas o rosto da irmã foi substituído por uma mensagem de erro. O wi-fi não estava funcionando. De novo. Que merda de lugar, pensou ele. Por que nada funcionava em Norfolk?

Talvez a sugestão de Dana não fosse tão ruim. Uma carta tinha certa presença. Ele poderia entregá-la amanhã de manhã, antes de pegar o trem. Além do mais, a chamada para a última coluna de Andrew parecia um sinal. Ele ainda podia vê-la na página da *The World*, embora agora o texto estivesse completamente fora de alcance, já que o sinal do wi-fi se recusava a voltar. Ele releu o título. Parecia que Andrew estava definitivamente em Norfolk, e não com o seu habitual tom áspero. "Os parentes vêm em primeiro lugar no Natal." Era uma mensagem do destino, não era? Ele pegou uma folha do bloco de notas do Harbour Hotel e começou a escrever.

• 6 •

27 de dezembro

Quarentena: Dia 5

Olivia

• • •

Olivia estava deitada no escuro, com os joelhos dobrados até o peito. Ela mal havia dormido. A briga da noite anterior zumbia em sua cabeça como uma abelha presa. Normalmente discutir com Phoebe fazia Olivia se sentir justificada, mas ontem ela tinha sido pega de surpresa. Ela voltava a lembrar sem parar da fala da irmã: "Se você fosse uma boa médica, teria percebido." Emma não parecia diferente do habitual, no entanto. Frenética, mas esse era seu jeito de sempre. Ainda assim, Olivia estava abalada. Sua mãe nunca ficava doente.

E para completar, sua última publicação sobre Sean havia recebido uma enxurrada de comentários maldosos. Olivia os viu quando fora medir a temperatura no dia anterior, ao descer do sótão. Agora ela se sentia mal por ter descontado a raiva no mural nupcial de Phoebe. Sua irmã obviamente só estava tentando se distrair, incapaz de lidar com algo mais sério que o dilema de uma tiara. O que tornava o fato de Emma ter confiado seu segredo a Phoebe ainda mais estranho — a última pessoa para quem Olivia contaria algo em uma crise. Por outro lado, também sabia por que Emma não contara a ela. Phoebe tinha razão; Emma teve medo que Olivia não passasse sua quarentena em Weyfield. Que ela perdesse mais um Natal. Não era um pensamento reconfortante.

A fome fez sua barriga roncar. Seria ressaca? Ou sintoma? Seu estômago, que sem dúvida havia diminuído na Libéria, provavelmente estava confuso com a enxurrada de comida pesada e bebidas alcoólicas durante o dia. Talvez fosse estresse, também. O estresse sempre acabava com seu estômago, Olivia se recordou de como sempre costumava vomitar antes das provas. Ela mediu sua temperatura apenas por segurança, apesar da leitura normal de uma hora atrás. O termômetro pareceu levar uma eternidade. Ela percebeu que estava segurando o fôlego. Por fim, agradáveis 37 graus piscaram na tela. Viu?, repreendeu a si mesma. Você está bem. Sentir-se um pouco fora do normal depois do Natal não era nada estranho. Não seja paranoica. Você tem que se manter racional, por Sean.

Os apitos do rádio sinalizaram novidades, e Olivia correu para aumentar o volume. Ela havia passado a mantê-lo ligado na estação World Service a noite toda, para que, quando acordasse assustada de seus pesadelos, fosse acalmada pelo murmúrio das informações sobre a previsão do tempo para navios. A voz do âncora mudou, indicando uma história positiva.

— Sean Coughlan, o médico irlandês diagnosticado com Haag, parece estar se recuperando. Os médicos disseram que ele está em situação estável, capaz de se levantar, comer e ler.

Olivia arrancou o carregador do iPad da tomada. Todas as chamadas das notícias diziam o mesmo: o quadro de Sean era estável; ainda testava positivo para Haag, mas era provável que se recuperasse completamente. Ela viu seu reflexo no espelho, iluminado pela luz branca da tela, sorrindo como uma doida.

ASSUNTO: LEIA ESTE PRIMEIRO! Não os e-mails anteriores!
DE: Olivia Birch <olivia.birch1984@gmail.com>
DATA: 27/12/2016 07:05
PARA: Sean Coughlan <SeanKCoughlan@gmail.com>

Oi, Pekin!

Você está ok! Estou tão, tão feliz em ouvir as notícias da manhã (você virou assunto recorrente, aliás). Sei que não lerá isto hoje, ainda estando em isolamento com apenas uma revista *Heat* e outros materiais combustíveis de leitura. Mas estou escrevendo de qualquer forma, para que receba isto assim que sair daí. Quero que seja a sua primeira mensagem. Tenho andado tão preocupada com você, amor. Isso provavelmente vai soar errado, mas o fato de você ter sido diagnosticado positivo me fez perceber o quanto me importo

com você. Quero dizer, não que eu não soubesse! Ah, eu disse que soaria errado — sou péssima nessas coisas. Não consigo acreditar que há quatro meses eu nem sabia que você existia, e agora nunca deixo de pensar em você.

Peço desculpas antecipadas pelo meu e-mail histérico na véspera de Natal — que, se você seguiu as instruções do assunto deste e--mail, ainda não viu. Pensando bem, melhor ignorá-lo.

Como está se sentindo? Mal, suponho. Como eu disse, estive desesperada, querendo fazer alguma coisa ou apenas estar com você. Mas, fora isso, eu estou bem. Não entre em pânico. Dedos cruzados; se tivesse acontecido algo ruim eu já saberia. Tem sido muito estranho ler sobre você e ouvir o seu nome, mas não poder conversar com você, nem mesmo contar sobre nós para alguém. Espero que não tenha dito nada também. Não parece fazer sentido assustar meus pais e potencialmente nos colocar em maus lençóis etc. Mas tem sido muito difícil agir de forma normal — ou tão normal quanto alguém pode agir — depois da Zona Vermelha. Não que minha adorável família perceba isso. Obrigada por estragar o Natal da nação, aliás. Brincadeira.

Então, ao mesmo tempo que você melhora, eu recebo notícias ruins. Minha mãe foi diagnosticada com um linfoma não Hodgkin na semana passada. Eu não fazia ideia — minha irmã jogou isso na minha cara ontem à noite. Basicamente, o namorado dela (George) caiu de paraquedas em nossa quarentena no dia de Natal e agora está aqui conosco (não sei se tudo foi planejado, mas seria algo típico deles). De qualquer forma, ontem à noite os dois se embebedaram e decidiram sair de casa... eu sei... eu os vi sair e os segui de bicicleta, Phoebe e eu acabamos brigando feio e ela jogou essa bomba em cima de mim durante a situação toda.

Ao que tudo indica minha mãe não me contou porque não queria "estragar o Natal", o que é algo doido e típico dela. Mas, obviamente, não é ideal que ela esteja aqui comigo, com sua baixa imunidade, quando eu estou em alto risco. Não quero assustar ninguém contando sobre mim e você, no entanto, já que só faltam dois dias. Phoebe disse que mamãe está esperando o resultado de alguns exames e provavelmente irá começar o tratamento o mais rápido possível. Difícil saber se devo dizer algo, porque ela quer manter segredo e eu sinto que devo respeitar isso. Mas já que só ouvi a versão distorcida da minha irmã, não tenho ideia em qual estágio ela está, quão rápido está progredindo etc. Como sempre, parece que sou a última a saber das coisas nessa família. Como se o fato de eu ter uma vida e não morar em casa, com atraso de desenvolvimento como Phoebe, signifique que eles não precisem me contar nada. Ok, fim da reclamação. Desculpe jogar isso tudo em cima de você, sendo que deve estar drogado ainda. É apenas um alívio poder desabafar. Seus pais devem estar tão preocupados. Eles estão em Londres, pelo menos? Prometo que irei vê-lo assim que você estiver fora do túnel de isolamento e eu longe desta casa de loucos. Mal posso esperar.

Descanse bastante. Te amo.

Beijos, Olivia

P.S.: Não sei bem como vou contar aos meus pais — lembram do Sean Coughlan do noticiário? Começamos a namorar na Libéria. E sou louca por ele. Hohoho.

Ela pressionou a tecla de enviar e colocou o iPad com a tela para baixo — o brilho estava queimando seus olhos.

— Wiv — chamou sua mãe lá de baixo. — Você já levantou? Precisamos fazer a fogueira antes que chova! Venha para cá! Fiz ovos mexidos. — O estômago de Olivia se revirou ao pensar nos ovos quentes e granulosos. E ela não poderia recusar os enormes cafés da manhã de Emma agora. Alimentar as tropas provavelmente era a única coisa que mantinha sua mãe sã.

A fogueira era um ritual de Natal em Weyfield. Olivia se recordava de pular ao lado dela quando criança junto a Phoebe, ambas em seu modo maníaco igual a Rumpelstichen, mas quando adolescente ela sempre usava a desculpa de que precisava revisar para não participar. Ela se surpreendia por eles ainda insistirem naquilo. Ainda assim, era bom estar do lado de fora, vibrando com o ar fresco. Olivia se sentia bem agora que havia levantado, provavelmente estivera com a glicose baixa antes. Seu pai havia montado a fogueira no local de sempre, no fundo do pomar. Ele veio da casa pelo gramado, carregando várias caixas. Sua mãe estava ao lado de um amontoado de galhos, passando os olhos por antigas revistas e trabalhos escolares que estavam no sótão. Surpreendentemente, pouco havia sido considerado descartável por fim.

— Fabuloso — disse Emma. — Vai ser tão catártico. Agora, você não tem nenhuma coisinha com Haag que gostaria de queimar, querida? — Estava óbvio que sua mãe não havia compreendido o conceito de contaminação. Mas ela provavelmente estava lidando com muitas coisas, Olivia se forçou a lembrar.

— Tudo foi queimado ou lavado com alvejante enquanto estávamos lá — respondeu ela.

— Claro, claro. Que boba eu sou. Talvez eu deva ir buscar Phoebs — sugeriu Emma, meio que para si mesma. Olivia tentou observá-la com um olhar profissional. Ela não aparentava a fadiga que normalmente afetava os pacientes de câncer, tampouco qualquer perda de peso.

Andrew cambaleou até elas, quase derrubando o que carregava.

— Nossa, quanta coisa! — comentou Emma. — Não sabia que você tinha tantas coisas lá embaixo.

— Fui imperdoável. A maior parte são restos de trabalho. E uma horrível tentativa de livro. Um suspense, sinto dizer. Deus sabe por quê. Eu te contei na época? Não lembro mais. De qualquer forma, quanto menos for dito sobre a minha tentativa de escrever ficção, melhor. Certo, então, pirotecnia! — respondeu ele, começando a organizar os galhos no formato de uma tenda.

Olivia o imaginou fugindo para uma caminhada na véspera de Natal. Às vezes ela sentia que não tinha respeito algum pelo pai. Ele era tão ruim quanto Phoebe — ambos veneravam o frívolo, tornando isso suas carreiras e agradando a si mesmos acima de tudo. O fato de que ele aparentemente estava alheio ao câncer de sua esposa apenas confirmava o quão grotesco era seu ego. Um pequeno vulto usando um gorro com pompom em cima surgiu mancando do bangalô.

— George ainda está na cama — disse Phoebe, ao chegar perto o suficiente para ser ouvida.

— Bom — disse a mãe, correndo para segurar seu braço. — Ninguém precisa se sentir na obrigação de fazer nada. Estamos bem sossegados. Como está seu pobre pé?

Então Phoebe havia contado a todos sobre seu acidente, pensou Olivia. Melhor assim, já que ela não gostaria de ter que mentir pela irmã. Phoebe soltou pequenos sons de dor ao se agarrar à mãe e depois ao pai. Ela usava luvas com glitter e estava evitando olhar para Olivia. Provavelmente não a havia perdoado pela noite anterior. Típica criancice, em especial depois que a irmã a trouxera para casa, onde cuidou de seu pé e ainda concordou em não revelar nada.

Andrew jogou um fósforo na pilha de madeira seca, depois papel, e o fogo surgiu com um barulho ávido.

— Parece extraordinário que tínhamos que fazer isso com uma lente de aumento naquele acampamento — comentou ele.

Emma começou a esvaziar as caixas sobre as chamas, soltando pequenos gritinhos de alegria. Phoebe parecia ter se esquecido do pé na emoção de colocar fogo em cadernos Tricolore, também. Olivia ficou de fora, respirando pela boca para evitar o odor ácido. Ele o lembrava das cremações em massa que o governo liberiano havia organizado em novembro. Teria a náusea retornado? Não pense nas cremações, ordenou a si mesma. Sean está se recuperando e você está bem. Não comece com bobagens.

Jesse

Trilha de carros, Weyfield Hall, 9h32

· · ·

Weyfield Hall tinha outro aspecto sobre a luz do dia. Jesse estava parado na curva da rua da entrada, observando. O ar parecia túrgido com a chuva iminente, e uma luz fraca surgia por entre nuvens baixas e cinzentas. Naquele contraste, a casa tinha uma aparência espetacular. Até mesmo as ervas daninhas pareciam românticas. Ele puxou sua carta do envelope para uma última leitura.

27 de dezembro de 2016

Prezado Andrew,

Estou escrevendo esta carta pois acredito que você seja meu pai biológico. Minha falecida mãe biológica era uma mulher libanesa chamada Leila Deeba, que, acredito, você conheceu como repórter em Beirute, em 1980. Minha mãe me mandou para adoção logo que nasci, e fui criado por meus pais adotivos em Iowa.

Já enviei dois e-mails para você tentando contato antes do Natal, já que estou trabalhando em Norfolk durante as festas de fim de ano. Imaginei que você pudesse ficar curioso para me encontrar, mas já que não tive retorno, não tenho certeza se você não recebeu meus e--mails ou se preferiu não fazer contato. Espero que seja a primeira opção, mas compreendo se não se sentir confortável para me ver. Nem ao menos sei se você foi informado de que minha mãe estava grávida, então entendo se esta carta for motivo de choque. No entanto, já que estou em Norfolk e não tenho certeza se meus e-mails chegaram a você, estou tomando a liberdade de entregar esta carta em mãos. Espero que perdoe minha intrusão.

Alguns fatos sobre mim: atualmente vivo em Los Angeles, onde produzo documentários, sobretudo sobre saúde e bem-estar. Sou gay e solteiro. Como você, aprecio bons pratos e viagens (nunca deixo de ler sua coluna!). Meu endereço de e-mail é: jesse.iskandar.robinson@ gmail.com, caso deseje entrar em contato.

Meus sinceros cumprimentos,

Jesse

Teria de ser suficiente. Ele havia se atrasado tanto naquela manhã, escrevendo e reescrevendo a carta, que acabara indo para Weyfield no caminho para pegar o trem. Ainda tinha dúvidas sobre o último parágrafo, que parecia o perfil de um site de encontros, mas precisava contar a Andrew algo de si, caso aquele fosse o fim de tudo. Uma gota de chuva molhou o papel e ele o enfiou dentro do envelope enquanto os pingos se intensificavam. Caminhou pela entrada, sentindo-se exposto. Havia apenas uma luz acesa, mas os mesmos carros estavam estacionados na entrada como no dia de Natal. Talvez ainda estivessem dormindo.

Do nada, uma luz rasgou o céu, iluminando a casa, seguida de um estremecer de trovão. Jesse estava acostumado a tempestades em Iowa, mas a cascata que caiu naquele momento o pegou de surpresa. Ele correu os últimos vinte metros até a porta de entrada de Weyfield, cobrindo a cabeça com o casaco, e deslizou o envelope pela abertura para correspondências, cara a cara com o batedor de leão. Estava feito. Finalizado. Ele se protegeu embaixo do pequeno alpendre por um momento. O frontão mal o cobria — a chuva caía de lado, molhando seu cabelo e roupas. Ele pressionou suas costas mais firmemente contra a porta. Ao fazer, percebeu-a se mexer, de forma que ele quase tombou dentro da casa. Segurando o batente para se endireitar, ficou de pé. Sabia que deveria voltar para fora, na chuva, fechando a porta como estava. Sua carta estava no tapete da entrada. Ele havia cumprido sua tarefa, mas algo o fez recolher o envelope, em vez disso, e olhar ao redor, pelas sombras do saguão.

Olivia

• • •

Os quatro correram em direção à casa, Olivia na dianteira. A chuva era diferente das gotas gordas e quentes da Libéria e caía em rajadas congelantes. A porta da entrada estava aberta, como sempre, e ela correu saguão adentro. Seu grito de surpresa ao ver um homem alto parado ali dentro pareceu excessivamente feminino para ela.

— Desculpe! Perdão... por ter te assustado — disse ele com seu sotaque americano. O sujeito segurava um envelope e parecia ter a sua idade. Quando seus olhos se ajustaram à luz, ela pôde ver melhor o rosto dele. Havia algo desconcertantemente uniforme nele, tanto que quase não parecia real. Ele tinha olhos grandes e escuros, como um personagem de mangá.

— Ei — disse ele. — Será que... você é Olivia?

— Sim. Quem é você?

— Hum... Andrew está em casa? Eu esperava poder conversar com ele.

— Olha, você não deveria estar aqui. Como entrou?

— Eu... a porta estava, tipo, aberta.

Ela estava prestes a responder quando seu pai apareceu. A cor se esvaiu do rosto do homem. Seu pai e ele se encararam, como se estivessem a sós. Andrew abriu a boca, mas apenas conseguiu produzir um "ah" que mais parecia um coaxar enquanto Emma chegava.

— Por Deus, estou encharcada! — reclamou ela, chacoalhando as mangas, e então viu o rapaz.

— O-olá! — disse ela, parecendo chocada, mas encantada, como se já tivessem se conhecido antes. — Como foi que...?

— Ah, merda — respondeu ele, com suas sobrancelhas escuras se erguendo e os olhos esbugalhando como lanternas. — Meu Deus, que loucura. Que doideira. Eu não tinha percebido, quero dizer, eu literalmente não tinha ideia...

— O que está acontecendo? — perguntou Olivia. — Estamos em quarentena, não podemos...

— Shhh — disse seu pai. — Este é... — hesitou ele. — Ele é...

— Jesse — respondeu o homem.

— Eu sei — disse Andrew.

— Ah, espere... ah, meu Deus! — disse Emma, com o rosto se contorcendo. — Ah, Jesus amado, *Andrew*! — Ela olhou para Andrew em súplica.

— O que está acontecendo? — perguntou Phoebe, da entrada. — Oi — disse ela ao ver o homem, usando aquele sorriso para estranhos. Ela tirou o gorro e levantou a mão para arrumar o cabelo.

— Garotas, por favor subam — pediu Emma.

— Por quê? Qual o problema? — perguntou Phoebe.

— Nada — respondeu Emma. — Poderia apenas subir, querida?

O rapaz parecia cada vez mais desconfortável, seus belos olhos castanhos corriam pelas quatro pessoas.

— Ele não devia estar aqui... — tentou dizer Olivia, outra vez. Por que ninguém em sua família conseguia entender o que era uma quarentena?

— Olivia, por favor. Apenas suba. Vamos resolver isso — disse Emma.

A expressão de Emma não lhe deixava outra escolha.

— Vamos — disse Olivia para Phoebe.

Ela ofereceu um braço para sua irmã ao subirem as escadas. Ninguém na entrada dizia nada. Quando ela e Phoebe alcançaram o primeiro andar, ouviram seu pai dizer:

— Vocês dois... *já se conheciam*?

— Espere... shhh — disse Phoebe, parando. Ela se debruçou no corrimão para ouvir, tanto que Olivia teve que parar também.

— Em Heathrow, quando fui buscar Olivia — respondeu Emma, com a voz estridente. — Nós conversamos! Agora, por favor entre, Jesse. Chá, chá, chá.

— O quê? Quem *é ele*? — sussurrou Phoebe. Sua mão pequena segurava o braço de Olivia com força.

— O que ela está fazendo, convidando esse cara para entrar? — questionou Olivia.

— Que tempo horrível! — Elas ouviram Emma dizer, enquanto seus pais caminhavam na direção da cozinha com o homem. A porta se fechou e as vozes desapareceram. Phoebe se sentou no topo da escada.

— Quem é ele? — perguntou novamente.

Andrew

• • •

Sentado ao lado da lareira, Andrew continuava a estudar o rosto de Jesse procurando por traços da mulher de Beirute de quem mal se lembrava. Ele não a via, no entanto, e certamente não via a si mesmo ali — além da altura do rapaz. Podia apenas ver um jovem americano extremamente bonito, diferente deles dois. Jesse estava sentado no sofá, Andrew, na poltrona. Na mesa entre eles havia duas canecas de um chá muito doce, que Emma havia preparado como se estivessem em uma novela britânica. Ele podia ouvi-la naquele momento na cozinha, onde a tinham deixado.

O fato absurdo de Jesse ter conhecido sua mulher em Heathrow o atingiu novamente. Que novela britânica, que nada — estava mais para novela mexicana! Emma entrou e saiu sem parar, pedindo desculpas corridas pela interrupção e deixando dois pedaços de bolo natalino. Suas oferendas permaneceram intocadas ao lado do envelope, o qual Jesse havia explicado que tinha planejado deixar para Andrew. Sua carta dizia mais ou menos o mesmo que seus e-mails, mas com um tom mais derrotado. Soava mais como um adeus do que como uma saudação, com seu triste resumo de passatempos, estado civil e preferência sexual. Andrew tentou deixar esse fato de lado, para lidar com ele depois. Não que tivesse que "ser lidado". Ele era um homem moderno, de cabeça aberta, um escritor — ah, fique quieto, Birch, disse a si mesmo. Apenas cale a boca.

Jesse se abaixou e tomou um gole de chá de forma educada.

— Desculpe por isso — disse Andrew, apontando para a xícara. — É a resposta britânica ao choque, chá horrível. Conhaque talvez fosse uma opção melhor.

Jesse riu. Ele era realmente lindo, Andrew continuava a pensar, bastante chocado que poderia ter produzido alguém tão perfeito. A foto que havia visto na internet não fazia justiça nenhuma a seu filho. Até mesmo suas sobrancelhas eram extraordinárias — como se alguém as tivesse pintado na face. E ele tinha os dentes brancos dos americanos, como se fossem teclas de piano. Os pais adotivos de Jesse devem ter cuidado disso.

— Eu sou um choque? — perguntou ele.

— Bem, não é todo dia que um filho perdido aparece do nada, por assim dizer.

Por que ele falava assim, naquele tom jovial?, Andrew se questionou.

— Então você não recebeu meus e-mails na semana passada? — questionou Jesse, depois de um minuto, olhando para a carta.

— Ah, eu recebi, recebi sim, sinto muito. Eu deveria ter respondido antes. Eu ia responder. Tinha toda a intenção de fazer isso. Mas estamos passando por uma situação, bem, um pouco fora do comum aqui. Você leu minha coluna desta manhã? — Ele estava tagarelando. Tentou respirar pelo diafragma.

— Sua coluna? — Jesse pareceu confuso. — Eu, hã, tentei, mas não consigo ficar on-line desde ontem à noite. Você escreveu sobre os meus e-mails?

— Seus e-mails? Deus, não. Não, minha coluna era sobre como nós, os Birch, estamos no que chamam de "quarentena voluntária". Minha filha Olivia esteve trabalhando na Libéria, sabe, cuidando de vítimas do Haag, e nós deveríamos evitar o contato com outras pessoas por uma semana... ou pelos próximos três dias, agora.

— Ah, mer... droga, eu esqueci completamente — disse Jesse.

Andrew ficou perplexo.

— Esqueceu?

— Emma me contou quando nos conhecemos no aeroporto. Tem algum problema eu, tipo, estar aqui? — perguntou Jesse, olhando para a porta.

— Ah, não. De forma alguma. É uma mera formalidade. As ONGs estão apenas sendo excessivamente cuidadosas. Não precisa entrar em pânico. — Agora que Jesse estava ali, Andrew não poderia deixá-lo sair novamente na chuva. E queria que ele ficasse, percebeu. Ainda assim, que confusão! E que choque se ver pai de alguém que usava "tipo" entre cada palavra.

— Então você não me respondeu porque não queria que eu fosse infectado com Haag? — questionou Jesse.

— Isso mesmo, e também... Bem, é complicado. — Andrew parou. Ele preferiria não contar todos os detalhes sórdidos, mas a desculpa da quarentena parecia fraca, cara a cara. — Na noite em que eu... — Ele parou outra vez. Como alguém explicava para outra pessoa que ela era o resultado de uma trepada sem significado e que seu pai era um idiota infiel? — Na noite em que eu conheci sua mãe biológica, eu e Emma já estávamos juntos. Um casal, de fato. Então... não foi a minha melhor atitude.

— Mas, espere, eu pensei que você e Emma tinham se conhecido no verão de 1981. Eu encontrei uma notícia sobre isso. Você estava cobrindo o Casamento Real e ela era uma convidada, certo?

— Foi isso que dissemos às pessoas, na época. Mas já estávamos "envolvidos", por assim dizer, em segredo. Há mais de um ano. Eu havia escrito sobre um escândalo envolvendo um tio de Emma, e sabia que a família dela reconheceria minha assinatura e não me aceitaria. Então ficamos quietos no início, e depois, quando isso passou a ser insustentável, eu fui apresentado a eles com a desculpa de que havíamos nos conhecido apenas no Casamento Real. Algo idiota, pensando bem agora. Duvido que eles tenham acreditado sequer por um momento. Em nossa defesa, éramos jovens. E ambos estávamos no casamento, essa parte é verdade.

Pare de tagarelar, ele instruiu seu cérebro. Está apenas pintando uma imagem mais horrorosa de si mesmo. Tudo o que Jesse precisava saber era que Andrew havia traído Emma com Leila. O que já era terrível. Que começo.

— Nossa, sinto muito. Se eu soubesse, jamais teria aparecido assim de repente. A Emma sabe?

— Ah, não. Ela não sabe.

Jesse passou a mão pelos cabelos, arrumando-os para trás, e Andrew pôde se ver naquele gesto — e também na linha do couro cabeludo, quadrada. Enfim uma prova de que ele havia contribuído para criar aquele deus grego.

— Entendo por que você veio. Peço desculpas por não ter respondido antes — disse ele. — Tinha toda a intenção de escrever para você. — Dito em voz alta, parecia absolutamente grosseiro.

— Tudo bem. Eu entendo — respondeu Jesse. Por um momento, Andrew achou que ele se levantaria para um abraço daqueles bem masculinos, com tapas nas costas. Mas ele apenas tomou mais um gole de chá.

— Então *onde* você e Emma se conheceram? — perguntou Jesse.

— Emma e eu? — A pergunta o deixou confuso. O que isso importava para Jesse? — Ela era responsável pelo bufê de uma coletiva de imprensa da qual participei. Costumava fazer esses serviços naquela época. Foi algo do tipo, nossos olhos se encontraram sobre uma bandeja de canapés.

— Que demais! — comentou Jesse, como se fosse um grande alívio poder dizer algo positivo novamente.

Andrew resistiu ao impulso de apontar que canapés raramente geravam tal resposta alegre, no sentido mais verdadeiro possível.

— Como está Emma, aliás? — perguntou Jesse, depois de um momento.

— Perdão?

— Quero dizer, como ela vai? Ela decidiu sobre o tratamento?

— Tratamento?

— A quimioterapia. Para o câncer. Tipo, ela me contou quando nos conhecemos. — Seu rosto se contorceu em espanto, como antes na entrada. — Ai, merda... Você não sabia?

Phoebe

• • •

Parecia que estavam sentadas no topo da escada havia anos. A bunda de Phoebe estava dormente, e ela precisava ir ao banheiro. Não sabia pelo que estavam aguardando e suspeitava que Olivia também não soubesse. Mas parecia haver um acordo silencioso de permanecerem juntas.

— Ai, meu Deus, mamãe *me contou* sobre ele — revelou Phoebe, depois que seus pais e o homem entraram na cozinha. — Esse desconhecido com quem ela começou a conversar no aeroporto. Ela disse que ele era gay. Você acha que ele é, tipo, o *namorado* do papai? — Ela estremeceu, lembrando o dia em que Andrew havia demorado séculos para pegar a árvore de Natal. Talvez estivesse ligando para o seu gigolô. Ela sabia que tinha algo errado.

— Phoebs! Com certeza há uma explicação razoável para tudo.

— Mas por que a mamãe estava tão estranha? Não deveríamos ver se ela está bem?

— Não! Melhor deixá-la em paz.

Phoebe receou que Olivia fosse questioná-la novamente sobre o diagnóstico da mãe. Desejava que não tivesse contado nada na noite anterior. Quanto mais pessoas soubessem, mais real parecia. Mas, em vez disso, Olivia disse:

— Eles vão perceber que agora ele não pode sair daqui, seja lá quem ele for. Não vão?

Phoebe se deu conta de quão raro era sua irmã lhe pedir a opinião sobre algo.

— Acho que sim — respondeu ela. — Eles deixaram George ficar depois de cinco segundos.

— Verdade.

— Por que está tão estressada com essas regras? Eu achava que era só, tipo, precaução extra. Foi o que você disse, antes de ir.

— Não estou estressada. É que, com Sean e tudo mais...

Phoebe observou o perfil de sua irmã. Seu maxilar estava cerrado.

— Sean?

— Sean Coughlan — disse Olivia, lentamente, olhando de canto de olho para Phoebe como se ela fosse estúpida. — Meu colega com Haag. Você nunca lê o noticiário?

— Ah, sim. Desculpa, é que acabo pensando nas notícias e na vida real como coisas separadas, acho.

— Exatamente. Não é problema seu.

— Isso não é justo. É que, quando leio algo que é muito triste e não há nada que eu possa fazer, eu... — Ela sabia que Olivia veria aquilo como desculpa esfarrapada. — Eu só não trabalho com notícias, por isso não penso sobre o assunto o tempo todo. — Podia sentir a briga de ontem ressurgindo dentro dela. Ela não queria discutir. Com o que estava acontecendo lá embaixo, sabia instintivamente que elas precisariam estar unidas.

— É essa ansiedade constante e sem fim — explicou ela. Olivia ainda estava olhando para a frente, sem se virar para Phoebe.

— Mas não foi porque Sean visitou escolas que ele pegou a doença? Além do mais, a mamãe disse hoje cedo que ele estava se recuperando — disse Phoebe.

— Sim. Ele estava. Está. Mas mesmo assim.

Ela parou, como se sua própria voz a estivesse sufocando, e então Phoebe percebeu.

— Você não ficou com ele, ficou? — perguntou. Ela tinha visto uma foto do médico no jornal, e ele era muito bonito. Para o gosto de sua irmã.

Olivia não disse nada, mas comprimiu os lábios enquanto uma lágrima escorria por sua bochecha. Então era por isso que ela tinha sido tão insuportável a semana toda.

Phoebe deslizou pelo chão para abraçá-la, e elas permaneceram sentadas em um rígido abraço, lado a lado por alguns momentos. Ela se deu conta de que Olivia era uma hipócrita sem tamanho. Ela pegara no pé de Phoebe por sair da quarentena — quando estivera ocupada transando com um colega infectado com Haag. Era bom ter a vantagem moral pelo menos uma vez na vida.

— Tenho certeza de que você ficará bem — disse ela, tentando soar confiante.

— Não sou só eu. Estou preocupada com a mamãe, agora. Vai que... — disse Olivia.

— A mamãe está bem. Ela é forte. De qualquer forma, você não vai pegar Haag! — Phoebe sabia que sua certeza não soava verdadeira. — Então o lance com Sean foi sério? Posso ver fotos?

Olivia concordou com a cabeça, enxugando o nariz na manga da blusa.

— Tenho um monte de fotos no meu iPad. Depois te mostro.

Passou pela cabeça de Phoebe que aquela mancha de lágrima poderia estar contaminada com Haag, e ela se distanciou minimamente. Algumas vezes ela ficava chocada com a forma como sua mente podia ser malvada. Olivia tinha razão — ela era egoísta.

— Quando vocês começaram a se envolver? — perguntou ela.

— Há cinco semanas apenas, mas parece que nos conhecemos há mais tempo.

Phoebe pensou com que frequência ela sentia como se estivesse apenas conhecendo George. Ela sempre dizia a si mesma que aquilo era algo romântico.

— Ele é uma pessoa realmente maravilhosa — comentou Olivia, olhando ao redor. — Era o chefe da pediatria. O que ele fez com a ala... foi incrível. Ele reorganizou toda a papelada, todos os protocolos. Salvou a vida de tantas crianças. — Sua voz enfraqueceu outra vez.

— Ah, Wiv. Ele parece demais. Tenho certeza de que ficará bem. — Ela nunca tinha visto a irmã daquele jeito. Sempre que comentava algo sobre seu ex, o entediante Ben, como Phoebe e Andrew se referiam a ele pelas costas, ela parecia falar sobre uma relação seca.

— É. Eu sei — disse Olivia. — Ele vai querer voltar para lá, mesmo depois de tudo isso. Esse é o tipo de pessoa que ele é. — Um pombo do lado de fora arrulhou um som triste.

— Não conte para a mamãe, Andrew ou George, por favor — pediu Olivia. — Ou qualquer pessoa. Eu poderia ter sérios problemas. Há uma regra que proíbe contato físico por lá.

— Claro que não — disse Phoebe. No passado, qualquer detalhe sobre a vida pessoal de Olivia imediatamente seria compartilhado com Emma. Sua mãe costumava ficar pateticamente grata. Daquela vez, no entanto, Phoebe decidiu que honraria o segredo de Olivia.

— Mas e você? Animada com o casamento? — perguntou Olivia. Ela sempre fazia isso: mudava o assunto quando estava falando de si mesma. O que havia impedido Phoebe de perguntar coisas para ela durante anos.

— Claro — respondeu Phoebe.

— Você vai se mudar de Gloucester Terrace antes?

— Talvez. É bastante conveniente morar em casa, por causa dos preparativos e tal. Todo o *wedmin*. Já que mamãe e papai estão pagando.

— *Wedmin?*

— Organização do casamento.

— Ah, claro.

Phoebe sabia o que ela estava pensando: como você pode se casar com alguém com quem nunca viveu junto?

— De qualquer forma — continuou Phoebe — acho que é algo legal ir morar junto *depois* de se casar. É mais especial, como antigamente.

— Como morrer ao dar à luz ou receber uma mesada do seu marido?

— Exato! Eu adoraria ter uma mesada. Nada mais de trabalho chato na televisão.

— Você se dá bem com a família dele? — perguntou Olivia. Ela havia levado seis anos para perguntar isso, pensou Phoebe.

— Sim. Eles são ok. São bem... — Ela parou. Sabia que Olivia não entenderia as gírias que usava com suas amigas. — Eles só são muito diferentes de nós, acho.

— De um jeito bom?

— Nem bom nem ruim. Só diferente.

— Mas ele é britânico, da sua idade, fez faculdade, eles têm uma segunda casa em Norfolk e ele cresceu em Londres. Então não é tão diferente assim...

— Sul de Londres.

Olivia riu.

— Você é ridícula — comentou ela, mas daquela vez soava carinhosa.

— Mas é diferente — insistiu Phoebe. — Completamente diferente.

— E onde ele está mesmo?

— Ainda dormindo. Ele nunca acorda antes das onze.

Ela rezou para que o homem lá embaixo não fosse o amante gay de seu pai. Ela precisava saber o que estava acontecendo, para que pudesse recontar a George de uma forma aceitável — ou, pelo menos, engraçada. Por que sua família tinha que ser tão esquisita?

Emma

• • •

Emma encostou a testa na bancada da pia. Sua cabeça parecia a antiga batedeira ao seu lado, girando e girando, até seus pensamentos estarem aglomerados em uma massa grudenta. Andrew e Jesse estavam na sala de fumo havia mais de uma hora. Ela ficara na cozinha, sem saber o que fazer, incapaz de permanecer parada. Não fazia a menor ideia de onde Olivia e Phoebe estavam. Torcia para que ficassem distantes até que ela tivesse a chance de falar com Andrew.

Pensando nas filhas, ela se lembrou de que a mãe era ela. Havia se chocado, mas não deveria ficar histérica. Pressionou a bochecha contra o mármore frio e tentou entender os fatos. Andrew tinha outro filho — um filho que parecia ter a mesma idade que Olivia. E se ele tivesse sabido desse outro bebê, esse outro primogênito, o tempo todo? Sua garganta se fechou ao lembrar como ele não parecera tão contente quanto ela com o nascimento de Olivia. Talvez essa fosse — afinal — a razão. Ele já devia ser pai de outra criança, e sabia. Mas talvez, pensou ela, levantando-se num susto, Jesse fosse mais novo que Olivia. O que seria ainda pior, de certa forma. Teria sido a mãe do rapaz um caso de uma noite ou algo mais longo? Será que existiu um desfile de outras mulheres enquanto Emma estava presa em casa com duas crianças pequenas? Era por isso que ela detestava segredos. Quando eles se revelavam, como sempre acontecia, abriam um labirinto de coisas desconhecidas. Ela soltou um pequeno soluço de fúria. Como tudo havia virado de ponta-cabeça em apenas uma hora? Seus dedos escorregaram para dentro da camisa e debaixo do braço, mexendo com o caroço embaixo da pele como uma conta em um colar.

Ela ainda não conseguia acreditar que encontrara Jesse em Heathrow e tivera aquela longa conversa. Seria engraçado, se não fosse uma confusão tão vívida. Vendo a bagagem dele ao lado da mesa, Emma teve uma ideia — o passaporte revelaria sua data de nascimento. Era errado procurar, mas desculpável. Abrindo o zíper da mala menor, ela encontrou o passaporte em um bolso, junto a uma conta do Harbour Hotel. Na página da identidade estava escrito *Jesse Iskandrar Robinson, data de nascimento: 26 de dezembro de 1980*. Ele era mais velho que Olivia. Mas se Jesse havia nascido em dezembro de 1980, ele devia ter sido concebido durante aquele ano. Ela e Andrew haviam se beijado pela primeira vez em 4 de janeiro de 1980 — a data ecoou em sua memória. O que significava que ele tinha conhecido essa mulher logo depois de Emma ou já estava envolvido com ela, enquanto dizia que não era comprometido. Desgraçado. *Desgraçado.* Ela observou a foto do passaporte novamente. Jesse parecia um astro de cinema. Sua mãe devia ser uma beldade incomparável. Então, além de tudo, Andrew havia sido pai de uma criança mais bonita que suas duas filhas, sem ela. Pare, Emma! Ela se censurou. Não siga essa linha de pensamento.

Ela colocou o passaporte de volta na mala, com as palmas das mãos suando, e percebeu que o aniversário de Jesse havia sido no dia anterior. Pobre coitado. Que dia horrível ele devia ter tido, sozinho no Harbour Hotel. Ela recordou o que ele havia contado a ela em Heathrow. Ele não dissera que não tinha certeza se seu pai biológico sabia que tinha um filho? Ela se lembrava bem dele dizendo que o pai não havia respondido a seus e-mails. Por que raios Andrew não respondera? E por que ele não havia mostrado esses e-mails para Emma? Eles eram casados — ela tinha o direito de saber. Ficava claro por que ele estivera tão distraído e não se interessara no retorno de Olivia.

Emma ouviu a porta da sala de fumo se abrir e se distanciou das malas de Jesse, obrigando-se a sorrir. Nada disso era culpa do rapaz, repetiu ela para si mesma. Ele merece conhecer seu pai — toda criança merece ter um pai. Andrew, de todas as pessoas no mundo, deveria saber disso. Além do mais, ela não estivera preocupada com Jesse esse tempo todo? Não seria nada justo virar as costas para ele agora, só porque seu pai no fim das contas era o marido dela. O mínimo que eles poderiam fazer era recebê-lo direito, ao estilo Weyfield.

Andrew

• • •

Emma ainda estava na cozinha quando Andrew foi procurá-la. Ele havia deixado Jesse na sala de fumo. A notícia do diagnóstico da esposa e o fato de que ela não havia contado nada para ele tinham sido como um soco no estômago. Quantos choques mais poderia um homem sofrer em uma só manhã? Ele imaginou que seria uma ótima frase de abertura para um texto. Emma estava encostada no fogão Aga, com um sorriso frágil.

— Eu olhei o passaporte dele — disse ela. — Caso você esteja pensando em esconder isso também.

— Emma... — começou ele, sem ideia de como continuaria.

— Quem era a mulher?

De perto, ele podia ver que os olhos dela estavam desfocados. Ele percebeu que não a via chorar havia muito tempo, desde o funeral do primo dela, no ano anterior. O primo que havia falecido de câncer. Por que ela não dissera que estava doente?

— Emma, escute — disse ele, novamente.

— Na verdade, você pode se explicar depois — interrompeu ela. — Onde ele está? Onde você o deixou?

— No meu escritório.

— A sala de fumo?

— Sim.

— E agora? Você contou a Jesse que ele terá de ficar aqui?

— Bem, falamos sobre isso rapidamente, mas tínhamos outros...

— Andrew! Você tem que explicar direito. Eu vou lá.

De volta à sala de fumo, Jesse estava se levantando, analisando a imagem de uma caçada.

— Você tem uma casa linda — disse ele para Emma, quando ela entrou.

— Obrigada, Jesse — respondeu ela, com um sorriso amável. O modo como ela conseguia desligar sua raiva em nome dos bons modos era formidável. Era produto de sua criação. — Agora, sobre essa questão chata da quarentena... — começou ela.

— Eu me lembro! — interrompeu Jesse. — O cartaz que você fez para Olivia, nós conversamos sobre isso.

— Você é muito gentil. Quero dizer, veja bem... Agora que entrou aqui, você realmente não pode sair até que sejamos liberados. É só até o dia 30. Então você está preso conosco, sinto dizer. — Ela riu, de forma quase louca. — Nós estamos chamando de Prisão Haag!

— Mas, hã, meu voo parte esta tarde.

— Você terá que reservar outro — disse Emma. — Nós pagaremos, claro. É o mínimo que podemos fazer. Você não tem nada urgente para fazer em casa, tem?

— Acho que não — respondeu Jesse. — Mas vocês têm certeza? Eu não quero ser inconveniente. Já me sinto mal... Vocês provavelmente precisam de um tempo... — Ele não soube como continuar.

— De forma alguma! É um prazer — disse Emma. — Eu estive mesmo pensando sobre sua situação. Que coincidência *incrível*. Nós teríamos insistido que você ficasse de qualquer forma; você é da família.

Ela estava levando a atuação um pouco além do necessário naquele momento, pensou Andrew.

— O risco é bem pequeno — continuou ela. — Mas precisamos ser duplamente cuidadosos, porque um dos pobres colegas de Olivia acabou se contaminando na véspera de Natal. Ele está se recuperando, mas não tem nada garantido ainda.

— Sean Coughlan? — perguntou Jesse, com os olhos arregalados.

— Isso mesmo, o rapaz irlandês. Mas ele estava visitando escolas e correndo todo tipo de risco, enquanto Olivia foi bem mais cuidadosa. De qualquer forma, acho que o Quarto Rosa está disponível. Por que não subimos e você vai desfazer sua mala?

Não era o momento de corrigir as teorias de Emma sobre Sean Coughlan. Pelo que Andrew conseguira perceber, o homem havia sido azarado, não descuidado, mas provavelmente Emma se sentia melhor pensando assim.

Eles a seguiram escada acima, Andrew carregando as malas, Jesse acariciando o corrimão como se fosse de ouro sólido. Ele provavelmente estava pensando que havia desembarcado em uma mansão, pensou Andrew, em vez de um casarão inglês levemente decrépito e cheio de correntes de ar.

No Quarto Rosa, Jesse se virou, sorrindo.

— É tão bonito! Obrigado — disse ele. O Quarto Rosa era o que Andrew menos gostava da casa. Era muito cafona, dominado por um guarda-roupa de mogno que os Hartley chamavam de Monstro. Em frente à cama ficava um retrato da Vovó Gwendoline, que costumava olhar feio para Andrew durante torturantes chás vespertinos.

— De nada — respondeu Emma, com uma leve nasalidade americana. Sempre acontecia quando ela conversava com estrangeiros. Era sua empatia, sua abnegação, pensou ele, com um ímpeto de admiração. Emma era um soldado da cavalaria.

— Você compartilha o Banheiro Verde com Phoebe. Fica à esquerda, no fim do corredor. Vou colocar toalhas limpas lá. Há algo mais de que precise?

— Estou bem por enquanto. Muito obrigado, Emma. Eu realmente agradeço. Vou remarcar meu voo, dar algum tempo para vocês. Vocês precisam conversar com Olivia e Phoebe, imagino.

— Vamos fazer isso — disse Emma. — Mas sinta-se em casa. O almoço é por volta de uma hora da tarde.

Do lado de fora, Andrew a seguiu em silêncio até o quarto deles. Ela fechou a porta e sentou-se na espreguiçadeira. Ele permaneceu em pé, com os braços cruzados, apoiando-se ora em um pé, ora no outro.

— Então, quando pensava em me contar? — quis saber ela. — Ou você pensou que se o ignorasse ele iria embora?

— Emma. Honestamente, eu não sabia de nada disso. Ele me mandou um e-mail do nada, antes do Natal, e foi a primeira vez que soube dele.

— Honestamente? Nunca tinha ouvido dele antes?

— Sim, honestamente. Você viu as datas. Quando, hã, aconteceu, eu e você tínhamos acabado de nos conhecer. E não posso reforçar o quão insignificante aquilo foi. Uma noite só, eu estava bêbado, foi um erro sem qualquer significado. Eu estava no Líbano, sentindo a sua falta. Quero dizer, éramos tão jovens. E simplesmente aconteceu, não sei por quê. Eu nunca a tinha visto antes, nunca mais a vi depois. Não é à toa que ela não me contou.

— Ela não era uma... você não *pagou* por ela, pagou?

— Por Deus, não! Emma! Quem você acha que eu sou? Olha, sei que deveria ter dito algo na época. Eu queria. Mas nós tínhamos saído apenas algumas vezes. Eu não sabia como contar. Tive medo de perder você. Não arriscaria isso. Contar só serviria para acalmar minha consciência. Seria egoísmo, na verdade.

— Mas Andrew! Não é pelo que aconteceu, mas sim que você não me contou. Isso me faz questionar o que mais você nunca me contou.

Ele quis mencionar o câncer escondido dela, mas talvez não fosse o momento.

— Nunca mais houve nada nem ninguém, eu juro, Emma. Pela vida de Phoebe. Eu me odiaria se algo mais viesse a acontecer. De verdade. Eu nunca me perdoei.

Ele se ajoelhou para ficar na mesma altura que ela, e seus joelhos gritaram em protesto. Ela não disse nada, mas, ao olhar diretamente para seus grandes olhos castanho-claros, sentiu que ela acreditava nele. Havia alívio por ter contado tudo, depois de tantos anos. Quase tudo. O suficiente.

— Bem, foi há muito tempo, acho — disse ela, por fim, puxando um fio solto da espreguiçadeira. — Mas e os e-mails do pobre Jesse? Você devia ter me contado assim que os recebeu. Sou sua esposa, Andrew. Devíamos compartilhar tudo! E você devia ter respondido a ele. Nunca imaginei que você fosse um covarde ou que...

— Espere um pouco — interrompeu ele. — Isso não é justo. Eu não sou o único com segredos. Jesse me contou do seu diagnóstico. Pelo amor de Deus, Emma! Se devemos compartilhar tudo, eu diria que isso é algo bastante importante.

Ele viu o choque correr por trás dos olhos dela — algo bastante satisfatório. Ela abriu e fechou a boca como um peixe. Phoebe fazia o mesmo quando era pega na mentira. Engraçado como a genética funcionava.

— Isso é completamente diferente — retrucou Emma. — Eu *ia* te contar. Só não queria estragar o Natal.

— Emma, não sou uma criança! Se eu tivesse descoberto algo ou sido diagnosticado com algo, você seria a primeira a saber. — Precisaria que ela soubesse, pensou ele. Precisaria da ajuda dela. Por que ela não precisava dele?

— Bom, agora você sabe. Eu vou começar o tratamento depois do Ano--Novo. Certo, preciso falar com as garotas — acrescentou, sem entonação, levantando-se.

Ele sentia que não haviam resolvido nada. Mas se ela estava preparada para explicar tudo para Phoebe e Olivia, ele não iria atrapalhá-la. Ele mesmo não saberia por onde começar.

— Devo ir com você? — perguntou ele, sabendo que ela diria não.

— Prefiro que não venha — respondeu, saindo do quarto. Andrew ficou ajoelhado no carpete. Ela estava certa. Ele era um covarde.

Phoebe

· · ·

— Nossa, não consigo superar tudo isso — disse Emma, dobrando os guardanapos com uma certa precisão advinda do pânico. Phoebe sentia como se estivesse presa em um sonho esquisito. Ela gostaria que sua mãe não tivesse posto a mesa na sala de jantar. Aquele local sempre tornava as refeições estranhamente formais, como se almoçar com Jesse já não fosse esquisito o suficiente. Seu pai, pelo jeito, estava se escondendo. A ideia dele transando com uma mulher qualquer fez Phoebe sentir vontade de vomitar. Ainda pior: o primeiro pensamento que tivera ao ver seu meio-irmão foi que ele era um gato.

— Não é extraordinário eu ter conhecido Jesse antes? — perguntou Emma, com animação. — Sabe que eu vinha pensando nele, torcendo para ele estar bem, desde então? Fico pensando que talvez eu *soubesse*, de alguma forma.

— Mas você está bem, mamãe? — indagou Olivia. Ela usava sua voz de médica, como se avaliasse se Emma estava passando por um colapso nervoso. A mãe parecia estranhamente alegre. Havia explicado tudo mais cedo, sentada entre Phoebe e Olivia nas escadas. Mas antes de terem tempo para absorver as notícias, ela as encurralara na cozinha para preparar "um delicioso almoço para todos".

— Sabe que estou bem — respondeu Emma, parando e endireitando sua postura, como se aquilo refletisse como se sentia. — As pessoas fazem coisas bobas quando são jovens. Seu pai devia ter me contado. Mas a verdade é que nada disso é culpa *do Jesse.* — Ela havia feito o mesmo discurso dez minutos antes, na cozinha. Às vezes era como se ela tivesse amnésia. — Eu senti, quando conheci Jesse em Heathrow, que ele merecia conhecer o pai... e sua nova família. Então que tipo de pessoa seria eu se virasse as costas para tudo isso? Só porque o pai de vocês cometeu um erro bobo? Foi há tantos anos!

— Você seria normal — disse Phoebe.

— Phoebe, não seja difícil.

— Você percebe como tudo isso é realmente devastador?

— Eu sei que é um choque, meu anjo, mas somos todos adultos — disse Emma, em tom ríspido. — Agora, George se juntará a nós?

— Não. Ele ainda não levantou — respondeu Phoebe. Ela havia ligado para o bangalô enquanto sua mãe arrumava a mesa, preparada para contar a George sobre Jesse. Mas o noivo tinha anunciado que estava muito cansado para almoçar, então ela decidira contar tudo depois. Ainda não tinha certeza de como faria isso.

— Muito bem. Você está bem, Wiv? Você parece um tanto pálida — comentou Emma.

Sua irmã estava com uma aparência ruim. Talvez estivesse em choque, embora Olivia sempre parecesse aceitar as coisas como eram. Antes que ela pudesse responder, Andrew e Jesse entraram na sala. A única indicação de que eram pai e filho era a altura idêntica. Lado a lado, eles pareciam pauzinhos de comida chinesa.

— Todos devem se servir... somos bem informais aqui — anunciou Emma, mexendo a salada e ajustando a posição de uma baguete. Phoebe trocou um olhar com Olivia.

— Está com um aspecto maravilhoso — comentou Jesse, antes de se sentar. — Obrigado.

Phoebe só o tinha visto de casaco antes. Ele usava jeans apertados, um suéter de caxemira e um cachecol meio sem graça. Parecia um modelo da Uniqlo. De jeito nenhum ela seria simpática. Se possível, jamais trocaria uma frase com ele.

— Já tentou usar arnica? — perguntou Jesse, olhando para o pé dela. — Sua mãe me contou sobre o tombo.

Ela olhou para o pai. Eles tinham uma piada interna sobre a inutilidade da arnica. Mas ele estava cortando fatias de presunto com toda a atenção.

— Jesse, você tem que experimentar esse tender. É da nossa fazenda local — comentou Andrew. Como ele podia agir como se o filho recém-chegado fosse um convidado qualquer?

— Na verdade sou vegano — disse Jesse, como se pedisse desculpas. — Bem, esse é meu objetivo. Mas qualquer coisa vegetariana está bem, não sou chato.

— Vegano? Que interessante — disse Emma, enquanto todos se sentavam. — A comida vegana tem estado muito na moda, não é? Se não estou equivocada, você não pode usar couro, correto? Isso dificulta a compra de sapatos?

— Bom, eu não estou nesse nível ainda. É mais o aspecto nutritivo para mim.

— Essa empreitada é mais pela saúde do que compaixão pelos animais, então? — indagou Andrew.

— Os dois, eu acho. Minha irmã e eu, minha irmã adotiva, quero dizer, crescemos cercados de animais. E também há tantos lugares veganos em Los Angeles hoje em dia. É basicamente a norma por lá.

Ninguém disse nada por um momento. Tudo em seu sorriso e em suas respostas preparadas a irritavam. Ele poderia ao menos ter a decência de se sentir incomodado, pensou Phoebe, por entrar assim na casa deles, sem bater.

Ela procurou Olivia, querendo trocar outro olhar, mas a irmã apenas observava seu prato, sem comer.

— Veganos podem ter deficiência de ferro, não? Ou seria cálcio? — perguntou sua mãe.

Ele parecia estar prestes a discursar sobre nutrientes, quando as portas se abriram e George entrou na sala. Merda. Ele devia ficar no bangalô.

— Ah! Nossa, olá! — disse Jesse, olhando para George.

George parecia chocado também. Phoebe sentiu que devia tê-lo avisado.

— Quero dizer, tipo, olá, meu nome é Jesse! — completou ele, acenando brevemente. Os americanos eram tão falsos, sempre cumprimentando estranhos como se fossem amigos.

— Oi — respondeu George, rígido.

Ela precisaria tomar a dianteira, antes que seu pai ou sua mãe pudesse dizer algo.

— Jesse, George é meu noivo. George, esse é Jesse... nosso meio-irmão. — Colocando assim, parecia até normal. Talvez George pensasse que ela o havia contado sobre um meio-irmão e ele esquecera.

Por um momento, George fez cara de espanto — com razão. Então ele pareceu se recuperar.

— Prazer em te conhecer, cara — disse ele.

— Igualmente — respondeu Jesse.

— Você está bem, George? — indagou Emma. — Phoebe disse que você estava se sentindo mal.

— Ah, não, estou melhor, obrigado. Novinho em folha! — comentou ele, alcançando o vinho do outro lado de Phoebe. — Mais um pouco? — perguntou ele para Andrew.

— Por que não? — disse seu pai.

Ela percebeu que George encarou Jesse duas vezes. Mas não houve perguntas sobre de onde tinha saído aquele meio-irmão, e ele não direcionou nenhum olhar curioso para ela. Algumas vezes Phoebe sentia como se mal o conhecesse.

Olivia

• • •

— Aí está você — disse Emma. — Achei que poderíamos todos tomar um chá. O que você está fazendo?

— Apanhando gravetos — respondeu Olivia. — O cesto de lenha estava vazio.

— Ah. Certo. Obrigada, querida. — Sua mãe parecia surpresa, como se fosse incomum Olivia ajudar.

Elas estavam quase na entrada, dentro do depósito de madeira, uma antiga latrina externa com um enorme buraco no telhado. Atrás delas ficava um amplo banheiro vitoriano, com teias de aranha penduradas da cisterna até o assento de madeira curvado.

— Nossa, devia ser congelante! — comentou sua mãe, ao observar o espaço.

Olivia estava prestes a responder "todos os países subdesenvolvidos ainda possuem banheiros externos às casas", mas se segurou, percebendo o quão cansada Emma aparentava estar.

— De qualquer forma, Wiv, queria te dizer algo. Sei que já recebeu um choque hoje. Um grande choque. Mas, bem, eu deveria ter contado primeiro a *você*, na verdade... afinal... você é médica! — disse ela, com uma estranha risada aguda.

Olivia se preparou para parecer surpresa.

— Eu, há, bem, algumas semanas atrás descobri um caroço, veja bem, logo aqui — começou a explicar, passando os dedos pela axila. — E é um câncer, infelizmente. — Ela parou, com um suspiro soluçado. — Linfoma não

Hodgkin. Enfim, só estou contando isso porque... — Ela parou novamente. — Quero dizer, eu ia esperar para contar a todos depois da quarentena, mas Phoebe descobriu outro dia, e agora...

— Descobriu?

— Sim, por acidente. E eu sei que parece loucura, mas quando conheci Jesse, em Heathrow, eu também contei tudo para ele. E ele imaginou que Andrew soubesse, então agora todos sabem sobre o câncer! — Ela riu aquele riso agudo outra vez. — Sinto muito, sei que devia ter te contado imediatamente. Não queria deixar essa sombra pairando sobre o Natal. Não conseguia sequer pensar sobre o assunto, sendo bem honesta.

Olivia sabia que era a sua deixa para dizer algo reconfortante. Não era justo que ela pressionasse sua mãe para saber como Phoebe havia "descoberto". Ou assustá-la, apontando os riscos de estarem juntas em quarentena. Era tarde demais agora, de qualquer forma.

— Deve ser algo muito assustador para você, mãe — disse ela, com cuidado. — Fico contente que tenha me contado. Mas esse tipo de câncer é tratável, eu sei. Há todas as chances de você se recuperar totalmente.

— Sim, ele disse. O meu médico.

— Em que estágio está?

— Logo no início, esperamos. Mas estou aguardando mais resultados.

— Quais? Fez uma tomografia?

— Sim, tomografia, ressonância magnética, muitas coletas de sangue e outras coisas. Mas só vou saber mais depois do Ano-Novo.

— E ele conversou com você a respeito das opções de tratamento?

— Ele mencionou algo, sim. Mas não se preocupe. Vamos falar sobre isso quando chegar o momento — disse ela, pegando o cesto de lenha como se a conversa estivesse no fim. — Temos muito com o que lidar por enquanto, com Andrew e Jesse.

Elas caminharam de volta pela grama úmida, lado a lado, sua mãe tagarelando sobre como Andrew e seu filho tinham orelhas idênticas, e se Olivia havia percebido que ambos mexiam no cabelo do mesmo jeito, e não era curioso que ambos se interessassem por comida? O sol se esparramava em traços largos de luz cinzenta pelo horizonte. Olivia se lembrou de sua mãe dizendo — depois de a vovó morrer — que eram escorregadores do Céu. E se ela não tivesse descoberto o câncer cedo o suficiente?

— Bom, se você estiver insegura a respeito disso, ficarei feliz em aconselhá-la — comentou Olivia, quando elas chegaram ao alpendre. Por que parecia que estava falando com uma paciente, e não com sua mãe? Ela pensou em como Phoebe e Emma eram diferentes ao interagir. Apesar de ser interessante o fato de sua mãe não ter confiado seu segredo a Phoebe, no final das contas. Típico de sua irmã fazer parecer como se ela fosse a escolhida.

— Hum — disse Emma. — Obrigada, querida. Preciso colocar um pouco de óleo nessa porcaria de porta.

Jesse

• • •

Jesse estava deitado na cama, observando o Quarto Rosa. O abajur ao lado emitia uma luz âmbar, como uma antiga fotografia em sépia. Com o guarda-roupa antigo e retratos de ancestrais, ele sentia como se tivesse voltado no tempo — embora quando tentara filmar o quarto, este tenha parecido estranhamente sinistro, e sua narração, ridícula. Talvez a luz do dia fosse melhor para isso. Ele havia planejado filmar a casa durante a tarde, mas então parecera um pouco rude fazer isso logo depois de chegar. Talvez amanhã. Ele precisava ir ao banheiro novamente — Andrew não parara de encher sua taça durante o jantar —, mas a cisterna era tão barulhenta que ele decidiu esperar. Dentro do quarto ele se sentia seguro, como se fosse seu pequeno santuário. O fato de que estava ali, em Weyfield, era difícil o suficiente de processar — isso sem considerar as coincidências que o universo havia jogado em seu caminho. Ele quase engasgou quando George apareceu para o almoço.

Desligou o hilário aquecedor antigo que Emma havia trazido, com medo de que ele sentisse "um pouco de frio". O quarto estava fervendo. Ele tentara abrir uma janela, mas a trepadeira que crescia pela parede do lado de fora a prendera firmemente, então ele havia ficado só de cueca. Pegou seu iPad — Dana havia respondido ao curto e-mail que ele enviara antes do almoço e estava aguardando um retorno. Naquele ambiente estranho, era um alívio ter uma conexão com sua família. Ele releu a mensagem dela.

Assunto: Re: Grandes novidades
De: Dana Robinson <danar_1985@hotmail.com>
Data: 27/12/2016 17:03
Para: Jesse Robinson <jesse.iskandar.robinson@gmail.com>

Jesse!! Estou surtando, por favor me prometa que não vai pegar Haag! Tem certeza de que o risco é mínimo? Não teve um médico irlandês que acabou de pegar? Mamãe ficaria maluca se soubesse onde você está. Também, que LOUCURA você ter conhecido a esposa de Andrew no aeroporto!!!!! É como se Deus quisesse que tudo se encaixasse. Embora eu espere que a sua estadia não seja tão intensa... Você acha que suas irmãs de sangue estão lidando bem com a ideia? Como elas são? Me conte tudo.

Feliz por você,

Bjssss, D

Assunto: Re: Grandes novidades
De: Jesse Robinson <jesse.iskandar.robinson@gmail.com>
Data: 27/12/2016 23:05
Para: Dana Robinson <danar_1985@hotmail.com>

Não se preocupe!! Prometo que não vou pegar Haag. Eles me disseram que a quarentena é só uma formalidade, que é bem difícil alguém se infectar. Você tem que literalmente trocar fluidos corpóreos. Além do mais a casa é imensa (a sala de jantar é do tamanho do seu apartamento), então não é tão intenso. Meu voo de volta é no dia 1º — você pode inventar uma desculpa para a mamãe e o papai? Fico te devendo uma!

É tão bizarro como eu estava prestes a voltar hoje, sem ter sequer uma resposta de Andrew, e agora estou hospedado na casa dele... Emma tem sido superacolhedora, o que faz sentido porque ela foi assim no aeroporto. Ainda não consigo acreditar que não percebi quem ela era, mas nós não trocamos nomes e mal falamos sobre a família dela. Mesmo porque ela não parece em nada com aquela foto na internet. Acho que eu estava imaginando que a "honorável Emma Hartley" fosse mais séria e aristocrática ou algo assim.

Fiquei com a impressão de que os outros vão demorar mais para aceitar. Olivia não fala muito, mas é claramente muito inteligente. Ela é alta e magra, como Andrew (e eu!), e basicamente parecida com o pai. Phoebe é adorável — ela se parece com a foto e tem um jeito de ser divertido. O noivo dela está aqui, também. Andrew é britânico em excesso, bem reservado, como eu esperava, embora ele tenha se aberto um pouco quando me mostrou "a propriedade". Ele é muito diferente do papai — a única coisa em comum que percebi é a admiração masculina por mexer com fogo. Acho que isso é universal. Talvez eles se dessem bem, se um dia se conhecessem.

Uma coisa que não é tão legal: Andrew já estava saindo com Emma quando eu fui concebido. Eles estavam tendo um relacionamento meio clandestino naquela época, antes do Casamento Real. Não entendi direito. Acho que Andrew tinha medo que os pais de Emma o desaprovassem. Mas basicamente ele traiu Emma com a minha mãe biológica, e a esposa não sabia disso até hoje. Ela está agindo como se tudo estivesse bem, mas é óbvio que estou me sentindo incomodado. Mesmo porque eu dei uma mancada ao perguntar para Andrew sobre o diagnóstico dela de câncer (conversamos sobre isso quando nos conhecemos no aeroporto). Eu imaginei que ele soubesse, mas no fim das contas ele não fazia ideia (?!). É muito estranho, e eu sei que não é culpa minha, mas agora sinto que cheguei e só causei problemas.

Jesse parou. Ele queria ser honesto, mas estava fazendo Andrew e sua família parecerem ruins. O julgamento de Dana seria rápido e duradouro. Se ele confessasse que se sentia tão deslocado quanto animado em Weyfield, ela jamais aceitaria os Birch. Especialmente se dissesse a Dana que sua irmã biológica parecia odiá-lo. Phoebe mal tinha olhado para ele durante o almoço, e ele não tinha visto nem ela nem George a tarde toda. Na "ceia", os dois haviam jantado separados, na casinha que chamavam de bangalô. Aquilo estava fazendo Jesse se sentir bem mal. Ele havia jantado com os outros três na grande e aconchegante cozinha — Andrew o questionando sobre Trump, como se evitasse discutir algo mais pessoal. Olivia não disse muito, mesmo quando Jesse tentou conversar com ela, embora ele tenha ficado com a impressão de que isso era normal. Meio estranho para uma médica, no entanto. Eles não deveriam ser comunicativos? Mais estranho ainda era como ninguém mencionava o câncer de Emma. Em sua família teria sido o oposto. Quando a mãe fizera uma pequena cirurgia no ano passado, todos haviam se reunido, cuidando dela, mantendo a geladeira cheia, fazendo tarefas domésticas extras para que ela pudesse descansar. Mas talvez o silêncio fosse o modo de os britânicos enfrentarem as coisas.

Além de tudo, havia a situação com George. Jesse ainda não tinha contado a Dana sobre o que acontecera na véspera de Natal, apenas que tinha conhecido uns caras britânicos. Ele se sentia ainda mais desprezível sobre isso agora. Com certeza não começaria a explicar toda aquela merda hoje. Tudo o que Dana precisava saber era "até agora tudo bem".

A porta se abriu e Jesse deu um salto, puxando as cobertas para cima do seu colo. Era George. Ele entrou no quarto, virou a chave enferrujada na fechadura e ficou parado de costas para a porta.

— Ei — começou Jesse. — Sobre antes...

— Olha, cara — interrompeu George. Seus olhos pareciam um pouco dilatados. Jesse se perguntou se ele estaria bêbado de novo. — A outra noite... não aconteceu, ok? — disse ele, abaixando o tom de voz. — Eu estava bêbado feito um gambá. Não sei o que... aquele não era *eu*, certo?

— Claro, claro. Eu entendo. Fui seu experimento.

— Você não foi nada! Nada aconteceu, amigo. Eu nem te conheci.

— Tá. Então eu nunca te vi na minha vida.

— Sim.

— Certo. Espere, como é que você estava na rua? Eu pensei que a quarentena tinha começado dia 23?

— Eu não estava aqui antes. Eu vim no dia de Natal para surpreender a Phoebs.

Com a consciência pesada, pensou Jesse.

— E você tem certeza de que quer continuar com isso?

— Continuar o quê? — perguntou George.

Meu Deus, como o cara era lerdo!

— Com o casamento.

— Mas que merda! Claro que sim! Como eu disse, não era eu naquela noite. Você nunca fez nada estúpido quando estava travado?

"Travado" significava bêbado ali, Jesse se recordou.

— Claro, mas eu nunca deixei de ser gay.

George puxou o ar pelo nariz com um inspirar profundo e raivoso, fazendo suas pequenas narinas tremerem. Jesse se perguntou como o tinha achado interessante. Ele parecia um pug avermelhado que estava ficando careca.

— Se você disser qualquer coisa sobre isso — ameaçou George, com os tendões do maciço pescoço saltando —, eu te mato. Entendeu?

— Cara, relaxa. Eu não vou contar nada. Isso é coisa sua. Eu só acho que você tem muito sobre o que pensar. Você vai se casar... — No fim do corredor, uma porta se fechou. Ele abaixou o tom de voz. — Você vai casar com a Phoebe, e isso é um compromisso imenso. Melhor não ter dúvidas quando subir ao altar. É só isso que estou dizendo.

— Eu não tenho dúvidas! Olha só, eu não sei o que você está tentando causar aqui, mas Phoebe está arrasada.

— Ei, você *mesmo* me disse para vir aqui, lembra?

— Hã? Por que merda eu faria isso?

— Esquece. O que você quis dizer com ela está arrasada?

— Você destruiu totalmente a imagem que ela tinha do pai. Ela beijava o chão onde ele pisava, e agora você aparece aqui e mostra o idiota que ele de fato é. Ela acabou de me contar toda a história.

— Ei, é do *meu* pai que você está falando.

George fez um barulho como uma risada nasalada.

— Ha! Seu pai há cinco minutos. Você não poderia ter escrito para ele primeiro, como um filho adotivo normal, e tentado se encontrar com ele em particular, pelo amor de Deus?

Em algum lugar, uma descarga fez surgir uma sinfonia de canos borbulhantes.

— Que seja — continuou George, em um sussurro irritado. — Apenas não diga nada, entendeu?

— Não vou dizer, pode acreditar.

— Ótimo.

Ele foi embora, e Jesse ficou parado olhando para o dossel ondulado. Ele se sentia mal por Phoebe, que se casaria com um babaca daqueles. Ficou imaginando se o resto da família Birch gostava de George. As coisas que ele havia dito de Phoebe faziam Jesse se sentir terrível. Ele não havia planejado nada daquilo — a porta de entrada tinha se aberto, literalmente, e de alguma forma tudo tinha acontecido. Além do mais, se Andrew tivesse respondido a seus e-mails, ele teria se encontrado a sós com o pai.

Um alerta piscou em seu iPad — Jesse ainda não tinha lido a coluna mais recente de Andrew. A resenha era de um pub chamado The Perch, mas na maior parte era sobre estar em quarentena. De certo modo, Andrew parecia um pouco contundente sobre questões familiares. Era interessante ler os textos de seu pai biológico outra vez, depois de finalmente ter conhecido o homem. Ele tinha o mesmo tom sarcástico em pessoa, mas Jesse sentia que havia algo mais acolhedor por trás dessa imagem. Só estava enterrado.

Andrew

• • •

Saindo do Banheiro Verde, Andrew se surpreendeu ao encontrar George no corredor. Ele tivera a impressão de que os pombinhos tinham fugido totalmente da casa principal. George estava chutando uma aranha ao lado do rodapé, mas olhou para cima e disse:

— Só vim pegar um cobertor extra para Phoebs, o bangalô está um pouco gelado — antes de marchar até o Quarto Cinza. Andrew se perguntou o que George, com sua visão de mundo dolorosamente convencional, teria concluído com a chegada de Jesse. Ele esperava que Phoebe não estivesse muito envergonhada, mas tinha medo que esse fosse o caso. Mesmo com toda a sua bravata, a filha mais nova era bastante conservadora — daí a escolha de George como seu marido.

Andrew caminhou até a sala de fumo. Sua próxima coluna sairia apenas dali a alguns dias, mas ele dissera a Emma que tinha uma data de entrega próxima para evitar ter que ir para a cama. A ideia de se deitar ao lado dela, sem nenhum dos dois falar nada, era tenebrosa. Mais fácil subir quando ela já estivesse roncando. Ou talvez ele apenas montasse acampamento na sala de fumo. Sabia que não conseguiria dormir mesmo.

Andrew se serviu de uma grande taça de vinho do Porto, consciente de que já havia bebido mais do que suficiente, e se sentou à escrivaninha na penumbra. Ele tomou um gole longo e lento, tentando se recordar de uma refeição no novo restaurante de comida do Oriente Médio em St. John's Wood. Ele se lembrou de Phoebe virando cabeças em um vestido curto, de como ele havia se sentido orgulhoso dela, e do dono abrindo espaço para ela passar, pensando que era a esposa-troféu dele. Também se recordou de conversar com ela sobre como a mídia não era mais como antigamente, e que ela faria bem em sair dessa área. E se lembrou dela dizendo que só queria fazer algo divertido e engraçado para viver, como Andrew, e que a vida era curta demais para ter um trabalho sério. Mas ele não conseguia recordar de um detalhe sequer sobre a comida. Haviam comido pratos pequenos (os favoritos de Phoebe) ou os amados pratos para dividir de Emma? Ou sua fonte de irritação pessoal, a "comida de rua"? Suas falhas de memória culinária eram cada vez mais frequentes. Ele começou a escrever de qualquer forma — poderia perguntar amanhã a Phoebe o que haviam consumido. Se ela respondesse.

Hourani & Co, Welbeck Street
Comida ??
Ambiente ??

Beirute: 1980. O sol repousa sobre a carcaça de uma escola primária à luz cinzenta do alvorecer. O arrastado azan, ecoando pelos alto-falantes, chamando para um novo dia. Um homem equilibra uma bandeja de latão com bolos em sua cabeça, cubos de massa filo e pistache recobertos de mel perfumado, ao caminhar cuidadosamente pelas ruínas

Andrew deletou tudo. Ele não estava num humor lírico. Recomeçou, digitando:

Os leitores desta coluna me conhecem como crítico de restaurantes — cujo pior risco ocupacional é a azia. Mas entre 1977 e 1987, trabalhei em Beirute como correspondente de guerra. Mesmo com toda a sua torturada história, o Líbano continua a ser um dos mais

Deletou esse também. Estava bêbado demais para escrever algo com fatos. Ele tentou de outra forma:

Você diz Tabul-eh, eu digo Tabul-ah,

Ele gostou mais desse, embora não conseguisse pensar em como continuar. Não havia de fato duas pronúncias distintas de tabule, de qualquer forma. Andrew sempre desdenhara do bloqueio criativo — se alguém era escritor, que escrevesse. Mas naquele momento estava perdido. Com certeza seria um preâmbulo interessante para um restaurante do Oriente Médio, mas algo o paralisava. A ideia de que era o pai daquele homem ainda não fazia sentido. Ele não esperara se sentir tão desprendido, tão diferente de Jesse como se sentia. O rapaz parecia tão alegre, agradecido, repleto de "energia positiva" — tão diferente de Andrew. Ele era vegano, pelo amor de Deus. Era o tipo de pessoa de quem Andrew e Phoebe riam, que provavelmente praticava meditações *mindfulness*. Não poderia apenas ser sua criação americana. Eles eram completamente diferentes. Pensando assim, Jesse era mais parecido com Emma.

Andrew tentara compartilhar sua observação com Emma, mais cedo, no quarto, mas havia soado tão pomposo. Emma respondera rispidamente:

— Andrew, não entendi direito. Ele é um homem gentil com boas maneiras. Achei que ficaria aliviado.

Quando Andrew protestara que ele não tinha nada contra Jesse, que apenas não conseguia acreditar que era sangue do seu sangue, ela voltara para o modo de resolução de conflitos, repetindo que eles *deveriam* receber bem Jesse, completando:

— É o mínimo que você pode fazer depois desse tempo todo. Você é o pai dele.

Era como ser punido com educação. Ela provavelmente pensava que Andrew se incomodava com o fato de Jesse ser gay — o que, claro, não era verdade. Ou, se isso o fazia se sentir um pouco fora dos eixos, era apenas porque criava ainda mais uma diferença entre eles. O que incomodava Andrew foi a reação de Phoebe em relação a Jesse — a caçula não disse nada durante o almoço e depois se escondeu no bangalô. Mas, quando contou isso a Emma, ela apenas deitara na cama e respondera:

— Andrew, você conhece a Phoebe. Ela levou um susto. É hora de você ser o exemplo de como proceder. Você é o adulto. Agora, eu preciso dormir.

— Ele tomou isso como sua deixa para sair do quarto.

Finalizou o resto do vinho — tinha gosto da dor de cabeça de amanhã. Como eles haviam chegado ao ponto de sua mulher ser diagnosticada com câncer e não lhe contar nada?

• 7 •

28 de dezembro de 2016

Quarentena: Dia 6

Olivia

· · ·

Assunto: UFA!!
De: Olivia Birch <olivia.birch1984@gmail.com>
Data: 28/12/2016 09:18
Para: Sean Coughlan <SeanKCoughlan@gmail.com>

Acabei de ouvir as notícias — você está oficialmente negativo para Haag! Jubulani!! Como está se sentindo? Espero que te tirem do isolamento o mais rápido possível para que você possa ler meus e--mails cheios de pensamentos soltos e escrever de volta. Sinto tanto a sua falta. Sinto falta da sua voz. Sinto falta de você dizendo que tudo era "grandioso", mesmo quando era o mais humanamente possível oposto disso. Ainda estou bem, aliás, não se preocupe.

Mais drama na sonolenta Norfolk: um cara americano veio aqui em casa do nada ontem, dizendo ser filho do meu pai... Ou seja, tenho um meio-irmão de quem nunca soube... De fato, ninguém sabia, nem mesmo meu pai, até recentemente. Resumindo, ele engravidou uma mulher quando trabalhava no Oriente Médio nos anos 1980, e ela levou o filho para adoção, sem contar nada para o meu pai. Provavelmente foi a melhor decisão, já que meus pais estavam no início do namoro na época (não julgue). De qualquer forma, a criança — agora um adulto chamado Jesse — encontrou meu pai e enviou e-mails para ele, mas não recebeu resposta (típico do meu pai). Ele provavelmente esperava que, se não fizesse nada, o seu filho ilegítimo desapareceria.

Mas, em vez disso, Jesse encontrou nosso endereço e foi entrando... O que parece um pouco doido escrevendo assim, mas eu entendo. Ele tinha vindo da Califórnia, então devia estar desesperado. Enfim, uma vez que ele já estava na casa, a única opção era continuar até o fim da quarentena conosco.

Ainda mais improvável, minha mãe conheceu Jesse e conversou com ele em Heathrow no dia 23 — sério, quais eram as chances de isso acontecer? Ele aterrissou em Londres no mesmo dia que nós, e os dois estavam aguardando na área de Desembarque (ela puxa assunto com quase todo mundo). Ela está sendo bastante tolerante com a indiscrição (termo dela) do meu pai. Fico me sentindo mal pela minha mãe, já que ela deve estar uma pilha de nervos. Ela me contou sobre o diagnóstico ontem, pelo menos. Mas, como prefere continuar sendo a anfitriã perfeita, é difícil saber como ajudar. Eu gostaria de dar apoio, mas me pego agindo como no trabalho, como se ela fosse uma paciente, e acho que ela não gostaria disso.

É esquisito saber que Jesse é meu irmão, que compartilhamos DNA, mas ver nele um completo estranho. Não consigo imaginá-lo nem mesmo como um primo distante — é como se não houvesse conexão alguma. Ele me perguntou coisas sérias sobre a Libéria, ao contrário de todos aqui. Deve ter uns 30 e poucos anos, e tudo que sei a seu respeito é que ele é gay e foi criado no Meio-Oeste, mas agora trabalha em Los Angeles — com cinema ou televisão ou algo assim. Minha irmã realmente o odiou — em parte porque ela é fundamentalmente irracional, mas também porque é superfilhinha de papai, e agora tem que aceitar que nosso pai não é um semideus... Acho que é mais fácil para mim porque nunca o vi como um herói, ao contrário dela. Até hoje eu tinha meio que esquecido que ele havia trabalhado em uma zona de guerra. Não que eu possa dizer algo. O que fizemos foi bem idiota... Embora eu nunca vá me arrepender.

De qualquer forma, espero que isso acrescente um pouco de entretenimento à sua convalescença. Provavelmente não parece nada de mais para você, com sua tribo de 57 irmãos (todos eles cem por cento legítimos, claro). Enfim, aguarde as cenas dos próximos capítulos.

Te amo e sinto sua falta,

Beijos, O.

Olivia apertou o botão e enviou o e-mail. Escrever aquelas mensagens para Sean já era algo natural àquela altura, mas a ideia de que poderia receber resposta a fazia sorrir como uma boba, sozinha na cama. Ela quase acrescentou um P.S. explicando que Phoebe havia descoberto o segredo deles, mas decidiu que era melhor não. Sean podia ser indiscreto — se soubesse que ela havia contado para sua irmã, talvez saísse contando para outros antes que fosse seguro. A notícia a havia feito parar de pensar na sensação de enjoo com que acordara. Não era como se ela fosse realmente vomitar ou algo assim. Era mais como se algo a arranhasse por dentro, como se o seu estômago aos poucos estivesse virando do avesso. Ela colocou de lado o pensamento de que náuseas era o primeiro sintoma relevante de Haag. Além do mais, ela se sentira bem ontem, depois de tomar o café da manhã. O mais provável é que fosse apenas mais uma ressaca — ontem, seu pai enchera inúmeras vezes a taça de todos de forma compulsiva.

Alguém bateu em sua porta. Era sua irmã. Ela raramente vinha até o quarto de Olivia.

— Ei. O que está fazendo? — perguntou Phoebe.

— Escrevendo um e-mail.

— Para Sean?

— Sim. Xereta.

— Ele está bem?

— Sim, o teste deu negativo... está em todos os noticiários! — Olivia estava aliviada demais para repreendê-la por não saber de nada. Ou para pressioná-la sobre como havia "descoberto" o diagnóstico de Emma.

— Ah, que ótimo! Então ele está melhor?

— Não *melhor* melhor. Mas não está mais em risco. Poderão tirá-lo do isolamento.

— Demais. Yay! — disse Phoebe, sem muita energia. Ela se sentou na beirada da cama e suspirou.

— O quê?

— Não sei. É que... não gosto dele. Do Jesse.

— Você não gosta *dele* ou do fato de que ele existe? Ou do que Andrew fez?

— Dele, de tudo nele! E isso. Os dois, eu acho. É assustador ver tudo em que você acreditava sendo despedaçado. — Ela se jogou de costas na cama, com as mãos atrás da cabeça, próxima aos pés de Olivia. — Descobrir que estávamos vivendo uma mentira.

— Não estavamos "vivendo uma mentira". Apenas havia coisas que não sabíamos. É assim que são as famílias.

— É? Que seja; papai não é quem eu achava que ele fosse. Você acredita que ele seria capaz de fazer *isso* com a mamãe?

— Ele cometeu um erro quando era jovem. Sei que é difícil pensar nele dessa maneira, mas ninguém é perfeito.

— Eu *nunca* faria isso. Eu não me *casaria* com alguém sem dizer que o havia traído.

— Mas ele provavelmente sabia que isso só iria aborrecê-la. Se não significou nada, por que fazer alguém se sentir péssimo tocando no assunto anos depois? Ele não sabia que a outra mulher havia engravidado. E parece que ele e a mamãe tinham acabado de se conhecer.

— Não faz você pensar no que mais ele pode ter feito?

— Não exatamente. Ele trabalha em casa desde que você nasceu. Quando teria tido a oportunidade de ter casos tórridos?

Phoebe examinou uma ponta dupla, sem olhar para Olivia.

— De qualquer forma, não tem como entender os relacionamentos das pessoas — completou Olivia. Esse era o problema de Phoebe. Ela achava que tinha o direito de saber tudo sobre todos.

— Liv! Eles não são "outras pessoas"... São nossos pais!

— Mesmo assim. Todos têm direito à privacidade. Da mesma forma que mamãe não queria falar sobre o diagnóstico dela até que estivesse pronta. Ela me contou ontem, aliás.

Olivia olhou diretamente para a irmã mais nova, imaginando se ela admitiria ter mentido sobre como havia descoberto. Mas Phoebe estava focada no outro assunto.

— Isso é diferente! — disse ela, indignada. — Não tem nada a ver. Que seja, ela *ia* contar, mas não antes do necessário. Ela não queria deixar ninguém triste antes do Natal.

— E não foi exatamente o que Andrew fez? Por que ele mencionaria algo até ter que fazer isso, se isso deixaria todo mundo triste?

— Para que pudéssemos nos preparar! Eu só acho que a mamãe tem razão, que o papai devia ter respondido aos e-mails de Jesse. Então não seria um choque tão grande. Para nós.

— Eu entendo. Ele não queria complicar as coisas até que a quarentena tivesse terminado.

Ela se levantou, e ao fazê-lo sentiu outra vez uma onda de náusea. Seu estômago foi ao chão, e saliva surgiu em sua boca. Ela confrontaria Phoebe sobre a mentira mais tarde.

— Você está bem? — perguntou Phoebe, nervosa.

— Sim. Só... é estranho, eu me sinto de ressaca. Não percebi que tinha bebido tanto.

Formar palavras parecia um esforço enorme. Ela segurou a ânsia que ameaçava subir pela garganta.

— Ai, meu Deus, eu sei como é. Sou tão ruim para bebida. Eu bebo literalmente um copo e fico na merda no dia seguinte. Deve ser porque você está tão magra agora.

— Sim. Talvez — concordou Olivia, colocando seu roupão, as mãos suando enquanto ela atava o nó.

— Mingau de aveia sempre me faz me sentir melhor — disse Phoebe, seguindo-a para fora do quarto. Ao ouvir aquilo, Olivia se lembrou de quando ela a seguia por todos os cantos quando eram pequenas.

Ao descer as escadas, o cheiro de bacon surgiu da cozinha, e Olivia sabia, abruptamente, que ela não tinha escolha a não ser vomitar. Murmurou algo para Phoebe sobre pegar seu iPad e correu para o banheiro. Três horrendos jatos de vômito tomaram conta do seu corpo. Ela se ajoelhou ao lado da porcelana, tentando acalmar sua respiração entrecortada, com os olhos bem fechados para que não tivesse que ver o conteúdo do estômago no vaso. Depois de um momento ela se levantou e olhou no espelho, segurando a pia para impedir que seus braços tremessem. O tom do rosto era amarelado--esverdeado, e, por esvaziar o que havia dentro de si, seus olhos estavam vermelhos como sangue. Merda, merda, merda, pensou ela.

Emma

Cozinha, Weyfield Hall, 10h12

• • •

Cozinhar e ouvir a voz de Jenni Murray no rádio eram como âncoras da normalidade. Emma preparara uma panela de cogumelos e tomates para Jesse, outra de bacon e ovos para os demais. Com o café da manhã pronto, ela começou a fazer o almoço, um cozido vegano apimentado que ela descobrira no Google. Andrew tinha dormido na sala de fumo na noite anterior. Emma o havia encontrado já vestido e conversando com Jesse quando descera. Os dois tinham ido até a sala de armas, por sugestão de Andrew, então Emma começara a cozinhar para todos, sozinha. Pelo menos Andrew estava fazendo um esforço, depois de reclamar — como um idiota — ontem à noite que ele e Jesse não tinham nada em comum. Ela percebeu que uma pequena e maldosa parte dela gostaria que fosse difícil para Andrew. Ele nunca fazia nada que não queria.

Phoebe apareceu, vestindo um dos suéteres de George. Emma não a tinha visto desde o almoço do dia anterior. Esperava que a filha conseguisse aceitar Jesse logo. Era vergonhosa sua cara emburrada como a de uma adolescente.

— O que é isso? — perguntou Phoebe, inspecionando a caçarola no fogão Aga.

— Cozido apimentado de berinjela. Nem um pedacinho de carne.

Phoebe revirou os olhos.

— Pensei que você gostasse da ideia de comida vegana.

— Eu? Não. Embora "hashtagcomidasaudável" seja uma boa forma de *esconder* anorexia — respondeu Phoebe, com seu tom fingido de alegria que sempre fazia Andrew rir. Ela tinha muitas coisas para lidar agora, Emma se recordou.

George entrou na cozinha, usando um pequeno gorro de lã — e permaneceu com ele, embora o cômodo estivesse fervendo. Ela suspeitou que seria para esconder seu início de calvície, pobre coitado. Que horrível perder o cabelo, pensou ela, e logo se lembrou da quimioterapia que a aguardava.

— Bom dia, Sra. B. Ei, Baixinha — disse George. — Achei que tinha sentido o cheiro de bacon.

Emma ainda esperava conseguir convencê-lo a realizar o casamento em Weyfield. Talvez agora ela pudesse usar o câncer como uma carta na manga. Linda Marsham-Smith não teria muitos argumentos contra isso.

— Onde está o papai? — perguntou Phoebe a Emma.

— Na sala de armas. Mostrando a Jesse as coisas de atirar.

— Armas? Ele deve ser mesmo americano — comentou ela, como se fosse algum tipo de doença da qual se envergonhar. George sentou-se de lado no banco da mesa, e Phoebe sentou sobre uma de suas coxas. Cacau, que estava deitado ao lado do pé de George, levantou-se e foi embora.

— Achei que ele fosse gay demais para armas de fogo — comentou George.

Phoebe riu. Não era típico dela — ela tinha vários amigos gays simpáticos aos quais se referia como seus "acompanhantes". George pegou uma banana da fruteira e enfiou-a quase inteira goela abaixo de uma vez só. Embora fossem todos adultos, Emma teve que se conter para não dizer: "Estou preparando um delicioso café da manhã e você vai estragar seu apetite."

Em vez disso, ela disse:

— Algo errado em ser homossexual?

Ela manteve o tom leve, mas percebeu que segurava a colher de pau de um jeito bem ameaçador.

— Olá — disse Jesse, ao entrar. Seu sorriso sugeria que não havia escutado nada, graças a Deus. Mas George pareceu alarmado além do esperado, como um animal enjaulado.

Houve uma pausa carregada, até que Phoebe deu um grito agudo:

— Ei, era a última banana, seu babaca! Eu sempre como uma com mingau... Você sabe disso!

— Descuulpa — respondeu George, tremulando os cílios e oferecendo o último pedacinho em sua mão.

— O supermercado Waitrose não vai fazer entrega até hoje à noite — comentou Emma.

— Puuuuutz.

Phoebe não disse nada, mas conseguiu executar uma cambaleante saída exagerada para fora da cozinha. George deu um puxão nervoso no seu gorro, enquanto Phoebe berrava:

— Vou tomar um banho. No bangalô. Escadas doem demais.

Emma se perguntou se deveria ir atrás de Phoebe, encorajá-la a tomar café, mas decidiu que era melhor não. Vendo como a filha havia reagido à chegada de Jesse no dia anterior, ela percebera que sua caçula tinha sido superprotegida a vida toda. Talvez porque Olivia sempre se recusara a ser mimada. E o resultado é que Phoebe fazia escândalo por uma banana. Ainda sim, não tinha sido muito cavalheiresco de George.

— Você não vai atrás dela, ver se está tudo bem? — perguntou Jesse. Ele era encantadoramente direto, pensou Emma.

— Phoebs? Ela está bem. Só precisa se acalmar... ler uma revista de noivas ou algo assim.

Emma olhou para George, entretido com um quebra-cabeça que ela havia começado no canto da mesa. O futuro genro tinha o tipo de rosto que não envelheceria bem, constatou com tristeza. Ela se lembrou de como o nariz arrebitado e o maxilar delicado o faziam parecer um garoto quando ele e Phoebe se conheceram, mas algo pesado começava a tomar conta de suas feições atualmente. Seus olhos ainda eram muito bonitos, embora ela sempre tivesse achado a palidez de husky siberiano deles um tanto desconcertante.

— Precisa de ajuda, Emma? — perguntou Jesse, mas ela acenou que não era necessário. — Então, hum, como foi que vocês se conheceram? — direcionou a pergunta a George, sentando-se no banco, com as costas contra a mesa. Seus pés se arrastaram no chão, e ele cruzou uma perna sobre a outra, do jeito que Andrew fazia, como que para organizá-las.

— Oi? — respondeu George, levantando a cabeça como se estivesse sozinho.

— Você e Phoebe.

— Na universidade, em Edimburgo — disse George. — Eddy-mburger, para você — completou, em um estranho sotaque americano que mais parecia do oeste britânico.

— Você sabia que ela seria a pessoa certa, logo de cara?

— *Ela* sabia — respondeu George.

— Eles foram feitos um para o outro — comentou Emma, pensando que era o certo a dizer, com George tão tenso. Na realidade, o começo do relacionamento deles havia sido dominado por incertezas. Emma se recordou de achar que não vingaria. Mas, de alguma forma, ela se enganara, e George havia se tornado uma presença constante. Ela nunca discutira o assunto com Andrew diretamente. Nas vezes em que havia tentado, ele respondera que qualquer desaprovação deixaria Phoebe ainda mais interessada. Ela suspeitava que aquilo era uma cutucada a seus próprios pais, e deixara quieto.

— Aonde você a levou para o primeiro encontro? — indagou Jesse.

— O que é isso, um jogo de perguntas e respostas? — reclamou George. — Não teve um "encontro". Nós ficamos em um bar sujo chamado The Mock Turtle. Noite de Gângsteres e Piranhas. — Ele sorriu, com desdém. Emma não poderia imaginar o que Gângsteres e Piranhas poderia ser. Seria algum tipo de quadrilha, uma dança escocesa? Jesse pareceu entender, então devia ser algo americano.

George se levantou, jogou a casca da banana no lixo destinado a papéis e tirou o gorro. Emma fez um lembrete mental para colocar a casca na lata de compostagem, depois.

— Vou buscar Phoebs — disse ele.

Nem Emma nem Jesse disseram nada, ouvindo os mocassins dele se afastarem.

— Você está feliz com o casamento? — perguntou Jesse, quando o barulho parou.

Talvez Jesse fosse um pouco direto demais, pensou Emma.

— Bem, não é uma decisão nossa. E ele é uma boa influência para ela. Não aceita nenhuma das bobagens de Phoebe. — Há tempos ela dizia isso sobre George. Era verdade, de certa forma.

— Quem não aceita? — perguntou Andrew, entrando na cozinha.

— George. Não é verdade?

— É um modo de ver as coisas — respondeu Andrew. Ele passou um braço ao redor da cintura dela e inspirou profundamente enquanto a esposa mexia dentro da panela. Ela ficou um pouco rígida com o abraço.

— E isso — comentou ele — está com um cheiro divino. Você sabia, Jesse, que durante todos esses anos que escrevo resenhas sobre chefs com estrelas Michelin, a comida de Emma ainda é a melhor?

— Não tenho a menor dúvida — disse Jesse.

— Considerando o quão maldoso você pode ser sobre alguns lugares, não tenho certeza de que isso seja um elogio, na verdade — disse Emma. O corpo de Andrew contra o seu parecia ao mesmo tempo familiar e estranho. O que eles estavam fazendo, fingindo que tudo estava bem?

— Isso não é justo — retrucou Andrew. — Se um lugar horrível abre, o público merece ser avisado. Não há muitas coisas piores do que um jantar ruim.

— Você não deixa passar nada, isso é fato — observou Jesse. — Eu fiquei um pouco intimidado em conhecer você depois de ler suas colunas.

— Espero não tê-lo desapontado — comentou Andrew.

— Você é diferente, pessoalmente — disse Jesse, depois de uma pausa. — Você parece, sei lá, bastante frustrado, nas resenhas. — O modo como ele deu ênfase à primeira sílaba "frus" fez a palavra parecer mais exacerbada. Era esquisito ver um estranho ir direto ao ponto tão facilmente.

— O jornalismo é algo frustrante — respondeu Andrew, soltando Emma. — Todos mexem no seu texto. Você sabia que na minha última coluna eles tiraram a palavra "salmoura" da frase "borda de salmoura irrelevante"? — Ele olhou para ambos, com os olhos grandes em descrença. Então completou, sem soar como si mesmo: — Mas você tem razão. Não vale a pena se importar. Temos coisas mais importantes para pensar a respeito. Por falar nisso, quando sai o café?

Ele pegou a colher de Emma e puxou o banco para ela, antes de silenciar a conversa com o barulho do moedor de café. Ela se sentou, fingindo ler a coluna de India Knight. Então era assim que eles enfrentariam tudo isso. Quanto menos falassem, melhor.

Olivia

• • •

Olivia se remexeu no pequeno banco em que ela e Phoebe costumavam subir para escovar os dentes. Ela estava quase certa de que não vomitaria de novo. Com calma, elevou a cabeça de sua posição entre as pernas e respirou. O banheiro cheirava a sabonete Pears e ao mofo que tinha na parede. Depois de um instante ela se sentiu firme o suficiente para levantar. Encontrou um antigo termômetro de mercúrio no gabinete acima da pia e verificou sua temperatura. Normal. Será que ela deveria comentar algo? Não. Não tinha sentido. Apenas deixaria todos em pânico — especialmente sua mãe, o que era a última coisa de que Emma precisava naquele momento, além da chegada de Jesse. Eles exigiriam que Olivia fosse examinada, e ela teria que contar a respeito dela e Sean, e antes que se desse conta uma ambulância aérea pousaria sobre o gramado deles, custando centenas de libras para o sistema público de saúde britânico, e ela e Sean seriam crucificados pela imprensa — e muito provavelmente por nada. Até porque ela não tinha nenhum outro sintoma (cansaço não contava; era óbvio que ela estava cansada).

Com certeza tinha sido o vinho da noite anterior. Além do mais, ficar enjoada não era novidade para ela. Em qualquer outra circunstância ela culparia o estresse. O gosto ácido em sua boca a remeteu à infância, com sua mãe acariciando suas costas enquanto vomitava. Ela se lembrou de uma noite horrenda quando comera um molusco estragado, e ficaram as duas juntas sentadas naquele banheiro até o amanhecer. Ela podia ouvir sua mãe na cozinha, trinando acima de todos. Teria de descer e se juntar a eles em algum momento, pensou, encostando a testa na janela e tentando reunir forças. As lágrimas ameaçaram surgir, enquanto ela sentia falta do peito de Sean e de seus braços de orangotango apertados ao seu redor. Certamente sua casa não deveria fazê-la se sentir tão só.

Quando conseguiu descer à cozinha, apenas Emma e Jesse estavam lá, colocando os pratos no lava-louças. Ela parou na entrada por um segundo, ao perceber sobre o que conversavam.

— Foi *provado* que as células cancerígenas se alimentam de açúcar — disse Jesse. — Fizeram um estudo no qual um grupo de pacientes com câncer tinha uma dieta normal, e outro uma dieta sem açúcar, e os tumores destes praticamente desapareceram.

— Ah, céus — disse Emma. — Ah, Deus. Eu e meu gosto por doces.

— Ei, não, não se culpe. O açúcar está escondido em tudo, ketchup, pães, até nas frutas. As pessoas acham que o vilão é a gordura, mas é o açúcar que precisamos cortar.

— Bem, ao menos eu não como um monte de ketchup! — respondeu Emma, com uma risada forçada.

— Você deveria assistir a esse TED Talk. Vou te passar o link por e-mail — disse Jesse.

— Ah, sim, fabuloso — disse Emma. Olivia poderia apostar que ela não tinha ideia do que era um TED Talk.

— Na verdade, há um monte de remédios naturais para o câncer, mas ninguém sabe sobre eles porque não é do interesse das empresas farmacêuticas. Tem todo um movimento *underground* pela luta contra o câncer sem quimioterapia.

— Sério? Mas é seguro? — questionou Emma.

— É algo extremo, sem dúvida. Mas é uma decisão individual. Ninguém deveria se sentir obrigado a aceitar um tratamento tão agressivo, não é?

— Acho que sim.

— Só alcalinizar a sua dieta um pouco já pode ajudar.

Olivia saiu da entrada antes que pudessem vê-la. Ela ficou ao lado da porta, perguntando a si mesma o que fazer, enquanto eles continuavam a conversar sobre dietas de suco e superalimentos — Emma soltando arrulhos de deleite ao procurar no Google "alimentos para combater o câncer". Normalmente, Olivia teria entrado ali e confrontado Jesse — pedido a ele que provasse suas teorias vazias, mostrado as taxas de sobrevivência coletadas pela OMS. Mas ele era o filho de seu pai, seu novo irmão; seria algo completamente estranho. E àquela altura ela se sentia exausta demais para um confronto. Mesmo assim, talvez Phoebe tivesse alguma razão sobre ele, no final das contas.

Phoebe

* * *

Só mais um dia desse pesadelo, pensou Phoebe, deitada no sofá. Mais um dia, depois ela e George poderiam voar para Londres. Ela não tinha tomado café da manhã para marcar sua posição e agora estava com fome, mas podia ouvir sua mãe e Jesse ainda na cozinha. Não era justo que ela fosse forçada a se esconder em sua própria casa. Pelo menos ela perderia peso pulando tantas refeições. Inclinou-se para cutucar o pé inchado, gostando um pouco da dor que surgiu, e removeu a meia para examinar o hematoma. A pele era uma tempestade de lilás e verde, levemente perolado, como uma sombra de olho barata. Ela se reclinou, deixando que Cacau descansasse sobre ela, e encarou a árvore de Natal.

Tudo parecia tão diferente, tão adulto. Ontem à noite, ela havia contado a George a história de Jesse, e não tinha sido bom. Ela sabia que estava o julgando. Quando tentara explicar por que Jesse a incomodava, George apenas dissera que ela não conseguia lidar com um irmão gay. Não era esse o problema — o problema era Jesse. Seu jeito californiano excessivamente alegre era o problema. O Ávido Vegano, pensou ela, sabendo que aquilo faria seu pai rir, em outras circunstâncias. Até mesmo o rosto de Jesse, como um modelo do catálogo da J-Crew, era irritante. Olivia não entenderia algo assim, mas ao menos ela estava disposta a conversar sobre ele — ao contrário de George. Pensando melhor, sua irmã ainda não havia descido. Phoebe considerou ir checar se ela estava bem. Mas seu pé doía demais. Olivia provavelmente estava lendo as notícias em algum canto da casa.

Ela assistiu a alguns vídeos no YouTube sobre a primeira dança de marido e mulher, para se distrair. Os casais eram todos americanos em excesso, como Jesse. Então ela passou os olhos pela revista *Brides*. Ela sempre abria na mesma página, intitulada "Como deixar seu casamento com a *sua* cara". Ela escolhera o tema "Inverno Fantástico", mas não conseguia ir além disso. Sempre que imaginava a cerimônia, ela se via caminhando pelo corredor da igreja com Andrew, ou todos reunidos ao redor dela — sozinha — na recepção. George nunca fazia parte de suas imagens mentais. Ela imaginara que estarem juntos em quarentena daria a chance de trocarem ideias. Mas toda vez que ela falava sobre seus planos respondia: "Está um pouco cedo ainda, não?" Ele estava irritado desde ontem, depois de passar o Natal tão agarrado a ela.

Ela pensou sem muita firmeza se Olivia e Sean iriam se casar, lembrando o quão apaixonada Olivia havia parecido ontem. Ela nunca vira sua irmã daquele jeito. Não tinha certeza se ela mesma se sentira assim a respeito de George. Alcançando seu laptop, ela procurou por "Shaun Cofflan" no Google, antes que pudesse enveredar por essa linha de pensamento. O Google respondeu de forma repreensiva: "Você quis dizer Sean Coughlan?" Havia uma foto de Sean, cercado por crianças negras risonhas, vestindo o traje de pessoa-de--bom-coração-em-país-tropical: uma bermuda cargo e sandálias de velcro. Ele tinha um nariz grande, mas olhos bonitos e um belo corpo.

Olivia entrou na sala, e Phoebe minimizou a página de busca. Sua irmã parecia tensa, mesmo para ela.

— Podemos ir para um lugar privado? — pediu ela. — O sótão? Preciso olhar para paredes diferentes.

— Claro. Se você me ajudar a subir as escadas.

Phoebe ficou surpresa por Olivia querer conversar com ela. E satisfeita, percebeu, ao subirem o último degrau de braços dados.

Elas entraram no quarto onde haviam encontrado a cápsula do tempo e se sentaram sobre uns edredons engrumados — os que custariam 50 libras cada no mercado de Portobello Road.

— Estou preocupada que Jesse esteja dando conselhos idiotas para a mamãe — disse Olivia. Ela estava arfando mais do que Phoebe. Todas aquelas corridas à noite com George estavam surtindo efeito, pelo jeito.

— Idiotas?

— Desinformados.

— Sobre o quê?

— O diagnóstico dela!

— Ah — respondeu Phoebe. A última coisa que queria naquele momento era falar sobre câncer. George não havia mencionado nada, e ele quase conseguira esconder qualquer pensamento sobre o tumor, como uma horrível caixa de surpresas. Ela gostaria de nunca ter contado a Olivia. Ficava pensando nos e-mails de Nicola, que haviam se referido ao tumor como "em crescimento". Só de ouvir a palavra já ficava enjoada.

— Quero dizer, eu o ouvi na cozinha dizendo que ela poderia "vencer" o câncer com superalimentos. Até falou em recusar a quimioterapia. E ele não tem nenhum conhecimento médico. Fiquei com tanta raiva!

— O quê? Ela nunca recusaria a quimioterapia, não é?

Olivia se jogou sobre os edredons.

— É difícil dizer. Vemos isso o tempo todo, pacientes se autodiagnosticando, acreditando em qualquer besteira da internet. Deixam os médicos malucos.

— Espera... como é que Jesse sabe?

— Ela contou para ele no aeroporto. Porque ela é doida assim. E Jesse contou a Andrew, então todo mundo sabe.

— Ah, eu pensei que ela não queria falar sobre isso ainda.

— Ela não me contou os detalhes. Só me disse: "Ainda estou esperando pelos resultados, então depois conversamos mais..." Não é algo incomum em pacientes com câncer. Cada um lida de um jeito.

— Mas ela está falando com o Jesse?

— Algumas vezes os pacientes preferem conversar com estranhos. É frustrante, já que sou uma médica de verdade. Eu me fiz de surpresa, aliás. Não comentei que você tinha me contado.

— Ah, obrigada. — Ela se sentia um pouco mal por fazer Olivia se sentir a última a saber. Passou os dedos sobre a estampa do edredom.

— Pelo menos todos sabem agora — respondeu Olivia. — Queria poder ajudar. Fazer com que ela pare de escutar Jesse.

— Argh, ele é tão babaca. Por que a mamãe está sendo tão legal com ele? Se eu fosse ela já teria mandado esse cara pastar.

— Não sei. Achei que ele era legal a princípio. Mas agora estou repensando. É perigoso isso que ele está dizendo para ela.

— Mas... ela não vai te escutar, se você disser que é perigoso? É a sua área.

— Não necessariamente. Ela estava adorando procurar dietas da moda no Google. Além do mais, ela não me vê assim. Como uma autoridade em algo. Somos apenas "as filhas" dela.

— Você não pode conversar com o papai a respeito disso, pedir que ele diga algo? Ela o escutaria.

— Hum. Não tenho certeza se isso funcionaria. — Phoebe olhou ao redor. Olivia estava olhando para a frente, e a lâmpada criava sombras embaixo de sua bochecha. Ela agora estava "perigosamente magra", pensou Phoebe, com inveja.

— Por que não? — perguntou ela.

— Ah, sei lá. Meu relacionamento com Andrew, sabe, é diferente do que você tem com ele — respondeu Olivia. — Não conversamos muito.

— Talvez devessem. Ele odeia medicina alternativa. É obcecado por um livro chamado *Ciência picareta*.

— Verdade? Eu adoro esse livro! — disse Olivia, virando-se. Ela parecia contente, como se não tivesse ideia de que ela e Andrew tivessem algo em comum.

— Vocês dois são parecidos demais, esse é o problema — comentou Phoebe.

— Como assim?

— Teimosos. Obcecados por notícias e países subdesenvolvidos. Não falam sobre seus sentimentos.

— Ei, eu te contei sobre Sean!

— Só depois que eu perguntei. Você sente falta dele?

— Só queria poder conversar com ele. Ouvir o nome dele por todos os cantos, como se ele fosse só um fenômeno, é estranho demais.

— Você acha que vão se casar?

— O quê? Não sei. Por que tudo tem que estar relacionado a casamento? — Phoebe pôde perceber que ela estava tentando não sorrir.

— Você vai! Vai casar com ele!

Olivia estava com um sorriso largo agora. Phoebe aproveitou a chance.

— Liv, desculpa, mas eu só descobri que a mamãe está doente por acaso. Eu vi um e-mail no iPad dela e perguntei a respeito. Eu devia ter dito. Não foi legal.

Olivia não disse nada. Phoebe tentou não olhar para ela.

— Não queria que você se sentisse mal, só estava muito irritada por você ter me seguido aquele dia com George — continuou explicando, as palavras simplesmente saindo de sua boca. — Mas eu entendo, não deveríamos ter saído. Foi ideia dele, aliás.

— Não tem problema. Ela me contou que você descobriu por acidente. Mas obrigada.

— Ah. Tudo bem então. — As bochechas de Phoebe ardiam. Por que ela ainda se pegava em situações assim, mesmo com 29 anos de idade? Ela se sentia melhor depois de ter pedido desculpas, no entanto. Seu celular fez um barulho de notificação, e ela o apanhou.

— Nossa! Não sabia que tinha sinal aqui! — disse ela, a voz saindo desafinada. Era uma mensagem de George. Tudo que dizia era *Desculpa*. Ela escreveu de volta: *Você pode me recompensar. Mas não roube mais minhas bananas, bj*, e disse a Olivia que iria atrás dele, feliz por poder escapar do clima estranho depois da confissão.

Desde a chegada de Jesse, o bangalô se tornara o refúgio deles. Era divertido fingir que ali era a casa deles, mesmo que George fosse muito chato com a bagunça. Ele sempre reclamava que ela deixava as roupas sobre a cadeira. O pai militar o havia tornado estranhamento obcecado com organização. Um dia, ela fantasiava que eles viveriam em uma das grandes casas em Primrose Hill, e ela teria um quarto só para se arrumar. Mas ao chegar ao bangalô, pulando com seu pé bom, estava tudo escuro. Ela abriu a porta e acendeu as lâmpadas. Parecia diferente, e ela percebeu que todas as coisas de George, até mesmo sua mala, haviam desaparecido. Havia um pedaço de papel dobrado em cima da mesa de pingue-pongue. Algo a fez estremecer. Ela abriu o bilhete e o leu, naquela caligrafia pequena e apertada:

~~Ph,~~ Baixinha, desculpe mas acho que não consigo mais continuar com isso. Preciso de espaço para pensar, sozinho. Acho que isso não vai ser um choque para você, mas estamos indo rápido demais para mim. Espero que compreenda. Por favor, não entre em contato, preciso de tempo para pensar nas coisas.

G

P.S.: Não se preocupe com a aliança.

Ela olhou ao redor, para ver se George surgiria de um armário gritando "Te peguei!", mas o silêncio no cômodo era real demais. Ela se sentiu sem ar. O que ele queria dizer com "aquilo não seria um choque para ela"? Ela pegou o telefone do bangalô e ligou para a casa principal. Emma atendeu, e ao ouvir sua voz Phoebe começou a soluçar.

— Querida? Qual o problema? O que aconteceu?

— Vem aqui — pediu ela, em voz abafada.

Um minuto depois ela ouviu botas e vozes do lado de fora. Pensou que sua mãe viria sozinha, mas todos, até Jesse, estavam ali. Todos pareciam preocupados. Por entre as lágrimas ela sentiu-se um pouco agradecida.

— Olha — disse ela, empurrando o bilhete na direção deles. Ela se jogou no sofá com o rosto nas almofadas e continuou chorando sem sequer ligar que Jesse estivesse ali.

Uma mão começou a afagar suas costas, e ela viu pela fresta entre seu rosto e a almofada que era Olivia. Os outros estavam parados ao redor da mesa de pingue-pongue, lendo o bilhete.

— Que... babaca — comentou sua mãe. — Que raios ele quer dizer com "indo rápido demais"? Ele acabou de te pedir em casamento!

— E a quarentena? Ele não deveria... — começou a dizer Olivia.

— Os pais dele sabem disso? — interrompeu seu pai.

— Não sei, acabei de descobrir — disse Phoebe, o rosto na almofada. Ainda tinha o cheiro de George, de seus cabelos e de seu pescoço. Ela começou a chorar com tanta força que parecia estar se afogando. Quero me afogar, pensou ela. Seria uma boa vingança se ela engasgasse e morresse, chorando pela atitude dele. Seus pensamentos pareciam estar em alta velocidade, cada nova humilhação surgindo em cima da anterior. Os planos para a comemoração do noivado. O e-mail que havia mandado para todos avisando sobre a data do casamento. A horrível e humilhante condescendência geral. Solteira. De volta à estaca zero. Ela tornou a chorar, com força histérica.

— Phoebe, respire — dizia Olivia. — Aonde ele pode ter ido? Sabe dizer? Precisamos trazê-lo de volta, ela não pode simplesmente *ir embora*.

— Minha vontade é ligar para os pais odiosos dele e dizer que o maldito... — Andrew pausou. — Que idiota o filho deles é! Um bilhete! E muito mal escrito, ainda por cima!

— Talvez eu o tenha pressionado demais — disse Phoebe. Ela não tinha ideia de para onde ele tinha ido. Para casa, provavelmente. Era o menor de seus problemas. Ela adoraria se toda a família Marsham-Smith contraísse Haag. Ainda estava com os olhos fechados, para que pudesse sentir o algodão molhado contra seu rosto, o cheiro de George e ouvir sua família.

— Ei, isso não é culpa sua! — retrucou uma voz americana. Jesse. Ela olhou ao redor. — Quero dizer, você não deve se culpar. Isso é culpa de George — disse ele.

— O quê? — Era a primeira vez que ele havia falado diretamente com ela, além de um "olá".

— Quero dizer, isso foi escolha dele... ele precisa ser responsabilizado por isso.

— Oi? — perguntou Phoebe, olhando para ele. Ela sabia que estava sendo rude, e sabia que não estava com a melhor das aparências, mas não se importava. Pensando melhor, realmente a irritava o fato de que Jesse tivesse vindo até ali.

— Só quero dizer que é cem por cento problema dele.

— Que problema?

— Bem, parece que ele ainda tem que se resolver melhor.

Todos olhavam para Jesse agora. Ele parecia incomodado em ser o centro das atenções. E devia mesmo se sentir assim.

— Se resolver? Isso é algum tipo de terapia idiota de Los Angeles? Você o conheceu ontem! — Era muito satisfatório gritar com alguém.

— Phoebe... — disse sua mãe.

— Desculpe, eu só queria... — começou a dizer Jesse.

— Acho que é melhor se eu e Phoebe conversarmos a sós — interrompeu Emma. — Mais tarde nós subimos. Vocês três podem organizar o almoço sozinhos, sim? Tem bastante presunto e queijo na despensa. Jesse, você poderia esquentar um pouco do risoto que comemos ontem à noite.

Sua mãe só dizia às pessoas para cuidarem sozinhas da comida quando havia uma crise. Ela registrou que Emma estivera cozinhando especialmente a tal da berinjela, e que estava abandonando tudo para ficar com ela. Enquanto os outros partiam e ela continuava a soluçar no ombro de Emma, percebeu que não era apenas por George que chorava. Era a ideia de ter que lidar com algo assim, com um mundo tão adulto, sem sua mãe.

Jesse

COZINHA, WEYFIELD HALL, 13H

• • •

Andrew e Olivia estavam sentados de um lado da mesa e Jesse, do outro, como se o estivessem entrevistando. O cozido apimentado vegano abandonado estava na bancada. Andrew comia uma única fatia de presunto, com uma porção de mostarda da cor de folhas outonais, que mais parecia tinta. Olivia estava ingerindo mais torrada de pão branco com aquele Marmite de cheiro nojento — o mesmo do dia anterior. Os médicos britânicos não sabiam nada sobre comida processada? Jesse mastigou uma garfada do pegajoso risoto, como fora instruído. Ele não tinha a menor ideia de como esquentar a comida no tal fogão Aga, e ninguém tinha se oferecido para ensinar a ele. Não que importasse — o incidente no bangalô havia acabado com o seu apetite. Por que ele não conseguia manter a boca fechada? Ninguém havia comentado nada sobre o modo como Phoebe tinha falado com ele, também. Talvez fosse assim que eles lidassem com as coisas ali.

O dia estava cinzento e chuvoso do lado de fora, e Andrew se curvou para acender as velas no enfeite com anjinhos em cima da mesa, dizendo:

— Não podemos sair do clima.

Ele ergueu o fósforo para observar a chama diminuir e comentou:

— Sabia, Jesse, que quando eu estava trabalhando no Afeganistão aprendi a acender o fogo com uma lente de aumento?

Ele dissera o mesmo na noite anterior — Jesse imaginou que era um de seus assuntos favoritos. Seu próprio pai, Mitch, fazia o mesmo. Ele estava prestes a pedir para Andrew lhe contar mais sobre o assunto, mas vendo o olhar feio de Olivia concluiu que ela provavelmente já ouvira a história centenas de vezes.

— George não devia ter saído daqui — disse ela, do nada. Usava óculos, mas as olheiras eram notáveis. O tempo que passara na Libéria provavelmente fora penoso, embora ela nunca dissesse nada. Claramente a casa toda girava ao redor de Phoebe.

Andrew se serviu de outra taça de vinho e também serviu Jesse. Olivia recusara, e Jesse gostaria de poder fazer o mesmo, principalmente depois do gim-tônica que Andrew servira ao meio-dia. Ele já estava alegrinho, mas não queria ser mal-educado. Sentia-se mal o suficiente por ter uma alimentação diferente. Ainda assim, havia algo libertador em como seu pai biológico bebia a qualquer hora. E uma bebida caía bem naquele momento.

— Desculpe pelo que aconteceu, Jesse — disse Andrew, ignorando o comentário de Olivia. — As coisas normalmente não são tão dramáticas por aqui. Phoebe não quis ser grosseira.

— Não tem problema. Ela está em choque.

— Que cretino — disse Andrew. — Fugindo dessa forma. E aquele bilhete horroroso. Detestável. As pessoas que não sabem escrever nem deveriam tentar — continuou dizendo, como se o estilo de prosa de George o tivesse ofendido mais do que o conteúdo do bilhete.

— Você sabia que eles tinham problemas? — perguntou Jesse. Ele suspeitava que Phoebe não tivesse a menor ideia de que George era bi, ou gay, mas talvez a família dela soubesse de algo.

— Nunca pensei que ele faria isso — respondeu Andrew. — Talvez eu tenha sido inocente.

— Você gostava dele? — perguntou Jesse a Olivia. Ela parou de mastigar, talvez espantada por ele estar pedindo sua opinião.

— Eu achava que ele fizesse a Phoebe feliz — respondeu ela. — A não ser quando comprou os brincos errados para ela.

— Brincos?

— Ela pediu a ele um tipo específico de brincos no Natal, e ele comprou outro. Ela fez um escândalo por causa disso — comentou Olivia, como se aquilo a deixasse cansada.

— É disso que estou falando — disse Jesse. Parecia mais seguro comentar sobre o que ela dissera agora. — Eu sei que acabei de conhecê-lo, mas fiquei com a impressão de que eles não estavam totalmente conectados. A relação parecia forçada. Como se estivessem fingindo ser um casal normal.

Assim que disse "normal", Jesse desejou poder engolir a palavra de volta, mas a entrada de Emma distraiu Andrew e Olivia.

— Coitada da Phoebs — disse ela, sentando-se em um canto do banco, ao lado de Andrew. Jesse agora estava frente a frente com os três. — Ela está desesperada. — Emma se levantou de supetão, como se não devesse ter se sentado. — Eu só vim preparar um sanduíche para ela. Talvez ela queira comer mais tarde.

— Emma, poderia se sentar por um momento? — pediu Andrew.

— É, eu levo algo para ela, mãe — disse Olivia.

Emma pareceu indecisa, mas se sentou novamente.

— O que você quis dizer com "casal normal"? — perguntou ela, olhando para Jesse. Merda. Ele havia acabado de prometer a si mesmo que não iria se envolver.

— Nada... quero dizer, eu não tinha a menor ideia que ele estivesse planejando fugir da Phoebe — respondeu ele. — Só tive a impressão de que ele talvez não estivesse totalmente... certo de sua decisão.

Olivia ergueu a cabeça, seu rosto incrédulo.

— Eu tenho um radar para essas coisas, sabe — completou ele. Por que ele tornava tudo pior quando tentava se explicar?

— Que coisas? — questionou Olivia.

— Quando os caras estão, tipo, confusos. — No momento que disse "caras", em vez de pessoas, percebeu que não tinha mais como voltar atrás. — Quero dizer, pessoas — corrigiu ele.

— Está sugerindo que ele é *gay*? — perguntou Olivia. Seu olhar, duro como pedra, parecia o de Andrew naquele momento.

— Não! Sim, não sei, talvez. Ou bi. Ninguém é cem por cento. — Merda de vinho. Ele não estava acostumado a beber o tempo todo. Aquilo fazia com que ele falasse coisas que normalmente não diria.

— Baseado em quê, precisamente? — perguntou ela.

— Nada específico — apressou-se Jesse. — Apenas, tipo, uma energia que ele emitiu. Logo de cara.

Andrew tomou um gole de vinho e não disse nada.

— É uma acusação bem forte para se fazer baseado numa "energia".

— Sei que parece isso. Mas a intuição pode ser algo poderoso.

— Então é um palpite? Sem evidências?

— Como eu disse, você aprende a perceber essas coisas. — Ele se ressentiu com o interrogatório de Olivia. Não poderia dizer: "A gente se beijou na minha cama três noites atrás."

— Mas que merda, George não é *gay*! — Uma voz surgiu do corredor. Era Phoebe, desalinhada e com o rosto vermelho-arroxeado.

— Ei... eu não o acusei de nada. Só disse que era uma possibilidade. Vários caras héteros vivem confusos. Não é nada anormal.

— Por favor! Isso é tão desrespeitoso! Você está falando do meu noivo. O que foi... você estava de olho nele?

— Jesse... acho que isso não está ajudando — interrompeu Emma, rapidamente. — George e Phoebe estão juntos há anos. Ele a pediu em casamento. É bastante óbvio que ele não é gay, ou que ele...

— Você estava a fim dele, não é? Deve ser alguma fantasia sua! — continuou Phoebe.

Ele pôde sentir todos os olhos sobre si, prendendo-o na confusão que ele mesmo havia criado. E uma antiga e familiar indignação surgiu com força — o comportamento agressivo de que tentara se livrar por anos.

— Não atire no mensageiro! — disse ele, bem mais alto do que queria. — Não são com *minhas* fantasias que você precisa se preocupar. E sim com as do seu noivo! — Ele sabia que havia passado dos limites. Todos olhavam para ele agora.

— Não grite comigo! — revidou Phoebe. — Você não tem ideia do que está falando! Por que não volta pra merda do Minnesota?

Os enfeites de anjinho fizeram barulho durante a pausa carregada.

— Mas que merda ele está fazendo aqui? — continuou ela, virando na direção de Andrew. Jesse sentia como se eles estivessem encenando uma peça.

— Phoebe, acalme-se — pediu Emma. — Jesse, podemos ficar a sós por um minuto?

Ele se levantou, as pernas bambas como uma marionete.

— Claro — respondeu, pegando seu prato ainda cheio, levando-o até a pia e tentando andar de forma normal. Ele sentiu todos os olhares em suas costas, esperando que saísse.

Por um momento, Jesse parou na escuridão da passagem atrás da cozinha se perguntando se alguém diria algo sobre ele. Mas ouviu apenas o ruído de Phoebe caindo no choro novamente. A pele dele coçava com um suor envergonhado. Ele subiu pela escada de carvalho de três em três degraus —

como se isso fosse ajudar a escapar da casa e de todos nela. O longo corredor parecia opressivo, e seu quarto, terrivelmente desconhecido. Deitou-se de lado na cama. Tinha destruído tudo. Tinha apenas a si mesmo para culpar. Sempre tivera essa tendência de falar além do necessário — uma dificuldade de conter seus pensamentos, suas emoções. Ele havia treinado para agir com calma o tempo todo, mas daí seus sentimentos surgiam do nada, como um gêiser — independentemente de onde estivesse ou com quem estivesse falando. Todos o odiariam agora, até mesmo Andrew. Seu pai biológico provavelmente ficaria ao lado de Phoebe. Não era assim que deveria ser.

Emma

COZINHA, WEYFIELD HALL, 14H30

• • •

— Deixa que eu cuido da louça, querida — disse Emma a Olivia. Sua filha estava colocando tudo no lugar errado dentro do lava-louças, sem dúvida numa tentativa fracassada de forçar Emma a relaxar.

— Está tudo bem, mãe. Por que você não se senta, ou vai atrás de Phoebe, ou algo assim?

— Sério, Wiv, não tem problema. Eu gosto de colocar as coisas de um certo jeito. Vá *você* se sentar. — A última coisa que Emma queria era abrir mão do controle da casa agora, depois do seu diagnóstico. Algumas vezes parecia que a cozinha, o seu reino, era tudo que ela ainda tinha. Pelo menos Andrew havia desaparecido depois do incidente na hora do almoço.

Olivia colocou uma espátula no pote de colheres de madeira ao lado do fogão. Emma a moveu para a gaveta onde guardava as espátulas.

Olivia suspirou, como se Emma fosse uma criança difícil.

— Ok — disse ela. — Chame se precisar de ajuda.

— Estou bem, Wiv — disse Emma. As pessoas nunca entendiam como a vida doméstica podia ser relaxante. Ela não teria suportado Weyfield na época de sua avó, com criados fazendo tudo por ela.

Continuou com a limpeza, pensando no horrível bilhete de George e na briga com Jesse. A pobre Phoebe ficara inconsolável depois. Emma vira um novo lado do belo filho de Andrew — na melhor das hipóteses estupidamente insensível, na pior, um causador de confusão. Ela sempre tivera reservas a respeito de George, mas ele nunca parecera querer sair do armário. O que

Emma não conseguia superar era como o bilhete tinha surgido sem avisos. Naquela manhã mesmo George parecera como de costume (ainda que fosse desagradável). Ela se lembrou da briga pela banana. Era um pouco assustador como alguém poderia parecer normal, completamente frio, quando planejava algo desse tipo. Quase sociopata. Com certeza *esse* era o problema, não ele ser gay.

Com o lava-louças ligado, Emma subiu para telefonar para Nicola. Tivera uma longa conversa com a amiga sobre a chegada de Jesse na noite anterior, pedindo a ela que mantivesse tudo em segredo por ora. A (típica) opinião de Nicola sobre Jesse fora de que Emma deveria "falar sobre suas emoções" com Andrew. Tudo muito bonito em teoria, mas, na prática, era tão fácil quanto conversar com um jumento. Nicola insistira em perguntar se Andrew tinha "se comportado de forma incomum", como se Emma pudesse ter previsto isso. Um tanto cansativo, mas Nicola era assim — da forma mais doce possível. Sinal de que ela se importava. Emma digitou o número, mal se contendo pelo "Olá" alto demais da amiga.

— Nic, é Emma. O casamento foi cancelado. George abandonou Phoebe.

— O quê? Ele fugiu? Não! Pobre Phoebe! O que aconteceu? Muitas emoções em Weyfield, não é mesmo?

Emma explicou sobre o bilhete e a discussão durante o almoço.

— Bem, talvez George seja mesmo gay — disse Nicola. — E Jesse conseguiria perceber isso melhor do que Phoebe... ou vocês.

— Você acha? Mas ele não é nem um pouco afeminado. Embora os gays também possam ser bem machos, não é?

— Ele não costuma ser muito homofóbico? — perguntou Nicola. — Talvez tenha um quê de negação.

— Mas por que ele a pediria em casamento, se não estivesse seguro?

— Bom, em teoria ele *não quer* ser gay... se for. Esse é o problema. Ou ele não teria ficado esse tempo todo com a Phoebe. Você sabe dizer se eles tinham um bom relacionamento sexual? Phoebe falava sobre isso?

— Não! — Essa linha de pensamento estava irritando Emma. Por que ela sempre ligava para Nicola querendo compreensão e acabava se sentindo irritada?

Andrew entrou no quarto, e ela o usou como desculpa para desligar. O marido segurava uma xícara de chá e um pedaço de torta de carne — para ela, presumiu, já que ele jamais comia entre as refeições. Ele ainda estava tentando conquistar o perdão dela, pelo visto.

— Onde está Phoebe? — perguntou ela, quando ele colocou a xícara sobre a penteadeira. Lutou contra a voz interna de sua mãe, dizendo que a xícara deixaria uma marca na madeira. Ele nunca dera a mínima para móveis de qualidade.

— Earl Gray, madame? — ofereceu ele.

— Obrigada. Onde está a Phoebe? Ela está bem?

— Ela está no sofá, fazendo-se de vítima e comendo Nutella direto do pote.

— Ah. Isso é bom. Ela está comendo.

— Agora você tem que parar de se preocupar com a Phoebe e cuidar de si mesma — disse Andrew.

— E onde está o Jesse? — continuou, ignorando Andrew. Como ela poderia não se preocupar com Phoebe? — Você não deixou os dois juntos, deixou?

— Nem sinal dele. Mantendo distância, acredito — respondeu Andrew.

— Desculpe, Andrew, mas não consigo acreditar que ele sugeriu algo assim... na frente de Phoebe. George não é gay!

— Foi lamentável ela ter ouvido isso, de fato. Você parece bastante suntuosa, sentada assim — comentou ele.

— Lamentável? Não poderia ter sido pior. Ela está sofrendo por causa dele.

— Agora espere um minuto... a culpa disso é de George, não de Jesse. Phoebe já estava histérica bem antes de ele dizer aquilo. De qualquer forma, nada disso é bom, no final das contas?

— Bom?

— Sim, Emma. Nenhum de nós gostava tanto assim de George. Apenas o tolerávamos porque, se disséssemos algo, isso só deixaria Phoebe mais decidida.

— Bem. Ele era um pouco... — Emma parou, sem saber como dizer o que queria dizer e não soar esnobe. Era cedo demais para ter aquela conversa, de qualquer forma. George mal havia ido embora. Eles ainda poderiam fazer as pazes.

— Um pouco babaca? — completou Andrew.

— Andrew! Você sabe que eu odeio essa expressão. E não, não era isso. O que eu queria dizer é que às vezes eu me preocupava por ele não escutar a Phoebe — explicou ela. Ela não completou "e os pais dele eram a favor do Brexit", mas bem que sentiu vontade.

— Dá no mesmo. Jesse disse que os dois pareciam não ter nada em comum, como se estivessem "brincando" de ser um casal. Achei bastante direto.

— Ah — disse ela, sem querer concordar, embora ele estivesse certo: Jesse tinha acertado. Andrew raramente elogiava a opinião dos outros.

— Eles pareciam fora de sintonia, às vezes — concedeu Emma.

— Emma, eles não são, nem nunca foram, uma boa combinação. Nem de longe. Ele é um jogador de rúgbi arrogante. Phoebe não é assim, do tipo que fica torcendo na arquibancada com as outras esposas. Melhor eles terminarem tudo agora do que sofrerem um divórcio miserável daqui a cinco anos.

— Ainda assim. Essa ideia de ele ser gay... é absurda. E tão insensível!

Andrew coçou o nariz com vigor.

— Você já parou para pensar que Jesse pode estar certo? — perguntou ele, virando o rosto para ela. — Falando em jogadores de rúgbi...

— Não! Claro que ele não é. Saberíamos se ele fosse. Por que ele estaria com a Phoebe?

— Você se esquece de que tipo de pessoa os Marsham-Smith são. Aqui não é Primrose Hill. Nem Los Angeles, aliás. Os pais dele ficariam furiosos.

— Mas ele tem quase 30 anos! Com certeza pode ser gay se quiser. Honestamente! Eles têm todos aqueles outros filhos.

— Aparentemente é bastante comum os filhos do meio serem homossexuais. É um modo de se destacarem.

Ela decidiu não comentar nada a respeito daquela teoria idiota. Era um tanto ofensiva, de qualquer forma. Ela suspeitava que Andrew estivesse um pouco chocado com o fato de que seu próprio filho era gay, apesar de não querer admitir.

— Jesse e eu conversamos sobre isso — continuou Andrew. — Ele passou por momentos difíceis, quando assumiu ser gay no Meio-Oeste americano, na adolescência. Precisou de muita coragem.

Emma apertou os dedos do pé. Não diga nada, ordenou ela a si mesma. Mas era difícil ouvir Andrew falar sobre Jesse quando tinha dificuldades de mencionar Olivia. Além do mais, de onde tinha surgido aquele entusiasmo pelo novo filho? Ontem mesmo ela pressionara Andrew a oferecer a Jesse uma acolhida mais calorosa.

— Bom, sinto muito por isso, e sei que ele é seu filho, mas quando a quarentena terminar acho melhor ele ir embora — disse ela. — Phoebe precisa de espaço... todos nós precisamos.

Ela se levantou, levando a xícara consigo para mostrar que a conversa terminara. Andrew poderia estar se portando como se não houvesse nada errado entre eles, mas ela precisava de mais tempo.

Olivia

• • •

O enjoo havia se tornado um ruído de fundo, como se Olivia tivesse acabado de descer de um barco. Ansiedade — era isso. Ela quase enviara um e-mail para Sean depois de ter passado mal, mas isso só iria preocupá-lo. Não havia acontecido novamente. E ela não estava com febre. Ficara tentada a enviar um e-mail depois do almoço também. Sabia que Sean entenderia por que ela estava tão irritada com as teorias ridículas de Jesse. Mas talvez ela devesse tentar se acalmar um pouco — esperar que Sean respondesse pelo menos uma vez antes de escrever de novo. Ela não tinha a menor ideia se ele tinha sequer recebido suas mensagens, embora ele provavelmente já estivesse com o celular, agora que estava fora do isolamento. Seu corpo todo sentia-se ansioso com a falta dele.

Phoebe ainda estava recolhida, e o jantar com Jesse e os pais havia sido tenso. Pelo menos Jesse tivera bom senso de permanecer calado. Seus comentários sobre George, sem evidência alguma, ainda a deixavam furiosa. Lembrou-se do conselho contra quimioterapia do meio-irmão, e do pedido de Phoebe para que ela conversasse com Andrew a respeito do assunto. Ela se sentia mal pela irmã. Phoebe parecera aterrorizada quando Jesse sugeriu que George era gay. Olivia queria se vingar dele. Como ele ousava mexer com sua irmãzinha quando ela já estava tão mal?

— Sim? — respondeu Andrew, quando Olivia bateu à porta da sala de fumo, e então: — Olivia, a que devo esse prazer?

Ela gostaria que ele não falasse com ela daquele jeito falsamente formal. Não fazia isso com Phoebe. Um travesseiro e um cobertor estavam postos de lado no sofá. Ele provavelmente dormira ali na noite anterior. Talvez as coisas entre seus pais não estivessem tão bem quanto pareciam.

— Hum, eu queria falar com você sobre o Jesse. Sobre algumas ideias dele. — Por que ela soava tão tímida? Precisava ser a adulta que era no serviço, imaginar seu pai como um colega.

— Ah, o gaydar dele, você diz?

Ela ainda estava indecisa na porta, quando ele se curvou ao redor da escrivaninha para falar com ela.

— Não isso. Mas talvez seja parte do assunto.

— Entre então, filha.

Ela se sentou no antigo sofá de linho cinza, evitando o espaço com formato de uma cabeça no encosto. As molas cederam com o seu peso, dobrando seus joelhos até o queixo. O cômodo, com seus tapetes pesados e detalhes em madeira de teca, ainda tinha o odor de charutos e castanhas portuguesas — tanto que até o ar parecia marrom-escuro.

— Hoje de manhã ele estava compartilhando umas ideias pseudocientíficas com a mamãe... sobre o diagnóstico dela.

— É?

— Besteira completa, sobre não precisar fazer quimioterapia. Que o paciente com câncer consegue "combater" a doença com uma "dieta alcalina", o que quer que isso signifique. Todas essas coisas alternativas e holísticas.

— Mas Emma não acreditou nisso, não é? — perguntou ele.

— Ela pareceu acreditar. Eles estavam procurando dietas de suco e outras coisas no Google.

— Suponho que ela só estava sendo simpática com ele, comportando-se com seu habitual jeito agradável. E alguns sucos verdes não farão mal, não é mesmo?

— Se isso fizer com que ela recuse a quimioterapia, sim. Pacientes com câncer costumam ser vulneráveis. Estão desesperados.

Andrew não disse nada, mas caminhou até o sofá. Uma nuvem de poeira levantou-se quando ele se sentou.

— Acho que Jesse tem boas intenções, sabe — comentou ele. — Só está tentando ajudar. — De perto, o pai parecia cansado e precisava se barbear. Ele deixara o tom formal de lado.

— Talvez, mas não deixa de ser irresponsável. Ele não sabe nada sobre medicina. A Organização Mundial de Saúde já provou que todos os conselhos dele são mentiras. Não há estudos significativos sobre tratamentos alternativos para o câncer, é apenas um monte de nutricionistas charlatões sem noção do que estão falando. — Ela parou: seria melhor não fazer discurso.

— Olivia, você não precisa me convencer. Sou racional também. Nós, jornalistas, gostamos de fatos, evidências... Como vocês, cientistas.

— Mas a mamãe não pensa assim. Se saiu em uma revista, é verdade. — Ela percebeu tarde demais que tinha acabado de destruir o comentário dele sobre jornalismo. — Você pode conversar com ela sobre isso? — completou Olivia. — Ela vai escutar se vier de você.

— Eu posso tentar... mas sua mãe e eu... — Ele hesitou, e decidiu mudar de raciocínio. — Quero dizer, depois de tudo o que aconteceu com Phoebe, a opinião dela sobre Jesse não é das melhores. Acho que você não precisa ter medo de que escute tudo que ele diz.

— Ah. Certo, então tudo ok. Eu acho.

— Bem. Talvez, nesse caso. Mas é uma pena que as coisas tenham ficado ruins tão rapidamente. — Ele comentou isso para a lareira, em vez de para ela.

— Sempre é complicado — respondeu ela, hesitante. Seu pai parecia muito cansado. Ela sentiu um pouco de pena dele.

— Você é a senhorita eufemismo — comentou ele, usando aquela voz artificial novamente, mas erguendo a cabeça e sorrindo para ela. Quando sorria, seu rosto tinha sombras do rosto de Jesse. Ela teve um relance do jovem que ele fora no Líbano. — Espero que essa quarentena não esteja sendo tão difícil para você — continuou ele, depois de um momento. — Sei que você não é fã do Natal Weyfield. Costumava me sentir da mesma forma. Geralmente organizava tudo para ter de trabalhar no dia 27. Outra coisa que nós jornalistas e os médicos temos em comum: sempre de prontidão.

— Bom, com certeza tem sido um Natal agitado. Ainda mais agora, com Phoebe e George. Ele realmente não deveria estar circulando por aí enquanto eu ainda não estou liberada.

— Não se preocupe com isso. Tenho certeza de que ele ficará bem. Se depender de mim, ele pode passar Haag para toda aquela família horrorosa.

Ela se pegou sorrindo, apesar de tudo. A certeza dele era reconfortante.

— E você? — perguntou ele, fixando os olhos nos dela. — Não é fácil voltar para casa, é?

— Você... você também tinha dificuldades com isso? — perguntou ela.

— Claro. E se tornava ainda mais difícil pelo fato de que deveria ser um alívio ter água corrente, boas estradas, comida decente e tudo mais. Mas não era, necessariamente. Nós nos acostumamos com a vida simples, eu percebi. E sua mãe, sempre fazendo um rebuliço ao meu redor, com as melhores intenções do mundo... Eu vejo que ela está fazendo o mesmo com você agora.

— Humm. O problema é mais o Sean. Coughlan, quero dizer — disse ela, embora ele tivesse resumido perfeitamente o estranho desconforto do luxo ocidental.

— Claro. Deve ser difícil ouvir o nome dele no noticiário. Espero que não se importe com minha comparação, mas o meu operador de câmera foi baleado em Beirute, e ver o nome dele sendo divulgado por toda parte... Bem, era como cutucar uma ferida.

— Ele ficou bem?

— Não. Ele morreu. Eu estava com ele na hora.

— Que horrível.

— Não foi nada divertido.

— Foi por isso que você parou?

— Em parte. Foi mais porque sua mãe exigiu, quando Phoebe nasceu. Geralmente você não me reconhecia quando eu voltava para casa, e ela se importava com isso.

— Verdade? Sinto muito. Eu nunca soube disso.

— Não sinta... Você era muito pequena. Por que deveria me reconhecer, já que eu sempre estava fora?

— Ainda assim. Foi difícil parar?

— Bom. Não é fácil desistir de algo que é importante para nós. Se a imprensa não estivesse no Líbano, muitas pessoas teriam ignorado o conflito todo. Emma não queria saber dos detalhes. Ela só estava morrendo de medo de que eu pudesse ser sequestrado, me tornar o próximo Terry Waite.

— Jesse fez com que você se lembrasse dessas coisas?

— De certa forma. Não que eu tivesse esquecido. Eu fui e voltei de Beirute durante dez anos. Mas a memória é algo estranho. Ou a minha, pelo menos, é. Você bloqueia os piores momentos, na maior parte do tempo... tão logo eles acontecem, muitas vezes, para poder superar. E então você se lembra deles, do nada, alguns anos depois.

Eles se entreolharam por um momento. Era como se ele tivesse lido a mente dela, ou seu blog. Andrew esticou o braço e deu um tapinha em sua mão, de forma desajeitada. Olivia se lembrou de como a palma de sua mão costumava parecer pequena na dele, quando atravessavam a rua, depois que Phoebe nasceu e ele voltou para casa.

Emma

POMAR, WEYFIELD HALL, 22H02

• • •

Emma saiu do bangalô iluminando o caminho pelo enlameado pomar com uma lanterna. Phoebe havia se recusado a dormir na casa principal. Emma sabia que era porque Jesse estava lá, embora a filha não tivesse dito nada. Por que mais ela preferiria dormir sozinha no bagunçado bangalô? Jesse havia se escondido a tarde inteira no Quarto Rosa, reunindo-se a eles apenas para o jantar, quando mal comera algo. Ele se desculpara por falar sem pensar — e Emma não duvidava que ele estivesse se sentindo mal por isso. Mas ainda assim. A capacidade dela para perdoar estava quase no fim. Era agonizante ver sua filha mais nova tão mal. Ela desejava que Phoebe ainda pudesse ser consolada com chocolate quente e Harry Potter.

Passando ao lado do que sobrara da fogueira, algo fez Emma parar. Ela se recordou de como haviam se divertido ali no dia anterior. Aquele tinha sido o último momento em que eles se reuniram como uma família de quatro pessoas — o último momento em que o fariam, de certa forma. Apenas nós, pensou ela. Em feliz ignorância. Ou melhor, ela e as garotas. Quem saberia o que Andrew estivera pensando, com os e-mails de Jesse em sua cabeça?

A pergunta de Nicola, feita outro dia, voltou à tona. "Andrew andou se comportando de modo estranho?" Porque agora, pensando bem, novamente naquele local, ela *havia* notado que Andrew não parecera ele mesmo ao lado da fogueira. Tudo aquilo sobre escrever um livro — uma história sobre a qual ela não conseguia se recordar de ele mencionar antes. E ele continuava mexendo no bolso, do modo como fazia quando procurava por algo, tanto que ela quase perguntara se ele havia perdido alguma coisa. Mas ela se distraíra com a entrada cambaleante de Phoebe com seu pé dolorido, e depois com a diversão na fogueira, e então havia começado a chover e, bem, Jesse aparecera e ela se esquecera disso. Relembrando tudo, no entanto, Andrew parecia estar nervoso ontem. Ela se lembrou de como ele entrara correndo no sótão no dia 26 e tomara a pasta da mão dela. Ela não tinha estranhado naquele momento. Não tinha razão para isso, até então. Mas ele parecera assustado, o que não era do seu feitio. O que ele fizera depois disso? Apenas ficara naquele quartinho por eras. Ela ficou parada observando um amontoado de cinzas e madeira queimada, repensando. E depois de um tempo, a vontade de olhar a pasta — naquele exato momento — tornou-se impossível de ignorar.

O sótão estava tão gelado quanto o jardim. Na penumbra, ela quase tropeçou nas caixas espalhadas em zigue-zague pelo chão do cômodo principal. Andrew havia levado a pasta para o quarto do lado direito, não era? Ela entrou pelo pequeno cômodo em formato de tenda fechando a porta, e acendeu a lâmpada — sua luz criou sombras repletas de partículas de poeira. Procurando pelo chão, ela notou imediatamente a pasta. Estava debaixo da cama, entre o seu antigo baú escolar e alguns pedaços de papel de parede Farrow & Ball grudados. Ela engoliu em seco. Por que a pasta estava ali? Por que escondê-la? Ela sabia que estava certa. Intuição feminina. Por mais que estivessem distantes, ela ainda sabia dizer quando ele estava escondendo algo. Aquele pensamento lhe deu uma espécie de satisfação nefasta.

Ela pegou a pasta do chão e se sentou no colchão descoberto, com a pasta no colo. A sensação do material macio com cantos pontudos a transportou para outra época — quando ela parecia estar permanentemente parada no saguão, vestindo um roupão e reunindo o material de trabalho de Andrew para ele e segurando uma pequena Olivia. Foi naquela época que as coisas começaram a ficar ruins? Algo como uma tristeza a atravessou. Ela percebeu que ainda estava um pouco bêbada depois de todo o vinho do jantar. Seus dedos mexeram na fechadura de latão, enquanto ela pensava no que poderia encontrar ali dentro. Papéis de adoção para outros filhos bastardos? Algumas fotos da bela e exótica mãe de Jesse? Ou talvez algo mais banal e sórdido — um telefone celular sobressalente, para atestar uma vida dupla.

Ela se debruçou para observar o cadeado de números. Um Nove Cinco Zero — até seu cérebro atordoado sabia que seria o ano em que ele nascera.

As travas se soltaram. Ela abriu a pasta, segurando a respiração. E então: nada. Estava vazia. Ela a pegou por uma das alças para que se abrisse por inteiro, depois segurou ambas as alças e a virou de ponta-cabeça com um chacoalhar. Então colocou-a sobre a cama e vistoriou todos os compartimentos. Ainda nada. Tudo que ela encontrou foi uma nota fiscal amassada da drogaria Boots, de Gatwick, datada de 1987.

Ela se sentou novamente, sentindo-se uma completa idiota. Era como aquela cena do filme *A abadia de Northanger*, pensou ela, quando Catherine Morland abria o antigo baú gótico e não encontrava nada a não ser lençóis. Quem ela havia se tornado, primeiro inspecionando o passaporte de Jesse, depois revirando a pasta do marido? Ela não queria ser essa mulher. Maldito Andrew. Era isso que esconder o e-mail de Jesse havia criado — uma esposa ciumenta. Ela quase poderia chorar ao fechar o cadeado da pasta para colocá-la exatamente onde a encontrara. Caminhando pelo cômodo principal do sótão, ela parou para encostar todas as caixas contra a parede, liberando o caminho. Por que as garotas nunca organizavam a própria bagunça? Apenas quando estava na metade do caminho de volta, descendo as escadas, foi que se lembrou que a pasta possuía um compartimento secreto no forro.

Andrew

. . .

Andrew continuou sentado no sofá, pensando. Sua filha mais velha, que geralmente o ignorava com olhos furtivos e respostas curtas, se abrira. Eles haviam tido algo como uma conversa de verdade. Então ele se lembrou do motivo — ela viera reclamar do conselho inapropriado de Jesse. Em apenas 24 horas Jesse conseguira afastar toda a família de Andrew — primeiro Phoebe, então Emma e agora Olivia. Ontem, Andrew havia inocentemente pensado que Jesse estava indo bem. Emma o tinha acolhido, Olivia parecia aceitá-lo — e, sem dúvida, ele teria conquistado Phoebe passado algum tempo. Na verdade, era Andrew quem estava tendo dificuldades para compreender o estranho tão alegre.

Mas, hoje, Jesse havia estragado tudo com suas opiniões e conselhos, ainda que bem-intencionados. Isso inesperadamente colocava Andrew na defensiva por Jesse, como se conhecesse seu filho há muito mais tempo. Além do mais, ele estava convencido de que Jesse tinha razão sobre George. Ele se lembrou da homofobia horrível que ele expressava tão abertamente — sem falar nas roupas obscenas de lycra. Phoebe realmente havia se safado. Mas, quando Andrew disse isso para Emma pela segunda vez, antes do jantar, ela o cortou.

— Faz todo sentido que você ainda precise lidar com o fato de seu novo filho ser gay, mas isso não tem nada a ver com George — disse ela.

Extremamente condescendente.

Quando ele protestou, ela mudou de assunto, dizendo que era óbvio que Andrew tinha "se apegado a Jesse". Ela nunca seguia um argumento lógico.

Ele não estava apegado a Jesse. Na verdade, provaria isso naquele momento, contando para Emma sobre sua conversa com Olivia. Ele não esperava que a esposa levasse a sério os conselhos médicos de Jesse, mas era a primeira vez que Olivia pedia algo para Andrew desde a infância. Ele queria cumprir sua palavra.

Emma

• • •

Na pressa para chegar à sala de fumo, Emma quase trombou com Andrew saindo do cômodo. Ele segurou o cotovelo dela para pará-la, mas ela se afastou, gritando:

— Vamos para o porão!

— O quê?

— O porão. — Ele parecia exasperado, mas ela não se importou. Era uma tradição dos Hartley ter as conversas difíceis no porão; garantia privacidade em uma casa cheia de criados. Não que ela e Andrew precisassem pensar em tais coisas. Ela acendeu sua lanterna ao abrir a porta do porão e começou a descer pela escadaria de pedra, com seus cantos arredondados pelos passos de seus ancestrais. Havia algo reconfortante no local, a parte mais escondida da casa. Ela sorveu o cheiro distinto, úmido como de uma igreja, observando o espaço curvado como um sino no início da escada. Um suporte para vinhos à sua direita ainda guardava os tintos que haviam sobrado do casamento deles, que Andrew mantinha ali sabe-se lá por quê.

— Isso — disse ela, passando a ele a carta manuscrita que havia encontrado no forro da pasta dele. Ele pareceu reconhecê-la logo de cara.

— Como você... ah, Deus — disse ele, sentando-se no primeiro degrau e esfregando a testa.

— E então? — perguntou ela, olhando para o papel nas mãos dele.

— Emma, eu... eu sou um idiota. Sou tão estúpido, eu...

— Um *idiota*? Certamente um incompetente. Imagino que você não iria me contar. Achou que isso seria o fim?

— Parecia melhor assim. Achei que causaria uma dor desnecessária. Eu planejava queimá-la, na realidade. Mas então...

— *Queimá-la?* Mentir para encobrir seu rastro, como uma cobra na noite? — Ela sabia que estava confundindo as metáforas, e não se importava.

— Emma... me deixe explicar... eu planejava queimar a carta, mas então Jesse chegou e eu pensei, bem, pensei que ele merecia vê-la um dia. É tudo que ele terá da mãe.

— Ah, certo. Que nobre. Então você acha que merece uma medalha, é?

— Emma... por favor, não seja sarcástica. Você tem que entender; eu não acreditei na carta quando a recebi. Achei que era uma invenção, ou que a mulher tinha delirado. Só quando recebi o e-mail do Jesse foi que percebi que era genuína, e que...

— Mas você a guardou durante todo esse tempo mesmo assim? — interrompeu ela. — Escondida por mais de um ano. Por via das dúvidas.

— Hum.

Nenhum deles disse nada.

— Eu nunca respondi — comentou Andrew, por fim. — Nunca trocamos correspondências.

— Andrew! Você ainda não entendeu, não é? Não me importaria nada se você tivesse respondido a essa pobre mulher... Aliás, teria sido o certo a fazer, que merda! — Era revigorante falar um palavrão. Seu coração batia forte contra o peito. — Você mentir é o problema. Esconder as coisas, queimar as coisas! Que tipo de homem faz isso? Como posso continuar a confiar no que você me diz? No que você *já* me disse?

— Emma...

— Chega! Não quero mais escutar suas desculpas esfarrapadas! Achei que você fosse um homem decente, apesar de tudo.

— Como assim, apesar de tudo?

Ela percebeu que tinha ido longe demais para voltar atrás.

— Sim. Como você me tratou, como tratou todas nós!

— Como eu te *tratei*? E eu fui alguma coisa que não um marido solícito? — Ele se levantou, usando sua altura para olhá-la de cima. Seu rosto estava indignado. Ela ficou satisfeita. Queria uma briga, uma briga de verdade. Queria que ele ficasse com raiva, não penitente.

— Ha! Solícito? — retrucou ela. — Você tem noção dos sacrifícios que eu fiz por você? Tem noção do que é abrir mão de tudo pelo que trabalhei, cuidar de crianças pequenas, para que *você* pudesse fazer o que queria? E você me agradece sendo... — Ela não queria perder o rumo. Se conseguisse, ele a lembraria de que a escolha de parar de trabalhar tinha sido dela. — Agradece fazendo bico, retrucando, reclamando... forçando todo mundo a pisar em ovos cada vez que um dos revisores troca uma palavra da sua coluna sarcástica!

— Então é isso que você pensa do meu trabalho? — perguntou ele, em voz baixa. Seus olhos se estreitaram. — Acha que é isso o que eu queria? Escrever resenhas de restaurantes, quando poderia fazer reportagens sobre o mundo real? Você não é a única que abriu mão das coisas, sabia, Emma?

— Pelo amor de Deus, você ainda não superou isso? Desculpe se eu te forcei a voltar de uma *zona de guerra* porque tinha duas filhas em casa! Sinto muito se estraguei a sua diversão porque queria que elas crescessem com um pai, não com um refém ou... uma lápide!

— Uma guerra civil não é algo divertido, Emma. Mas é importante.

— Mais importante do que suas filhas?

Ele não disse nada.

— Que pai você foi, de qualquer forma? — completou ela. Não estava pronta para parar, ainda.

— O quê?

— Com certeza você tem noção *disso*.

— Do quê?

— Você e Olivia! Você mal conversa com ela! Nem mesmo tenta, não de verdade. É sempre você e Phoebe. Como você acha que Olivia se sente? Por que acha que ela nunca está aqui? — Ela se perguntou se tinha ido longe demais.

— Sinto muito que você veja as coisas assim, Emma — disse ele, com a voz firme. — Se lhe serve de consolo, Olivia e eu acabamos de ter uma conversa bastante esclarecedora. Eu estava prestes a vir conversar com você sobre isso.

Emma hesitou. Ela queria saber sobre o que haviam conversado, mas não queria perguntar.

— Ela não tem achado fácil estar de volta — continuou ele. — Sem dúvida você deve estar se parabenizando por dar atenção a ela, mas não tem a menor ideia do que ela está passando... do que ela passou.

— Ah, e você sabe?

— Sei mais do que você.

— Sinto muito, Andrew... Mas o que isso tem a ver com você guardar *isto* aqui — ela puxou a carta das mãos dele — em segredo de mim?

— Foi você quem tocou nesse assunto, Emma! E, só para constar, eu não sou o único com segredos neste casamento. Deus sabe quando você planejava me contar sobre o seu câncer. Se Jesse não tivesse...

— Jesse? Jesse! E o resto de nós? E eu? — Ela sentiu seu controle se esvair, anos e anos de compostura indo embora. Do suporte, ela puxou pelo gargalo uma garrafa de vinho e a ergueu acima da cabeça, sentindo como se estivesse observando outra pessoa; alguém fora de controle. Tudo entrou em câmera lenta quando ela largou a garrafa, que veio ao chão com um estrondo. Andrew se encolheu com a explosão de bordô e estilhaços, o vinho esparramando e acertando suas meias e a barra da calça.

— Mas que merda você está fazendo? — berrou ele, subindo pelas escadas.

Emma olhou para a sujeira e caiu em um pranto convulsivo, rindo ao mesmo tempo. Uma pequena voz em sua cabeça perguntou se as lajotas manchariam, e se ela deveria ou não buscar o sal para conter o estrago.

Olivia

• • •

Olivia fechou as cortinas, parando por um momento para olhar pela janela. Ela podia ver as poças no pântano, brilhando como vidro escuro. Cacau serpenteou por suas pernas e ela o pegou no colo, encostando sua bochecha na cabeça macia e triangular do gato. Ela costumava abraçá-lo assim quando adolescente — sussurrando reclamações em sua orelha dobrada, recebendo seu ronronar compreensivo. Foi nessa época que ela parara de chamar Andrew de "papai", em parte esperando que ele reclamasse disso. Mas apenas Emma parecera se importar. Tinha sido estranho ouvi-lo falar como se fossem aliados, apenas há pouco. Do quanto Olivia conseguia se recordar, Phoebe e ele sempre tiveram uma ligação particular. E Olivia se acostumara com isso. Sua irmã era a encantadora. Mas talvez Phoebe tivesse razão — talvez Olivia e seu pai fossem mais parecidos do que percebia. Ela sempre imaginara que Andrew parara com a correspondência de guerra por escolha, não por coerção de Emma. Era como observar, da parede oposta, um quarto que ela sempre olhara por um ângulo determinado. Phoebe e Andrew tinham suas piadas internas sobre a mídia, mas seu trabalho nas zonas de guerra era muito mais parecido com o de Olivia. E parecera, há pouco, que ele quisera mostrar isso para ela. Olivia se sentiu contente com esse pensamento. Contente, chorosa e desorientada, ao se lembrar de sua versão adolescente. A adolescente de 14 anos alta demais para a sua idade, que costumava sentar e abraçar o gato, ouvindo Andrew e Phoebe saindo para visitar outro restaurante.

Seu iPad apitou, e ela soltou Cacau para poder atualizar a caixa de e--mails. Tudo dentro dela pareceu saltar ao ver o nome em negrito no topo da lista: Sean Coughlan. Ela abriu a mensagem e começou a ler.

ASSUNTO: Re: UFA!!
DE: Sean Coughlan <SeanKCoughlan@gmail.com>
DATA: 28/12/2016 23:00
PARA: Olivia Birch <olivia.birch1984@gmail.com>

Olivia Birch! Então, estou de volta ao mundo dos vivos... Com um iPad e tudo mais... Não vou mentir, não foi o mais feliz dos Natais. Na maior parte porque fiquei preocupado demais com você. Tem certeza de que está bem? Prometa que me contará se algo estiver errado. Eu me senti péssimo por não poder entrar em contato com você, ou mesmo como checar se você estava bem.

Foi tão bom ler as publicações do seu blog (obrigado por me defender!) e receber seus e-mails. Então, parece que foi uma quarentena cheia de acontecimentos... Como a família Birch está lidando com o aparecimento desse tal de Jesse? Sinto muito pela sua mãe, deve ser algo difícil de lidar. Acho que você vai precisar continuar tentando conversar com ela.

Ainda não contei para a minha família sobre nós também, mas talvez tenha que fazer isso. Eles vão perceber por conta desse sorriso idiota que não consigo esconder. Estou contando as horas para a sua quarentena acabar e podermos nos ver de novo.

Tenho que ir, minha enfermeira está aqui — temos que fazer uma punção lombar. Acho que ela tem uma queda por mim, já que agora eu sou uma subcelebridade. Mas fique tranquila, ela tem pelo menos uns 60 anos.

Sinto sua falta, Stóirín. Muitos beijos felizes e negativos para Haag.

Sean

Olivia continuou lendo e relendo. Ela queria poder guardar aquela sensação para sempre — uma deliciosa combinação de alegria e alívio. Depois da conversa com Andrew, era como se seu dia tivesse melhorado. Ela responderia ao e-mail de Sean logo cedo amanhã, decidiu, aninhando-se embaixo dos cobertores pesados. Uma coruja piou do lado de fora. Por enquanto, ela queria saborear o fato de não precisar esperar por uma resposta.

• 8 •

29 de dezembro de 2016

Quarentena: Dia 7

Andrew

• • •

Andrew não conseguia encontrar uma posição. O sofá parecia ter buracos. Ele arrancou a máscara de dormir, pressionando o rosto contra uma desconfortável almofada bordada. A briga ainda parecia algo completamente improvável. Era tão incomum para Emma — as acusações, o comportamento dramático, a quebra da garrafa. Um Margaux de 1980, aliás. E tudo isso por conta de sua completa idiotice, supondo que conseguiria esconder dela a carta de Leila. No que ele pensara?

Mentalmente, ele refez seus passos. Na manhã da construção da fogueira ele tinha escondido a carta em uma caixa com jornais, pronto para jogá-la no fogo. Mas ele percebera Olivia o observando e parara por um momento — a caixa ainda a seus pés. E então Jesse tinha aparecido. E a cada hora que passava, as palavras de Leila pareciam alfinetá-lo com mais força. *"Se algum dia ele vier a procurá-lo, por favor, diga que nem um único dia se passou sem que eu pensasse nele. Meu último desejo é que ele seja feliz."* Como ele poderia queimar essas palavras — as únicas palavras que Jesse teria de sua mãe? Parecia definitivo demais. Então ele pegara a carta de seu caixão jornalístico e a escondera na pasta novamente, na noite anterior. Ainda não conseguia imaginar como Emma a tinha encontrado. Ele se dera ao trabalho de dar descarga em um dos banheiros no retorno do sótão, como desculpa para estar perambulando por aí. Se lembrava bem, ele só encontrara George torturando uma aranha. Não que realmente importasse. Ela sabia agora.

Uma pontada de remorso, ao relembrar a briga na adega, ramificou-se. O modo como ele havia ignorado Emma, aproveitando-se de sua natureza prestativa e capacidade de fazer as coisas funcionarem. Como ele permitira que o amor deles se transformasse das cartas apaixonadas, encontradas no sótão, na mera convivência cotidiana disfarçada de falsa alegria. Ele se lembrou do que Emma dissera sobre ele nunca conversar com Olivia, o que era verdade. O que o impedia de dizer a sua filha que o trabalho dela era admirável? Ele tivera a chance, antes. Amanhecia pelas frestas na cortina, e ele se jogou de costas para começar a analisar sua vida. Por que ele desistira de fazer coisas boas quando se demitira do *The Times*? O que acontecera com sua ambição, sua determinação? Pensou em todos os pobres donos de restaurante cujas reputações ele arruinara apenas para fazer piada em sua coluna. Aquela voz sarcástica não era de fato dele. Ou, ao menos, não costumava ser. Era uma máscara que ele aprendera a usar no serviço, do mesmo modo que antes vestia um colete à prova de balas e saía em busca da verdade. Cada arrependimento parecia trazer outro, como se ele tivesse virado uma pedra em sua mente e revelado um ninho de insetos embaixo dela.

Por outro lado, a briga com Emma não fora algo estranhamente revigorante? Fazia anos que eles não davam voz aos sentimentos crus, sem censura. Até mesmo a conversa deles ao lado da espreguiçadeira, depois da chegada de Jesse, havia sido contida — como se ambos tivessem olhado para o despenhadeiro e decidido ficar ancorados ali na beirada. Havia alívio em ver Emma se descontrolar, deixando de lado seu jeito de boa moça. Ela costumava ficar brava, às vezes, quando eram jovens. Ele costumava achar isso um pouco sensual na época. Mas com a chegada de Olivia, ela passara a recuar de qualquer conflito com um sibilo de: "Não na frente da *bebê*." E então, em algum momento, eles haviam parado de brigar assim com todo o resto. Uma parte dele desejava ir para a cama agora, ficar ao lado de Emma, como se o corpo dela pudesse acalmar seus pensamentos fervilhantes. Costumava funcionar, anos atrás, quando ele acordava de pesadelos com bombas, tiros e corpos em ruas empoeiradas. Mas Andrew sabia que a esposa não gostaria disso.

Phoebe

• • •

Phoebe estava apoiada sobre uma perna, na entrada, tentando conseguir algum sinal. O frio adentrara por suas orelhas e deixara seus dedos rígidos. Ainda assim, era melhor do que estar dentro daquela casa. Ela não poderia encarar sua família, ou — pior ainda — Jesse, e não suportaria ficar no bangalô, onde o cheiro de loção pós-barba surgia a cada vez que ela respirava. Ela imaginava que podia de fato sentir uma dor em seu coração, como um caco de vidro, em um espaço atrás do lado esquerdo do peito. Ela ficara deitada na cama por horas naquela manhã, tentando compreender o que acontecera, repassando as semanas anteriores. O que fizera George mudar de ideia? Ela tentara tanto ser a namorada perfeita. Sua marca de biquíni tinha permanecido intacta por meses, enquanto ela aguardara pela proposta de casamento dele. Toda aquela agonia, e isso era o que ela recebia em troca.

Phoebe chutou algumas folhas secas com raiva, lembrando tarde demais de não mexer o dolorido pé esquerdo, e gritando de dor em seguida. Teria sido todo o drama daquela semana em Weyfield que o assustara? Ela silenciou a voz que retrucava que George deveria saber lidar com doenças, segredos, brigas. Aproximando-se da estrada, ela conseguiu uma barrinha de sinal. Encarou-a, querendo que aumentasse, trazendo uma mensagem dele. Mas quando uma mensagem solitária chegou, era de Lara, perguntando: *O que você e G farão no ano-novo?* Com um estalo, Phoebe percebeu que ela não fazia mais parte do "você e G". Era apenas Phoebe, que não tinha nada além de um emprego vergonhoso. "Você e G" havia sido parte de quem ela era por tanto tempo. Ser a metade de um casal era a única coisa que a tornava adulta.

Um Audi cinza, como o dele, passou correndo pela estrada, e ela teve mais uma crise de choro. Já estava cansada de chorar, da sensação do rosto inchado, os olhos ardendo, a garganta dolorida — e apenas um dia havia se passado. Ela ainda não havia entrado em contato com ele, seguindo o conselho de sua mãe. Ela não saberia o que dizer, de qualquer forma. Era difícil tirar o orgulho de seu coração, saber qual dos dois havia recebido o soco mais doloroso. Sentia-se enjoada ao pensar em contar para todos que o casamento havia sido cancelado. Mas a mesma voz no fundo de sua mente ficava perguntando: "Você está realmente surpresa?" Ela lembrou de como tivera dificuldade em imaginar o casamento deles, seus filhos, George como um senhor de idade. Talvez ela nunca tenha acreditado que fosse acontecer. E então ela se lembrou do que Jesse dissera, que ela sabia, bem no fundo, fazer sentido demais para não ser verdade. O modo como George ficava tão enojado com homens gays, mas sempre os apontava em público. Chamando tudo de gay o tempo todo. Como ele nunca se importara tanto com sexo. Uma humilhação quente tomou conta do corpo dela. Ela perguntaria diretamente para ele. Poderia não ver seu rosto, mas saberia dizer pela sua voz. Ela merecia saber. Ele devia isso a ela.

Jesse

• • •

Jesse nunca sentira tanta saudade de casa. Ou tanta fome. Ele mal comera algo desde o café da manhã de ontem. E havia passado quase a noite inteira em claro, repassando em sua cabeça tudo que havia acontecido. Para qualquer lado que virasse, os vários lençóis e cobertores se enrolavam pelas suas pernas, como uma rede. Os britânicos não tinham edredons? Agora, observando a manhã nublada, desejava poder voltar no tempo. Ele não pertencia àquele lugar, e era um idiota de ter imaginado que poderia se encaixar. A ideia toda de um documentário sobre sua "história de adoção" parecia risível.

Ele sabia que precisava sair do Quarto Rosa. Mas a ideia de encontrar com qualquer um dos Birch o inundava com a humilhação recente. O jantar, na noite anterior, havia sido extremamente doloroso. Ele considerou fugir, como George, mas se partisse agora estaria de fato exterminando qualquer possibilidade de um relacionamento com Andrew — ponto final. Além do mais, irritaria Olivia, que estava firme na ideia de ir até o fim da quarentena. Ele tinha que ficar e tentar consertar as coisas, hoje. Era o que seus pais, em casa, diriam a ele para fazer. Ele pediria desculpas a Phoebe, e novamente para Emma. E tentaria se redimir com Olivia outra vez perguntando sobre a Libéria, como ninguém ali parecia fazer. Aquele era o plano.

Agora seria um bom momento para procurar comida, porque ele vira Phoebe cambaleando pela entrada havia cinco minutos. Ele se sentia tão mal por ela. Lembrou-se do que havia passado quando Cameron o dispensara. Não conseguira sair da cama por dois dias — Phoebe estava se saindo melhor por já ter se levantado. Saber que ele provavelmente tinha sido um catalisador na decisão de George só o fazia se sentir pior ainda. Mas o relacionamento estava fadado, lembrou-se ele, com anel de noivado ou não. Se não tivesse sido Jesse, teria sido outra pessoa.

Ele checou sua aparência no rebuscado espelho dourado antes de sair do quarto. Sua pele parecia aveia. Ele precisava tomar sol novamente. Respirou fundo, acalmando-se, e abriu a porta.

Olivia

• • •

O e-mail fora enviado por Dennis White, o supervisor de Olivia na organização HELP que havia coordenado o programa de voluntários da Libéria. Vendo o assunto "Sean Coughlan", ela concluíra que era um e-mail para todos os voluntários em seus últimos dias de quarentena. Abriria a mensagem em um segundo, pensou, fechando seus olhos contra a luz da tela. A sensação de náusea tinha voltado, mais insistente ainda. Havia saliva se acumulando em sua boca? Ela virou de lado e se encolheu no tapete para descansar as pernas pesadas e afastou o pensamento de que náusea, excesso de saliva e fadiga eram os clássicos sintomas iniciais do Haag. Se ela tivesse contraído de Sean, já saberia. Em apenas algumas horas a quarentena estaria finalizada. Ela abriu o e-mail de Dennis para se distrair. Estava endereçado a ela, apenas.

Assunto: Sean Coughlan
De: Dennis White <dennis.white@HELP.org>
Data: 29/12/2016 09:15
Para: Olivia Birch <olivia.birch1984@gmail.com>

Olivia,

Tenho tentado ligar para você, mas seu celular parece estar desligado. Tenho razões para crer que você e Sean se envolveram fisicamente na Monróvia. Como não gostaria de contatar Sean em sua condição atual, estou contatando você primeiramente.

Não preciso explicar o quão séria essa violação dos protocolos é. Por favor, poderia me ligar, com urgência, para confirmar se você e Sean realmente estavam se relacionando? E, se estavam, o quão a sério você tem obedecido sua quarentena nesta semana? Assim que tiver uma resposta sua, serei obrigado a decidir qual decisão tomar.

Dennis

Olivia se sentou, com o coração a mil. Como Dennis poderia saber? Ela se lembrou do comentário de Sean sobre a queda que sua enfermeira tinha por ele. Será que ela teria fuçado nos e-mails dele? Sean sempre fora menos cuidadoso que Olivia. Ela se recordou de uma vez em que enviara para ele, pelo WhatsApp, uma foto sua de biquíni, e ele a deixara aberta de modo que qualquer colega poderia ter visto. Ela passou por todas as mensagens dele, imaginando se poderia dizer que eles haviam se tornado próximos, mas que não tiveram nenhum contato físico. Era óbvio que eram um casal. Ela pressionou as palmas das mãos contra os olhos, desejando que o mundo desaparecesse e a deixasse só, apenas com Sean.

A porta se abriu e Jesse entrou, segurando uma caneca. A última coisa que ela queria era conversinha. Ela se levantou, e ao fazê-lo sentiu uma náusea quente passando por ela, da cabeça aos pés. Via estrelas no canto dos seus olhos. Quando esticou os braços na direção do sofá, o cômodo todo se tornou um borrão. Ela ouviu o sangue pulsar em seu ouvido, e a voz de Jesse, soando muito distante, como se estivesse em um túnel, perguntando:

— Olivia? Olivia, você está bem?

Andrew

• • •

Quando Andrew ouviu o estrondo, concluiu ser um quadro dos Hartley que se jogara da parede como um camicase. Ele correu pelo corredor até a sala de estar, de onde pensou vir o barulho. Do andar superior, Emma berrou:

— O que foi isso?

Pelo menos, então, não fora sua esposa que, num acesso de raiva, jogara uma pintura a óleo no chão. Ele teve uma visão horrível de Cacau amassado por uma escrivaninha vitoriana. Mas, ao chegar ao cômodo, o gato estava do lado de fora, amedrontado. Então ele escutou Jesse dizer:

— Ei, ei, consegue me ouvir?

E viu Olivia largada no chão, com o rosto para baixo, ao lado da árvore de Natal. Sua mente demorou para aceitar o que seus olhos estavam vendo. Teria ela tropeçado, sido empurrada? Mulheres jovens não tinham ataques cardíacos ou derrames, tinham?

— Chame uma ambulância! — gritou Jesse para ele. — Agora!

— O quê... o que aconteceu?

— Ela desmaiou, está inconsciente. Ligue para a emergência! Precisamos de ajuda.

Andrew parecia não conseguir se mexer. Ele se endireitou, observando as costas de Olivia. Sua blusa havia subido. Um pedaço de pele cor de creme aparecia acima da sua calça de pijama, e seus braços e pernas estavam largados como uma boneca de pano. Como a sala de estar havia se tornado cenário de um episódio de série médica?

Ele ouviu um inalar profundo atrás de si.

— Emma, chame uma ambulância agora — disse Jesse, olhando para trás de Andrew. — Diga que ela desmaiou, mas está respirando e com a pulsação fraca. — Ele estava colocando Olivia na posição de recuperação com eficiência profissional. Andrew continuou parado, observando Emma puxar o telefone para si e dizer:

— Ambulância, por favor... Weyfield Hall, NR25 7FB. Minha filha desmaiou, está inconsciente... Sim, está respirando. E tem pulso, mas está... está fraco. — Sua voz se apertou. — Não, mas ela esteve na Libéria cuidando de pacientes com Haag... Ela voltou faz sete dias... Hoje é o último dia da quarentena... Não, nenhum outro sintoma, acho... Ok. Por favor, venham depressa.

Ao se ajoelhar ao lado de Olivia, a mãe comunicou:

— Estão a caminho. O que aconteceu?

— Eu entrei e ela literalmente desmaiou na minha frente — disse Jesse. — Não sei se ela estava, tipo, passando mal ou o quê. Eu entrei, e ela caiu.

Phoebe chegou em seguida e gritou quando Olivia começou a tossir e cuspir no chão.

— Ai, merda, ela vai vomitar — disse Jesse, colocando Olivia sentada. Era horrível de ver. Sua cabeça pendeu para um lado, e um líquido claro escorreu por seu queixo e sobre a mão de Jesse, que segurava Olivia pela cintura. Ele não se moveu.

— Ei, Olivia, está tudo bem, você está bem — continuou a dizer. A cabeça dela caiu sobre o peito dele, e um som de gargarejo surgiu quando a médica pareceu vomitar novamente, engasgando e quase se afogando. Jesse a deitou de lado, passando os dedos pela parte interna de sua boca e reposicionando sua cabeça. Os olhos dela se abriram rapidamente, girando para trás até que apenas a parte branca aparecesse.

Andrew se sentiu zonzo. Emergências quase sempre eram alarmes falsos, não eram? Com certeza, com certeza ele não seria o pai que sobreviveria à filha? Ele observou Jesse continuar a ajudar Olivia, tirando o cabelo do rosto dela, segurando sua mão e repetindo várias vezes:

— Você vai ficar bem. A ambulância está a caminho. Você vai ficar bem.

Ao lado deles, Phoebe choramingava.

— Andrew, vá receber a ambulância — ordenou Jesse, e ele correu para a entrada, agradecido por ter algo para fazer. Ele era um inútil, pensou, olhando para a direita e para a esquerda, embora a ambulância só pudesse chegar da esquerda. Evidentemente inútil. O que eles teriam feito sem Jesse... ajudando Olivia sem sequer considerar o vírus mortal que ela parecia ter contraído?

Emma

ENTRADA, WEYFIELD HALL, 9H55

· · ·

Emma não via o interior de uma ambulância desde o nascimento de Olivia. Seu parto havia começado uma semana antes do previsto, enquanto Andrew estava trabalhando em Israel, em um serviço que ela havia suplicado para ele não aceitar. Agora, 32 anos depois, ela observava sua filha ser engolida por outra ambulância — sua cor néon contrastando horrivelmente com as cores suaves de Weyfield. Parecia impossível que Olivia estivesse deitada em uma maca, com uma máscara de oxigênio cobrindo seu rosto. Emma havia conversado com ela na escada, apenas uma hora atrás. Por favor que não seja Haag, por favor, implorou ela, em silêncio. Estava assustada demais para tentar barganhar com o Destino. Por que, ah, por que isso tinha que acontecer ali, quando em Camden estariam próximos do Royal Free — o hospital designado para lidar com casos de Haag?

— Está bem? — perguntou um dos gentis paramédicos. Ela acenou para ele, perdida. Ainda usava um roupão e um par de galochas grandes demais. Provavelmente parecia uma maluca.

Olivia havia acordado tão logo Andrew saíra do cômodo, mas parecia confusa, desmaiando novamente quando Jesse tentara levantá-la. Momentos depois, os paramédicos entraram na sala de estar em trajes brancos de proteção e com luvas reforçadas.

— Apenas por precaução — explicou um deles, vendo a expressão no rosto de Phoebe. — Caso alguém se corte ou machuque a mão.

Foi quando Emma vira Jesse parecer nervoso pela primeira vez, gentilmente abaixando a mão de Olivia. Ele tinha sido um herói, explicando tudo para os paramédicos, enquanto Andrew apenas observava, e Phoebe e Emma se abraçavam. Então outro choque tomara conta deles, quando Phoebe disse:

— Ela estava saindo com Sean Coughlan, o médico irlandês. Quero dizer, eles tinham um relacionamento... Ela pode ter contraído o vírus dele.

Emma não podia acreditar que não tinha adivinhado. Era óbvio, na verdade. Ela também ficara um tanto surpresa por Phoebe saber — achava que suas filhas não conversavam sobre essas coisas. O que raios Olivia estava pensando? Não era do seu feitio ser tão descuidada. Ou era?

Emma dissera aos paramédicos que a filha mais velha não havia mostrado nenhum sintoma até então, levando Phoebe a comentar que a irmã estava se sentindo mal havia alguns dias. Agora, observando o movimento dos profissionais ao redor de Olivia, Emma se lembrou como Olivia havia recusado comida e ficado em seu quarto. Seriam esses os sinais de que ela estava adoecendo — sinais que Emma não havia percebido? Ela estivera focada em Phoebe, como sempre. A pobre Olivia não quisera preocupá-los. A ideia fez Emma se remoer de culpa. Ela olhou para o rosto pálido da filha e tentou se acalmar.

— Ela vai ficar bem — disse Jesse. — Eles vão levar Olivia para a emergência. Tudo vai ficar bem.

— Meu Deus, Jesse — respondeu ela. — Ainda bem que você está aqui. O que teríamos feito?

— Eu só fiz o que qualquer um faria.

— Bom, mas nenhum de nós saberia o que fazer! Onde você aprendeu tudo isso?

— Sendo garçom. É obrigatório saber primeiros socorros. Apesar de eu nunca ter precisado usar — respondeu ele, sorrindo.

Ela olhou para as mãos dele e percebeu que elas tremiam. Ela podia ver o pequeno corte em sua palma agora — o qual ele havia mostrado para os paramédicos, com receio de que pudesse significar algum risco de infecção. Ele disse que havia cortado em uma cerca de arame farpado ali próxima, passeando no escuro no dia de Natal. Ela se sentiu terrivelmente responsável. O que a mãe americana de Jesse pensaria? Ele tinha vindo a Norfolk, cortado sua mão e agora poderia contrair Haag — tudo porque tinha sido o único com bom senso suficiente para socorrer Olivia.

Ao redor, ela escutou o paramédico responsável chamando o "Telefone Vermelho", do Hospital de Norwich, pedindo orientação, e soltando friamente termos médicos como:

— Vômito seguido de inconsciência, pressão 14 por 9, parece hipoglicêmica, alto risco de ser positiva para Haag.

O paramédico caminhou mais adiante, na frente da casa, quase fora de alcance, mas ela ouviu as palavras "fluido corpóreo", "isolamento", "ferida aberta" e "evacuação médica". Seu coração começou a bater mais forte. Ela se perguntou como Olivia lidava com aquilo na rotina de trabalho.

— Certo — disse o paramédico, retornando a passos largos. — Não temos o necessário para fazer um diagnóstico conclusivo para Haag em Norwich, então vamos estabilizá-la, depois ir direto para Londres. Estão preparando dois aviões da RAF em Lakenheath — explicou ele, parecendo desnecessariamente animado. O hospital de Norwich obviamente não tinha contado com a necessidade de colocar em prática o treinamento para lidar com Haag.

— Dois aviões? — questionou Emma, sentindo-se fraca. — Por que dois? Um para nós?

— Não, vocês não poderão acompanhá-la, sinto muito.

— O quê? Mas eu sou mãe dela! Não posso ficar aqui se ela vai para Londres!

— Só até ela receber a liberação. Pedimos que fiquem em casa, mas que não entrem no cômodo onde ela vomitou. Imagino que ela tenha o próprio banheiro, certo? — perguntou ele, olhando para a grande fachada de Weyfield.

Emma concordou, embora não tivesse a menor intenção de continuar em Weyfield. Eles viajariam direto de volta para Gloucester Terrace no momento em que a ambulância partisse.

O paramédico se virou para Jesse.

— Você está em alto risco, por causa do contato com os fluidos corpóreos dela. O vômito, digo, com esse corte na sua mão. Precisa vir conosco. O segundo avião é para você.

Phoebe

• • •

Phoebe e Andrew quebraram algum recorde ao conseguir trancar Weyfield e sair correndo no carro de Andrew em quarenta minutos, lembrando-se de Cacau no último momento. Emma já havia partido em seu Golf. Ela decidira que os três deveriam ficar em Gloucester Terrace até que Olivia tivesse sido testada para Haag.

— Não deveríamos seguir o conselho dos paramédicos? — perguntara Andrew. Mas Emma havia rejeitado a ideia dele, e ele concordara. Não era típico dele deixar as coisas passarem fácil.

— Mas e se ela estiver positiva? Não teremos problemas por ter ido embora? — perguntara Phoebe. Era a primeira vez que ele notava que todos podiam estar em perigo. Ela já se sentia mal.

— Caso aconteça, lidaremos com isso no momento oportuno — respondera sua mãe, batendo a porta do carro e saindo de ré. Ela soava firme, mas Phoebe podia ver que estava em pânico.

— Então, Phoebs, agora que sei que você não *precisa* de um dia inteiro para fazer as malas, podemos usar isso como precedente? — perguntou Andrew, ao fazer uma curva. Ele fazia piadas quando coisas ruins aconteciam. Era o modo dele de lidar, e por ora Phoebe não achava aquilo ruim. Ela preferiria estar ali com o pai, fazendo piadas ruins, em vez de estar com a mãe, em pânico. Ou — pior ainda — na ambulância com Olivia e Jesse. Ela se sentia mal por ele, no entanto. Precisava admitir, Jesse tinha sido maravilhoso. Os paramédicos haviam dito que os primeiros socorros dele evitaram que Olivia se afogasse em seu próprio vômito. Ela torcia para que a irmã a perdoasse por contar a eles sobre Sean.

Andrew ligou o rádio. Estava tocando "Baby, It's Cold Outside"— uma das canções que ela havia considerado para a primeira dança no casamento. Percebeu que não havia pensado em George desde o colapso de Olivia. A crise da manhã parecia ter jogado o resto de lado. E, na realidade, ela estava contente que George não estivesse ali. Ela nunca o vira numa emergência, a não ser quando seu amigo tinha saído de um jogo de rúgbi com o nariz sangrando, e George ficara pálido e não fizera nada. Se ele não conseguia lidar com aquilo, ela duvidava que tivesse muita utilidade.

Andrew começou a cantarolar junto com o vocal masculino da canção.

— Letra interessante, não é? — comentou ele.

— Pensei em usar na primeira dança — disse Phoebe.

— Primeira dança?

— No casamento. Com o George. Aquele que não vai acontecer.

— Ah, sim, claro! Bem, não sei quanto a isso. A letra não parece algo que um estuprador diria?

Ela riu.

— Meio afetada, também, pensando bem — disse ele, e então se apressou a complementar. — Quero dizer, não que George fosse afetado... seja afetado.

— Não tem problema, papai. Não importa mais, agora — respondeu ela.

Andrew apenas concordou em silêncio, enquanto eles corriam pelas estradas até Londres.

Jesse

• • •

Habitualmente, Jesse teria ficado entusiasmado em ver um avião militar por dentro. Mas aquilo, pensou ao decolar, era muito diferente do que vira em *Top Gun*. Era assustador ser o único passageiro. Se ele soubesse que estaria ali, em uma bolha de evacuação médica, talvez não tivesse enviado um e-mail para Andrew.

Você teria enviado mesmo assim, pensou ele. Você gostaria de conhecê-lo — de conhecer todos eles. Pela janela, ele observou os campos ingleses abaixo. A colcha de retalhos de retângulos verdes, costurados com arbustos, parecia tão calma. Ele gostaria de poder ficar ali, suspenso, para sempre, e nunca ter que encarar nada no chão. Desejou que Olivia ficasse bem. Na última vez que a vira, antes de ser levada para o avião, ela havia sido enrolada em um cobertor prateado, seu rosto cinza-claro. Um médico tentava fazê-la tomar uma bebida glicosada. Ele estava vestindo um traje de proteção, como todos que haviam encontrado depois de sair da ambulância. Era como se ele tivesse entrado em um episódio de *CSI* — sendo ele e Olivia as vítimas. Jesse tocou o corte em sua palma com o dedo anelar. Como podia algo tão pequenino e insignificante ser tão imenso? As coisas teriam sido diferentes se ele não tivesse agarrado a cerca naquele exato local? A possibilidade de que poderia ter de fato contraído Haag surgiu dentro dele.

Você tinha que fazer o que fez, lembrou a si mesmo. Não teve escolha. Era algo com que poderia lidar. Além do mais, se tivesse contraído a doença, não teria como saber ainda, então não havia motivo para se preocupar.

Ele tentou praticar suas técnicas de relaxamento, descontraindo a testa conscientemente, deixando o maxilar e as mãos soltas. Mas um medo frio e insidioso estava substituindo a adrenalina de antes. Ele queria lavar as mãos — lavá-las com água sanitária. Percebeu que sua unha poderia aumentar o corte, tornando tudo ainda pior. E a náusea subindo dentro dele seria nervosismo, ou o começo de algo?

Andrew

• • •

Tinha sido impossível conversar com Emma quando chegaram a Gloucester Terrace. Phoebe sentara com eles na cozinha por uma eternidade, como se estivesse com medo de ficar sozinha, de tempos em tempos anunciando o quão preocupada estava. Por fim, ela subira para seu quarto, deixando Andrew e Emma a sós. A noite anterior ainda parecia um sonho. Ele sabia que devia mencionar o que havia dito — ou ao menos pedir perdão por esconder a carta. Mas a imagem de Olivia sendo levada de Weyfield em uma maca, e a expressão de Emma enquanto assistia à cena, era tudo que passava por sua mente.

— Sinto muito por antes. Pelo que disse ontem — comentou Emma, como se estivesse pensando o mesmo.

O cabelo dela ainda estava amassado como quem tinha acabado de acordar, e ela ergueu uma das mãos para arrumá-lo. Era um gesto típico dela e que tinha sido herdado por Phoebe. Ambos olhavam para frente, pela janela, na direção do modesto jardim pavimentado — tão diferente do extenso gramado de Weyfield.

Ele ofereceu a ela seu uísque — ela tomou um gole e o devolveu. Algo naquele gesto parecia mais íntimo do que eles haviam sido em anos.

— Você tinha toda razão em ficar brava — disse ele. — Eu devia ter te mostrado aquela maldita carta quando ela chegou. Ou te contado sobre aquela noite, o que aconteceu, daquela vez. Se soubesse o quanto seria mais fácil... mas eu, apenas, não queria estragar...

— Não — interrompeu ela. — Não importa mais. Foi há tanto tempo.

— Mas você acredita em mim quando digo que foi apenas uma vez? Que nunca houve mais ninguém ou algo daquele tipo depois? Foi só um erro idiota, estúpido, uma aberração.

— Acredito. Eu te conheço, Andrew. Além do mais, se Jesse não estivesse lá hoje, não sei o que... não consigo imaginar... — Ele colocou um braço ao redor dos ombros de Emma, e ela deixou que ele a puxasse para perto. — A questão é: percebi que também escondi coisas de você — disse ela. — E depois que isso começou, pareceu mais fácil continuar assim. Mas não deveria ter sido.

Ele queria perguntar se ela realmente acreditava no que havia dito sobre como ele tratava Olivia, mas estava com medo de recomeçar a briga.

— Eu deveria ter conversado com você sobre voltar a trabalhar, depois que as meninas nasceram — continuou ela. — Sei que você não está feliz na *The World* há anos. E eu deveria ter dito algo, porque você apenas enfrenta tudo, e isso não é bom. Para nenhum de nós.

— Você não tem que me dizer essas coisas. Mesmo porque não são segredos. Isso é apenas olhar para o passado.

— Talvez. Mas eu definitivamente deveria ter te contado quando descobri o caroço. Foi há semanas. Mas foi mais fácil não dizer nada, para poupar a todos, até que fosse obrigada. Teria tornado tudo real, quando eu mal conseguia pensar a respeito. Mas é só uma desculpa. E não é tão diferente do que você escondeu de mim. Ou a gente fala tudo, ou não fala nada. *Comunicação.* Ela articulou bem ao falar a palavra, para mostrar que era o tipo de termo terapêutico que ele odiava. Como ela conhecia bem o marido.

— Pensei no que você disse sobre a Olivia — disse ele. — Não é que eu tenha... favorecido Phoebe. — Ele abaixou a voz. — Ao menos espero não ter feito isso. Foi uma época difícil para mim, quando Olivia nasceu, me ajustar às responsabilidades aqui... sabendo que teria que abandonar o Líbano, mesmo sem querer. Foi errado não dizer isso para você, também.

— Eu já sabia.

— Eu sei. Sei que sabia. É que, quando voltei para casa, parecia já ter perdido a oportunidade com Olivia. E então foi tão fácil com a Phoebe. A gente sempre ria das mesmas coisas. Mas Wiv nunca pareceu precisar de mim... nem ao menos... gostar tanto de mim. — Sua voz diminuiu ao pensar em Olivia no hospital, e na possibilidade de que talvez nunca pudesse consertar as coisas entre eles.

— Andrew, não! — disse Emma. Ela passou seus braços pelo pescoço dele e o beijou nos lábios, como não fazia há anos. Ele a puxou para perto. A realidade do diagnóstico dela, de sua morte, surgiu em sua mente com uma força amedrontadora. — Desculpe — disse ela, no pescoço dele. — Nunca deveria ter dito aquelas coisas sobre você e Olivia. Só estava com raiva. Não é a verdade. É diferente com cada filha, cada pai.

Ele se recompôs a tempo de ouvir Phoebe descendo as escadas.

— Alguma notícia? — berrou ela.

A voz cantada dela trouxe Andrew de volta à realidade.

— Nada ainda — gritou ele, de volta, agradecido por sua voz estar no tom barítono normal novamente.

— Vamos avisar assim que soubermos de algo, anjo — completou Emma. Eles ainda estavam abraçados, o telefone apoiado na beirada da janela ao lado deles.

Jesse

• • •

Jesse ouviu apenas um segundo de um toque de telefone antigo antes de Emma atender o telefone, sem ar.

— Alô?

— Emma, sou eu, Jesse. Está tudo bem — disse ele.

— Ah, graças a Deus. Então não é Haag? — Ele podia sentir o alívio dela pelo telefone.

— Não. Ela não está com Haag. Então estou bem, também. Já faz uma semana que ela voltou da Libéria, por isso não tem mais nenhum risco agora. Fomos colocados separados, em isolamento, e eu fiquei, tipo, sem nada para fazer por horas. E então essa enfermeira chegou e me disse que Olivia tinha acabado de testar negativo. Nossa, como fiquei feliz! Estava começando a entrar em pânico naquela tenda...

— Então ela está bem? — interrompeu Emma. — Qual era o problema? Apenas um vírus chato?

— Não exatamente. Por que você não fala com ela? Ela está aqui... Vou colocar no viva-voz. Ela está com uma agulha intravenosa na mão.

Jesse colocou o telefone na mesinha ao lado da cama de Olivia, próximo ao rosto dela. Sua pele ainda estava um pouco descolorida, mas ela sorria.

— Mamãe? — chamou ela.

— Wivvy! Querida! — surgiu a voz de Emma, abafada. — Como você está? O que você *teve*?

— Bom, na verdade, eu, hum, estou grávida, mãe — respondeu Olivia. Ela olhou para Jesse, seu sorriso se abrindo.

— Grávida?

— Sim. De sete semanas. Mas sinceramente eu não fazia ideia. Estava me sentindo mal, mas pensei... Eu nem sequer cogitei que poderia ser isso. Achei que não estava menstruando porque perdi peso. Já aconteceu antes, e sempre voltava quando eu engordava um pouco...

— E é... é de Sean, imagino? — perguntou Emma.

— Claro! — respondeu Olivia, quase rindo. — Não sou tão boba assim! Jesse disse que vocês sabiam sobre nós. Sean e eu. Sei que foi um pouco...

— Ah, meu bem. Sim, nós sabíamos. Mas tudo terminou bem. Que notícia boa!

Ela estava agindo de forma muito controlada a respeito de tudo, pensou Jesse, considerando que a única coisa que eles sabiam de Sean era que ele tinha Haag. Mas Olivia havia compartilhado um monte de coisas sobre o companheiro naquela tarde, e ele parecia ser incrível.

— E o bebê ficará bem? — perguntou Emma.

— Sim, eles fizeram um ultrassom na ala de maternidade e parece que está tudo bem. Mas ainda é cedo.

Olivia pausou por um momento, e então continuou:

— Eles captaram batimentos cardíacos. — E seu rosto se contorceu, meio rindo, meio chorando, ao tentar dizer: — Desculpe, acho que são os hormônios.

Então é assim que ela fica quando sente algo, pensou Jesse.

Phoebe

• • •

O aparelho com Olivia do outro lado da linha foi passado de mão em mão. Sua mãe disse várias vezes "Ah, Wiv!", antes de passar o aparelho para seu pai, que apenas comentou: "Parabéns, garota", com seu jeito rígido e engraçado, e então se virou para a janela, longe de Phoebe e Emma, para olhar o lado de fora. Phoebe falou com Olivia por último, levando o telefone para fora da cozinha para que seus pais não escutassem.

— Obrigada por roubar a atenção da minha situação de noiva deixada no altar — disse ela, sabendo que sua irmã não reclamaria.

— É, desculpe por isso — respondeu Olivia. — Desmaiar parecia a única opção, com todo o seu drama. — Ela soava diferente; sua voz estava fraca, mas tinha um brilho novo.

— Nossa, Liv, foi tão estressante! Como você consegue trabalhar em um hospital? Você era a única pessoa ali que saberia o que fazer e estava desacordada, sem poder fazer nada!

— Bem, Jesse estava lá. Parece que lidou com tudo muito bem.

— Sim, retiro... — disse ela, antes de se lembrar que estava no viva-voz e soltar em um tom alegre: — Valeu, Jesse! — Que vergonha. — Então, que seja, você está GRÁVIDA! — continuou ela.

— Sim. Sou aquela babaca que não tinha ideia nenhuma.

— E você é *médica*! Você realmente não percebeu? Só porque é uma magrela desgraçada?

— Minha menstruação é muito irregular. E óbvio que nós usamos proteção... Já que você deve estar se perguntando.

— Nada é cem por cento. Você não lia revistas de adolescente? Ter informação é importante, mas o sexo... hã... — Ela não conseguia lembrar o resto.

— Não! Tinha coisas melhores para fazer. Enfim, ainda é cedo. Só estou "um pouquinho grávida", por enquanto. Ok?

— Tá. Posso ficar "um pouquinho animada", então?

— Tudo bem.

Olivia teria que permanecer em observação durante a noite, mas Emma insistiu que Jesse ficasse em Gloucester Terrace até o ano-novo, quando seu voo partiria. No dia anterior, Phoebe teria ficado furiosa, mas agora parecia natural — seria errado se ele fosse para outro lugar. Retornando da mercearia onde fora para comprar leite e ovos, ela começou a saltitar com seu pé não machucado. Saltou pela calçada, satisfeita pela firmeza debaixo de seus pés depois dos caminhos enlameados de Weyfield, contente ao ver tantas janelas iluminadas, tantos carros estacionados, tantas pessoas em um só lugar. A guirlanda que ela havia pendurado na porta deles no começo de dezembro tinha murchado, então ela a removeu. Dentro de casa, absorveu o aroma do lugar, sempre mais notável depois de uma semana fora. Era a essência própria do número 34, sua tinta ou o aquecedor, ou outra coisa, com um quê do perfume Chanel de Emma e a caixinha de areia de Cacau.

Pendurando seu casaco em um cabide Eames, Phoebe se deu conta de que seria tia. Ela já podia se ver como A Glamorosa Tia Phoebe, uma espécie de fada-madrinha que dava presentes. Sempre imaginara que seria a primeira a ter filhos, enquanto Olivia viajava pelo mundo. Mas assim parecia certo, também.

A campainha tocou logo atrás dela — era Jesse, com o rosto amassado.

— O herói do momento! — clamou Andrew.

— Onde está o táxi? Você tinha dinheiro suficiente? — perguntou Emma.

— Eu vim de metrô — respondeu ele. — Queria ver a verdadeira Londres. E comprei o jantar. Imaginei que estivessem desejando comida japonesa depois de Norfolk. Não se preocupem, não é só vegano — disse ele, erguendo uma sacola do restaurante Itsu, como se tivesse lido a mente de Phoebe. Ela realmente não estava a fim do omelete que sua mãe sugerira.

— Bem, precisamos de champanhe — disse Andrew, quando todos estavam na cozinha. Ele abriu a geladeira vazia, onde uma garrafa de Veuve Cliquot descansava.

— Às boas-novas de Olivia — disse ele, enchendo as taças. — E a você, Jesse! — Todos ergueram seus copos, e Jesse se inclinou para brindar. Emma pareceu surpresa, e então bateu uma taça na outra com tanto entusiasmo que derramou seu champanhe.

Os quatro fizeram um piquenique comemorativo, sentados em bancos ao redor do balcão da cozinha, usando pauzinhos descartáveis e colheres de plástico. O silêncio era contente, misturado ao som deles mastigando e bebendo champanhe por alguns momentos.

— Humm, muito gostoso. Obrigada, Jesse — comentou Phoebe. Ela queria fazer as pazes, mas a ideia de mencionar a briga da véspera parecia estranha demais. Ele olhou para a meia-irmã. Tinha macarrão pendurado na boca, que sugou rapidamente, manchando sua camiseta branca com shoyu. Phoebe preferia o Jesse de roupa manchada ao modelo da Uniqlo, pensou ela.

— Só queria dar um momento de descanso para a sua mãe — disse ele.

Ela levou um minuto para entender o que ele dizia. Talvez tivesse sido eficiente demais em bloquear os pensamentos sobre o câncer. Ou talvez ela fosse apenas preguiçosa, deixando sua mãe fazer tudo, como de hábito.

— É, eu vou limpar aqui, mamãe — disse ela. — Você deveria descansar.

— Obrigada, meu bem — respondeu sua mãe. — Seria ótimo. Então eu posso levar uma malinha para Olivia. Já está preparada. — Phoebe olhou para Andrew. Obviamente, Emma não relaxaria com facilidade.

Depois do jantar, Phoebe e Jesse ficaram a sós na cozinha.

— Era exatamente o que eu precisava — disse ela, colocando as embalagens no lixo.

Ele olhou para ela da pia, onde estava pingando umas gotas de água em sua camiseta.

— Eu também. Não que Emma não seja uma cozinheira maravilhosa.

— Desculpe por ontem, aliás — disse ela, ajeitando um pano de prato para poder virar de costas para ele.

— Ei, eu que deveria me desculpar. Nunca deveria ter me intrometido daquele jeito. Eu provavelmente estava enganado, de qualquer forma.

— Não se preocupe. Não é importante — respondeu ela, com honestidade. Era estranho como George já começava a fazer parte do passado dela. Talvez a perda ainda tivesse que ser sentida, mas por algum motivo ela achava que não. Olhou para seu dedo, sem o anel horroroso, e pensou no gasto com o Pacote de Noivado. Sabia que algum dia ela conseguiria rir daquilo. Por enquanto, fazia com que ela quisesse enrijecer todos os seus músculos.

— Ele já entrou em contato?

— Não. — Não imaginava que iria.

— Ele tem que fazer isso, em algum momento, não? — perguntou Jesse. — Vocês não têm um monte de coisas um na casa do outro?

— Não verdade, não. Ele sempre foi esquisito com isso. Não queria que eu deixasse minhas coisas na casa dele. E não tinha nem uma escova de dentes aqui. Ele sempre trazia quando vinha passar a noite, em uma nécessaire com o nome dele costurado por dentro.

— Sério? Meu Deus.

— Eu sei. Ele não teria ideia do que fazer hoje de manhã. O que parece um ótimo indício de que ele não seria um bom marido.

— Com certeza. Na saúde e na doença e tudo mais.

— Na alegria e na tristeza... E você? Está saindo com alguém?

— Agora não mais. Eu terminei um relacionamento ano passado, quando descobri que minha mãe biológica tinha morrido. Foi parecido com o que você está dizendo. Percebi que ele não sabia lidar emocionalmente com esse tipo de situação. Tipo, era sempre eu sentindo tudo por nós dois. E isso não daria certo a longo prazo.

— Hum. — Ela sabia que agora seria sua chance, então balbuciou:

— O que fez você pensar que George era gay, aliás?

— Nada em específico. Só um palpite. Mas, como disse, provavelmente estava errado.

— Talvez não. Acho que só fiquei tão irritada porque já pensei isso também. Explicaria algumas coisas.

— Tive a sensação de que ele não era do tipo que se comunica bem, sabe?

— Acho que não. Era mais o tipo forte e quieto. Ou, só quieto. Fraco e quieto.

— E você não é assim. Então seja ele gay, hétero, tanto faz; você precisa de alguém com quem possa conversar. Ano que vem vai ser puxado, né? Você vai precisar ajudar a sua mãe. Você precisa de alguém que entenda isso.

— Verdade. — Chocada e envergonhada, ela percebeu que não tinha pensado naquilo. Até ontem, o "ano que vem" seria totalmente voltado para o casamento.

— Que seja, olhe só para você. É tão bonita! Consegue algo muito melhor!

— Ahhhh. Obrigada, Jesse! Você é tão americano! — Ela não tinha certeza se era o champanhe, mas se aproximou dele e o abraçou.

— E você é tão britânica! — disse ele, com a sua melhor imitação do sotaque londrino.

Quando Emma retornou, os quatro se jogaram em frente à televisão para assistir a um antigo episódio especial de Natal do seriado *Downton Abbey*.

— Achei que escaparia do *Upstairs Downstairs* — reclamou Andrew, mas Phoebe notou que ele colocou o braço ao redor da esposa, ficou completando o chá de menta dela e abrindo nozes para ela. Era bom estar de volta, espremida no sofá da sala de televisão. Vendo Maggie Smith olhar feio para um mordomo, ela se deu conta de que Weyfield poderia ter lareiras e camas de dossel, mas apenas Emma se sentia confortável lá. Gloucester Terrace não era um lugar especial como a casa de Norfolk, mas era seu lar.

Jesse

• • •

Jesse olhou ao redor do quarto do sótão onde dormiria. Havia sido o quarto de Olivia e, embora suas coisas não estivessem mais ali, traços da jovem Olivia ainda permaneciam — uma lava lamp, tamancos horríveis e uma foto de formatura com amigos encantadoramente nerds. Agora que havia visto a longa e estreita casa londrina dos Birch, com suas cadeiras dinamarquesas e os cartuns políticos de Andrew, ele percebera que Weyfield não era a cara deles. Aquele local era todo de Emma, sua infância condensada. E só então, vendo os Birch em sua casa, comprando comida de restaurantes e vendo televisão, que ele começou a sentir como se fosse parte da família — que eles não eram só seus anfitriões estrangeiros. Ou talvez fosse o fato de as barreiras terem sido quebradas por tudo que acontecera naquele dia.

Era quase meia-noite, mas sua mente ainda estava a mil. Ele se deitou na cama de solteiro, observando a claraboia sem estrelas, pensando na conversa que tivera com Phoebe na cozinha. Havia feito com que se lembrasse de conversas com Dana, embora Phoebe fosse mais incisiva. Claro — era filha de Andrew. Ele ligaria para a irmã adotiva amanhã, decidiu, e contaria tudo aos pais tão logo voltasse para casa. Os detalhes sobre a quarentena talvez precisassem ser justificados, mas eles seriam compreensivos. Percebeu que estava animado para conhecer Sean, o sobrevivente de Haag e outro estrangeiro no clã Birch. O provável genro. Ele imaginou se Sean e Olivia se casariam antes do nascimento do bebê, se haveria, afinal, um casamento na família. Uma pena que ele não tinha conseguido iniciar seu filme sobre a adoção; a primeira dança de Olivia e Sean seria uma bela cena de encerramento. Lá de fora, Jesse podia ouvir o trânsito, sirenes, pessoas bêbadas gritando. Até a viagem de metrô do hospital fora um alívio depois de Norfolk. Tinha sido como conseguir respirar, ou abrir uma janela em um carro abafado. Talvez ele e Phoebe pudessem ir às compras no West End, pensou com alegria, ao se espreguiçar debaixo do lençol com estampa cartográfica e desligar a luz.

• 9 •

30 de dezembro de 2016

Olivia

• • •

Olivia encostou-se na cama dura do hospital, com as malas a seus pés, ansiosa para ser liberada. A ideia de que Sean estava no prédio e a apenas alguns andares de distância não saiu de sua cabeça a noite toda. Ela tinha se sentido muito idiota na frente dos médicos no dia anterior, quando sua urina retornara repleta de progesterona. Até então, ela mal tinha considerado quando queria filhos. Sempre foi "algum dia, não agora". Uma família a prenderia em Londres, fazendo com que ela parasse de trabalhar no exterior. Ter uma residência fixa era algo para Phoebe.

Mas como isso estava acontecendo naquele momento, com Sean ao seu lado, ela se sentia diferente. Nervosa, mas pronta — como se eles estivessem juntos há anos. Ela se lembrou de quando ele disse, descuidadamente, que queria muitos filhos, e o quanto ela havia zombado dele por isso. Em segredo, no entanto, Olivia esperava que ele estivesse sondando o terreno, avaliando quão sério era o relacionamento deles.

Ela tinha enviado uma mensagem mais cedo prometendo visitá-lo, mas não tinha dito que já estava no Royal Free. Seria cruel dizer que estava no hospital sem explicar, e ela queria lhe dizer cara a cara que estava grávida. Dennis White escrevera novamente naquela manhã, exigindo que ela entrasse em contato com ele, mas adiantando que não havia mais risco, agora que sua quarentena tinha acabado. Ela não conseguira responder. Teria que bajulá-lo, ela sabia. Mas aquilo podia esperar. Ela checou sua cautelosa aplicação de rímel (Phoebe mandara um estojo de maquiagem por Emma na noite anterior) e desejou que as enfermeiras viessem para liberá-la.

Uma hora depois ela estava na ala de cuidados intensivos de Sean, com o crachá de visitante em mãos. Ela sentiu o cheiro seguro do hospital — o chão alvejado e esfregado, e a lembrança dos jantares da época universitária. Estar em um hospital como paciente era desconcertante; era como ir de ator a plateia. Dois médicos novos passaram por Olivia, e ela quis explicar que era um deles, e que geralmente vestia as mesmas roupas que eles. Ao virar em um dos corredores, viu uma mulher de meia-idade, um pouco acima do peso, com cabelos espetados e brincos de ouro, próxima a uma máquina automática de vendas.

— O...livia? — chamou ela, com um forte sotaque irlandês.

— Sim? — respondeu Olivia, hesitante.

— Você e o Sean... estão juntos? — Ela não tinha se dado conta de que a família dele poderia estar ali. Ela sentiu como se tivesse uns 10 anos de idade.

— Eu sou a mamãe dele! Kathy. Ele nos contou tudo sobre você. Eu te reconheci por causa do Facebook. Venha cá, querida!

Olivia permitiu-se ser abraçada e, em seguida, observada, enquanto Kathy sorria para ela. Ela conseguia ver Sean nos olhos verde-acinzentados de sua mãe. Passou pela cabeça dela que essa mulher era a avó de seu bebê. Potencialmente sua sogra — parte de uma nova família, de uma nova vida. Como aquela noite na Praia do Cabo poderia tê-los levado àquilo tão rápido?

— Que forma mais inusitada de conhecer sua sogra, não é mesmo? — comentou Kathy. — Mas é muito bom conhecer você, Olivia. Você é tão amável quanto Sean disse. Agora você deve ir visitá-lo ali dentro!

— Como ele está se sentindo? — perguntou Olivia, logo que elas começaram a caminhar por um longo corredor com os sapatos rangendo, e Olivia abrindo as portas para as duas.

— Ele é extraordinário. Um guerreiro, nosso Seany. Mas está terrivelmente magro, você sabe. E muito preocupado com você.

— Sim. Era um risco, nós... — Ela parou, não sabia como continuar, mas Kathy riu.

— Ah, a paixão dos jovens! Ele é um menino levado — disse ela, carinhosamente. — Aqui estamos — alertou, parando em frente à porta, higienizando as mãos e antebraços antes de bater. Não houve resposta, então ela abriu a porta apenas o suficiente para olhar o interior. — Ah, ele está dormindo — comentou, soando como uma mãe de primeira viagem ao admirar o seu bebê.

— Tudo bem. Gostaria de vê-lo de qualquer forma — disse Olivia.

— Claro, fique à vontade, querida. Ele deve acordar ao ouvir sua voz — respondeu ela, apertando os olhos como Sean.

Olivia entrou na sala estéril. Ali estava ele, deitado sobre lençóis verde-claros, no meio de uma selva de medicamentos intravenosos, fios e monitores. Ainda era Sean, mas diferente. Ela não conseguia acreditar em quanto peso ele perdera. Mesmo após o aviso de Kathy, e vendo tantos pacientes com Haag, ela fora pega de surpresa. O rosto dele estava magro, e seus braços, escondidos dentro da roupa hospitalar, estavam tão finos que os cotovelos pareciam grandes demais. Pontos azuis decoravam sua garganta — os vestígios da irritação causada pelo Haag. O tamanho deles confirmava que ele estava negativo para Haag por mais de 24 horas. Ela estudou o monitor ao lado dele, aliviada por ver que a taxa respiratória, o pulso, o oxigênio e a temperatura estavam dentro dos parâmetros normais. Uma prancheta aos pés de sua cama registrava as refeições, sono e urina. Ela pensou em chamar uma enfermeira e pedir para ver o exame de sangue antes que ele acordasse, mas disse a si mesma para parar. Ela precisava parar — estar ali como namorada, não como médica.

Claramente, nem todos compartilhavam da mesma visão negativa da mídia sobre Sean. Cartões com desejos de melhoras lotavam o armário ao lado da cama, e o chão estava repleto de presentes. Ela colocou os mimos que tinha comprado na loja do hospital em cima da pilha, e então os pegou novamente. Ela queria dá-los a ele da forma correta. Tinha escolhido um livro de Robert Harris e uma caixa grande de chocolates Maltesers — os quais ele tanto desejara enquanto estivera na Libéria. Ela percebeu que aquela fora a primeira vez que gostara de escolher um presente para alguém.

Do monitor, bipes uniformes e regulares controlavam a estabilidade de sua respiração. Olivia se sentou na cadeira de visitas, pensando se poderia acordá-lo para aproveitar o máximo de seu tempo ali. Agora ela estava junto a ele, finalmente, e deixá-lo outra vez parecia algo cruel. Ela disse "Sean" algumas vezes, mas ele não se mexeu. Ele sempre fora uma pessoa com o sono invejavelmente pesado. Ela tinha imaginado, estupidamente, que a primeira coisa que faria seria abraçá-lo, mas ele parecia muito mal — muito debilitado. Em vez disso, Olivia entrelaçou seus dedos com os dele, com cuidado para não desalojar a cânula ali presa. A mão de Sean estava fria, e ela se lembrou do quanto queria tocá-la na primeira noite no bar da praia. Ela quase tocou o ombro dele para acordá-lo, mas desistiu. Só queria olhar para ele mais um pouco. O pai do seu bebê, pensou ela, tentando absorver o significado daquilo. Os dois, combinados em uma única pessoa.

— Sean — repetiu ela, em tom mais alto. Ele não se mexeu. Ela se sentiu inesperadamente tímida. E se ela tivesse feito tudo errado? E se ele ficasse chocado com as notícias? E se dissesse que era tudo muito repentino? Ele não diria isso, diria? Ela decidiu que contaria a ele naquele momento. Pelo menos dessa forma ela poderia testar as palavras em voz alta, antes que ele acordasse.

— Sean, eu tenho novidades — disse ela. E parou, embora ele ainda estivesse dormindo. — Estou grávida. Vamos ter um bebê.

As pálpebras dele se mexeram. Ela continuou.

— Estive me sentindo mal, mas nunca pensei que... Nós sempre fomos tão cuidadosos. Eu já fiz os exames, porque...

Os olhos dele se abriram até a metade e se fecharam. Ela segurou a respiração.

— De qualquer forma, é tão diferente quando é com você, e não com um paciente. Ainda é só um feijãozinho, um minúsculo ser com batimentos cardíacos. — Ela se lembrou da sensação de uma nova vida com emoção, os batimentos que escutou, como um pássaro batendo as asas.

— O...livia — chamou ele, enquanto seu polegar acariciava a mão dela.

— Sean! — Ela apertou a mão dele e inclinou-se para poder repousar sua bochecha contra o rosto abatido dele.

— Nós vamos ter um bebê. Que maravilha — sussurrou ele, e sorriu, com os olhos ainda fechados.

Andrew

• • •

ASSUNTO: Revisão, 10 de janeiro
DE: Andrew Birch <andrew.birch@the-worldmag.co.uk>
DATA: 30/12/2016 16:09
PARA: Sarah Gibbs <sarah.gibbs@the-worldmag.co.uk>; Croft, Ian <ian.croft@the-worldmag.co.uk>

Olá para os dois,

Segue uma resenha — decidi por um lugar japonês que visitei antes do Natal, perto de Hourani & Co, que foi horrível.

Vou deixar que o texto fale por si só, mas basta dizer que acho que é o momento certo. Apesar das minhas birras ocasionais, algumas das quais eu me envergonho de lembrar, foi um prazer trabalhar com vocês. Sarah, eu te devo um bom almoço. Que tal no The Ivy?

Andrew

P.S.: Ian, você poderia me fazer o favor de deixar o advérbio em "tendo caído audaciosamente", como está? Coloquei de propósito. É uma referência a *Star Trek: The Next Generation* (ha ha). Aliás, esse era o seriado favorito da minha filha Olivia na infância.
Obrigado.

Yukiko's Table, Belgravia
Comida 5/5
Ambiente 4/5

E como foi o seu Natal, ano-novo, e tudo mais? Desinteressantes como sempre, vendo besteira na televisão, comendo muito queijo Stilton e recebendo presentes inúteis? Leitores, eu só posso dizer a vocês que o meu foi transformador. Vocês devem se lembrar de que Chez Birch foi área interditada durante a época festiva. Minha heroica filha Olivia, que passou as vésperas do Natal na Libéria, nos obrigou a ficar uma semana em quarentena na região norte de Norfolk. Foi um choque e tanto para uma família moderna, como vocês podem imaginar. E ainda: um filho que eu tive quando jovem (e cuja existência era desconhecida para mim até então) apareceu à nossa porta. Ou, sendo mais preciso, no nosso corredor, tendo caído audaciosamente pela nossa porta de entrada — mergulhando de cabeça em nossa quarentena.

Se tudo isso parece uma terrível e moderna peça teatral, preparem-se. Fica ainda melhor. No último dia da quarentena, minha filha mais velha desmaiou e bem poderia ter se afogado no próprio vômito, tal qual Jimi Hendrix, não fosse a ajuda do filho até então desconhecido. Enquanto nos debatíamos como galinhas degoladas, ele se arriscou a contrair Haag sem nem hesitar. Não se preocupem, há um final feliz. Olivia testou negativo para o vírus, descobrindo que, na verdade, estava sofrendo de enjoos matinais, portanto se redimindo, em espírito, e passando de um ícone das drogas à Duquesa de Cambridge. Em suma, não apenas ganhei um filho, mas em breve também ganharei um neto.

Agora sei que a vida é curta demais para se preocupar com coisas pequenas. Pois preocupar-se com elas dia sim, dia não é a maior tragédia do nosso mimado mundo ocidental. Quando eu era jovem, escrevia sobre coisas grandes. Guerras, fome, o sofrimento humano. Eu via a carne fresca de um bode masai recém-abatido como a mais alta culinária. Na idade da Olivia, eu também estaria na Libéria, escrevendo sobre a crise na qual minha filha esteve trabalhando tão bravamente para conter. Mas, por cerca de trinta anos, tenho escrito sobre... novos restaurantes. Novos restaurantes não são coisas importantes. Eles são, de fato, as menos importantes. Se o Natal me mostrou uma coisa é que não me importo mais com esta coluna. Gostaria de me desculpar com cada chef cujos esforços eu porventura tenha ridicularizado em nome de um bom texto. Não gostaria de me desculpar com o ridículo restaurante de estrelas Michelin que não permitiu minha entrada por trajar jeans.

Yukiko's Table é um fim apropriado para esta coluna, sendo administrado por uma família. Estive lá uma semana antes da nossa quarentena, ciente de que não haveria sushi em nossa casa de isolamento, em Norfolk. Fui colocado em uma mesa baixa, em uma sala com a iluminação meio brilhante demais, enquanto uma garçonete simpática corria para me trazer um copo de saquê, quente e estimulante. Tempurá de camarão, leve como o peido de uma sereia...

Andrew parou e apagou "peido de uma sereia". Era hora de parar de imitar o humor imaturo de outros críticos e apenas escrever. Então ele voltou e mudou a parte exagerada sobre as galinhas degoladas, antes de continuar.

Prossegui com tempurá de camarão — rechonchudo e fresco como a chuva, envolto em massa, acompanhado de um sedoso tamari. Então, dim sum: travesseiros fumegantes, saborosos, levemente cozidos. Eu poderia facilmente ter comido mais dois cestos, mas guardei espaço para o salmão teriyaki — que não lembrava em nada a "comida de gato no melaço" de suas pobres imitações. Finalizei com sorvete de chá verde e jasmim, um pouco comum, mas quem vai a um restaurante japonês pensando na sobremesa? Leitores, corram para ir jantar no Yukiko's Table e não esqueçam de dizer que foi recomendação de um amigo. Fiquem bem, e boa degustação.

Andrew releu a coluna. Estava muito cafona? Não. Ele tinha evitado ser cafona por tanto tempo. E apagar George de seu retrato familiar dava a ele uma enorme satisfação. Se o merdinha lesse a resenha (o que duvidava, mas era possível), Andrew esperava que se irritasse com sua ausência. Como bônus, escrevera tudo de uma só vez. Geralmente suas colunas eram uma rotina trabalhosa de esboçar, apagar, reescrever, tuitar e fazer café. Essa tinha se escrito sozinha — um sinal, ele sentiu, de que a decisão de deixar a *The World* era correta. Ligaria para Sarah depois do ano-novo. Por ora, aquele seria seu aviso prévio. Ele ainda não tinha certeza do que faria depois. Alguma oportunidade como freelancer deveria surgir. Ele sempre havia gostado da ideia de escrever sobre viagens — supondo que Emma estivesse disposta a isso. Ou por que não olhar além e tentar escrever sua biografia? Imaginar a vida sem a preocupação quinzenal de sua coluna era uma revelação. Além disso, muitos de seus amigos já estavam aposentados.

Era um alívio estar de volta à sua escrivaninha Ercol, longe da sala de fumo com suas licoreiras reluzentes e o desagradável odor dos homens da família Hartley. De seu escritório compacto, com janelas salientes e paredes verde-claras — uma escolha de Phoebe —, ele conseguia ver Primrose Hill. Decidiu ir até lá mais tarde, antes do escurecer. Talvez ele começasse a fazer isso diariamente, pensou, com a intenção mais ampla de fazer o seu melhor, de ser melhor. Não estava prestes a começar a escrever resoluções de ano-novo. Mas tinha alguns planos. Gostaria de levar Olivia e Sean para almoçar no Lemonia, em Regents Park Road, de visitar Jesse em Los Angeles e dar apoio a Emma em qualquer tratamento horrível do qual ela pudesse precisar.

Ele se lembrou de como Phoebe idolatrava suas heroicas resenhas. Havia sido muito fácil, por tempo demais, deixar que Phoebe o visse como herói. O olhar sério de Olivia e seus ideais louváveis, a cada ano que passava, faziam com que ele se sentisse mais como um Judas. Era por isso que não perguntava sobre o trabalho dela. Não porque não se importasse. Apenas porque era doloroso se lembrar de sua juventude. Também fora invejoso, podia admitir isso agora. Tinha inveja da liberdade dela — da maneira como fazia uso de sua liberdade. Ele apertou o botão de enviar, mandando sua última coluna, e recostou na cadeira. Seu estoque de grosserias havia se esgotado.

Andrew havia se oferecido para buscar Olivia no hospital. No corredor, ele encontrou Phoebe vindo do porão. A filha caçula se sentou no primeiro degrau, observando-o colocar o casaco.

— Papai — disse ela. — Olha essa mensagem... o que você acha que significa? Ele é um dos apresentadores do canal que trabalho. Não faço ideia de como soube que estou solteira — comentou ela, parecendo satisfeita com isso. Ela mostrou a Andrew uma mensagem de texto que dizia: *Olá, Phoebe, ouvi dizer que você está solteira novamente. Antes que alguém se aproveite disso, gostaria de te convidar para jantar. O que vai fazer amanhã à noite? Que tal um esquenta antes da virada? Bjs, Caspar*

— Parece promissor — disse Andrew.

— Ele é bem legal. Mas nunca pensei nele dessa forma, por causa do George. — Andrew duvidava, vendo como ela estava se derretendo com a mensagem. — Embora ele seja supertalentoso.

— Bem, aí está. Veja o que acontece — disse Andrew. Ele não queria se envolver em uma das longas discussões de Phoebe sobre a vida dela e se atrasar para chegar ao hospital. — Estou indo buscar Olivia — comentou ele. — Você vem?

— Não, obrigada. Hospitais me dão arrepios — respondeu ela, apoiando seu pequeno corpo no corrimão e esticando suas pernas de forma que ocupassem todo o degrau.

— Certo. Bem, estaremos de volta para o almoço.

— Tá — respondeu ela, olhando para o celular como se guardasse todos os segredos do mundo.

Ao voltar do hospital para Camden, com Olivia sentada no banco do passageiro, Andrew automaticamente começou a procurar pela estação Radio Four, e então parou. Eles haviam acabado de ter uma conversa muito interessante sobre a corrupção na Libéria, aquele pavoroso sistema burlado por propinas. Andrew conseguira fazer muitas perguntas (o segredo para não a interromper demais era imaginar que a estava entrevistando), e aprendera sobre coisas que não apareciam no noticiário. Por sua vez, ela fizera algumas perguntas sobre o Oriente Médio, que ele achou que respondera bem, considerando há quanto tempo tinha vivenciado aquela realidade. Ele estava tentando pensar em mais perguntas sobre os planos futuros dela — interessado, mas não invasivo —, quando Olivia comentou:

— Vi o Sean esta manhã.

— Que ótimo! — Andrew sentiu como se tivesse encontrado uma tábua de salvação. — Imagino que ele esteja bem diferente da última vez que você o viu.

— Hum. Ele perdeu peso. E a pele ainda está irritada, por causa do Haag, então a aparência dele está péssima. Mas só está fraco mesmo. Quando acordou, estava totalmente lúcido. Falou, comeu, fez de tudo.

— E você contou a ele as novidades?

— Sim. Eu o acordei com a notícia.

— Foi? Magnífico. Ele parece ser um cara bem decente. Talvez eu possa fazer, não sei, algum tipo de entrevista com ele para *The World,* quando ele estiver recuperado. Para ele esclarecer tudo, ou algo assim. Escreveram um monte de besteiras. Mas é só uma ideia. Você que sabe.

— Talvez — respondeu ela. Ele não sabia dizer se Olivia tinha gostado da sugestão ou não. Depois de um momento, ele acrescentou:

— Tenho certeza de que ele será um excelente pai. Melhor do que eu.

Andrew olhou para ela de relance, mas Olivia estava encarando o para-brisas. Ele sempre tinha achado que ela tivera o azar de se parecer com ele e não com Emma, mas ela tinha o nariz da mãe, percebeu ele— reto, honesto. Era Phoebe quem herdara seu nariz aquilino, embora em miniatura.

— Você não é tão ruim assim! — retrucou ela, olhando para ele como se o pai estivesse brincando.

— Eu podia ter sido melhor. Quase perdi tudo com o Jesse.

— Ainda tem muito tempo para isso. Vocês acabaram de se conhecer.

— Tenho mesmo, tenho mesmo — disse ele. — Para todos vocês — acrescentou, em um murmúrio.

Eles pararam em um semáforo vermelho.

— E onde Sean mora quando não está na Libéria? — perguntou Andrew.

— Dublin. Mas já conversamos sobre isso. Ele vai se mudar para cá na primavera, para prepararmos a chegada do bebê. Tem espaço no meu apartamento por enquanto.

— Bom para ele — disse Andrew. Ao mesmo tempo, pensou: ela está criando raízes. Não está mais tentando escapar.

• 10 •

Véspera de ano-novo

Emma

• • •

No início da tarde, Emma ainda não tinha coletado a montanha de cartas na frente da casa. Em cima dos cartões de Natal atrasados e dos folhetos da Oxfam sobre Haag, estava um envelope branco, endereçado a ela. Ela sabia que eram os resultados dos seus exames antes mesmo de ver o carimbo de "Privado e confidencial" ou o endereço do Sr. Singer no verso. Ela encarou a carta por muito tempo, sem querer saber o que estava escrito nela. Decidiu que a abriria quando estivesse sozinha, no banheiro do andar de cima. Ela ainda segurava a correspondência quando Olivia desceu as escadas.

— Estes são os seus resultados? — perguntou ela, como se pudesse ler mentes. Ou talvez apenas tivesse visto tantos pacientes na mesma situação de Emma que pudesse reconhecer os sinais. Ela vestia a blusa que Phoebe dera de presente, em vez de seu moletom habitual.

— Hum — disse Emma. — Estou nervosa! — Era para soar animado, mas a frase quase ficou presa na garganta.

— Por que não abrimos isso juntas, na cozinha? — perguntou Olivia. — Assim podemos ver suas opções. — Ela soou diferente do normal, meio que profissionalmente positiva. Foi bom. Como uma médica, pensou Emma, antes de se lembrar que a filha era de fato médica.

— Hum, está bem — respondeu ela. — Pode ser.

— Feliz ano-novo! — gritou Jesse, entrando na sala de televisão com sacolas de compras, como se fosse o personagem principal de uma comédia romântica. De alguma forma, já era hora do chá. Emma e Olivia tinham relaxado no sofá por horas, enquanto os outros iam e voltavam, oferecendo xícaras de chá.

— Ei, pessoal, encontrei as minhas bolas de tofu preferidas! — disse Jesse. Phoebe o mandara para o supermercado Whole Foods, em Parkway, para tentar encontrar uma alternativa vegana para o frango que Andrew prepararia. Ele parecia desproporcionalmente empolgado com essa saída. — Cara, Londres é tão bonita! Eu acabei de caminhar até o topo de Primrose Hill. Sério, me lembrou daquele filme *101 Dálmatas*. Adoro essa época do ano! Tipo, é uma chance de recomeçar.

Ele estava certo. Emma se sentia empolgada. Um bebê era razão para se viver. Ela olhou para Olivia; não via o rosto da filha tão relaxado em anos, apesar da conversa assustadora que haviam tido mais cedo sobre seus resultados. Ainda assim, o plano que Olivia tinha elaborado para a quimioterapia de Emma, pensando até em quem a levaria às consultas, era melhor do que o limbo dos últimos dias. Melhor, também, do que as teorias de Jesse, que embora bem-intencionadas soavam meio malucas. Toda a conversa animadora de Nicola sobre lutar contra o câncer parecia apropriada, afinal de contas. Pode ser que eu perca os meus cílios, pensou ela, mas será um preço pequeno para poder conhecer meu neto.

— A colina é tão linda ao entardecer, não é? — comentou Emma.

— Incrível! — disse Jesse. — Como você está se sentindo, Olivia?

— Melhor, obrigada — respondeu ela. — Embora sinta uma nova simpatia por mulheres grávidas.

— Certo! Então, Andrew e eu serviremos vocês esta noite. Vocês duas precisam descansar. Sem ajuda, Emma. Nós vamos cuidar de tudo.

Ele partiu. Olivia e Emma se entreolharam, e pela primeira vez ela sentiu como se estivessem compartilhando uma piada.

As duas continuaram a assistir ao seriado *Poirot* em silêncio, até que Phoebe apareceu à porta, vestindo um quimono. Seu cabelo estava enrolado em um turbante de toalha que puxava seus olhos para baixo, como uma plástica ao contrário. Ela conseguia fazer até mesmo aquele visual parecer chique.

— Mamãe, me desculpe, mas acho que não consigo ficar para o jantar. A festa começa mais cedo do que eu pensei, então... E, também, vou me arrumar na casa de Lara.

— Ah, Phoebs! Que chato! Os meninos estão preparando tudo com tanto capricho. Você tem que chegar logo no começo?

— Não, mas vou encontrar com um cara primeiro. Ele queria me levar para jantar, mas achei intenso demais, então nós vamos sair para beber algo e depois seguimos para a festa. De qualquer forma, não saio faz uma semana. Literalmente. E não vou a um encontro há seis anos.

— Caspar? — perguntou Olivia.

— Aham — confirmou Phoebe, sem se parecer de forma alguma com uma garota que acabara de ser dispensada.

Emma ficou bastante impressionada por ela demonstrar estar seguindo em frente tão rapidamente. Era um bom sinal, com certeza, mas não pôde deixar de se sentir desanimada. Ela sabia que Andrew queria que o jantar fosse uma refeição especial em família, para comemorar tudo que tinha acontecido na quarentena. Olivia manteve seus olhos fixos na televisão.

— Bem, avise o seu pai — disse Emma, sem energia. — Tenho certeza de que ele vai querer abrir um champanhe antes de você sair. — Andrew provavelmente conseguiria convencer Phoebe a ficar para o jantar, pensou ela. Além disso, ela deveria comer algo antes de sair.

— Ok. Mas tem que ser logo — respondeu Phoebe, virando e saindo.

— Tudo bem, querida. — Emma tentou não soar decepcionada.

Jesse

Cozinha, Gloucester Terrace, 34, Camden, 16h10

• • •

Andrew já estava na cozinha quando Jesse chegou com as compras. Ele marcou a página em um livro de bolso amarelado e sorriu. Recentemente — desde ontem, na verdade —, Jesse havia passado a ver seu próprio rosto no de Andrew. Emma dissera o mesmo.

— Você conhece Claudia Roden? — perguntou Andrew, segurando o livro.

— Ela é, tipo, uma chef britânica?

— Egípcia-britânica. Ela foi responsável por trazer a comida do Oriente Médio para cá, nos anos 1980. Neste livro, tem uma receita deliciosa de frango que Emma e eu costumávamos fazer. E também de pilaf, que pensei em fazermos para acompanhar — disse ele, mostrando a Jesse uma página com o título: "Arroz com açafrão, passas e amêndoas." Isso é da sua alçada, não é?

— Claro — respondeu Jesse, copiando a receita. Ele havia se acostumado à forma como Andrew falava. Fez uma anotação mental para contar a Dana que ele realmente falava como escrevia, que a prosa não era falsa, embora ele fosse menos grosseiro pessoalmente. Mais real, uma vez que agora o conhecia.

— Excelente. Acho que deveríamos preparar algo daquela parte do mundo, para a sua última noite aqui — sugeriu Andrew. Era a terceira vez que ele repetia isso desde o café da manhã. Aquela noite devia ser muito importante para ele.

Jesse começou a fazer sua parte: brownies de batata-doce, enquanto Andrew picava ervas e pesava temperos, colocando tudo em potinhos como se estivessem em um programa de culinária. Ele assobiava "Driving

Home For Christmas", por ansiedade ou satisfação, ou por ambos, Jesse não saberia dizer.

— Li seu artigo sobre sua mãe — comentou Jesse, entre as pausas do liquidificador Magimix. — Ela parece incrível.

— Você leu? Ela era, era sim. No mais verdadeiro sentido da palavra — disse Andrew. — Sinto muito que você não a tenha conhecido. Ela gostava muito de Olivia e Phoebe. Olivia, em particular. Elas eram muito parecidas, na verdade. Extremamente independentes.

— Certo. Faz sentido.

— Ela teve que ser pai e mãe para mim, de certa forma. Eu nunca conheci meu pai — comentou Andrew. — Mas eu *sabia* dele. Acredito que ser adotado deve ser... ah... complicado, mas de uma forma diferente. Apenas não saber.

— Acho que sim. Meus pais, meus pais adotivos, sempre foram muito abertos, mas não tinha nada, literalmente, que eles pudessem me contar sobre você. Até eu procurar pelo seu nome, você era apenas uma incógnita.

A boca de Andrew se contorceu como se ele estivesse prestes a fazer algum gracejo, mas ele se conteve.

— Eu planejava fazer um filme sobre isso — continuou Jesse. — Estava esperando poder filmar mais em Weyfield. Mas acabei me distraindo.

— Os eventos o interromperam, na verdade, na semana passada.

— Sem dúvida!

— Bem, se conseguir fazer esse filme, espero que você considere uma participação especial de Camden. Via Skype ou algo assim. Estamos muito felizes com a sua vinda — disse ele, olhando atentamente para as balanças digitais.

Jesse aproveitou a brecha.

— E como ela era, Leila? Minha mãe biológica?

O pescoço de Andrew se avermelhou quando ele olhou para cima, e por um momento Jesse se perguntou se tinha ido longe demais. Mas seu rosto se tranquilizou quando ele disse:

— Bem. Extremamente bela, eu me lembro bem. Boa ideia a sua, puxar a ela. Era radiante, tinha futuro. Mas receio não saber mais do que isso — respondeu ele, parecendo envergonhado. — Nós não, hã... não conversamos muito.

Jesse riu.

— Entendi. Onde se conheceram, se não se importa que eu pergunte?

— No bar do meu hotel. Soa horrível, tenho que admitir. Mas uma zona de guerra, a crise humana, muda tudo. Faz com que nos comportemos de maneira diferente da habitual. Faz correr riscos, suponho. Veja Olivia e Sean.

— Pois é. Carpe Diem.

— Exato. Não era um hábito meu, hã, pegar mulheres em bares, aliás — disse ele, parecendo excepcionalmente sincero. Jesse concluiu que era a forma de ele dizer que fora fiel à Emma durante o casamento deles. — Mas veja o que isso nos trouxe! — continuou Andrew, retomando seu tom irônico e levantando sua caneca para Jesse.

— Ei, você era um cara novo. — Era engraçado como ele sentia falando com Andrew como a outro adulto, mas Andrew claramente não conseguia fazer o mesmo. Jesse sabia que nunca o veria como via Mitch, seu pai, mas isso não era um problema. Mais saudável até, provavelmente. — Ela era âncora de um noticiário, certo? — perguntou Jesse.

— Sim, na época. Depois, ela se tornou uma grande produtora-sênior do canal Al Jazeera, acredito. Mas você provavelmente sabe mais do que eu. Pesquisou sobre ela, presumo eu.

— Pesquisei, mas não encontrei muita coisa. — Ele ficou surpreso por Andrew ter acompanhado a carreira de Leila Deeba.

— Na verdade, tem algo que eu queria te mostrar — disse Andrew, abaixando o fogo de uma panela. — Agora é um bom momento. Vamos subir — continuou ele, e Jesse o seguiu até o andar de cima.

Ele ainda não tinha visto o escritório de Andrew. Não era nada parecido com a escura e abarrotada sala de fumo. Uma janela saliente oferecia vista para Primrose Hill, e duas paredes estavam cobertas do chão ao teto com livros, até mesmo por cima da porta. A única mobília era uma escrivaninha espartana e uma cadeira ergonômica. Todo aquele efeito o lembrava de algum lugar, pensou ele, antes de perceber que era o seu próprio apartamento. Dana e sua família sempre o provocavam por ele ser o indivíduo solitário e organizado em uma família despreocupada.

Andrew abriu a gaveta da escrivaninha e desdobrou uma folha de papel cor de creme.

— Eu devia ter lhe mostrado isso logo que você chegou — disse ele. — Mas, bem, era complicado, porque fui estúpido e não mencionei isso para

Emma. Embora agora ela saiba. Dê uma olhada. Pode ficar com ela. É para você mesmo, acredito.

Jesse pegou a folha de papel e viu que era uma carta manuscrita. Ele olhou para a assinatura — era dela. Sua mãe biológica.

Caro Andrew,

Muitos anos se passaram, mas espero que se lembre de ter me conhecido, Leila Deeba, em Beirute. Escrevo para dizer que, depois que nos encontramos, descobri que estava grávida de um filho seu. Ele nasceu em 26 de dezembro de 1980. Escolhi entregá-lo para adoção porque me sentia incapaz de criar um filho sozinha. Gostaria de pedir desculpas sinceras por não ter lhe informado. Eu era jovem, estava assustada e, naquela época, vivia obcecada em seguir meus objetivos profissionais. Beirute era um lugar perigoso para uma criança. Achei que seria mais fácil para você se não soubesse.

Mas escrevo agora, Andrew, porque estou doente. Tenho uma doença terminal. Aceitei que provavelmente morrerei sem conhecer meu filho. Por muitos anos tive esperanças de que ele tentasse me encontrar, mas isso não aconteceu. Acabei não tendo outros filhos.

Se ele algum dia vier a procurá-lo, por favor, diga que nem um único dia se passou sem que eu pensasse nele. Meu último desejo é que ele seja feliz. Por favor, acredite nesta carta, pelo bem dele. Você o reconhecerá se o vir. Ele era lindo. Dei-lhe o nome de Iskandar.

Sinceramente,

Leila

Desejo o seu bem e torço para que a vida tenha sido boa com você.

Ele ouviu cada linha ecoar em sua cabeça. Sempre achara que o pessoal do orfanato lhe dera o nome de Iskandar — "o defensor do povo" —, mas havia sido ela. *Nem um único dia se passou sem que eu pensasse nele.* Jesse se apoiou na escrivaninha, esquecendo de Andrew e de tudo ao seu redor. A vazia e persistente tristeza que sentira ao saber que ela estava morta tinha retornado. Mas, daquela vez, havia algo mais. Ela dera um nome a ele. Ela tinha esperanças para ele. Ela nunca tinha se esquecido dele. E com isso parecia que um ciclo se fechava — um ciclo que estivera aberto, por toda a vida de Jesse.

Andrew olhou para o lado, organizando a correspondência que estava no parapeito da janela.

— Uau — disse Jesse, quando conseguiu recuperar a voz.

Andrew desajeitadamente colocou uma das mãos no ombro dele.

— Você deu sorte, eu tinha planejado... — começou a dizer, e então pareceu mudar de ideia. — Um drinque?

Phoebe

• • •

Phoebe parou na entrada da cozinha. Ela se sentira mal, vendo sua mãe se entristecer mais cedo. Especialmente depois da conversa sobre o tratamento dela, em que todos participaram. O prognóstico era bom, mas Emma precisaria de quimioterapia. Phoebe tinha decidido que sua resolução de ano-novo seria encher o freezer de sorvetes Marine Ice — que Olivia comentara ser tudo o que pacientes da quimioterapia conseguiam comer — e ser madura, para não surtar ao ver os cabelos de Emma entupindo o ralo.

Mas, ainda assim, não teria que cancelar com Caspar, teria? Ninguém sabia, mas os dois costumavam trocar olhares, um de cada lado do escritório. Ela se perguntou como ele conseguira o número dela, feliz por ele ter ido procurá-la. Ele tinha enviado uma mensagem de voz mais cedo para confirmar o encontro, e ela se pegou ouvindo o áudio várias e várias vezes. Se Phoebe cancelasse o encontro ou mudasse o plano para se encontrarem na festa, passaria a impressão errada. Andrew certamente não se importaria se ela não ficasse para o jantar. Embora ele pudesse tentar convencê-la a ficar depois daquela coluna brega. Todos tinham comemorado o anúncio da saída dele da *The World*. Phoebe tinha ficado secretamente triste — ela adorava ir, só os dois, a restaurantes que ela não podia pagar. Até mesmo os ruins eram engraçados, rendendo piadas por anos e anos. Ela o abraçara e dissera que aquela era a decisão correta, pois sua mãe e irmã haviam dito isso. Mas o que a incomodava era que ela não tinha sido mencionada na coluna de despedida, enquanto todos tinham sido. Ela era a filha que sempre estivera ali, presente — se todos fossem pensar em #famíliaprimeiro. Olivia só voltara para casa por não ter nenhum outro lugar para passar sua quarentena.

Ela abriu a porta da cozinha. Jesse e o pai estavam rodeados de ingredientes, ambos vestindo aventais que mal chegavam à altura de suas coxas. Andrew estava recalibrando dois copos com uísque e cubos de gelo. O cheiro a fez lembrar do drinque Southern Comfort que George costumava beber em Edimburgo. Ele o chamava de So-Co, recordou-se ela, com vergonha. A vontade de confrontá-lo sobre a teoria de Jesse já havia desaparecido. Ele nunca admitiria nada, mesmo se fosse a verdade.

Andrew ergueu o copo assim que ela entrou.

— Papai — disse ela. — Estou em um dilema... não vai ter problema se eu perder o jantar esta noite, certo?

— O quê? — perguntou ele, jovialmente.

— Tudo bem se eu sair esta noite, certo?

— Claro, contanto que você esteja aqui para a ceia. Vamos assar um bezerro cevado. Ou melhor, frango.

— É que eu pretendo me arrumar na casa da Lara para podermos colocar o papo em dia, e daí vou me encontrar com Caspar para um drinque às nove, então...

— Não estou entendendo — disse Andrew. O seu novo e estranho sorriso diminuiu.

— Vou tomar um banho, agora. Você dá conta das abobrinhas, certo, Andrew? — comentou Jesse, passando por eles discretamente.

— Sem dúvida — respondeu o pai dela, parecendo distraído.

Phoebe agradeceu a Jesse silenciosamente — ela precisava que Andrew estivesse sozinho para poder convencê-lo. Empoleirou-se em cima de um banco no balcão da cozinha, mexendo os dedos dos pés com suas unhas pintadas.

— Quero dizer, não posso ficar para o jantar. Não dá tempo — disse ela, começando a se sentir frustrada. — Não vai dar certo. Eu não posso mudar os planos com Caspar assim tão em cima. Desculpe, papai. Eu achei que não íamos fazer nada especial no ano-novo.

— Mas não é um ano-novo normal. Tenho certeza que Caspar compreenderá, dadas as circunstâncias.

— Mas eu estou muito animada com isso. Por que hoje à noite tem que ser tão importante? Ficamos grudados a semana inteira.

— Achei que você tivesse dito que estava em um dilema. Parece que você já tomou uma decisão.

— Não precisa falar assim — retrucou Phoebe. — Só estou tentando recomeçar. Sabe, não é fácil descobrir que os últimos seis anos da sua vida foram uma mentira. — Essa última parte saiu com um tremor na voz, e os olhos dele se suavizaram. Era sempre assim quando ela ameaçava chorar.

— Eu sei que você está ansiosa para cair na farra de novo — disse ele, tirando os óculos e esfregando a testa. — Mas ainda tem tempo. Seria um gesto legal você se juntar a nós esta noite. Jesse e eu planejávamos fazer uma espécie de banquete, sabe? Bezerro cevado, como eu disse.

Ela não respondeu nada, não querendo surtar, nem chorar.

— O filho pródigo? Ensinamentos bíblicos? Isso acende alguma luzinha para você? — perguntou ele.

— Sim, eu entendi. É a última noite de Jesse. Mas não é como se nunca mais fôssemos vê-lo . Você não estava planejando visitá-lo no ano que vem?

— Não por Jesse, por Olivia — disse Andrew olhando para a receita.

— O quê? Por causa do bebê?

— Não, Phoebe. Você não percebeu? Até agora, sua irmã e eu... Bem, basta dizer que ela raramente vinha para casa, como você sabe. Mesmo no Natal. E quando ela voltava, nós dois, nós não, hum, conversávamos muito... um com o outro, quero dizer. E nesta semana, nós meio que descobrimos que temos mais em comum do que tínhamos percebido. Nós dois trabalhamos no exterior. — Ele continuou encarando a receita enquanto falava. O suor brilhava em sua têmpora. Ela sabia que devia pegar leve com ele, mas alguma coisa a deixou com a língua afiada.

— Meu Deus, eu poderia ter dito isso a vocês. São só teimosos demais para perceber.

— Com certeza. Você e Emma sempre enxergam essas coisas. Mas, ainda assim, é algo para se comemorar, não?

O novo Andrew sensível estava fazendo com que ela se sentisse estranha. Ela preferia o antigo, o mal-humorado. Somente ela conseguia fazer com que aquele Andrew risse.

— Eu só quero sair e me divertir, esquecer de tudo. Estou tão preocupada com a mamãe.

Ela não se sentiu feliz por usar essa carta na manga, apesar de ser verdade. Pareceu funcionar, no entanto. Ele tomou um gole de uísque.

— Tudo bem. Claro — disse ele, com seu novo sorriso retornando. — Bem, vá então. Eu espero que esse Caspar saiba a sorte que tem.

Emma

• • •

Emma se levantou, depois de uma tarde inteira largada no sofá. Era uma novidade ser banida da cozinha, e ela tinha que espiar. Torcia para que Andrew não estivesse tentando preparar nada muito difícil nem fizesse muita bagunça, mas se deparou com um aroma surpreendentemente profissional de alho fritando, e superfícies mais organizadas do que ela mesma conseguia deixar. Jesse estava mexendo uma colher em uma panela no fogão enquanto Andrew recheava um frango.

Elvis começou a cantar na rádio. "You were always on my miiiiinnnd!" Andrew cantarolou, olhando para ela. Ele tinha ficado visivelmente mais alegre desde que enviara seu aviso prévio com aquela coluna gloriosa. Era como se aquela cena irreal no porão e a conversa deles ontem perto da janela — mesmo com o diagnóstico dela — tivessem levado a essa mudança. Ao fazerem amor naquela manhã e depois ver Andrew assobiando enquanto preparava o cappuccino dela, Emma havia sido transportada para a lua de mel deles, na Puglia. Talvez a alegria californiana de Jesse tivesse derretido as pontas afiadas do marido, pensou ela, observando os dois em harmonia.

— Me concederia a honra desta dança? — perguntou Andrew, caminhando em direção a Emma.

— Você não estava com as suas mãos no ânus de um frango?

— Nada de errado nisso — respondeu Andrew, tomando a mão dela e abraçando suas costas. — Escapamos do Haag. Não podemos deixar que um pouco de salmonela atrapalhe nosso romance.

Ele começou a movê-la para trás e para a frente, e ela se lembrou de quão bom dançarino ele era quando costumavam ir aos clubes de jazz em Soho, sabendo que ali não seriam vistos por ninguém que conhecesse Emma. Era como dançar com a precisão de um relógio, depois dos tipos Bertie Wooster que ela geralmente conhecia. Com Andrew, bastava apenas se deixar guiar. Jesse soltou um comentário de incentivo de uma forma muito americana quando Andrew a inclinou para baixo, e disse:

— Ainda está com tudo, Emma!

Ela achou aquilo bastante carinhoso.

— Desculpe por não conseguir convencer a Mademoiselle a ficar — disse Andrew.

— Nada iria contê-la.

— *Tant pis*. Não é culpa sua.

— Ok, tchau pessoal! — disse Phoebe ao sair pela porta. Estava vestindo um casaco e enfiava sapatos de salto dentro de uma mala lotada de roupas.

— Será que você deveria usar isso, com seu pé machucado? — perguntou Emma.

— Mamãe! Tenho 29 anos! Está tudo bem. Não dói mais.

— Não quer ficar pelo menos para uma taça de champanhe?

— Não posso, estou atrasada — disse Phoebe. — Pode beber a minha. Além do mais, não quero chegar lá bêbada. Sou muito fraca com bebidas — completou ela, olhando para Jesse.

— É porque você é muito magra — disse ele, e Phoebe pareceu contente, como se ele tivesse dito a coisa certa no roteiro particular deles.

— Certo, feliz ano-novo, pessoal — gritou Phoebe, mandando beijos. — Vejo vocês amanhã. Não pretendo me levantar antes de meio-dia.

Ela parecia tão animada que Emma tentou não se importar com o modo como bateu a porta com força, sacudindo os quadros de William Nicholson na parede.

— Aaaaah, nada como o Rei! — disse o apresentador, assim que a música de Elvis terminou. — Agora, vamos às notícias antes do nosso próximo convidado, o professor de dança Bruno Tonioli.

O jingle do noticiário tocou, e Andrew soltou a esposa.

Ela foi lavar as mãos na pia, enquanto Andrew voltou para o frango.

— Sean Coughlan, o pediatra irlandês diagnosticado com o vírus Haag, morreu no hospital — disse a mulher com uma voz sem expressão. Emma congelou, com as mãos debaixo da água muito quente. — Acredita-se que ele tenha desenvolvido uma infecção depois de sua saída do isolamento na quinta-feira. Uma autópsia completa será feita na semana que vem. Coughlan tinha 33 anos e acredita-se que contraiu Haag após visitar uma escola primária na Libéria, como parte de uma campanha para conscientizar as crianças locais sobre a doença. Apesar de recentemente ter sido testado negativo para o vírus que ataca o sistema imunológico, o boletim médico informa que ele estava muito fraco. Homenagens foram prestadas pela família, amigos e colegas a um jovem corajoso que fará muita falta. Essa é a primeira morte de um voluntário britânico após a crise de Haag. A família dele pede privacidade.

Emma subiu a escada de dois em dois degraus, xingando a casa por ser tão alta. Ela gritou "Wiv!", antes mesmo de se aproximar, mas não obteve resposta. Quando chegou ao quarto de hóspedes, viu Olivia deitada de bruços, com seus ombros chacoalhando silenciosamente. Ela se sentou ao lado dela, sem dizer nada, apenas acariciando suas costas e seu cabelo castanho-claro. Era o único jeito que ela conseguia colocar Olivia para dormir quando era bebê. Não saberia dizer se Olivia sequer tinha noção de que ela estava ali.

— Sinto muito, querida — disse Emma. — Sinto muito, mesmo. — Ela sabia que parecia sem esperanças. Olivia não respondeu, nem olhou para ela. Mas após um segundo, ela se aproximou um pouco das pernas de Emma.

Phoebe

• • •

— Eu ainda estou chocada em saber que ele teve coragem de fazer *isso* — disse Lara, enchendo a taça de Prosecco de Phoebe. — Fugir, depois de te pedir em casamento! Isso é coisa de psicopata. — Phoebe tinha contado à amiga uma versão resumida da semana em quarentena enquanto fazia sua maquiagem e Lara fumava em frente à janela. Mesmo no apartamento desconcertantemente adulto de Lara, a noite parecia nostálgica — como quando se sentavam no quarto de Phoebe, tagarelando e aperfeiçoando o traço de delineador estilo Amy Winehouse. E tinha ficado claro que Lara nunca tinha sido fã de George, apesar de ter demonstrado alegria pelo anel de noivado duas semanas antes. Phoebe se sentiu uma idiota por achar que todos tinham inveja de sua vida. Ainda assim, talvez isso fosse melhor do que a piedade que esperava receber.

— Eu sei — disse ela. — Mas é estranho, eu meio que me sinto, assim, distante. Talvez seja por causa das outras coisas que estão acontecendo. É como se eu não me importasse se nunca mais o visse.

— Sério? Você não precisa de um ponto final? Ou um pedido de desculpas?

— Sei que isso não faz sentido. Parece que eu terminei com alguém com quem saía há pouco tempo. Não com meu noivo.

— Como se vocês não fossem tão próximos assim?

— Acho que sim. Eu acho que me apaixonei pela ideia de ser a namorada dele, no início. E então me acostumei em ser parte de um casal. Só que nós nunca passamos daquela fase de namoro. O que era legal, de certa forma, mas não era amor de verdade.

— Então talvez ele tenha feito a coisa certa em terminar — disse Lara.

— Mais ou menos. Ele podia ter feito isso de uma maneira melhor.

— Sim, mas agora você pode odiá-lo por ser um covarde. E é mais fácil odiar do que sentir falta de alguém.

— Verdade. — Ela conseguiria se imaginar sentindo falta de George? Não seria por orgulho que ela chorara, pelos anos perdidos com um idiota?

Ela havia tentado se conter para não mencionar a teoria de Jesse. Tinha se tornado um hábito, percebeu ela, censurar o que contava aos amigos mais antigos sobre o relacionamento dela. Mas o pensamento fez com que Phoebe falasse em voz alta, sem pensar. Sentiu as suas bochechas queimarem ao fazer isso.

— Que merda — disse Lara. Ela se virou para bater o cigarro contra o parapeito. Por um momento, a amiga só inalou e exalou, sem dizer nada. Então comentou, muito séria: — Uma pena que isso não deu a ele bom gosto para joias. — E então ambas riram tanto que Phoebe teve que cuspir o Prosecco dentro da taça antes que tudo saísse pelo seu nariz.

Ela nunca tinha rido daquela forma com George, pensou, depois que ambas tinham se recuperado e ela teve que reparar o estrago em seu rímel. Talvez ela tivesse se importado demais em ter um namorado, qualquer namorado...

Olivia

• • •

O corpo inteiro de Olivia doía. A dor parecia vir em sua direção, correndo, como uma maré — cobrindo seu pescoço e toda a sua cabeça, enquanto ela tentava respirar. Abriu os olhos, mas o quarto entrou e saiu de foco, e ela achou que vomitaria novamente, então os fechou outra vez. Agora, em vez da escuridão vermelha de suas próprias pálpebras, ela via os olhos de Sean encarando-a. Podia vê-los com precisão — a mancha dourada em uma pupila, pequenas rugas indo em direção à têmpora, olheiras lilás estampadas por uma noite longa no hospital. Seu coração parecia prestes a implodir, como se seu corpo entendesse o que tinha acontecido, enquanto seu cérebro demorava a acompanhar. Ela ficava relembrando a última vez que o tinha visto, no dia anterior. Estava com pressa, pois seu pai esperava lá fora, dentro do carro, e deixara o quarto com beijos no ar e uma promessa de comemoração em breve. Por que ela não tinha pedido para checar seus exames de sangue, para que fizessem uma punção lombar? No que ela estava pensando, ao acreditar no monitor da UTI que dizia estar tudo bem, quando os exames dele tinham dado negativo somente três dias antes? Ela abriu os olhos para fugir de Sean e permaneceu deitada, olhando para as paredes do quarto de hóspedes, sem vê-las.

Ela se lembrou de uma noite perfeita na Libéria. Eles estavam sentados na praia ao entardecer, assando um peixe que Sean havia acabado de pescar. Ele parecia tão orgulhoso de si mesmo — como um menininho — que ela o provocara até ele agarrá-la como se fosse um bombeiro para depois correr em direção às ondas, ameaçando jogá-la. Ela se lembrou de ficar contente, mesmo sem querer, por ele conseguir carregá-la como uma criança. Ela gostava da forma como ele entrava no mar, tropeçando nas ondas até cair, então surgindo com os cabelos molhados e para trás, os cílios como lanças. Naquela noite ela o vira feliz como nunca, e não apenas por causa do peixe, das cervejas e do pôr do sol. Ele tinha dito a ela, mais tarde, que aquele fora o momento em que soube que estava apaixonado. E ela se lembrou de ter sentido o mesmo, e que se sentir tão à vontade com alguém era ainda mais perfeito do que a adrenalina de um primeiro beijo.

A enormidade de ter um filho dele, o filho que ele nunca veria, assolou-a novamente. Ela tentou não pensar naquilo — estava grávida de apenas sete semanas. Mas o medo de que o filho de Sean a amarrasse para sempre àquele dia, ao Haag, era estarrecedor. Ela fechou os olhos com força, outra vez, odiando a si mesma por sequer pensar no futuro, por considerar uma vida depois daquele momento. Ela ouviu a voz dele em sua cabeça, como ele falava "O...livia". E ela se pegou desejando ter dito a sua mãe quem ele era no aeroporto. Agora era tarde demais.

Andrew

• • •

O frango cru estava deitado de lado, pelado e com aparência congelada. Estava pronto para ir ao forno, quando eles receberam a notícia, e agora teria de ir para o lixo. Olivia tinha pedido para ficar sozinha, mas ainda parecia errado fazer uma comemoração no andar de baixo, como planejado. Andrew não tinha mais apetite. Ao vê-lo observar a ave, Emma pareceu se lembrar de agir normalmente — ou como uma caricatura de si mesma. Ela pulou como se tivesse sentado em algo quente e gritou:

— O frango! Ele nunca vai cozinhar a tempo. Rápido, coloque no forno, Andrew!

— Mas não vamos mais fazer nada, certo? — perguntou ele.

— Ainda temos que comer — disse Emma. Seus olhos tinham o mesmo olhar preocupado de quando ia a aeroportos. — Especialmente Wiv, em seu estado atual. Ela precisa manter as forças. Eu posso levar uma bandeja para ela, ou talvez ela se junte a nós depois.

Andrew duvidava que Olivia fosse aceitar um prato de comida levado por Emma. Ou que se juntaria a eles naquela noite — ou até mesmo no dia seguinte. Mesmo assim, a fé que sua esposa tinha no frango assado era emocionante.

— Mas ela não vai, hã, se *importar* que nós... continuemos como antes? — questionou ele. Andrew sabia como Olivia se ofendia facilmente, e ele não a culparia se ela ficasse chateada com a confraternização no andar de baixo. O novo relacionamento deles ainda parecia frágil.

— É claro que não. Rituais são reconfortantes — disse Emma.

— Emma, eu realmente não acho que... — Ele parou. — Não podemos simplesmente colocá-lo na geladeira, comer outro dia? Estou sem apetite.

— Mas é a última noite do querido Jesse! — disse ela, virando para abraçar apertado o enteado. O álcool devia ter subido à cabeça dela. Ainda assim, era uma pena ter uma despedida tão sombria.

— Jesse? — indagou Andrew.

— Pessoal, por favor, não façam nada por minha causa — disse Jesse. — Embora talvez Emma tenha razão, eu acho... Rituais podem trazer estabilidade.

Andrew percebeu que a decisão seria dele. Era um sentimento inusitado.

— Certo, bem, já que está tudo pronto, podemos assar o frango, depois guardá-lo e comê-lo frio amanhã — concedeu ele.

— Muito bem — disse Emma, abrindo o forno e quase derrubando o frango na pressa. Ela se recompôs, procurando pela próxima tarefa. — Será que ela gostaria de tomar um banho de banheira? Jesse, talvez você possa ir encher a banheira. Eu vou falar com ela — disse Emma.

— Espere — interrompeu Andrew. — Acho melhor ela ficar sozinha por enquanto. Mas, Jesse, veja se você consegue encontrar sua irmã caçula. Você tem o número do celular dela, não tem?

E no momento em que ele disse isso, percebeu que foi a primeira vez que pensou em Jesse como um irmão para suas filhas.

Phoebe

• • •

Caspar caminhou até o bar e Phoebe se recostou no banco, observando-o. Ele era mais alto e mais esguio que George. Ela gostava de como a calça jeans se assentava no corpo dele. Os jeans de George costumavam ficar agarrados em seu quadril de jogador de rúgbi, o que era nojento. Lara ficara mencionando o quão em forma George estava, como se procurando algo positivo para dizer sobre ele. E embora Phoebe soubesse que aquilo era verdade, no fundo ela nunca gostara do corpo musculoso de George sobre o dela — nunca tinha se sentido excitada quando o via. Mas o nó que sentia, naquele momento, em seu estômago não era como deveria ser? Ela percebeu que algumas pessoas haviam reconhecido Caspar, e isso lhe subiu à cabeça como o Aperol Spritz.

Ela checou seu telefone enquanto esperava — cinco chamadas perdidas. Três eram do telefone fixo de Gloucester Terrace, uma do celular do seu pai e uma de um número desconhecido. Ela não estava com vontade de ouvir os recados. Sua mãe sempre tagarelava por horas, e ela não conseguiria escutá-la dentro do bar. Provavelmente seria uma das perguntas bobas de seus pais sobre a própria casa deles: "Phoebe, você viu a fita adesiva?" "Phoebs, você jogou fora a *taramasalata* que azedou?" Ela riu para si mesma, alterando a expressão para mostrar sobriedade e sensualidade quando Caspar retornou do bar, e então arruinando tudo ao rir quando ele colocou as bebidas sobre a mesa.

— O que é tão engraçado? — perguntou ele, colocando o braço ao redor dos ombros dela como se ali fosse o seu lugar.

— Nada, é só a minha família. Estão bravos porque eu não fiquei para o jantar.

— Ah. Seu pai vai me odiar para sempre?

Eles se entreolharam por um longo e vagaroso segundo, e então ela estava provando o sabor desconhecido da boca dele, com gosto de Aperol, suas mãos alcançando a nuca e o pescoço de Caspar. Ela sabia que eles nunca chegariam à festa.

Jesse

• • •

O ano-novo com Emma e Andrew tinha sido uma estranha e comedida noite. Olivia estava no andar de cima, incapaz de encarar a comida e as pessoas, e não parecia certo conversar sobre qualquer outra coisa. Os três continuavam caindo em longos e tristes silêncios. Jesse subira para vê-la depois da notícia, mas, pelo modo como havia permanecido rígida em seu abraço, ele soube que ela queria ficar sozinha. Ninguém tinha notícias de Phoebe, que ainda estava em seu encontro. Terrível, pensou Jesse, considerando que a morte de Sean estava em todas as mídias sociais. Ele estava começando a entender como sua irmã mais nova funcionava — era doce e divertida, com certeza, mas ela sempre se colocava em primeiro lugar.

Ninguém tinha comido muito, embora Emma implorasse para que comessem um pouco mais de frango, parecendo se esquecer de que Jesse era vegano. Ele estava com fome agora, mas tinha medo de comer e parecer mal-educado. A fornada de brownies de batata-doce que tinha assado mais cedo permanecia intacta.

— Que tal respondermos ao quiz de ano-novo? — perguntou Emma. — Seria bom para distrair a minha cabeça da... da...

Ela parecia prestes a chorar novamente, então Andrew pegou uma cópia da *The World* que estava ao lado e começou a folhear rapidamente.

— É uma pequena tradição nossa, Jesse — disse Emma, se recompondo. — *The World* sempre publica um enorme quiz sobre tudo o que aconteceu durante o ano. Eu nunca sei nada, mas, ainda assim, é divertido.

— Claro — respondeu Jesse, pensando que era uma ideia bizarra, dadas as circunstâncias. — Nós fazemos o mesmo em casa, jogamos Trivial Pursuit no Dia de Ação de Graças. — Parecia que Emma não sabia o que fazer: ela alternava entre lágrimas e um tipo de normalidade forçada. Provavelmente estava em choque. Ao menos Andrew parecia calmo, ao contrário de quando Olivia desmaiara. Jesse não suportaria assumir a liderança outra vez.

— Certo. Vamos lá. Primeiro, cultura popular: "Qual artista mulher cantou: *He see me do me. Dirt, dirt, dirt, dirt, dirt, dirt*?" — leu Andrew, contando a quantidade de *dirts* na ponta dos dedos. — Vamos, Jesse, você é o único representante da nova geração aqui — disse ele, olhando por cima dos óculos.

— Foi a Princesa Gaa Gaa? — sugeriu Emma, ansiosa.

Eles continuaram a jogar, desanimados, assustando-se com qualquer barulho distante que pudesse indicar que Olivia estava descendo as escadas. Era melhor do que se sentar em silêncio, concluiu Jesse. Ele gostaria de não ter que deixá-los daquela forma. Ele sabia que se preocuparia com Olivia e Emma. Como havia dito a Dana, mais cedo, era estranho como ele sentia que já conhecia sua nova família havia meses. Talvez ele conseguisse convencer os Birch a passarem o próximo Natal com ele e conhecer sua família. Seria bem melhor que Weyfield. O bebê teria, talvez, 4 meses até lá? Ele estivera pensando no quanto gostaria de fazer parte da vida do sobrinho ou sobrinha. De não ser um desconhecido para ele. Além do mais, sua mãe adorava bebês. Era o motivo pelo qual ela quisera adotar, pensou ele, tocando a carta de Leila no bolso. Apenas saber que ela estava lá já era uma sensação boa.

Andrew interrompeu seus pensamentos ao perguntar:

— Jesse, você vai saber essa: em qual comida popular e saudável foram encontrados indícios de arsênio em fevereiro?

Phoebe

• • •

— Preciso fazer xixi — disse Phoebe, quando pararam de se beijar. Era como voltar a ser uma adolescente, agarrando-se por horas em público. E beijar Caspar foi uma revelação. Ela sempre se afastava da boca aberta de George, com sua língua inquisitiva, em minutos, dizendo a si mesma que era normal para casais de longa data não se beijarem. Phoebe deslizou do colo de Caspar e do banco, tentando não tropeçar, sabendo que ele estaria olhando para ela enquanto caminhava até o banheiro. Lá dentro, ela postou uma foto de seus coquetéis no Instagram com a legenda: "O perigo pode estar logo aí..." Com sorte, George e todos os outros perceberiam que ela estava em um encontro — já que dava para ver a mão de Caspar na foto. Sentada no vaso, ela perdeu alguns minutos verificando o seu feed do Twitter. Por um segundo, seu cérebro confuso pelo álcool e por causa de Caspar não conseguiu processar a hashtag #SeanCoughlan que continuava a aparecer. "É muito triste receber essa notícia sobre o médico irlandês", leu ela. "É uma pena a perda de Sean Coughlan, o mundo precisa de mais pessoas como ele." Sean não estava melhor agora? Então ela viu um inconfundível "Descanse em paz, Sean Coughlan, uma grande perda".

Phoebe permaneceu sentada, paralisada, com a meia-calça em volta dos joelhos. É claro que seus pais haviam deixado todos aqueles recados. Ela deveria ir para casa, ela sabia. Mas o encontro estava indo tão bem. Como ela poderia explicar isso a Caspar sem arruinar tudo? Será que Olivia sequer gostaria de tê-la por perto? Ela nunca sabia a coisa certa a dizer, mesmo para as pessoas que deveriam ser as mais próximas. De qualquer forma, se não voltasse para casa, seria a "Phoebe desatenta às notícias" de sempre. O telefone dela fez o barulho de notificação. Era uma mensagem de texto de Caspar.

Você fugiu pela janela?

Merda. Ela tinha que escolher.

Andrew

• • •

Sentado diante de Jesse, Andrew pensou em como seu filho era corajoso por juntar-se ao quiz deles em uma noite tão soturna. Ainda ficava abalado ao perceber como a vida podia mudar. Meras horas atrás ele estava animado, cheio de alívio por entregar a carta de Leila, pavoneando-se, feliz como um tolo por contar tudo a Jesse. Depois da conversa com Olivia no carro, era como se ele tivesse dominado uma língua nova. Até a estranheza das ideias médicas excêntricas de Jesse diminuiu quando Emma prometeu ao rapaz que iria tentar o "suco verde" junto com os tratamentos convencionais propostos por Olivia.

Mais cedo, ele tinha colocado para gelar uma garrafa de Dom Perignon, safra de 1984, planejando brindar à gravidez de Olivia à meia-noite, possivelmente até dizer umas palavrinhas. Agora isso não iria mais acontecer, imaginou. Só de pensar nela lá em cima era impossível sentir-se em clima de celebração. E onde estaria Phoebe? Era algo novo sentir raiva de sua filha mais nova. Ele estava pulando uma pergunta sobre o Haag quando eles ouviram o barulho de um táxi lá fora. Uma chave virou na fechadura da porta de entrada, acima deles, seguida do som de saltos nas escadas.

Phoebe entrou cambaleando. Estava sensacional, como sempre — apesar de bêbada.

— Acabei de receber a notícia — disse ela, debruçando-se para tentar tirar os sapatos e quase caindo para a frente, e em seguida parecendo desistir da ideia. — Onde ela está?

— Lá em cima — disse Emma.

— Como assim, sozinha?

— É o que ela quer, meu anjo. Ela não quer descer, e não quer que ninguém fique com ela.

— Eu vou lá — disse Phoebe, sem esperar que alguém a impedisse.

Eles ouviram seus saltos subindo a escada, e Andrew se lembrou da chamada de Skype em novembro, quando Phoebe e Olivia não tiveram nenhum assunto para conversar. Talvez todas as famílias devessem passar uma quarentena juntos, pensou.

Olivia

• • •

Três andares acima, Olivia estava deitada olhando para o teto. Ela ouviu alguém subindo as escadas. Os passos eram leves demais para serem seus pais ou Jesse, mas Phoebe não tinha saído para um encontro? Olivia não poderia esperar que ela ficasse sabendo sobre Sean, de qualquer maneira. Nem que tivesse interrompido seu encontro. Não era a cara de Phoebe — ou da Phoebe que ela achava conhecer.

Mas era a irmã. Ela fechou a porta e chutou os sapatos para longe, movendo-se com convicção cambaleante. Não disse nada, mas deitou-se ao lado de Olivia, a cabeça perto dos pés dela. Elas costumavam se deitar assim quando eram pequenas, no quarto que dividiam em Norfolk, quando uma delas tinha um pesadelo. Os pés dela ainda mal tocavam os ombros de Olivia. Era confortante, muito embora Olivia sentisse que a irmã não sabia o que dizer.

Finalmente, Phoebe disse:

— Ele ainda está aí, Wiv. Dentro de você. Quero dizer, seu bebê é metade Sean. Então ele ainda está aí, e sempre estará. — Elas ficaram deitadas na cama por um tempo em silêncio, agora com as laterais dos corpos se tocando.

— Melhor você descer. Talvez eu desça daqui a pouco — respondeu Olivia, depois de algum tempo. Ficou surpresa de ter conseguido formar uma frase.

Phoebe se sentou.

— Sim! Por favor, desça, eles vão fazer aquele jogo de quiz idiota — disse ela, depois pareceu entrar em pânico por ter dito algo normal e isso não ser o certo, ou por revelar que seus pais não estavam chorando. Olivia sentiu vontade de dizer que tudo bem, mas ela sabia que isso só iria constranger Phoebe ainda mais. Às vezes, pensou, ela entendia a irmã mais do que se dava conta.

Ouviu Phoebe descer as escadas suavemente e pensou no que ela acabara de dizer sobre Sean. Aquilo virou de ponta-cabeça o medo de que ela jamais conseguisse seguir adiante — de que o bebê a ancorasse ao sofrimento para sempre. Porque Phoebe tinha razão: havia outra maneira de olhar as coisas. Metade de Sean agora iria viver sob seus cuidados. Talvez fosse por isso que aquele bebê estivesse vindo ao mundo. E aquele pensamento mudou algo dentro dela, fazendo com que a maré de dor recuasse, ainda que apenas um pouquinho.

Emma

• • •

Sentada à mesa diante de Andrew, Emma não conseguia se concentrar em nada — especialmente no quiz que ela mesma havia sugerido. Não tinha sido nem sequer capaz de comer, algo que nunca acontecia. A única coisa em que conseguia pensar era em Olivia. Esperava que Phoebe não tivesse subido correndo as escadas só para piorar tudo ainda mais. Era bom que Phoebe tivesse voltado para casa, mas ela parecia um tanto grogue e poderia acabar dizendo a coisa errada. Emma já tinha implorado duas vezes para que Olivia descesse, sem sucesso. Depois de tudo o que aconteceu durante o Natal, ela esperava que a filha fosse querer o apoio deles na hora da necessidade — mas pelo jeito não era bem assim.

Emma ainda não conseguia acreditar no que tinha acontecido. Era sempre assim quando uma pessoa jovem morria. Sean parecia tão forte, tão cheio de vida, nas fotos. Ela desejou que tivesse sabido de tudo quando o conheceu no aeroporto. Não parava de imaginar o que teria lhe dito, e que agora nunca mais poderia dizer. Não que arrependimentos importassem. Mas era insuportável ver Olivia em meio a tanta dor.

Andrew estava fazendo mais uma pergunta que Emma não tinha a mínima ideia do que era quando Phoebe apareceu, de meia-calça e sem sapatos. Parecia menos tonta quando colocou a chaleira no fogo.

— Acho que daqui a pouquinho ela vai descer — disse.

Phoebe

•   •   •

Phoebe sabia que se entupir dos brownies louváveis, mas não desagradáveis, de Jesse não era exatamente adequado. Ninguém mais estava comendo, mas ela precisava comer — estava morta de fome depois de beber vários coquetéis de estômago vazio. Ao ver o rosto arrasado dos pais, ficou feliz por ter voltado para casa. Foi horrível ver Wiv, em geral sempre tão composta, chorando daquele jeito. Ela nem sequer pareceu se dar conta de que estava chorando, as lágrimas simplesmente caíam como se alguém tivesse ligado uma torneira. Tudo ia ser tão diferente agora, com a mãe e a irmã precisando de cuidados. Ela e o pai teriam de ser os adultos.

Seu celular zumbiu. Pensando que pudesse ser Caspar, ela o checou disfarçadamente por baixo da mesa. Mas era uma mensagem de texto de George: *Feliz ano-novo, Baixinha. Saudades.*

Acabou aspirando cacau em pó sem querer e quase sufocou. *Vá se foder*, digitou imediatamente em resposta, depois parou e deletou a mensagem. Não sentia tanta raiva assim — era tudo tão distante. Um dia, sabia ela, George e ela se encontrariam para um drinque esquisito em território neutro. Mas não faria a menor diferença — aquele capítulo já tinha gosto de passado. Justamente quando estava colocando o celular no modo silencioso, Olivia entrou. E, sem pensar, Phoebe deu um pulo da cadeira e a abraçou — não um de seus abraços duros, com os braços distantes, mas um abraço verdadeiro, apertado.

Olivia

• • •

Olivia estava sentada um pouco afastada da mesa, segurando os dois dedos simbólicos de champanhe que Andrew lhe servira. Todo o seu corpo ainda doía, como se ela tivesse sido esmagada. Phoebe, porém, tinha razão de insistir que descesse. Ela sempre achou que era melhor chorar escondida, mas agora se perguntava se não estivera errada. Ao ver o quanto todos eles pareciam nervosos, ela lhes disse para terem um ano-novo como sempre, com as badaladas transmitidas pelo rádio. Queria um pouco de normalidade à sua volta, qualquer coisa para amortecer a sensação de queda livre.

Com um som alto e uma faísca, a cozinha ficou escura. A voz no rádio parou.

— Acabou a luz! — anunciou Phoebe.

Andrew acendeu a lanterna de seu canivete suíço, abriu a caixa de fusíveis do canto e remexeu nos interruptores. Nada aconteceu.

— Deve ser na rua inteira — disse ele, olhando pela janela. Apanhou fósforos e velas num canto, acendeu uma e colocou-a na frente de Olivia. Segurou o fósforo para observar a chama enfraquecer. — Ainda me faz lembrar do Afeganistão — disse ele, depois olhou para ela como se não devesse ter dito nada.

Olivia tomou um minúsculo gole de champanhe.

— Como assim? Você nunca nos conta a história toda — disse ela. Era a primeira vez que falava qualquer coisa desde que havia descido.

A chama ficou intensa, e Olivia viu Emma, Phoebe e Jesse olhando para ela, surpresos, e depois para Andrew. Quando o pai começou a contar a história, ela pensou: vai ser difícil, mas não estarei sozinha.

Epílogo

Seamus Andrew Coughlan Birch
nascido em 17 de agosto de 2017, 1h03.

Agradecimentos

Um gigantesco obrigada à minha agente Olivia Guest, da Jonathan Clowes, por me incentivar a escrever algo mais comprido que um artigo e por acreditar nesta ideia. Sem você eu teria adiado escrever ficção por anos. Obrigada também a Cara Lee Simpson por ser tão brilhante durante a licença de Olivia, e a Ann Clowes pelo tempo, conselhos e experiência no ramo.

Em segundo lugar, agradeço a todos da Little, Brown por me fazerem sentir tão bem-recebida — acima de tudo a Emma Beswetherick. Você é a editora mais entusiasmada, inteligente e compreensiva que alguém poderia desejar — a fada-madrinha dos editores —, e foi um enorme prazer trabalharmos juntas. Gratidão enorme também a Andy Hine, Kate Hibbert, Helena Doree, Sarah Birdsey e Joe Dowley da Little, Brown Rights pelo trabalho incansável: estou felicíssima por ser publicada em tantos países. Um agradecimento especial ainda para Dominic Wakeford e Ella Bowman, pelos conselhos e empolgação em relação a este livro, e a Ursula Mackenzie, Charlie King e Tim Whiting.

Além disso, agradeço a todos da Berkley em Nova York — é um imenso prazer fazer parte da família da Penguin dos Estados Unidos. Um agradecimento especial a Craig Burke, Jeanne-Marie Hudson, Claire Zion, Jennifer Monroe e, acima de tudo, à minha editora Amanda Bergeron. Sua energia positiva, suas sugestões e seu olho atento para expressões britânicas inadequadas foram valiosíssimos.

Em seguida, devo agradecer a minha mãe, Laura, meu marido, Luke, e minha querida amiga Laura Cox-Watson. Tenho muita sorte de ter por perto tantos consultores de enredo e leitores de provas. Também devo muito aos meus pais e sogros por todas as horas em que vocês cuidaram de Finlay e Max, para que eu pudesse continuar escrevendo até a data da entrega e um pouco além disso. Sou profundamente grata a todos vocês.

Finalmente, agradeço às minhas amigas mais antigas, Felicity FitzGerald e Charity Garnett, por melhorarem esta história com seu trabalho heroico em Serra Leoa e pela ajuda em conseguir transmitir isso de forma precisa. A coragem, a bondade e o conhecimento de vocês são impressionantes.

E mais um obrigada a você, Luke, por tudo.

Impresso no Brasil pelo
Sistema Cameron da Divisão Gráfica da
DISTRIBUIDORA RECORD DE SERVIÇOS DE IMPRENSA S.A.
Rua Argentina, 171 – Rio de Janeiro, RJ – 20921-380 – Tel.: (21)2585-2000